秀威
文哲叢書
韓晗主編

文學倫理學批評及其他

聶珍釗　著

秀威資訊・台北

「秀威文哲叢書」總序

　　自秦漢以來，與世界接觸最緊密、聯繫最頻繁的中國學術非當下莫屬，這是全球化與現代性語境下的必然選擇，也是學術史界的共識。一批優秀的中國學人不斷在世界學界發出自己的聲音，促進了世界學術的發展與變革。就這些從理論話語、實證研究與歷史典籍出發的學術成果而言，一方面反映了當代中國學人對於先前中國學術思想與方法的繼承與發展，既是對「五四」以來學術傳統的精神賡續，也是對傳統中國學術的批判吸收；另一方面則反映了當代中國學人借鑒、參與世界學術建設的努力。因此，我們既要正視海外學術給當代中國學界的壓力，也必須認可其為當代中國學人所賦予的靈感。

　　這裡所說的「當代中國學人」，既包括居住於中國大陸的學者，也包括臺灣、香港的學人，更包括客居海外的華裔學者。他們的共同性在於：從未放棄對中國問題的關注，並致力於提升華人（或漢語）學術研究的層次。他們既有開闊的西學視野，亦有扎實的國學基礎。這種承前啟後的時代共性，為當代中國學術的發展提供了堅實的動力。

　　「秀威文哲叢書」反映了一批最優秀的當代中國學人在文化、哲學層面的重要思考與艱辛探索，反映了大變革時期當代中國學人的歷史責任感與文化選擇。其中既有前輩學者的皓首之作，也有學界新人的新銳之筆。

作為主編，我熱情地向世界各地關心中國學術尤其是中國人文與社會科學發展的人士推薦這些著述。儘管這套書的出版只是一個初步的嘗試，但我相信，它必然會成為展示當代中國學術的一個不可或缺的窗口。

韓晗

2013 年秋於中國科學院

目　次

第一編

文學倫理學批評

一、文學倫理學批評
──基本理論與術語

　　改革開放以來，大量西方的文學批評方法被介紹引入中國，如強調意識形態的政治批評、以社會和歷史為出發點的審美批評、在心理學基礎上發展起來的精神分析批評、在人類學基礎上產生的原型──神話批評、在語言學基礎上產生的形式主義批評、在文體學基礎上產生的敘事學批評，還有接受反應批評、後現代後殖民批評、女性主義批評、新歷史主義批評、文化批評等。這些批評是中國文學研究中經常使用的批評方法，形成中國文學批評中西融合、多元共存的局面，推動著中國文學批評的發展。對翻譯介紹進入中國的西方文學批評方法進行考察，可以大致把它們分為三個大類：一是強調形式價值的形式主義批評，如 20 世紀在中國大行其道的以俄國形式主義、英美新批評和結構主義為代表的形式主義批評。二是注重分析在具體的社會關係和環境中文化是如何表現自身和受制於社會與政治制度的文化批評。在文學研究領域，這種批評方法強調從文化的角度研究文學，如文化與權力、文化與意識形態霸權等之間的關係，是 20 世紀末中國文學研究中主要的批評方法之一。三是從政治和社會角度研究文學的批評方法，如女性主義批評、生態批評、新歷史主義批評、後殖民主義批評等。儘管上述批評用於文學研究時也展開對文學與政治、道德、性別、種族等關係的研究，展開對當代社會文化的「道德評價」或批判，但最後

都還是回到了各自批評的基礎如形式、文化、性別或環境的原點上，都表現出倫理缺場的總體特徵。

從總體上看，改革開放以來的中國文學批評界，幾乎是西方文學批評理論和方法的一統天下。儘管我們應該對西方批評方法在中國發揮的作用做出積極和肯定的評價，但是我們在享受西方文學批評方法帶來的成果的同時，也不能忽視我們在文學批評領域留下的遺憾。這種遺憾首先表現在文學批評方法的原創權總是歸於西方人。我們不否認把西方的文學批評理論和方法介紹進來為我們所用的貢獻，也不否認我們在文學批評理論和方法中採用西方的標準（如名詞、術語、概念及思想）方便了我們同西方在文學研究中的對話、交流與溝通，但是我們不能不作嚴肅認真的思考，為什麼在文學批評方法原創權及話語權方面缺少我們的參與？為什麼在文學批評方法與理論的成果中缺少我們自己的創新和貢獻？尤其是在國家強調創新戰略的今天，這更是需要我們思考和認真對待的問題。

在文學批評多元化的時代，往往新的流行方法大行其道，但是舊有的或是傳統的方法也不時顯示出新的力量，在文學批評中發揮重要作用。縱觀文學批評方法運用的歷史，我們可以看出，文學批評方法並不完全遵守新舊交替的自然進化規律，往往是新舊並存，中西融合，相互借鑒，並在多元並存和跨學科的基礎上推陳出新，催生出新的批評方法，從而為文學批評增添新的活力。21 世紀初在中國迅速發展起來的文學倫理學批評，就是在西方多種批評方法相互碰撞並借鑒吸收倫理學方法的基礎上形成的一種新的用於研究文學的批評方法。文學倫理學批評的出現在西方批評話語中增加了我們自己的聲音，為我們的文學研究方法提供了新的選擇，尤其是它對文學倫理價值的關注，更使這一方法顯露出新的魅力。

（一）

　　文學倫理學批評是一種文學批評方法，主要用於從倫理的立場解讀、分析和闡釋文學作品、研究作家以及與文學有關的問題。文學倫理學批評同傳統的道德批評不同，它不是從今天的道德立場簡單地對歷史的文學進行好與壞的道德價值判斷，而是強調回到歷史的倫理現場，站在當時的倫理立場上解讀和闡釋文學作品，尋找文學產生的客觀倫理原因並解釋其何以成立，分析作品中導致社會事件和影響人物命運的倫理因素，用倫理的觀點對事件、人物、文學問題等給予解釋，並從歷史的角度作出道德評價。傳統的道德批評似乎也強調以一定的道德意識和在這種道德意識的基礎上形成的倫理關係批評文學，但是這種評價文學的善惡標準是以批評家或批評家所代表的時代價值取向為基礎的，因此批評家個人的道德立場、時代的道德標準就必然影響到對文學的評價，文學往往被用來詮釋批評家的道德觀念。實際上，這種批評在很大程度上不是批評家闡釋文學，而成了文學闡釋批評家，即文學闡釋批評家所代表的一個時代的道德觀念。因此，文學倫理學批評同道德批評的根本區別就在於它的歷史客觀性，即文學批評不能超越文學歷史。客觀的倫理環境或歷史環境是理解、闡釋和評價文學的基礎，文學的現實價值就是歷史價值的新發現。

　　文學倫理學批評與目前流行的其他文學批評方法的不同，首先在於它有著不同的理論基礎。文學倫理學批評從起源上把文學看成道德的產物，認為文學是特定歷史階段倫理觀念和道德生活的獨特表達形式，文學在本質上是倫理的藝術。關於文藝起源的問題，古今中外有許多學者作過多方

面的探討：有人主張起源於對自然和社會人生的模仿，有人主張起源於人與生俱來的遊戲本能或衝動，有人主張起源於原始先民帶有宗教性質的原始巫術，有人認為起源於人的情感表現的需要，凡此種種，不一而足。關於文學的起源，目前看法並不一致，然而其中影響最大的觀點，則是藝術起源於勞動。「勞動說」被認為是馬克思主義的觀點，在中國影響最大。但是，勞動只是一種生產活動方式，它只能是文藝起源的條件，卻不能互為因果。文藝可以借助勞動產生，但不能由勞動轉變而來，即文藝不能起源於勞動。那麼文學是如何起源的呢？按照文學倫理學批評的觀點，文學的產生源於人類倫理表達的需要，它從人類倫理觀念的文本轉換而來，其動力來源於人類共享道德經驗的渴望。恩格斯（Friedrich Engels）指出：「勞動的發展必然促使社會成員更緊密地互相結合起來，因為它使互相幫助和共同協作的場合增多了，並且使每個人都清楚地意識到這種共同協作的好處」[1]。原始人類對相互說明和共同協作的認識，就是對如何處理個人與集體、個人與個人之間關係的理解，以及對如何建立人類秩序的理解。這實質上就是人類最初的倫理觀念。由於人與人之間的關係是倫理性質的，因此以互相幫助和共同協作的形式建立的集體或社會秩序就是倫理秩序。人類最初的互相幫助和共同協作，實際上就是人類社會最早的倫理秩序和倫理關係的體現，是一種倫理表現形式，而人類對互相幫助和共同協作的好處的認識，就是人類社會最早的倫理意識。文學倫理學批評認為，人類為了表達自己的倫理意識，逐漸在實踐中創造了文字，然後借助文字記載互相幫助和共同協作的事例，闡釋人類對這種關係的理解，從而把抽象的和隨著記憶消失的生活故事變成了由文字組成的文本，用於人類生活的參考或生活指南。這些文本就是最初的文學，它們的產生過程就是文學的產生過程。

　　從文學的起源看，文學概念的產生是建立在文本的基礎之上的，文學是文本的藝術。沒有文字就沒有文本，沒有文本則沒有文學。由於單個的文字在沒有組成文本之前，只是能夠表意的符號，所以由文字組成的文本才是文學的載體。但是，目前其他有關文學的理論則不這樣認為。例如，目前大多數文學理論認為，文學是語言的藝術：「文學與社會經濟基礎的區別在於它是一種社會意識形態，與其他社會意識形態的區別在於它是一種審美藝術，而與其他種類藝術的區別則在於它是一種語言藝術。語言的媒介性質，為文學藝術的生成提供了物質符號基礎」[2]。或者認為，「文學作為具有審美性的語言藝術，是特定社會語境中人與人之間從事溝通的話語行為或話語實踐」[3]。上述觀點顯然混淆了語言同文字的區別，更是忽視了作為文學存在的文本基礎。語言就其性質而言，它可以為文學的出現創造條件，例如利用語言講述的故事可以成為文學的來源。但是，在文字出現以前，以聲音形式出現的語言只能憑藉記憶保存，是不能被保存下來的。即使人們創造了文字，從源頭上說也只能記錄部分語言。例如，最早的文字是象形文字（如埃及的象形文字和中國的甲骨文），由於其不能完全同語言對應，這就決定了文字無論就其形式還是讀音而言，並不能成為聲音的完全載體。從文學的起源上說，人的頭腦才是語言的唯一載體，由於人的頭腦不能長期存在，借助語言講述的故事並不能真正憑藉記憶保存下來。正是語言的這一特性，決定了語言本身不能成為文學。

　　文字出現以後，語言才能借助文字被部分地轉化成文本。儘管如此，這些文字也是經過加工處理的，不能等同於最初的語言。而且，文字也並非僅僅是為了記錄語言而創造的，它既可以記錄語言，也可以記錄以非語言形態存在的意識和思想，把它們轉化為物質形態。無論語言還是意識和

思想，只有當它們借助文字記載下來以後，抽象的思想和借助聲音表現的
語言才能轉變成固定的物質形態，才能形成可視、可讀的文本，從而留傳
下來，並且能夠借助視覺和發音器官得以再現。因此，簡單地把文學稱為
語言藝術顯然混淆了不同藝術之間的區別，例如以語言為主要表現手段的
演說和戲劇表演就只屬於表演藝術，而不是文學。文字是語言的物質形
態，是構成文本的基本材料。文本既是語言的物質形態，也是思想的物質
形態，因此只有文本才能構成文學，而語言不能直接構成文學。語言只有
經過文字到文本的轉化才有成為文學的可能，因為只有當語言轉換為文字
的形式以後，作為語言表意符號的文字才能組成文本。文本是語言或思想
的可視、可讀形式，是文學賴以存在的基礎。正是這一點，決定了文學是
文本的藝術，或者是文字和文本的藝術，但不是語言的藝術。

　　在錄音技術出現之前，由文字組成的文本是文學作品的唯一形式，具
有物質的特性。因此，文學作品不是抽象的，不是精神的，不是觀念的，
不是語言的，更不是一種意識形態或審美意識形態，而是一種借助文本存
在的物質形態。但是，目前文學理論界似乎還未能接受這樣的觀點。例如
有人認為，「按照歷史唯物主義的觀點，文學和其他藝術一樣，都屬於社
會意識形態，是客觀世界在人類觀念領域的反映」，認為「文學作為一種
社會意識形態，是作家依據一定的立場、觀點和方法對社會生活進行的藝
術創造，具有認識性、傾向性和實踐性」[4]。也有人給文學的「意識形態」
加上限定詞，把文學看成是「審美的意識形態」。這種觀點認為：「作為意
識形態，文學具有普遍的屬性，也具有特殊的屬性。文學的普遍屬性在於
它是一般意識形態；文學的特殊屬性在於它是審美意識形態」[5]。在現代世
界，「文學的通行含義」是「文學的審美含義：文學主要被視為審美的語

言作品」[6]。並且認為：「在中國，把文學看成審美意識形態，主要是 20 世紀 80 年代以來馬克思主義文藝理論研究的成果」[7]。「意識形態」和「審美意識形態」的概念也出現在西方文學理論中，例如在《批評與意識形態》（*Criticize and Ideology*）一書中，英國新左派馬克思主義文藝理論家伊格爾頓（Terry Eagleton）就明確提出了一般意識形態、美學意識形態、作者意識形態、文本意識形態等一批意識形態範疇。他在《二十世紀西方文學理論》一書中說：「文學，就我們所繼承的這一詞的含義來說，就是一種意識形態」[8]。佛克馬（D.W. Fokkema）和易布思（E. Kunne-Ibsch）在他們合著的《二十世紀文學理論》中也說：「顯然，馬克思主義批評家認為文學根本上是一種意識形態，必須從歷史唯物主義的角度來加以研究」[9]。在中國，新時期文學理論界關於「文學是審美意識形態」的文學本質觀的提出，被看成是 20 世紀馬克思主義文學理論的基本命題，似乎已經成為大多數人認同和接受的主流觀點。

　　無論是「意識形態」還是「審美意識形態」，它們在本質上都是抽象的思想觀念，而我們討論的文學，卻是文本形式的物質存在，因此我們絕不能說文學就是思想觀念。實際上，把文學看成「意識形態」的觀點從根本上說也同馬克思主義的觀點相反。此前已經有學者指出，意識形態的概念首先由法國學者特拉西（Tracy）提出，因此文學是社會意識形態的命題不是馬克思主義的觀點。這並沒有指出問題的關鍵所在。問題的關鍵在於，文學的意識形態（Ideology）是指一種觀念或者意識的集合，而文學如荷馬（Homer）史詩、希臘悲劇、歌德（Goethe）的詩歌、中國的詩經、儒家經典、楚辭、元曲等首先是以物質形態存在的文學文本，因此有關文學的意識形態則是在文學文本基礎上形成的抽象的文學觀念，並不能等同

於文學。按照馬克思主義的認識論看問題，文學無論如何不能等同於文學的意識形態。那麼，文學同意識形態或者審美意識形態的關係是什麼？是文學決定文學的意識形態。「實踐決定認識」，「客體決定主體」，這是馬克思主義認識論的基本原理，也是馬克思主義哲學的基本原理。馬克思主義哲學認為，哲學的首要問題是意識還是物質的第一性問題，也就是物質決定意識，還是意識決定物質的問題。文學同樣如此。馬克思主義的文學觀首先應該是文學文本決定意識形態還是意識形態決定文學文本的問題，即文學文本還是意識形態第一性的問題。只要解決了這個問題，文學的本質特徵就不難認識了。

把文學看成是「審美的藝術」也是值得商榷的。目前有一種通行的觀點，認為「文學是審美的藝術」[10]。這種觀點認為：「文學的審美意識形態屬性，是指文學的審美表現過程與意識形態相互浸染、彼此滲透的狀況，表明審美中浸透了意識形態，意識形態巧借審美傳達出來。」「具體地說，文學的審美意識形態屬性表現在，文學成為具有無功利性、形象性和情感性的話語與社會權力結構之間的多重關聯域，其直接的無功利性、形象性、情感性總是與深層的功利性、理性和認識性等交織在一起。如果從目的、方式和態度三方面來看，文學的審美意識形態屬性表現為無功利性與功利性、形象性與理性、情感性與認識性的相互滲透狀況」[11]。什麼是審美意識形態屬性？這是一個含糊不清的命題。且不論「文學成為具有無功利性、形象性和情感性的話語與社會權力結構之間的多重關聯域」的表述不知所云，僅就「文學的審美意識形態屬性表現為無功利性」的觀點，就是一個需要討論的問題。

從文學的審美意識形態屬性論證文學的無功利性，實際上是自相矛盾的，因為只要是審美，就必然帶有功利性。可以說，在現實世界裡，根本

不存在不帶功利性的審美。按照無功利論者的觀點，不僅審美是無功利的，而且「文學往往是無功利的」[12]。「無功利（disinterested，又譯無利害），指人的活動不尋求實際利益的滿足。而審美的無功利性（disinterestedness）表現在，審美並不尋求直接的實際利益滿足。也就是說，在文學活動中，無論作家還是讀者在創作或接受的狀況中都沒有直接的實際目的，並不企求直接得到現實利益」[13]。顯然，這一論斷是不符合實際的，因為無論作家還是讀者只要參與文學活動，就必然存在參與文學活動的動機，只要存在動機，就有了功利性。而且，文學無功利的觀點同前面文學的「意識形態」屬性也是相互矛盾的，因為意識形態必然帶有功利性傾向。審美無功利的觀點似乎強調的是文學的審美屬性，但實際上是對文學的審美價值的否定。在已知的文學中，我們找不到不帶功利性的文學作品，在閱讀文學作品的過程中，審美感受又始終同教誨（功利）結合在一起。因此，文學的功利性是其主要特點之一。

　　文學倫理學批評認為，審美不是文學的屬性，而是文學的功能，是文學功利實現的媒介。正是這一點，決定了文學審美的功利性特徵。任何文學作品都帶有功利性，這種功利性就是教誨。無論是古代荷馬的史詩、屈原的辭賦，還是現代人的詩歌、戲劇或者小說，它們的價值都是由其教誨功能決定的。例如，荷馬史詩教人生活準則，赫西俄德（Hesiod）的《神譜》教人理解世界，希臘的悲劇教人遵守道德規範和維護倫理秩序，儒家經典教人為人之道，屈原的辭賦教人探索真理和追求理想。這就是文學的教誨功能，也是文學的功利性特點。我們通過閱讀和理解文學作品而得到教誨的過程，就是審美的過程，教誨的實現就是審美的結果。因此，教誨是文學的本質屬性，而審美只是我們閱讀文學作品、感受文學作品、理解文學

作品而獲取教誨的一種方式，一種手段、媒介。

　　但是，文學的審美功能不能脫離教誨功能單獨存在，它必須同文學的教誨功能結合在一起。審美是認識美、理解美和欣賞美的一個心理接受過程，倫理價值是審美的前提。審美是文學教誨價值的發現和實現，是文學體現倫理價值的方法和實現倫理目標的途徑。審美是為文學的教誨功能服務的，是文學的第二功能。實際上，文學教誨的實現過程就是文學的審美過程，教誨是文學審美的目的和結果。文學的根本目的不在於為人類提供娛樂，而在於為人類提供從倫理角度認識社會和生活的道德範例，為人類的物質生活和精神生活提供道德指引，為人類的自我完善提供道德經驗。因此，文學的審美只有同文學的教誨功能結合在一起才有價值。

（二）

　　無論從起源上、本質上還是從功能上討論文學，文學的倫理性質都是客觀存在的，這不僅是文學倫理學批評的理論基礎，而且也是文學倫理學批評術語的運用前提。在文學倫理學批評的理論體系和術語使用中，倫理的基本涵義同倫理學中倫理的涵義有所不同，它主要指社會體系以及人與社會和人之間客觀存在的倫理關係和倫理秩序。在現代觀念中，倫理還包括了人與自然、人與宇宙之間的倫理關係和道德秩序。道德秩序也可稱之為倫理秩序。在具體的文學作品中，倫理的核心內容是人與人、人與社會以及人與自然之間形成的被接受和認可的倫理秩序，以及在這種秩序的基礎上形成的道德觀念和維護這種秩序的各種規範。文學的任務就是描寫這種倫理秩序的變化及其變化所引發的道德問題和導致的結果，為人類的文

明進步提供經驗和教誨。從倫理的意義上說，在人類社會制度真正產生之前，體現倫理秩序的形式是文學，如希臘的史詩和悲劇。即使在人類的社會制度形成以及有了成文法以後，文學仍然是社會制度以及不成文法的文學表現形式（我們現在往往稱為藝術表現形式）。因此，文學的教誨功能是從文學產生之初就有的，儘管後來這種功能發生了變化，但是文學的倫理性質並沒有改變。文學倫理學批評就是從本質上闡釋文學的倫理特性，從倫理的視角解釋文學中描寫的不同生活現象及其存在的道德原因，並對其作出價值判斷，因此，倫理、亂倫、倫理禁忌、倫理蒙昧、倫理意識、倫理環境、倫理身份、倫理選擇等，都是文學倫理學批評的核心術語。

按照文學倫理學批評的理解，由於理性的成熟，人類的倫理意識開始產生，人才逐漸從獸變為人，進化成為獨立的高級物種。把人同獸區別開來的本質特徵，就是人具有理性，而理性的核心是倫理意識。關於這一點，古代希臘人借助文學形式通過斯芬克斯（Sphinx）之謎以及俄底浦斯（Oedipus）對斯芬克斯之謎的破解作了描述。斯芬克斯提出的是一個關於人的謎語，實際上是一個關於如何把人同獸區別開來的哲學命題。這個對於我們今天的人類來說也許已經不成為一個問題，而對於當時的人類來說，他們還無法對人為什麼是人的問題做出回答。俄底浦斯之所以能夠回答這個問題，在於他的理性的成熟。而他的理性成熟的標誌，則在於他的強烈的倫理意識。而他的倫理意識，則在於他能夠遵守倫理禁忌，即當時存在的倫理秩序。索福克勒斯（Sophocles）在他的悲劇《俄底浦斯王》（*Oedipus the King*）裡，通過一個殺父娶母的倫理預言，巧妙地演繹了人類理性成熟的過程。在古代文學中，禁忌往往是作品價值的核心構成。禁忌是人類力圖控制自由本能即原始慾望而形成的倫理規範，禁忌的形成

是人類努力擺脫蒙昧的結果。在人類成為理性的人之前，本能和在本能驅使下產生的慾望得到最大尊重，並任其自由發展，這就導致亂倫的產生。我們把這種本能和原始慾望稱為蒙昧或者混沌（Chaos）。在我們今天看來，人類最初的倫理意識無論多麼幼稚，但是人類知道他們必須從倫理蒙昧（chaos，又稱混沌）中走出來，知道遵守道德規範和建立倫理秩序對於人類生存和繁衍是多麼重要。俄底浦斯之所以是一個有理性的人，就在於他能夠遵守最基本的倫理規則如禁忌，能夠為避免命中注定的殺父娶母的亂倫犯罪做出努力。悲劇《俄底浦斯王》的意義就在於作者運用文學的形式，講述一個駭人聽聞的倫理故事以警示後人。在大量文學作品中，我們都可以找到這類文學範例，如埃斯庫羅斯（Aeschylus）的《俄瑞斯忒斯》（Orestes），莎士比亞（Shakespeare）的《哈姆萊特》（Hamlet）、《麥克白》（Macbeth），勞倫斯（D. H. Lawrence）的《兒子與情人》（Sons & Lovers），巴金的《家》，曹禺的《雷雨》，茅盾的農村三部曲（《春蠶》、《秋收》、《殘冬》），巴金《憩園》，盧隱的《父親》，何一公的《爸爸的兒子》等，都典型地表現了人的原始獸慾與理性通過倫理展現出來的激烈交鋒。按照文學倫理學批評的邏輯，人類由於理性而導致倫理意識的產生，這種倫理意識最初表現為對建立在血緣和親屬關係上的亂倫禁忌的遵守，對建立在禁忌基礎之上的倫理秩序的理解與接受。倫理意識導致人類渴望用固定的形式把自己的倫理經驗保存下來，以便能夠留傳給後代並與人類分享。正是人類的倫理意識和保存倫理經驗的渴望，才導致人類文明史上文字的產生和文學的出現。

在人類文明之初，維護倫理秩序的核心因素是禁忌。禁忌是古代人類倫理秩序形成的基礎，也是倫理秩序的保障。在古代社會，人類通過禁忌對有違公認道德規範的行為加以約束，因此禁忌也是道德的起源。禁忌最

初只是借助習慣存在、流傳和發揮作用。自從文字產生以後，文字就被用來記錄與禁忌相關的人類活動，從而導致禁忌的文本化。這些文字記錄，就是歷史上最初的文學。自從禁忌文本化以後，以習慣和風俗為媒介的不成文禁忌就變為成文禁忌。在人類文明發展過程中，禁忌轉化為道德或是道德的表現形式之一。因此，人類社會的倫理秩序的形成與變化從制度上說都是以禁忌為前提的。文學最初的目的就是將禁忌文字化，使不成文禁忌變為成文禁忌。成文禁忌在中國最早的文本形式是卜辭，在歐洲則往往通過神諭（Oracle）加以體現。在成文禁忌的基礎上，禁忌被制度化，形成秩序，即倫理秩序。從文學倫理學批評的角度看，文學是由於人類最初表達倫理的需要而產生的。由於文字最初的用途是記載與禁忌相關的人類活動，即使在文學的分類如史詩、抒情詩、戲劇產生以後，禁忌仍然是文學的基本構成。因此，文學從起源上說是人類文明進步的標誌。在古代西方社會中，神諭往往導致文學的產生，如埃斯庫羅斯（Aeschylus）的《俄瑞斯忒斯》（Orestes）、索福克勒斯的《俄底浦斯王》。而在中國，類似於西方神諭的卜辭可以看成是古老的倫理表達形式。中國的卜辭還缺乏從文學的角度來研究，但無論從形式上還是內容上考察，卜辭都應該被看作是中國最早的文學。中國的卜辭、古希臘的史詩和悲劇，它們在本質上都是當時社會的倫理教科書。

　　文學作品在描寫禁忌的同時，人的自由本能和原始慾望也得到真實的充分的描寫。正是在作家對人的自由本能和原始慾望的揭示中，我們看到了自由本能和原始慾望對於人的命運的影響。例如在福樓拜（Flaubert）的小說《包法利夫人》（Madame Bovary）中，我們看到由於本能的作用而從愛瑪（Emma）身上流瀉出來的原始慾望。愛瑪缺乏對原始慾望的理性控制，

其行為和意識全憑本能的驅使，原始慾望最終取代了理性，結果導致她背叛了丈夫，先後同羅道弗爾（Rodolphe）、賴昂（Leon）私通。社會的倫理規則是倫理秩序的保障，一個人只要生活在這個社會裡，就必然要受到倫理規則的制約，否則就會受到懲罰。愛瑪由於慾望脫離了理性的控制，其行為破壞了當時的倫理秩序，最後受到懲罰，自殺身亡。在 19 世紀俄國作家托爾斯泰（Tolstoy）的小說《安娜・卡列尼娜》（*Anna Karenina*）裡，人的本能和原始慾望怎樣影響人的生活和命運也得到了細緻的描寫。安娜（Anna）是莫斯科上流社會的寵兒，美貌、聰明與嫵媚集於一身，成為眾多紈綺子弟的追求對象。在這樣一種特殊的倫理環境中，安娜忘記了自己作為妻子和母親的倫理身份，聽任在原始本能推動下產生的強烈原始慾望的支配，背叛丈夫卡列寧（Karenin）而毫無顧忌地同伏倫斯基（Alexei Kirillovich Vronsky）戀愛、同居。安娜放棄自己的倫理身份，就意味著她放棄了自己的倫理責任和義務，意味著對當時業已形成和為社會認同的倫理秩序的破壞，因此她要遭受懲罰也就不足為怪了。人的本能和理性的衝突還在勞倫斯的小說《查特雷夫人的情人》（*Lady Chatterley's Lover*）中得到充分的描寫和刻畫。在一些批評家眼中，查特雷（Chatterley）夫人被看成是人性大展露的典型，她的背叛和縱慾不僅沒有被看成對倫理秩序的破壞，相反被看成是對人性讚賞和肯定。然而從文學倫理學批評的角度看，查特雷夫人的自我放縱只是說明一個人一旦聽憑原始本能的驅使，在理性基礎上建立起來的各種道德規範就會被摧毀，人又將回到獸的時代，這不是人性的解放，而是人性的迷失。在現代和當代文學作品的描寫裡，人仍然是現代社會中由理性和獸性結合而成的斯芬克斯怪獸，但是現代人似乎沒有像俄底浦斯一樣破解斯芬克斯的謎語，往往不能通過理性控制獸性而真正

使自己從獸中解放出來，沒有讓自己變成有理性的人。在現在的一些文學創作和文學批評裡，人的本能和人性被混淆了，人的本能往往被當成人性加以頌揚和肯定，由於人的本能被當成了人性，因此人的本能或被肯定，或被歌頌。這顯然是一種需要注意的傾向。

　　文學倫理學批評重視對文學的倫理環境的分析。倫理環境就是文學產生和存在的歷史條件。文學倫理學批評要求文學批評必須回到歷史現場，即在特定的倫理環境中批評文學。從人類文明發展的歷史觀點看，文學只是人類歷史的一部分，它不能超越歷史，不能脫離歷史，而只能構成歷史。不同歷史時期的文學有其固定的屬於特定歷史的倫理環境和倫理語境，對文學的理解必須讓文學回歸屬於它的倫理環境和倫理語境，這是理解文學的一個前提。由於文學是歷史的產物，因此改變其倫理環境就會導致文學的誤讀及誤判。如果我們把歷史的文學放在今天的倫理環境和倫理語境中閱讀，就有可能出現評價文學的倫理對立，也可稱之道德判斷的悖論，即合乎歷史道德的文學不合今天的道德，合乎今天道德的文學不合歷史的道德；歷史上給了否定的文學恰好是今天應該肯定的文學，歷史上肯定的文學恰好是今天需要否定的文學。文學倫理學批評不是對文學進行道德批判，而是從歷史發展的觀點考察文學，用倫理的觀點解釋處於不同時間段上的文學，從而避免在不同倫理環境和倫理語境中理解同一文學時可能出現的巨大差異性。

　　同眾多的批評方法相比，文學倫理學批評重在對文學作品本身進行客觀的倫理闡釋，而不是進行抽象或者主觀的道德評價。也就是說，文學倫理學批評帶有闡釋批評的特點，它的主要任務是利用自己的獨特方法對文學中各種社會生活現象進行客觀的倫理分析、歸納和總結，而

不是簡單地進行好壞和善惡評價。因此，文學倫理學批評要求批評家能夠進入文學的歷史現場，而不是在遠離歷史現場的假自治環境（false autonomy situation）裡評價文學。文學倫理學批評甚至要求批評家自己充當文學作品中某個人物的代理人，做他們的辯護律師，從而做到理解他們。例如莎士比亞筆下的哈姆萊特（Hamlet），我們只有同他站在了一起，才會發現他在我們的評價中所受的委屈，即他在復仇過程中表現出來的猶豫和軟弱並不是他的性格弱點所致，而是因為他無法解決在復仇過程中所遭遇到的倫理困境。因為如果復仇他就可能犯下弒父、弒君和弒母的亂倫大罪；而如果放棄復仇則又不能履行他為父復仇的倫理義務與責任。幾百年來，由於我們在一個假自治環境裡討論哈姆萊特，所以一直誤讀了他那句可以用中國通俗話語「如何是好」去理解的表達其兩難處境的著名獨白：To be or not to be, that is the question。我們在自設的一個現場裡，就這樣把哈姆萊特苦苦思考的有關行為正當或者錯誤的倫理兩難的問題，簡化成了一個生死的問題。顯然，只有回到哈姆萊特的倫理現場，我們才能真正理解哈姆萊特。中國的眾多小說也是如此。例如《水滸傳》中關於武松打虎的描寫，只有在那個特定的倫理環境中，武松才能成為打虎英雄。然而把武松放在今天的倫理環境中解讀，按照我們今天倫理觀念，武松只能是一個虐殺動物的罪犯。《紅樓夢》也是如此，作者把賈寶玉置於一個大家族的特定倫理環境中，通過他的性意識的覺醒表現他的理性成熟過程。《水滸傳》和《三國演義》的偉大與不朽，在於通過一系列英雄人物表達了特定的倫理環境中的忠義道德觀念。《西遊記》表面上似乎表達的是一種自由和反叛精神，但實際上通過孫悟空和唐僧的師徒關係表達了特定倫理環境中人類對自由意志與倫理秩序之間關係的認識和理解。

　　用文學倫理學批評的方法分析作品，尋找和解構文學作品中的倫理線與倫理結是十分重要的。倫理線和倫理結是文學的倫理結構的基本成分。從文學倫理學批評的觀點看，幾乎所有的文學文本都是對人的道德經驗的記述，幾乎在所有的文學文本的倫理結構中，都存在一條或數條倫理線（ethical line），一個或數個倫理結（ethical knot or ethical complex）。在文學文本中，倫理線同倫理結是緊密相連的，倫理線可以看成是文學文本的縱向倫理結構，倫理結可以看成是文學文本的橫向倫理結構。在對文本的分析中，可以發現倫理結被一條或數條倫理線串連或並連在一起，構成文學文本的多種多樣的倫理結構。文學文本倫理結構的複雜程度主要是由倫理結的數量及形成或解構過程中的難度決定的。文學倫理學批評的任務就是通過對文學文本的解讀發現倫理線上倫理結的形成過程，或者是對已經形成的倫理結進行解構的過程。在大多數情況下，倫理結的形成或解開（untying）的不同過程，則形成對文學文本的不同理解。

　　在文學文本中，有時候倫理結是預設的，例如在荷馬史詩《伊利亞特》（Iliad）中，特洛伊王子帕里斯（Paris）「誘拐」斯巴達王后海倫（Helen）這個導致衝突的倫理原因就是預設的。海倫沒有直接出現在文學文本中，而是在後來的敘述者的敘述中出現。在悲劇《俄底浦斯王》中，有關俄底浦斯殺父娶母的預言這個倫理結也是預設的。在悲劇《俄瑞斯忒斯》裡，阿伽門農（Agamemno）因為殺死女兒伊菲革涅亞（Iphigenia）獻祭給神而給自己造成的禍因也是預設的。預設的倫理結需要解構。俄底浦斯努力躲避殺父娶母的行動就是對殺父娶母這個預設的倫理結的解構。就文學倫理學批評而言，這個解構的過程就是批評的過程：解構得到的結果，就是批評得到的結果。

　　但是，有的倫理結是在故事的發展中逐漸形成的，它的形成過程就是一個倫理活動過程。例如在《威尼斯商人》（The Merchant of Venice）裡，因為安東尼奧（Antonio）寫下的一磅肉的借據而形成的倫理結是在文本的閱讀過程中形成的。在《哈姆萊特》中，至少有兩條倫理主線，一條是哈姆萊特復仇的主線，一條是克勞狄斯（Claudius）掩蓋真相的主線。在每條倫理主線上，逐漸生出無數個倫理結。在哈姆萊特的復仇主線上，父親鬼魂揭露的祕密、哈姆萊特導演的戲中戲、哈姆萊特同奧菲莉婭（Ophelia）的情感糾紛、哈姆萊特刺殺波隆涅斯（Polonius）而同雷歐提斯（Laertes）及奧菲莉婭結下的仇恨、哈姆萊特出使英國、哈姆萊特同雷歐提斯比劍等，都是在這條復仇線上生成的一個個倫理結。生成的倫理結有生成的過程，也有解構的過程。如戲中戲這個倫理結，其生成的過程是在哈姆萊特追求父親死亡真相的過程中自然生成的。戲中戲的目的是為了追求真相，真相就是戲中戲的倫理結，因此戲中戲也是解構真相的過程。這個真相的解構又集中體現在哈姆萊特在去見母親途中的那一長段內心獨白中，即他如何極力說服自己不要失去理性，以避免自己像尼祿那樣犯下弒母的亂倫大罪。另外，哈姆萊特殺死波隆涅斯也是一個生成的倫理結，而哈姆萊特同雷歐提斯的比劍則是這個倫理結的解構方式，並通過比劍導致的死亡使這個倫理結被消解。有時候，倫理結是在文本的形成過程產生的，在哈姆萊特中，哈姆萊特的母親嫁給克勞狄斯而因倫理禁忌構成的倫理結是整個悲劇中的主導倫理結，因為它自始至終主導著哈姆萊特的思想和行動。哈姆萊特那段最著名的內心獨白 to be or not to be，就集中表現瞭解構倫理結的艱難過程。文學倫理學批評就是通過對文學文本中倫理結的生成過程進行描述，對生成或預設的倫理結進行解構，從而接近文學文本、理解文本和批評文本。

　　在文學批評中，文學倫理學批評注重對人物倫理身份的分析。在閱讀文學作品的過程中，我們會發現幾乎所有倫理問題的產生往往都同倫理身份相關。在眾多文學文本裡，倫理線、倫理結、倫理禁忌等都同倫理身份聯繫在一起。例如，哈姆萊特在其母親嫁給克勞狄斯之後，他的倫理身份就發生了很大變化，即他變成克勞狄斯的兒子和王子。這種倫理身份的改變，導致了哈姆萊特復仇過程中的倫理障礙，即他必須避免的弒父和弒君的倫理禁忌。哈姆萊特對他同克勞狄斯父子關係的倫理身份的認同，是哈姆萊特在復仇過程中出現猶豫的根本原因。再如《麥克白》（*Macbeth*）中篡位者麥克白（Macbeth）的臣子和國王的身份、《湯姆·瓊斯》（*Tom Jones*）中湯姆的私生子身份等，都是構成文學文本最基本的倫理因素。

　　在文學作品中，倫理身份的變化往往直接導致倫理混亂。在某些文學文本中，倫理結表現為倫理混亂（ethical confusion）或秩序重構（reconstruction of ethical order），前者如莎士比亞的喜劇《第十二夜》（*Twelfth Night*）中薇奧拉（Viola）的易裝，後者如托爾斯泰的小說《安娜·卡列尼娜》中安娜（Anna）對傳統道德的背叛及倫理秩序的自我建構。倫理混亂最初來源於對倫理禁忌形成之前的人類社會生活的描述。在文學作品中，倫理混亂表現為理性的缺乏以及對禁忌的漠視或破壞。在大多數文學文本中，所有的倫理結幾乎都是在倫理混亂中形成的。倫理混亂無法歸於秩序或者不能秩序重構，則形成悲劇文本，如《哈姆萊特》、《李爾王》（*King Lear*）、《安娜·卡列尼娜》等。如果倫理混亂最後歸於秩序或重建了秩序，則形成喜劇文本或悲喜劇文本，如《第十二夜》、《威尼斯商人》、《羅密歐與茱麗葉》（*Romeo and Juliet*）、《湯姆·瓊斯》、《復活》（*Resurrection*）等。

　　總之，文學倫理學批評的目的不僅僅在於從倫理的立場簡單地對文學作出好或壞的價值判斷，而是通過倫理的解釋去發現文學客觀存在的倫理價值，尋找文學作品描寫的生活事實的真相。文學作品的倫理價值是歷史的、客觀的，它不以我們今天的道德意志為轉移。例如關於俄底浦斯的悲劇，文學倫理學批評的重點不在於對他所接受的倫理觀念下定義，而在於解釋為什麼殺父娶母的神諭會導致他的悲劇；不在於對在無意中犯罪的俄底浦斯作出好與壞的道德判斷，而在於解釋他在無意中殺死父親和娶了母親為什麼會被看成最嚴重的犯罪；不在於總結俄底浦斯或索福克勒斯的倫理傾向或道德立場，而在於探討究竟是什麼導致了俄底浦斯的悲劇。文學倫理學批評的目的在於通過對文學文本的閱讀與分析，從而獲取新的認識與理解。文學批評不是前人批評的重複，而是追求新的理解與新的解釋，並從對文學作品的閱讀中獲得新的理解和啟示。文學批評不是靜止的，而是一個不斷向前的運動。文學倫理學批評的價值不在於維護已經形成的觀點或看法，而在於努力獲取新的認識和理解以超越前人，從而把前人的批評向前推動。

（原文載於《外國文學研究》2010 年第 1 期）

注釋

1　恩格斯：「勞動在從猿到人轉變過程中的作用」，《馬克思恩格斯選集》第 3 卷。北京：人民出版社，1972 年，第 508-520 頁。

2　本書編寫組編寫：《文學理論》。北京：高等教育出版社、人民出版社，2009 年，第 97 頁。

3　童慶炳主編：《文學理論教程》。北京：高等教育出版社，2004 年，第 69 頁。

4　本書編寫組編寫：《文學理論》。北京：高等教育出版社、人民出版社，2009 年，第 75 頁。

5　童慶炳主編：《文學理論教程》。北京：高等教育出版社，2004 年，第 57 頁。

6　童慶炳主編：《文學理論教程》。北京：高等教育出版社，2004 年，第 53 頁。

7　童慶炳主編：《文學理論教程》。北京：高等教育出版社，2004 年，第 58 頁。

8　特立・伊格爾頓：《二十世紀西方文學理論》（第二版），伍曉明譯。西安：陝西師範大學出版社，1986 年，第 27 頁。

9　佛克馬、易布思：《二十世紀文學理論》，林書武等譯。北京：三聯書店，1988 年，第 92 頁。

10　本書編寫組編寫：《文學理論》。北京：高等教育出版社、人民出版社，2009 年，第 86 頁。

11　童慶炳主編：《文學理論教程》。北京：高等教育出版社，2004 年，第 61 頁。

12　童慶炳主編：《文學理論教程》。北京：高等教育出版社，2004 年，第 61 頁。

13　童慶炳主編：《文學理論教程》。北京：高等教育出版社，2004 年，第 61 頁。

二、文學倫理學批評
——倫理選擇與斯芬克斯因子

在 2010 年《外國文學研究》第一期發表的論文「文學倫理學批評的基本理論和術語」中，我主要就文學的起源、本質以及文學倫理學批評使用的基本術語做了初步的探討。在這篇論文中，我將在文學起源的基礎上，繼續討論文學的基本構成及其在文學中的具體表現。

（一）

從起源上說，「文學是特定歷史階段倫理觀念和道德生活的獨特表達形式，文學在本質上是倫理的藝術」[1]。人類在理性的自我發展和成熟過程中，借助在實踐中創造的文字，記錄自己的認識與理解，從而形成了最早的文本。最初，人類並不能抽象地認識自己，但是在理性成熟過程中，人類在現實生活中遇到的問題越來越多，如何對發生的疾病和自然災害給以解釋，如何對事物的價值作出評判，如何對自己的生活做出選擇，尤其是如何理解人自身等，從蒙昧逐漸走向文明的人類需要思考和回答這些問題。在文字產生之前，人類最初是如何思考和作出回答的，由於沒有任何這方面的資料，已經無從查考了。但幸運的是，在創造了能夠記錄自己生活及思考的文字之後，人類借助文字構成的文本形式表達自己的樸素理

解，從而讓我們能夠通過文本認識人類是怎樣從蒙昧中走出來的。

在人類文明發展進程中，人類面臨的最大的問題是什麼？就是如何把人同獸區別開來以及在人與獸之間作出身份選擇。這個問題實際上是隨著人類的進化而自然產生的。19 世紀中葉達爾文（Darwin）創立的生物進化論學說，用自然選擇對整個生物界的發生、發展作出了科學解釋。我們從進化論的觀點考察人類，可以發現人類文明的出現是人類自我選擇的結果。在人類文明的歷史長河中，人類已經完成了兩次自我選擇。從猿到人是人類在進化過程中作出的第一次選擇，然而這只是一次生物性選擇。這次選擇的最大成功就在於人獲得了人的形式，即人的外形，如進化出來能夠直立行走的腿，能夠使用工具的手，科學排列的五官和四肢等，從而使人能夠從形式上同獸區別開來。

但是，人類的第一次生物性選擇並沒有從根本上解決什麼是人的問題，即沒能從本質上把人同獸區別開來。正如達爾文自己所說：「自然選擇在文明的民族國家中的影響——到目前為止，我只考慮到了人從半人半獸的狀態向近代野蠻人的狀態進展的一段情況」[2]。達爾文的自然選擇和進化理論解決了人類是從某種低級生物發展而來的問題，而且也通過人和低等動物具有一些同源結構的證據證明了人類是從某種低級類型發展而來的。但是，達爾文只是從物質形態解決了人是如何產生的問題，並沒有清楚回答人為什麼是人的問題，即人與其他動物的本質區別問題。因此人類在做出第一次生物性選擇之後，還經歷了第二次選擇即倫理選擇，以及目前正在進行中的第三次選擇即科學選擇。這是人類文明進化的邏輯。

恩格斯對人類起源作了全面的探討，發展了達爾文的進化理論，提出了勞動創造人類的科學論斷。1876 年，恩格斯寫了〈勞動在從猿到人轉

變過程中的作用〉一文，指出使人類從動物狀態中脫離出來的根本原因是勞動。文章論述了從猿到人的轉變過程：古代的類人猿最初成群地生活在熱帶和亞熱帶森林中，後來一部分古猿為尋找食物下到地面活動，逐漸學會用兩腳直立行走，前肢則解放出來，並能使用石塊或木棒等工具，最後終於發展到用手製造工具。與此同時，在體質上，包括大腦都得到相應的發展，出現了人類的各種特徵。恩格斯把生活在樹上的古猿稱為「攀樹的猿群」[3]，把從猿到人過渡期間的生物稱作「正在形成中的人」[4]。恩格斯堅持達爾文的進化論觀點，認為人類祖先是由一種高度發展的類人猿進化而來的，並指出勞動是推動從猿到人轉化的決定性力量。恩格斯的核心觀點在於強調勞動在從猿到人轉變過程中的作用。勞動創造了手，手的發展變化引起整個肌體的變化。接著在勞動中又產生了語言，在勞動和語言的共同推動下，猿的腦髓才逐漸變成人的腦髓。因此，勞動是推動猿向人進化過程中起決定作用的力量。

　　恩格斯與達爾文不同，還回答了人與動物的根本區別問題。他指出：「人類社會區別於猿群的特徵又是什麼呢？是勞動」[5]。真正的勞動是從製造工具開始的。有了工具，人才可能進行各種複雜的勞動，提出和達到愈來愈高的目標，使勞動本身隨著人類的發展變得更加不同、更加完善和更加多方面。人類除了打獵和畜牧外，進而有了農業，農業以後又有了紡紗、織布、冶金、製陶等各種各樣的手工業，後來又有了商業，最後出現了藝術和科學。在恩格斯看來，「動物僅僅利用外部自然界，單純地以自己的存在來使自然界改變；而人則通過他所作出的改變來使自然界為自己的目的服務，來支配自然界」。因此恩格斯再次強調：「這便是人同其他動物的最後的本質的區別，而造成這一區別的還是勞動」[6]。

　　恩格斯強調勞動從猿到人轉變過程中的作用，用勞動解釋了人從猿進化而來的問題。恩格斯關於勞動的觀念並未超越生物進化的觀點，只是達爾文自然選擇觀點的具體化，可以讓我們進一步理解人類具體怎樣從猿進化而來。勞動在人從猿轉變而來的過程中起到了至關重要的作用，這是沒有疑義的。但是，勞動不是人本身，勞動只是人類進化的一個外部條件或人所具有的一種能力。因此，用勞動解釋人同其他動物的本質區別仍然並未真正回答是什麼將人同猿區別開來的問題。為什麼進化了的人與其他同樣也在進化的猿及其他動物有了本質區別，這是恩格斯並沒有回答的問題，也是僅僅用勞動無法解釋的問題。由此可見，恩格斯和達爾文一樣，只是解決了人是怎樣進化而來的問題，並沒有解決人同其他動物的本質區別的問題。

　　那麼，人和動物的本質區別究竟是什麼？如果要回答這個問題，我們還需要再次回到達爾文自然選擇的觀點上來，即人類是物種長期演化的結果。達爾文認為，生物在其生存環境中隨時間而進化，並最終進化成現代的高級形態，包括人類的出現。因此，人從猿進化而來只是解決了一個生物性選擇的問題，即猿在進化過程中選擇了我們現在稱之為人的生物特性，如腦的外形、五官分佈、直立行走、語言能力等。人類的生物性選擇是非常重要的，它奠定了人類向更高階段進化的基礎。

　　如上所述，人類的生物性選擇並沒有把人完全同其他動物即與人相對的獸區別開來。從《聖經》的描述裡，我們可以得知人類的生物性選擇同倫理選擇有多麼不同。在上帝創造的伊甸園裡，最初出現的人只是生物學意義上的人。人同牲畜、昆蟲、野獸等生物儘管外形不同，但沒有智慧，無異於獸。按照上帝的本意，上帝按照自己的形象造人是要人類管理海裡

的魚、天上的飛禽、地上的牲畜和一切爬行的昆蟲。但是人類同其他生物
沒有本質的區別，這就意味著人類實際上並無可能實現上帝的意志。只是
人類最後選擇了吃掉伊甸園中善惡樹上的果實，人類才有了智慧，因知道
善惡才把自己同其他生物區別開來，變成了真正的人。如果我們不從宗教
的立場看待伊甸園的故事，而僅僅把它看成是有關人類文明起源的一個寓
言，我們就可以從中發現人類在文明進展中把自己同其他動物區別開來的
關鍵所在了。

　　在伊甸園裡，作為我們人類始祖的亞當和夏娃最初並沒有發現自己同
其他生物有什麼不同。他們像野獸一樣赤裸著身體，餓了就採摘樹上的果
子吃，渴了就喝河中的水，自由自在，無憂無慮，十分快樂。在伊甸園的
自然界裡，人只是獸中的一員，沒有把自己同獸區別開來的能力。但是園
子的中間長有一棵分別善惡的智慧樹，那是上帝禁止他們採摘食用的，因
為一旦吃了那棵樹上的果子，人就有了智慧；人一旦有了智慧，就可以分
辨善惡了。夏娃渴望得到智慧，就摘下智慧樹上的果子吃了，而且也讓身
邊的亞當吃了。夏娃和亞當吃了智慧樹上的果實，有了智慧，才知道自己
赤身露體，而感到羞恥，於是就把無花果樹的葉子縫成裙子，為自己遮羞。
人們所說的亞當和夏娃偷吃禁果的原罪，實際上是人類經過倫理選擇把自
己從獸中解放出來後，對人身上仍然存有的獸性因子的理解。達爾文認
為，人的知性是通過自然選擇獲得的；但是理性，我認為則是通過倫理選
擇獲得的。

　　從亞當和夏娃的倫理選擇中我們可以發現，他們同偷吃禁果之前的自
己相比，其最大不同在於具有了分別善惡的能力。《聖經》裡通過耶和華
神對此解釋說：「那人已經和我們相似，能知道善惡」（《創世記》3：22）。

上帝擔心他們還要採摘生命樹上的果子吃而獲得永生，就把他們趕出伊甸園。亞當和夏娃通過吃智慧樹上的果子而能夠分辨善惡，完成了倫理選擇，終於從生物學意義上的人變成了有倫理意識的人。由此可見，能否分別善惡是分辨人是否為人的標準。善惡的概念是與倫理意識同時出現的。善惡一般不用來評價獸，而只是用來評價人，是評價人的專有概念。因此，善惡是人類倫理的基礎。

（二）

亞當和夏娃的故事表明，人類真正認識到自己同獸的不同並把自己從獸中解放出來，倫理選擇是多麼重要。在悲劇《俄狄浦斯王》中，索福克勒斯最早用文學的形式對人類的倫理選擇作了絕妙的闡釋。

人類倫理選擇的實質就是做人還是做獸，而做人還是做獸的前提是人類需要認識自己，即認識究竟是什麼將人同獸區別開來。在《俄狄浦斯王》這部常常被人們解讀為表現古希臘人命運主題的悲劇中，如果我們從人類倫理選擇的視角思考問題，我們就會發現，斯芬克斯（Sphinx）以及它的謎語並非是為了表達一個人類無法同命運抗爭的命題，而是為了表達對人為什麼是人的追問。

斯芬克斯是希臘神話中的形象，她蹲守在前往忒拜的十字路口，要求過往的行人回答她的一個謎語，凡是破解不了她的謎語的人都會被殺死。斯芬克斯的謎語具有強烈的象徵性。謎語說：什麼東西早晨用四條腿走路，中午用兩條腿走路，晚上用三條腿走路？這個謎語的謎底是人，但是忒拜人都猜不出來。後來俄狄浦斯說出了謎底——「人」：在生命的早晨，

人是個孩子，用手和腳爬行，因此是四條腿走路；人到了生命的中午，變得強壯有力，所以用兩條腿走路；到了生命的傍晚，年老體衰，不得不借助拐杖，所以是三條腿走路。俄狄浦斯答對了，斯芬克斯因羞慚而跳崖自殺。這個關於人的謎語，在當時難倒了許多人，因此被稱為「斯芬克斯之謎」。在今天看來，這個謎語的價值並非在於難解，而是在於它為我們理解人給出了重要啟示。

　　古往今來，許多學者對斯芬克斯之謎這個貌似簡單的問題進行了各種解釋。儘管各家觀點不一，理解和表述不同，但在斯芬克斯之謎與探求人的本質有關這個認識上，卻趨向一致。學者們往往把這個謎語同刻在阿波羅神廟上那句意味深長的箴言「認識你自己」聯繫起來，認為斯芬克斯之謎表達的核心內容是對人的本質的追問。這一思路無疑有助於我們正確理解斯芬克斯之謎。不過，關於對這個問題的理解，首先應該從斯芬克斯的形象分析入手。斯芬克斯不僅是一個神話形象，而且也是一個著名的文學形象，但遺憾的是，它是一個長期被人誤解的形象。直到今天，斯芬克斯還常常被人們理解為一個作惡的怪獸形象。在希臘神話裡，斯芬克斯是代表毀滅的殘忍怪物。根據赫西俄德（Hesiod）的《神譜》（Theogony）所說，斯芬克斯為厄喀德那（Echidna）和俄耳托斯（Orthrus）所生。厄喀德那（Echidna）是斯芬克斯的母親，她同斯芬克斯有些類似，是一個半神半獸的怪異精靈。她的上半身是女神，眼睛明亮，面容美麗，但是下半身是蛇的軀體，上面長滿了斑點。[7] 從斯芬克斯的蛇形尾巴上，還可以看到它母親的影子。斯芬克斯的父親俄耳托斯也不是人的形象，而是一隻長著雙頭的狗。希臘神話中，類似斯芬克斯的母親這種人獸一體的形象，並不是極其個別的例子。例如，關在克里特島上迷宮中的米諾斯（Minos）牛，

半人半羊的牧神潘（Pan）和森林之神薩蒂爾（Satyrs），半人半馬的喀戎
（Chiron）等。因此，斯芬克斯這個人獸一體的形象可以在古老的希臘神話
裡找到來源。

在所有人獸一體的希臘神話形象裡，斯芬克斯是最著名的也是象徵性
最強的人獸一體形象。從性別上說，斯芬克斯是一個女性。她長著女人的
頭、獅子的身體、鷹的翅膀和蛇一樣的尾巴。這個人和獸結合在一起的斯
芬克斯，究竟是人還是獸，對於剛剛經過生物性選擇而從蒙昧中走出來的
古代人類來說，仍然是一個他們還不能徹底解決的問題。就斯芬克斯的女
人頭部特徵而言，她是一個人並且是一個女人，但是就她的獅子身體而
言，她不是人而是獸。她尾部長著的那根蛇形尾巴，就是野獸淫慾的突出
象徵。那麼，這個既是人又是獸的斯芬克斯究竟是什麼？究竟是人還是
獸？這就成為一個類似於哈姆萊特遇到的「是也不是」（to be or not to be）
的問題。

斯芬克斯關於人的謎語實際上是一個怎樣將人和獸的區別開來的問
題。在人類進化過程中，當人類經過生物性選擇而獲得人的外形的時候，
人類也同時發現自己身上仍然保留了許多獸的特性，如生存和繁殖的本
能。斯芬克斯因為有人的頭腦而認識到自己不同於獸，但是由她的獅子身
體和蛇尾所體現的原慾又讓她感到自己無異於獸。就她的外形而言，她既
是人，也是獸。她渴望知道，她究竟是人還是獸。她通過提問的方式表達
自己對於人的困惑，斯芬克斯之謎也就這樣產生了。

我們與其將斯芬克斯看成一個怪獸，不如將她看成古代人類認識自己
的一個象徵，看成理解人的本質的一把鑰匙。斯芬克斯的特點是人頭和獸
身結合在一起，這種特點一是說明人在形式上最重要的特點是頭腦，實

際上這是人類經過長期進化而出現的最初的理性的象徵。二是說明人是從獸進化而來的，人的身上在當時還保留著獸的本性。我們可以把這一特點稱為斯芬克斯因子。所謂的「斯芬克斯因子」其實是由兩部分組成的——人性因子（human factor）與獸性因子（animal factor）。這兩種因子有機地組合在一起，其中人性因子是高級因子，獸性因子是低級因子，因此前者能夠控制後者，從而使人成為有倫理意識的人。斯芬克斯因子是理解文學作品的核心。斯芬克斯因子的不同組合和變化，將導致文學作品中人物的不同行為特徵和性格表現。形成不同的倫理衝突，表現出不同的道德教誨價值。

人性因子即倫理意識，主要是由人頭體現的。人頭是人類從野蠻時代向文明進化過程中進行生物性選擇的結果。人頭出現的意義雖然首先是人體外形上的生物性改變，但更重要的意義是象徵倫理意識的出現。人頭對於斯芬克斯而言是他身上具有了人的特徵，即人性因子。人性因子不同於人性。人性是人區別於獸的本質特徵，而人性因子指的是人類在從野蠻（Savagery）向文明進化過程中出現的能夠導致自身進化為人的因素。正是人性因子的出現，人才會產生倫理意識，使人從獸變為人。倫理意識的最重要特徵就是分辨善惡的能力，即如同伊甸園裡偷吃了禁果的亞當和夏娃那樣，能夠分辨善惡。沒有人頭，就不可能有人的倫理意識，沒有倫理意識，就不能分辨善惡，不能分辨善惡，就不能成為真正的人。正是因為由人頭體現的人性因子的出現，人才能借助最初的倫理意識分辨善惡，從而使人從獸中解放出來，倫理意義上的人才得以誕生。也就是說，就倫理而言，人的基本屬性恰恰是由能夠分辨善惡的倫理特性體現的。

獸性因子與人性因子相對，是人的動物性本能。動物性本能完全憑藉本能選擇，原慾是動物進行選擇的決定因素。獸性因子是人在進化過程中

的動物本能的殘留，是人身上存在的非理性因素。獸性因子屬於人身上非人的一部分，並不等同於獸性。動物身上存在的獸性不受理性的控制，是純粹的獸性，也是獸區別於人的本質特徵。而獸性因子則是人獨具的特徵，也是人身上與人性因子並存的動物性特徵。獸性因子在人身上的存在，不僅說明人從獸進化而來，而且說明人即使脫離野蠻狀態之後變成了文明人，身上也還存在有動物的特性。人同獸的區別，就在於人具有分辨善惡的能力，因為人身上的人性因子能夠控制獸性因子，從而使人成為有理性的人。人同獸相比最為本質的特徵是具有倫理意識，只有當人的倫理意識出現之後，才能成為真正的人。從這個意義上說，人是一種倫理的存在。

顯然，斯芬克斯是人類在經過生物性選擇之後給我們留下的一個倫理命題，即做人還是做獸？因此，斯芬克斯之謎給人類提出的是一個選擇問題，即人類在經過生物性選擇之後還需要再次作出的第二次選擇：倫理選擇。俄狄浦斯能夠正確地說出謎底，是因為他能夠真正把人同獸分別開來，這是倫理選擇的結果。索福克勒斯在《俄狄浦斯王》中，用俄狄浦斯殺父娶母的亂倫故事，對俄狄浦斯倫理選擇的悲劇性過程做了詮釋。

在《俄狄浦斯王》中，能夠解答斯芬克斯之謎的俄狄浦斯在無意中殺死了自己父親，被忒拜人民推舉為王，又娶了自己的母親做了王后。俄狄浦斯當時並不知道他殺死的就是自己的父親，娶的就是自己的母親。儘管如此，這個當年因破解斯芬克斯謎語而為忒拜人民解除了苦難的俄狄浦斯，卻因為自己無意中的亂倫給忒拜人民帶來了巨大災難。悲劇一開始，索福克勒斯就給我們描述了忒拜城的悲慘景象：「田間的麥穗枯萎了，牧場上的牛瘟死了，婦人流產了；最可恨的帶火的瘟神降臨到這城邦，使卡德摩斯的家園變為一片荒涼，幽暗的冥土裡到處充滿了悲歎的哭聲」。「這無數的死亡毀

了我們城邦,青年男子倒在地上散佈瘟疫,沒有人哀悼,沒有人憐憫;死者的老母和妻子在各處祭壇的臺階上呻吟,祈求天神消除這悲慘的災難」。

在這場天降的瘟疫面前,死亡毀滅了忒拜人的城邦,城邦就像一隻在血紅的波浪裡顛簸的船,任憑瘟神的摧殘。那麼,這場災難是什麼原因導致的?俄狄浦斯委派克瑞翁(Creon)到阿波羅(Apollo)的皮托廟裡去求問,帶回來的消息說,城邦遭受災難的原因是那個殺害忒拜前國王拉伊俄斯(Laius)的兇手還躲藏在這個國家裡,只有把這個污染清除了,忒拜的災難才能消除。隨著悲劇的展開,我們最終發現兇手就是俄狄浦斯自己。但是我們要問,為什麼殺害了拉伊俄斯就會導致如此嚴重的後果呢?原來,這樁兇殺案中,隱藏著一個駭人聽聞的殺父娶母的亂倫故事。正是俄狄浦斯的亂倫,才導致整個忒拜的悲劇。

俄狄浦斯的亂倫包括兩個方面:殺父和娶母。這在當時是被嚴格禁止的,因為亂倫會帶來可怕的後果。俄狄浦斯自己說:「我成了不應當生我的父母的兒子,娶了不應當娶的母親,殺了不應當殺的父親」。俄狄浦斯不潔的婚姻是「災難」和「罪惡」。由於他的婚姻,母親為丈夫生丈夫,為兒子生兒女。兒子成了丈夫,母親成了妻子,兒女成了兄弟姐妹。顯然,俄狄浦斯的亂倫行為已經產生嚴重的後果。

在古代社會,亂倫是被嚴格禁止的。在人類進行生物性選擇時,禁忌作為對人類最初出現的文明的保護已經產生。禁忌始於圖騰。古代民族,無論中外,大多以不同動物作為圖騰的標誌,形成有關圖騰的信仰。圖騰的動物性標誌同斯芬克斯有類似之處,實際上是人類身上獸性因子的保留,是人類對自己的生物性選擇的記憶。由於同一血緣的人群有共同的圖騰,因此圖騰也是人類理性萌芽的標誌及倫理禁忌的基礎。從最初的倫理

來說，禁忌主要是針對亂倫的禁忌，即禁止在有血緣關係的人之間發生性關係或者發生屠殺，這主要表現為對父母與子女以及兄弟姐妹之間的亂倫關係和相互殘殺的嚴格禁止。在禁忌出現之前，亂倫實際上是普遍存在的。正如悲劇中說：「他們舊時代的幸福在從前倒是真正的幸福；但如今，悲哀、毀滅、死亡、恥辱和一切有名稱的災難都落到他們身上了」。因此，禁忌是在人類理性成熟過程中形成的，而倫理禁忌的產生，則是人類倫理選擇的結果。

社會科學的研究證明，古代人類的道德觀念產生之前，倫理秩序是憑藉禁忌維繫的。以性關係為例，人們對亂倫關係極度恐懼，對亂倫的禁止也十分嚴厲。弗洛伊德（Sigmund Freud）在《圖騰與禁忌》一書中說：「幾乎無論在哪裡，只要有圖騰的地方，便有這樣一條定規存在：同圖騰的各成員相互間不可以有性關係，即他們不可以通婚」。[8] 這表明，對亂倫的禁忌產生於對亂倫的畏懼，而從科學的觀念看，對亂倫的畏懼則是為了人類種族的繁衍，減少亂倫後代患上隱性遺傳病的機率。

在悲劇中，俄狄浦斯對亂倫表現出極端的恐懼，而且也表現出高度的倫理自覺。他說：「婚禮啊，婚禮啊，你生了我，生了之後，又給你的孩子生孩子，你造成了父親、哥哥、兒子，以及新娘、妻子、母親的亂倫關係，人間最可恥的事」。正是俄狄浦斯的這種倫理自覺，他認識到自己罪孽深重，陷入極大的倫理恐懼之中，最後不得不採用刺瞎自己雙眼的方式懲罰自己。

現在我們可以回頭看看俄狄浦斯的亂倫悲劇與斯芬克斯之謎的關係了。從破解斯芬克斯的謎語開始，我們可以發現斯芬克斯的理性已經成熟，所以他能夠分辨善惡，即能夠把人同獸區別開來。對俄狄浦斯而言，理性成熟的標誌是他的倫理意識的出現，倫理意識表現為對倫理禁忌的

遵守，在悲劇中具體表現為不得殺父和娶母。在《俄狄浦斯王》中，俄狄浦斯殺父娶母的罪行證明，即使人在獲得理性之後，人身上仍然存在著由斯芬克斯的獅身體現的獸性因子，人仍然有作惡的可能。但是，由斯芬克斯的人頭體現的理性意志可以控制獸性因子，從而使人保持人的本性。對俄狄浦斯而言，理性意志就是他的強烈的倫理自覺，他不僅要求堅決追查那個殺父娶母的亂倫罪犯，而且還要嚴厲懲罰那個違犯了倫理禁忌的人。他即使後來發現罪犯就是自己，也不能讓自己免受懲罰。俄狄浦斯的不幸表明，人類經過倫理選擇從野蠻和蒙昧中走出來，變成了具有倫理意識的人，但這個過程卻是悲劇性的。

（三）

在《俄狄浦斯王》中，俄狄浦斯殺父娶母的亂倫行為可以看成是他身上自由意志的失控。他追查兇手和處罰自己則是對禁忌的遵守，可以看成理性意志的體現。自由意志又稱自然意志（natural will），是獸性因子的意志體現。自由意志主要產生於人的動物性本能，其主要表現形式為人的不同慾望，如性慾、食慾等人的基本生理要求和心理動態。理性意志是人性因子的意志體現，也是理性的意志體現。自由意志和理性意志是相互對立的兩種力量，文學作品常常描寫這兩種力量怎樣影響人的道德行為，並通過這兩種力量的不同變化描寫形形色色的人。一般而言，文學作品為了懲惡揚善的教誨目的都要樹立道德榜樣，探討如何用理性意志控制自由意志，讓人從善。文學作品即使描寫作惡的人，如王爾德（Wilde）的《道林‧格雷的畫像》（*The Picture of Dorian Gray*）中的格雷（Gray）、卡爾維諾

（Calvino）的《一個分成兩半的子爵》（*The Cloven Viscount*）中的邪惡的子爵、吳承恩的《西遊記》中的孫悟空等，其目的都是為了讓人引以為戒，從中獲取道德教訓。因此，文學作品中描寫人的理性意志和自由意志的交鋒與轉換，其目的都是為了突出理性意志怎樣抑制和引導自由意志，讓人做一個有道德的人。

　　王爾德是英國 19 世紀中後期著名的小說家，他因為寫作了《道林・格雷的畫像》而被稱為唯美主義作家，這其實是對他的誤解。如果我們把《道林・格雷的畫像》同《俄狄浦斯王》聯繫起來，會發現這部小說同樣詮釋了一個現代的斯芬克斯之謎，即怎樣做一個有理性的人的問題。在小說中，格雷（Gray）是畫家巴茲爾・霍爾華德（Basil Hallward）的「一個極富人格魅力的」模特兒，他的人格會湮沒畫家的一切天性，整個靈魂，乃至藝術本身。他長著紅紅的、曲線柔和的嘴唇，直率的藍眼睛，鬈曲的金髮。他臉上的表情裡寫滿了坦率和純正。他不受世俗的玷污，讓人信賴，讓人敬佩。他好像一尊希臘的大理石雕像，代表著畫家霍爾華德（Hallward）偉大高尚的藝術理想：「他不自覺地為我劃定了一個新流派的輪廓，這個流派包含著浪漫主義精神的所有感情，和希臘精神的全部完美性。心靈與形體的和諧──那有多美！」畫家把自己全部的藝術理想傾注在繪畫裡，完成了一幅無與倫比的格雷的肖像畫。

　　這幅偉大的作品完成後，格雷欣賞自己的畫像時出現了身份選擇的問題。他說：「多麼可哀！我將來會變老、變醜、變得怕人。可這幅畫卻永保著青春。它的年齡只會停留在六月的這個特定日子裡……兩種情況對調一下就好啦！如果我能紅顏永駐，而畫像卻日益衰老，那有多好！要是可能──要是可能──我願意獻出一切。是的，人世間一切東西我都可以割

捨。我願意捐棄自己的靈魂來作交換！」在格雷的倫理意識裡，他不僅混淆了自己和畫像的不同身份，而且要在混亂的身份中做出選擇。他覺得自己作出選擇的時刻來到了。他要選擇常駐的青春、巨大的熱情、微妙而神祕的享受、狂熱的歡樂以及更狂熱的墮落。他將要享有這一切，而把恥辱轉移給畫像。

在格雷的選擇裡，我們可以看到從斯芬克斯因子生發出來的兩種意志，這就是小說中提到的靈與肉的奧祕：「心靈和肉體，肉體和心靈——他們多神祕！心靈中有獸性，而肉體也有瞬息間精神上的昇華。感覺能夠精練，而智能也會退化。誰能說肉體的脈搏在何處終止或是心理上的脈搏在何處開始呢？」在小說中，心靈即理性意志，肉體即自由意志。體現獸性因子的人體感官能夠產生強大的慾望和情感，即自由意志，因此在強大的肉慾面前，人的理性意志往往也顯得無能為力。小說中說：「精神與物質的分離是一個祕密，精神與物質的結合也是一個祕密」。道林·格雷認為，感官還停留在原始的動物性階段：「我們每個人身上都有天堂和地獄」。在自由意志的驅動下，格雷最終選擇了地獄，要把罪惡留給畫像。

格雷的選擇是一種倫理選擇，經過選擇，他自身和畫像的身份發生了轉換。那幅超凡脫俗的完美的格雷畫像變成了人性因子，體現理性意志，能夠分辨善惡，因此它把格雷的惡行一一記錄下來。格雷自己變成了斯芬克斯的獅身，即獸性因子，體現自由意志。格雷任憑本能的驅使，盡力追求感官享樂，在罪惡中越陷越深。格雷本來有一顆體現理性的頭腦，可以控制自己的惡行，但是他把自己的頭腦同畫像作了置換，人頭喪失了理性，成了罪惡的源泉。現實中格雷也是非理性意志的體現者，他瘋狂地追求享樂，變成了無恥之徒和墮落的惡棍。相反畫像是有理性的，格雷每作

一次惡，都被畫像記錄下來。罪惡寫在畫像的臉上，顯示在嘴巴的線條上、下垂的眼瞼上，甚至手型上。只要他作惡，畫像的臉上就會出現污點，就會毀掉白皙的肌膚。看到畫像出現的變化，格雷開始對自己的罪惡感到恐懼，繼而把憤怒轉移到創作畫像的作者身上。霍爾華德畫了格雷的畫像，對畫像和格雷傾注了自己全部的愛。就畫像的誕生而言，他就是格雷的父親。在樓上的房間裡，霍爾華德見到了記錄著格雷全部罪惡的畫像，知道了格雷的祕密。但是，格雷不僅沒有答應霍爾華德要求他懺悔的懇求，反而舉刀殺死了他。格雷這種有意識的犯惡行為，更是一種非理性意志的極端表現。實際上，他殺死畫像的作者，就是象徵性地殺死自己的父親，因而犯下了亂倫大罪。

　　畫像就像一面鏡子，照出了他的醜惡。畫像等同於他的良心，真實地記錄著他的罪惡。他時刻擔心有人看到這幅畫像，總是提心吊膽，夜不能寐，生活在恐懼之中。他再也無法忍受畫像的存在了，決心把它毀掉。正如小說描寫的那樣，他舉起那把殺死畫像作者的刀，「他曾把它洗過多次，上邊一點兒痕跡都沒留下。這把刀閃閃發光。既然它殺了畫家，那麼也應該殺死畫家的作品和它的一切含義。它會殺死往事，於是他就自由了。它會殺死這個可怕的、有生命心靈，除去了這個醜惡的印鑑，他就能獲得安寧」。他拿起刀朝畫像刺去，結果殺死了自己。奇蹟出現了，死去的格雷躺在地板上，一臉憔悴，皺紋滿布，面目可憎，而牆上的格雷畫像又恢復了原樣，年輕英俊，栩栩如生。

　　格雷是一個道德形象，向我們展示出一種諷刺、勸誡和教誨的力量。人的肉體是不能脫離靈魂存在的，即人不能喪失理性。如果一個人的靈魂同肉體截然分開，自由意志就會脫離理性約束，陷入自然主義的泥淖，任

憑原慾氾濫，讓人變得與獸無異。靈魂是人身上最高貴的東西。人因為有了靈魂，所以人才能分辨善惡，真正同獸區別開來。但是，格雷就像王爾德童話中的那個漁夫一樣，不知道靈魂的價值。漁夫為了美人魚的歌聲，為了美人魚的美麗，無法抗拒肉慾的引誘，心甘情願地出賣自己的靈魂。格雷儘管也曾認識到良心是「最神聖的東西」，表示「我要做個好人。想到自己有個醜惡的靈魂，叫我受不了」。但是他為了使自己永遠年輕英俊，在非理性意志的驅使下，最後還是做出了錯誤選擇，放棄了自己的靈魂。

《道林‧格雷的畫像》是一個寓言，它要闡釋的道理就是畫家霍爾華德所說的「希臘精神的完美，靈魂和肉體的和諧」。小說通過格雷的故事表明，人身上存在兩種不同的因子，即由畫像代表的人性因子（理性）和由格雷代表的獸性因子（原慾）。這兩種不同因子是不可分開的，只有它們結合在一起，人才是一個完整的人。由於理性意志能夠控制自由意志，非理性的意志能夠得到引導和約束，因此人能夠成為有理性的人。如果獸性因子同人性因子分離開來，自由意志就如同脫韁的野馬，像格雷那樣，不能自控也不能他控，最後只能造成毀滅。

（四）

在某些文學作品中，人性因子和獸性因子往往表現出靈肉背離的特徵，在《道林‧格雷的畫像》、《一個分成兩半的子爵》、《化身博士》（*Dr. Jekyll and Mr. Hyde*）、《西遊記》等諸多作品中，這些特徵尤為明顯。人作為個體的存在，等同於一個完整的斯芬克斯因子，因此身上也就同時存在人性因子和獸性因子。這兩種因子結合在一起，才能構成完整的人格。在這

兩種因子中，人性因子是主導因子，其核心是理性意志。人性因子借助理性意志指導、約束和控制獸性因子中的自由意志，讓人棄惡從善，避免獸性因子違背倫理。但是，一旦人身上失去了人性因子，自由意志沒有了引導和約束，就會造成靈肉背離。肉體一旦失去靈魂，就會失去人的本質，只留下沒有靈魂的人的空殼。沒有靈魂的人完全依靠本能生存，沒有倫理，不辨善惡，與野獸無異。

在《一個分成兩半的子爵》中，我們能夠看到在《道林・格雷的畫像》曾經描寫過的失去靈魂的人犯下的罪惡。在《一個分成兩半的子爵》中，卡爾維諾描寫了另一個靈肉分離的傑出範例。在一次同土耳其人的戰鬥中，梅達爾多（Medardo）子爵被炮彈炸成了兩半：

揭掉被單，子爵殘缺不全的身軀令人毛骨悚然。他少了一條胳膊，一條大腿，不僅如此，與那胳膊和大腿相連的半邊胸膛和腹部都沒有了，被那顆擊中的炮彈炸飛了，粉碎了。他的頭上只剩下一隻眼睛，一隻耳朵，半邊臉，半個鼻子，半張嘴，半個下巴和半個前額：另外那半邊頭沒有了，只殘留一片黏糊糊的液體。簡而言之，他只被救回半個身子——右半邊。可這右半身保留得很完整，連一絲傷痕也沒有，只有與左半身分割的一條巨大裂口。

梅達爾多子爵受傷之後，居然活了下來，變成了半身人，回到了自己的家鄉，成了披著黑披風的半身騎士。這個半身人不分善惡，沒有正義的觀念，被稱為邪惡的子爵。他到處為非作歹，處處通過殘酷野蠻的方法體現自己的非理性意志。凡是他到過的地方，所有的一切，如青蛙、甜瓜、蘑菇、鮮花等，都被他切去了一半。即使一隻弱小的蝴蝶，也要被他弄死。他殘忍成性，濫殺無辜，絞死了許多人。他還經常縱火燒毀房屋和財物，

燒死無辜的人，甚至連痲瘋病人的住所也要燒掉。他不僅把自己的奶媽燒傷，還以她患了痲瘋病的藉口把她送進專門收容痲瘋病人的村子。由於他身上善良的一邊被分離出去，獸性因子的非理性意志得不到約束，他變成了一個殘酷的冷血人。

卡爾維諾不僅為我們描寫了一個邪惡的子爵，同時也採用對照的手法，給我們描述了子爵的左半身，即善良的子爵。在當年的戰場上，子爵的另一半埋在基督教徒和土耳其人的屍堆下，深夜被路過的兩個修士救了下來，修士們用香脂和軟膏救活了他。他走過基督教的許多國土，度過了許多年月，一路行善，終於回到了自己的城堡。他身上裹著破爛不堪的黑披風，拄著拐杖，穿著打滿補釘的襪子四處流浪，不僅為請求他的人做好事，而且也為攆他走的人做好事。他是仁慈的化身，幫助病人、窮苦人、老年人，誰需要幫助他就到誰那裡去。他把迷路的孩子送回家，把柴禾送給寡婦，把被毒蛇咬傷的狗送去醫治，給窮人家送去禮物，把被風拔起的無花果樹重新種好。他的種種行為表明，子爵的左半身體現的是理性意志。

在小說中，善良的子爵（人性因子）和邪惡的子爵（獸性因子）是斯芬克斯因子的兩個方面，分別代表著理性意志和非理性意志，並由前者制約後者，但是人性因子和獸性因子一旦分開，獸性因子的自由意志失去了約束，就會完全釋放出來，真正變成邪惡的力量。兩個子爵，一個善良仁慈，一個邪惡恐怖，相互對立，不能調和。為了爭奪潘蜜拉（Pamela），兩個子爵相互決鬥，結果雙方都劈開了對方原先的傷口。大夫把兩個子爵緊緊纏在一起，將兩個半身的所有內臟和血脈接好，終於把兩個子爵變成了一個子爵。正如小說中所說，梅達爾多「就這樣復歸為一個完整的人，既

不壞也不好，善與惡俱備，也就是從表面看來與未被劈成兩半之前並無區別」。

　　小說是圖解式的，它用兩個子爵的故事說明，一個身上既有善也有惡，人不是完美的，因此我們需要理解世界上每個人和每件事物都有的不完美的痛苦。不完美是由於人身上的獸性因子沒有得到控制造成的，但是我們不能將之清除而使自身達到完美。獸性因子也不是毫無用途，它可以讓人獲得反面經驗而讓人變得更有智慧。小說評價子爵說：「他如今有了重新合在一起的兩個半身的經歷，應當是變得更明智了」。但是我們應該看到，這種明智是因為理性意志能夠引導和約束自由意志的結果。小說對兩個子爵合併後的表達是寓言式的：「也許我們可望子爵重歸完整之後，開闢一個奇蹟般的幸福時代。但是很明顯，僅僅一個完整的子爵不足以使全世界變得完整」。顯然，作者對整個世界的不完美表達了遺憾。

　　理性意志約束自由意志的文學範例，在《西遊記》描寫的孫悟空身上也同樣可以看到。孫悟空究竟是一個什麼形象，雖然有不同的觀點，但是他作為一種自由意志的體現，則是顯而易見的。在小說中，孫悟空就其身份而言，是由花果山上的一個石卵進化而來，是一隻富有靈性的石猴，一隻食松果的猢猻，並不是人的形象。他不懂倫理，不辨善惡，即沒有倫理意識。在參仙訪道的過程中，他學人禮、學人話，開始有了倫理意識的萌芽。祖師將猢猻中的「猻」字去了獸旁，取姓為孫，賜名悟空，他才有了姓名。直到他學了七十二般變化和騰雲駕霧的本領，掌握了生存的技能，他才真正完成生物性選擇的過程，變獸為人。

　　但是，由於沒有經過倫理選擇，孫悟空是缺少理性意志的。他的自由意志得到充分釋放，為所欲為，無法無天。他擾亂蟠桃會，大鬧天宮，觸

犯天條，上帝派出天兵天將，仍無法將他降服，最後借助如來的法力，才把他鎮壓在五行山下。五百年後他被唐僧救下，收為徒弟，讓他護駕前往西天取經。由於他生性凶頑，不受教誨，不辨善惡，不服管教，胡亂傷人，竟棄唐僧而去。為了約束孫悟空的自由意志，觀音讓唐僧引誘孫悟空穿上衣服，戴上帶金箍的帽子，並授唐僧緊箍咒語（定心真言）。如果孫悟空違背倫理，唐僧只要念動咒語，孫悟空就可以得到管束。孫悟空的頭腦代表自由意志，他頭上的帽子代表理性意志。每當孫悟空任憑自由意志行事，破壞了倫理，唐僧就念動咒語，讓他服從管教。唐僧通過帶金箍的帽子和咒語約束孫悟空的自由意志，帶著他前往西天取經。孫悟空歷經八十一難，完成了倫理選擇，終成正果，被如來封為「鬥戰勝佛」。成佛的孫悟空可以借助理性意志自律，約束自己，外在的緊箍咒已經失去作用，因此頭上戴的金箍自然脫落。

在《西遊記》裡，孫悟空就是《俄狄浦斯王》中的斯芬克斯，它雖然冥頑未開，但是已經有了認知的能力，產生了追求智慧的慾望，因此它的猴頭類似於斯芬克斯的人頭。它的猴子的身體同斯芬克斯的獅子的身體是一樣的，也長著尾巴，這說明它還處於從獸向人的轉化過程中。孫悟空從猴到人的過程經歷了數萬年，它身後的猴子尾巴就是它還沒有最終完成進化的標誌。孫悟空的猴尾，體現的是獸性因子。孫悟空進化為人的過程比斯芬克斯還要慢，因為他的猴頭表明，他還沒有完全獲得人的形式。它的猴頭不是人性因子的標誌。為瞭解決孫悟空人性因子的問題，獲得人的形式，變得像人一樣有理性和能夠控制由意志，觀音菩薩的辦法就是給孫悟空的猴頭戴上金箍。用金箍代表具有理性的人頭，是觀音菩薩的重要發明。如果孫悟空的自由意志氾濫，唐僧只要念動緊箍咒語，就可以使其得

到控制。但是，金箍畢竟是觀音菩薩強加的，不是孫悟空自覺戴上的，因此並不表示孫悟空真正具有了理性，因此還需要唐僧念動緊箍咒，理性意志才能表現出來。

在孫悟空同唐僧取經的旅程中，唐僧通過緊箍咒控制孫悟空的非理性意志，使它符合唐僧的倫理。因此在唐僧與孫悟空的關係中，唐僧始終發揮著人的作用，即理性意志的作用。唐僧是一個清心寡欲的和尚，也是克制肉慾的理性意志的象徵。正因為如此，只有他念動咒語，才能控制惡根未盡的猴頭，使之歸於理性。

在《西遊記》中，唐僧是妖魔鬼怪試圖引誘和吃掉的對象。所有的妖怪都有吃掉唐僧的理由，那就是吃了唐僧肉可以長生不老，可以去除魔性，成道成仙。如果從目的和願望看，妖怪想吃唐僧肉（吸收理性）在本質上是想通過這種方式獲取理性，使自己脫魔成仙。《西遊記》中的妖怪，大多經過數百年、數千年的修煉，才修得人形，能夠變為人身。妖怪們一心修煉，歷經千百年而不悔，其目標只有一個，就是做人。他們修成了人形，但是他們發現縱然修得了人形，但還不是人，而只是妖，只是怪。他們認識到自己缺少人的最本質的東西：理性。對於他們而言，唐僧是理性的象徵，因此妖怪吃唐僧，實則是它們追求理性，渴望把自己真正變成人的一種努力。

中國的志怪小說，如《聊齋誌異》，描述了獸變人的艱難修行過程。修行是人進行自我修養的一種方式。人借助修行抑制自由意志，以便祛除惡和淨化自己，使自己成為德行高深的人，達到至善。善是修行追求的目標，也是修行要達到的結果。在人的崇高理想中，人修行可以得道成仙，獸修行可以脫胎換骨。同人相比，獸修行的難度更大，所需要的時間更長。

修行是一個異常艱苦的過程，需要有極大的毅力才能做到惡根盡除。一旦得道，即可以得到最大幸福。一般而言，中國獸類的修行，其目標大多是實現做人的願望。獸類（包括植物）經過年長月久的修煉，可以修得人形，即斯芬克斯因子。修得人形即為得道，這既是獸類修行獲得的最初成果，也是獸類繼續修煉以便變成人的基礎。

修行對於人類或是獸類，都是為了追求最高境界，做一個有德行或是有道行的人。這是他們追求的共同目標。不過，獸通過修行使自己能夠變化為人，只是為他們真正變成人提供了一種可能，或是指出了獸類如何擺脫獸而進入生靈高級階段的途徑，實際上很少有獸達到它們的目標。但無論如何，獸修行的最大願望，還是祛惡存善，以便做人。這種類似修行的方式，也出現在西方文學中，例如美人魚的形象。同斯芬克斯一樣，美人魚儘管擁有美麗的人頭，但是她的身體仍然是魚尾，即獸的身體，體現的是獸性因子。安徒生（Andersen）筆下的小美人魚愛上了王子，想嫁給王子，但人獸殊途，她無法實現自己的願望。為了變成人，小美人魚喝下女巫的魔藥，不僅承擔了魚的尾巴分裂成雙腿的巨大痛苦，還失去了說話的能力。小美人魚的遭遇表明，無論是人還是獸，在追求做人的過程中，付出的代價都是巨大的。

無論西方的文學，還是中國的文學，大量的文學文本給我們提供了斯芬克斯因子不同組合與變化的範例，證明斯芬克斯因子對於理解文學的價值。斯芬克斯因子是由人性因子和獸性因子構成的，並通過理性意志和自由意志發揮作用。兩種意志之間的力量消長，導致文學作品中人物性格的變化和故事情節的發展。在分析理性意志如何抑制和約束自由意志的同時，我們還發現非理性意志的存在。這是一種希望擺脫道德約束的意志。

它的產生並非源於本能，而是來自錯誤的判斷或是犯罪的慾望，往往受情感的驅動。非理性意志是受情感驅動的非道德力量，不受理性意志的控制，是理性意志的反向意志。非理性意志滲透在人的倫理意識中，一旦擺脫理性意志的控制，它就會以不同的形式表現出來，並同理性意志發生衝突，形成文學作品的倫理結構。

在倫理選擇的過程中，由人性和獸性因子組合而成的斯芬克斯因子通過理性意志、自由意志和非理性意志之間的倫理衝突，既決定著人類的倫理選擇在社會歷史和個性發展中的價值，也決定著文學作品的基本內容和形式。因此理解一部文學作品，就需要從斯芬克斯因子的分析入手，進而對作品做出客觀的價值判斷，挖掘其對於我們今天的意義。

注釋

1　聶珍釗：「文學倫理學批評：基本理論與術語」，《外國文學研究》，2010 第 1 期第 14 頁。

2　達爾文：《人類的由來》，潘光旦、胡壽文譯，北京：商務印書館，1997 年，第 206 頁。

3　恩格斯：「勞動在從猿到人轉變過程中的作用」，《馬克思恩格斯選集第三卷》，北京：人民出版社，1972 年，第 512 頁。

4　恩格斯：「勞動在從猿到人轉變過程中的作用」，《馬克思恩格斯選集第三卷》，北京：人民出版社，1972 年，第 514 頁。

5　恩格斯：「勞動在從猿到人轉變過程中的作用」，《馬克思恩格斯選集第三卷》，北京：人民出版社，1972 年，第 513 頁。

6　恩格斯：「勞動在從猿到人轉變過程中的作用」，《馬克思恩格斯選集第三卷》，北京：人民出版社，1972 年，第 517 頁。

7　參見：The works of Hesiod, Callimachus, and Theognis / literally translated into English prose, with copious notes, by J. Banks. London: H.G. Bohn, 1856. P.18-19. 另見：Theogony, and Works and Days / Hesiod, translated and with introductions by Catherine M. Schlegel and Henry Weinfield. Ann Arbor: University of Michigan Press, 2006. P.32-33.

8　弗洛伊德：《圖騰與禁忌》，文良文化譯，北京：中央編譯出版社，2005 年，第 4 頁。

三、文學倫理學批評
——文學批評方法新探索

（一）中國的文學批評方法需要新的探索與創新

中國的文學批評，尤其是外國文學批評，自改革開放以來出現了一種全新的局面，這就是西方新批評方法的介紹和運用。

中國文學批評的一個基本事實是，西方文學批評理論與方法推動了中國文學研究和批評的發展，並逐漸在中國文學批評界佔據著主導地位。改革開放以來，中國在介紹、研究、闡釋和運用西方文學理論與批評方法方面取得了很大成功，如心理分析、結構主義、精神分析、女性主義批評、比較文學、接受美學等，都是中國文學批評中常用的理論與方法。可以說，西方任何一種新的理論與方法的出現，很快就會被介紹到中國，不僅引起注意，而且還很快就被運用，如最近一兩年出現的所謂文學生態批評就是一例。我們可以說，現代媒介和頻繁的學術交流，尤其是網際網路的普及，西方文學研究的最新資訊都能很快傳入中國，從而使我們在對最新資訊的瞭解方面能夠做到與西方同步。各種不同的西方新批評理論和方法的引入，從根本上改變了中國長期存在的以階級論為基礎的主流文學批評方法，從而使中國的學者們認識到批評文學的方法的多樣性以及階級論的侷限性，尤其是認識到階級論批評方法所帶有的極左政治傾向。從總體上看，西方文學新批評方法在中國傳播的初期，表現出百花齊放的特點，這

正是中國政治開明、經濟發展和文化繁榮的所帶來的結果。

　　西方批評方法在中國的發展經歷了一個從懷疑、拒絕到接受的過程。西方新批評方法被介紹進中國的時候，在一段時間內往往都被看成是同中國長期堅持的馬克思主義文藝批評方法相互對立的批評方法，因此西方新批評方法被介紹進入中國的時候，曾經遭遇到懷疑和抵制，因為害怕它們動搖了我們長期堅持的馬克思主義的理論根基。但是中國更需要的是啟動中國的文學批評與研究，只有新的批評方法才能擔當起這個重任。因此西方新的文學批評方法在中國的傳播、接受和運用，實際上反映的是中國對西方文學批評新方法的一種期待與渴望。同時，中國傳統的批評方法也需要新的批評方法來充實自己、發展自己，從而造成西方文學批評新方法在中國生根、開花和結果的機遇。事實證明，西方文學批評方法並沒有取代馬克思主義的批評方法，相反促進了馬克思主義文藝批評方法的發展，而某些西方的批評理論和方法卻只是曇花一現，很快就被人拋棄了。

　　西方新文學批評方法在中國的運用實踐中，其中一個最重要的特點就是如何把馬克思主義同新的批評方法結合在一起，以此來避免新的批評方法有可能出現的政治問題以及批評中可能出現的片面性。也正是文學批評中的這一積極傾向，促進了中國對西方馬克思主義批評成果的介紹和研究，同時也儘量避免了中國文學批評中馬克思主義方法論的缺失。事實證明，在西方新的文學批評方法被介紹到中國並得到運用以後，以馬克思主義理論為基礎的批評仍然是中國文學批評中最重要的批評方法，而且也能為其他新批評方法提供借鑒和理論支援。我們看到，西方文學批評新方法不僅沒有動搖馬克思主義批評方法的地位，相反使它因為從其他方法中獲得營養而得到加強。對其他批評方法來言，馬克思主義的批評方法也是一

種重要的營養。我們往往在使用新的批評方法的時候，經常使用到馬克思的哲學、美學、心理學、社會學、歷史學、經濟學等方面的理論，以避免新方法在運用過程中的侷限性。

改革開放 20 多年來，西方新文學批評對於中國文學批評的影響和貢獻是有目共睹的。但是我們也看到，我們在運用西方新的批評方法批評文學的過程中也出現了越來越多的缺憾。首先，文學理論與批評逐漸脫離文學。這種傾向以輕視或放棄文本研究和作家研究為其主要特徵。西方新的文學理論和批評方法的產生，其目的是十分明確的，即為了更有效地研究文學。但是現在一些批評文學的批評往往卻脫離文學本身，試圖把文學的批評從批評文學本身轉而批評文化甚至是文明，從而使新的批評方法背離了它堅持批評文學的本意。這種傾向是假借新的批評方法的外衣，把對文學的具體的批評變成了美學的、哲學的抽象分析，甚至變成了對理論自身的研究，文學批評的論文性質出現了變異，即變成了哲學論文、美學論文。因此，我們經常發現一些研究文學的學術論文，其主要內容已經不是批評文學。正是在這一學術風氣的影響下，中國外國文學批評界就出現了一個問題，即文學研究專家的嚴重缺乏。西方有無數的重要作家，而我們卻嚴重缺少對這些作家進行研究的專家，更不用說權威了。而正是這些專家的嚴重缺少，才導致我們同西方學術的不平等對話。我們很難設想，一個不懂莎士比亞的人或對莎士比亞知之甚少的人如何同一個研究莎士比亞的專家對話。因此，西方學術的平等對話根本上不在於批評的方法和批評的術語的缺失或不平等，而在於我們缺少學術專家和學術權威。其次，生搬硬套和故弄玄虛。文學批評是研究文學的一個過程，研究和批評文學的目的在於闡釋文學和理解文學，而不是讓文學變為玄學。正是由於有了研究

和批評，文學才能被人理解、欣賞和接受。但是現在有一種浮躁情緒出現在文學的研究和批評中，具體表現為對新的批評方法的生搬硬套，在批評中故弄玄虛。有些人並沒有真正弄明白某種新的方法，就開始摘取一些所謂的新術語研究文學了。例如一些人在使用女性主義批評方法的時候，在同一篇文章中交替使用女性和女權兩個同義的不同的術語，從而造成術語使用的混亂。這是一種貼標籤式的批評。他們用所謂新的並未完全理解的概念代替了科學的定義和分析，新的術語變成了標籤，自以為用了女權就是女權主義的批評，有一點心理和精神的分析就是心理分析或精神分析的方法了。因此，所謂使用新的批評方法寫作的論文變成了供宣傳用的招貼畫。讓我們感到遺憾的是，這一類標籤式的學術論文還在不斷地發表。第三，文學批評走極端路線，一味地拒絕傳統，對傳統批評方法的精華也採取摒棄的態度。事實上，傳統的批評方法是中國同時也是西方的一種長期學術積累，是世界學術遺產中的精華，無論是作為方法論還是學術成果，都是不應該忽視的。傳統方法中對實證的重視，對考據的強調，這都是文學批評中的精華，無論是現在還是將來，都不會失去它們在學術中價值和意義。我們很難設想，一篇沒有任何引用的論文存在創新。也很難設想，一篇沒有引用的論文可以順利發表並被同行重視和引用。

因此中國的文學批評在這種國際背景下和文學批評方法發展的自身規律中，再加上運用中所出現的誤解問題，有些新的批評方法的新鮮感正在消失，其某些不足表現得越來越來清楚，這不能不讓我們去重新審視被我們認為是中國文學批評的救贖的西方批評方法，去尋找批評文學的新的途徑，即一種新批評方法論。正是在這一背景下，我們開始思考另一種批評的可能性，即作為方法論的文學倫理學批評。

（二）文學倫理學批評方法的理論基礎

　　如果僅從倫理學這門學科的意義說，倫理學大致可以定義為有關善惡的科學、義務的科學、道德原則、道德評價和道德行為的科學。倫理學研究人類社會的道德現象，對有關道德的本質和發展規律的問題做出回答，並解決道德和利益的關係問題。從古代希臘發展起來的西方倫理學，它從總體上和聯繫上對各類道德意識現象、道德規範現象和道德活動現象進行廣泛而深入的考察，並從世界觀和方法論上闡釋道德的本質、功能和各方面的規律。倫理學研究各種道德現象，而道德作為一種社會意識形態對社會存在的反映決定了倫理學研究與社會存在的依賴關係。倫理學是西方關於道德問題的一種重要的理論，同時它又是一種思維和認識方法，並在哲學、社會學、歷史學、心理學、經濟學以及自然科學如醫學等學科領域中得到運用。

　　除了上述學科，倫理學作為方法也同樣可以運用於文學批評，因為在研究的對象上，倫理學與文學有相通之處。倫理學研究的是現實社會中各種道德現象，以及在社會活動基礎上形成的人與人之間的倫理道德關係和道德原則、規範，並用這些原則規範去指導人的行動。而文學卻借助藝術想像和藝術描寫，把現實世界轉化為藝術世界，把真實的人類社會轉化為虛構的藝術社會，把現實中的各種道德現象轉化為藝術中各種道德矛盾與衝突。文學過去和現在都是「一種富有特點和不可替代的道德思考形式」[1]。文學作為一種藝術形式，它典型地、集中地反映人類社會道德現象，描寫了社會存在的道德矛盾和衝突，因此文學也就必然可以成為倫理學研究的

對象。所以，我們也就有了理由去運用倫理學的方法研究和批評文學，為
文學的批評尋找一條新的途徑。

　　文學之所以能夠成為倫理學批評的對象，主要在於文學利用自身的特
殊功能把人類社會虛擬化，把現實社會變成了藝術的社會，具有了倫理學
研究所需要的幾乎全部內容。作為反映社會生活的文學，它通過藝術環境
為倫理學批評提供更為廣闊的社會領域和生活空間，通過藝術形象提供更
為典型的道德事實，並通過文學中的藝術世界提供研究不同種族、民族、
階級、個人和時代的行為類型的範例。因此，文學為倫理學的批評提供的
生活內容更為豐富、廣泛，也更為典型、集中。希臘文學如荷馬、赫西俄
德（Hesiod）和以埃斯庫羅斯（Aeschylos）為代表的希臘悲劇作家，英國
文學如喬叟（Geoffrey Chaucer）、莎士比亞、拜倫（George Gordon Byron）、
狄更斯（Charles Dickens）等作家的創作，都為文學的倫理學批評儲藏了豐
富的道德材料。在這些偉大文學作品的藝術世界中，我們可以像在現實的
人類世界中一樣考察各種法律體系，考察人們的政治、社會和經濟條件，
分析在不同社會政治和經濟結構中的道德觀念和行為，從而做出歷史唯物
主義和辯證唯物主義的評價。所以，倫理學家、道德家或哲學家、政治家
在闡述自己的思想與主張時，往往把文學作品拿來加強自己的論證。所
以，倫理學除了研究現實中的社會及其各種道德活動、現象外，它也可以
研究藝術中虛構的社會及其道德活動、現象。也就是說，倫理學可以運用
於文學及藝術的研究。

　　而且，就文學的性質和自身的特點看，它也同倫理學有著內在的邏輯
聯繫，無論是作者創作作品，或是讀者閱讀作品，都會自然而然地涉及到
眾多的倫理學問題，並需要運用倫理和道德方面的知識去判斷及評價。因

此，我們所說的文學的倫理學批評，也可以稱之為文學倫理學批評或文學倫理學，實際上它不是一門新的學科，而只是一種研究方法，即從倫理道德的角度研究文學作品以及文學與作家、文學與讀者、文學與社會關係等諸多方面的問題。西方文學發展的歷史表明，文學不僅是文學批評家、歷史學家、社會學家等研究的對象，而且也一直是道德學家重視和研究的對象。文學描寫社會和人生，始終同倫理道德問題緊密結合在一起，這不僅為文學的倫理學批評提供了可能，也為它奠定了基礎。

（三）文學倫理學批評的對象和內容

文學倫理學批評主要指的是一種以文學為批評對象的研究方法或者是一種思維方法，由於倫理學與文學是兩個不同的學科，因此文學倫理學批評又帶有比較的特徵，可以歸入比較文學的批評方法之中。就文學倫理學批評而言，它的批評對象是文學。在這裡，我們所說的文學倫理學批評已不同於社會的倫理學批評或其他的倫理學批評，因為社會的倫理學批評是以現實社會、社會生活和社會中的人為對象的，而文學倫理學批評卻是以通過想像而虛構的藝術世界為對象的。因此從對象上說，二者之間的研究是有本質不同的，前者研究社會和社會中所有的道德現象，後者研究文學及文學描寫的道德現象，以及作者與文學、與社會等的道德關係問題。有人認為，「真正的藝術和批評服務於一種道德目的」[2]，因此我們也不能否認，我們宣導文學倫理學批評也帶有一定的目的性，這就是通過這種批評從倫理道德價值方面肯定優秀文學作品，促進人類文明的進步。

總而言之，我們所說的文學倫理學批評應該包括以下內容：

1、作家與創作的關係而論，它應該研究作家的倫理道德觀念以及這些觀念的特點、產生的原因、時代背景、形成的過程；作家的道德觀念與作品所表現的道德傾向的關係；作家倫理道德觀念對其創作的影響，如作家在作品中關於道德的描述，作家對其描寫的各種社會事件及其塑造的人物的道德評價等。

2、就作家的創作而論，它應該研究作品與現實社會中存在的各種道德現象的關係，即文學如何在虛擬的世界裡再現現實社會中的倫理道德現象；作品表現出來的道德傾向；文學作品的社會和道德價值等。

3、就讀者與作品的關係而論，它應該研究讀者對作家的道德觀念及作品道德傾向的感受，讀者對作家的道德觀念及作品道德傾向的評價，作品的道德傾向對讀者以及對社會的影響等。

4、文學倫理學批評還應該包括：如何從倫理學的角度對作家和作品的道德傾向做出評價；作家道德觀念與作品所表現的道德傾向與傳統的關係；作家的道德觀念與作品的道德傾向對同時代及後來作家及文學的影響；文學作品與社會道德風尚及社會道德教育。

5、文學倫理學批評的目的不僅在於說明文學的倫理和道德方面的特點或是作家創作文學的倫理學問題，而更在於從倫理和道德的角度研究文學作品以及文學與社會、文學與作家、文學與讀者等關係的種種問題。除此而外，作家從事寫作的道德責任與義務、批評家批評文學的道德責任與義務，甚至包括學者研究文學的學術規範等，都應該屬於文學倫理學批評的範疇。

（四）文學倫理學批評的思想與文學淵源

　　文學倫理學批評的系統理論最早可以追溯到希臘的倫理學，而就文學倫理學批評的文學淵源來說，則可以追溯到希臘的神話、荷馬史詩與戲劇。

　　希臘的倫理學的發展對於文學批評是非常重要的，因為它不僅是我們認識文學的理論依據，也是我們分析文學的批評方法。雖然倫理學作為一門獨立的學科始於亞里斯多德（Aristotle），但在他之前的一些哲學家和思想家如畢達哥拉斯（Pythagoras）、赫拉克里特（Heraclitus）、德謨克利特（Leucippus）、蘇格拉底（Socrates）等的著述中，已廣泛涉及到倫理學問題。實際上，作為倫理學思想的道德觀念，自人類社會誕生以來就已經出現了。關於西方最早的有關倫理道德方面的論述，在赫拉克里特和蘇格拉底之前並不多見。但是在古代希臘的社會生活和文化藝術中，都可以清晰地看到倫理道德的萌芽。可以說，倫理道德的觀念是同古代希臘的社會同時出現的。例如，作為古代人類社會意識形態反映的希臘的神話和傳說，就是古代希臘倫理道德觀念最早的文化載體。古代希臘的倫理觀念在理論上的明確表述雖然直到西元前六世紀才出現在畢達哥拉斯的著述裡，但是在此前的荷馬史詩或更早的神話裡，倫理的觀念就已經以象徵的形式出現了。

　　神話是最古老的口頭文學，我們對希臘的神話進行分析，就可以發現希臘神話所具有的明顯的倫理道德傾向。我們可以說，希臘神話是古代希臘人類在倫理和道德層面上的想像化和抽象化。從希臘的神話系統中，我們可以看到最早的倫理和道德觀念是怎樣發展起來的。例如希臘的詩人赫西俄德（Hesiod）所著《神譜》（*Theogony*）在關於天地起源的希臘神話中

說，古希臘最早的原始神卡俄斯（Chaos）是混沌之神，代表著宇宙的混亂無序。那裡存在著夜和霧，凝聚起來的霧呈卵形，被劈為兩半，形成天地。正是由於天地的產生，世界才有了秩序，人類也才有了秩序的概念。而人類從無序到有序的過程，應該說就是倫理和道德起源的過程。秩序是在古代人類文明進化過程中形成的，它也是後來希臘社會倫理道德觀念形成和發展的基礎。從觀念上說，因天地的產生而形成的秩序應該看成是古代希臘倫理道德觀念的起源。

從希臘神話中可以看出，希臘最早的倫理道德觀念通過神話得到表現。希臘神話中說，卡俄斯生有大地女神該亞（Gaea），該亞又生天神烏拉諾斯（Ouranos）並同烏拉諾斯婚配。由於該亞作為大地之神被稱為地母，因此她是物質世界也就是我們生存的世界的象徵。也由於人類的繁衍以及最早的男女關係和婚姻關係是從地母開始的，因此從倫理學的角度說，該亞又是人類最早倫理關係和道德行為的具體體現的象徵。烏拉諾斯與該亞婚配後生下六男六女共十二個提坦神（Titans），這十二個提坦神後來相互組成六對夫婦。提坦神中最年幼、最勇敢的克洛諾斯（Cronos）用智謀奪取了父親烏拉諾斯的王位，同妹妹瑞亞（Rhea）結婚。烏拉諾斯後來又被兒子宙斯（Zeus）推翻。宙斯自立為王並同妹妹赫拉（Hera）結婚。宙斯出現的重要意義不僅在於神界政權的更替，更重要的在於通過宙斯確立了以男性為中心的神權統治。從卡俄斯到宙斯的神的世界的演變，反映了神的倫理關係的演變。在家庭和家族起源的意義上，這種演變就是從以群婚和雜婚形式為基礎的人類關係向以一夫一妻制形式的轉變，也正是這種轉變導致了倫理關係的變化。這種由社會發展規律決定的轉變反映的是兩種不同的倫理秩序的更替，同時在這種轉變過程中，通過神話表現的道德觀念也得到了鮮明的體現。

　　以地母該亞到神王宙斯的神話如果是倫理關係和道德行為的具體體現，那麼與地母同源的有關黑夜女神的神話則是道德觀念的象徵。在希臘神話誕生之初，倫理和道德的觀念也就隨之產生了。所以我們僅僅把神話看成是人類把自然力形象化是不夠的，還應該把神話看成是包括倫理道德觀念在內的社會觀念的象徵。洗禮可以使犯罪者免除復仇女神的追究，復仇女神也就逐漸演變為罪犯良心譴責的化身，並最終變成了善良女神。在埃斯庫羅斯的《俄瑞斯忒斯》三部曲中，幫助克呂泰涅斯特拉（Clytaemestra）復仇的女神後來就變成了善良女神。從倫理學的意義上說，復仇女神就是道德女神，同時也是道德觀念。我們從復仇女神後來的變化上可以發現希臘倫理道德觀念的發展演變，

　　希臘神話中的倫理和道德觀念在復仇女神奈米西斯（Erinyes）的身上等到集中體現。在希臘神話裡，卡俄斯是第一代神，該亞和尼克斯（Nyx）同屬於第二代神。從倫理道德的角度看，雖然到第二代神才建立起秩序觀念，第三代神才產生真正意義上的倫理道德觀念，但第一代神的產生及神和神的關係的確立，這已是人類社會最早的倫理觀念的萌芽了。奈米西斯屬於第三代神，專門為那些遭受不公正的人復仇，意為正義的憤怒，正當的法令，神的復仇。奈米西斯是通過神話體現的最早的倫理道德觀念。作為正義的維護者，她專門懲治破壞秩序者，既懲治貪圖享樂者，也懲治過於傲慢者。從傾向上看，她是母系氏族血親關係的維護者，一心一意追究那些違背誓約、忘記待客的事件，特別是追究那些兇殺者，要使他們發瘋發狂，遭災受難。雖然復仇女神後來在歐里庇得斯（Euripides）的作品裡變成了三個，但是她們體現道德觀念的特徵沒有改變。發展到後來，人們認為懺悔和舉行宗教上的淨即從最初復仇的低級道德向至善的高級道德的發展。

就希臘的文學而論，荷馬史詩和希臘戲劇最能代表它的成就，同時也最能反映古代希臘社會倫理道德觀念的發展演變。古代希臘社會曾經存在的並引起許多爭論的倫理道德現象，這些倫理道德現象不僅被荷馬記錄在他的詩歌裡，被希臘的戲劇作家寫進戲劇裡，而且作家自己和社會所作的道德評價也被真實地記錄下來。其實從這些作品中我們已經可以看出，對文學的倫理學批評不是我們現在才開始的，它在荷馬的時代已經有了，只不過沒有明確提出來而已。

（五）希臘、羅馬的文學倫理學批評

就西方文學而言，不僅古代希臘的神話包含有倫理道德的內容，而且後來的荷馬史詩、希臘羅馬的戲劇和詩歌，散文、傳記、小說和歷史，都包含有倫理和道德的內容。在荷馬史詩裡，倫理道德的主題已經成為其中的基本主題，因為荷馬描寫的那場曠日持久的戰爭，就是因特洛亞王子帕里斯誘拐海倫引起的，而這正是一個有關倫理道德的重大事件。在海倫被誘拐引起的特洛亞戰爭的基礎上，又導致了一系列與道德有關的重要事件，從而使史詩的倫理和道德的內容更為豐富多彩。在希臘悲劇裡，倫理道德的主題更是悲劇的基本主題，如埃斯庫勒斯筆下的俄瑞斯忒斯殺母復仇的故事，《俄底浦斯王》敘述的殺父娶母的故事，《美狄亞》（Medea）敘述的殺子復仇的故事等。而就文學的倫理學批評說，由於文學一開始就同描寫倫理道德的主題緊密相連，因此在古代希臘羅馬的時代對當時的文學批評也就包含了道德價值的判斷和評價。例如在荷馬史詩裡，希臘人關於對以奪回海倫為目的的特洛亞戰爭的詰問，俄底修斯（Odysseus）對妻子

的忠誠等，都時刻在經受倫理和道德的拷問。

　　從文學批評的歷史看，古代希臘用倫理學的方法批評文學早已有之。這種批評首先是由哲學家開始的。自有哲學以來，哲學家已經開始從倫理的角度思考文學的價值了。例如，當赫拉克里特（Heraclitus, 540 B.C.-480 B.C.）提出「該當把荷馬從賽會中逐出，並且加以鞭笞」的時候，他實際上是以倫理價值作為對荷馬的判斷的。再如克塞諾芬（Xenophanes, 540 B.C-537 B.C.）在談諷刺詩的時候說，「荷馬和赫西阿德把人間認為是無恥醜行的一切都加在神靈身上：偷盜、姦淫、彼此欺詐」，很顯然，倫理價值是塞諾芬尼這種評價的基礎。蘇格拉底（Socrates, 468 B.C.-400 B.C.）的遭遇最具諷刺意義。他一生追求真理，把美德和善良看成是聰明和智慧的表現。他追尋唯一的、客觀的美德的答案，並要求對此作出解答，實際上追尋的是善的共同本質。蘇格拉底的追尋超越了對美德的具體現象的解釋，得出「美德即知識」的答案，促進了後來者對倫理學的探討，例如柏拉圖（Plato）關於美德是「善的理念」的回答，亞里斯多德（Aristotle）關於美德是「幸福」的回答等等。就文學藝術而言，蘇格拉底對詩人的考察及其評判，其標準就是善。實際上，他評價文學時運用的標準就是他建立在倫理學基礎上的道德價值判斷。但是具有諷刺意味的是，蘇格拉底這樣一個十分強調文學家和作品的道德價值的人，最後在被雅典當局處以死刑的三大罪狀中，有一條就是「敗壞青年」。蘇格拉底的遭遇表明，對文學的倫理和道德批評同社會的倫理道德的價值觀念有可能發生衝突。

　　古代希臘從倫理學觀點批評文學的傑出代表是柏拉圖和亞里斯多德。我贊成「西方文化傳統的倫理文學批評」肇始於柏拉圖的觀點[3]，認為真正用倫理學的觀點批評文學最早是從柏拉圖開始的。柏拉圖在論述倫理學

問題時，往往利用文學的例子。例如，他在闡釋正義的觀點時，就引用了埃斯庫羅斯的詩句「一個不是看上去好，而是真正好的人」，以闡明什麼是善的本質。柏拉圖不僅僅利用文學作例子以闡明複雜的倫理學問題，而且還善於從倫理學的觀點去闡釋文學。

柏拉圖在討論文學的時候，實際上是在用倫理學的觀點對詩人提出批判。一般說來，柏拉圖是按照道德的標準來要求荷馬及悲劇詩人的，認為他們應該知道一切與善惡有關的人事和神事。但是柏拉圖認為，荷馬不能幫助自己的同時代人得到美德，因為從荷馬以來所有的詩人都只是美德或自己製造的其他東西的影像的模仿者，而不知道真正的美德是什麼，也就是說，詩人不能教人認識真理。柏拉圖只許可歌頌神明和讚美好人的頌詩進入理想國，但他認為詩人本質上不是模仿心靈的善，而是模仿多變的性格。既然詩人不能教人認識真理，所以柏拉圖拒絕讓詩人進入理想國。

亞里斯多德是古代希臘另一個用倫理學批評文學的理論家。就文學的批評說，亞里斯多德和他的老師柏拉圖一樣強調文學的道德因素。例如，亞里斯多德在他的著名文學批評著作《論詩》（Ars Poetica）中根據自己關於文學的道德標準，把詩人分為兩類，即「較為嚴肅的詩人摹仿高尚的行為和高尚的人的行為，而較為平庸粗俗之輩則摹仿那些鄙劣的人的行為」。

而亞里斯多德給悲劇下的定義，在某種意義上說也是以道德標準為基礎的。在亞里斯多德的悲劇的定義裡，悲劇的審美特徵就是悲劇的「通過引發痛苦和恐懼，以達到讓這類情感得以淨化的目的」[4]，而痛苦和恐懼所引起的憐憫，就是一種道德情感，有其道德上的豐富內涵，情感的淨化更是悲劇所要達到的道德目的。根據亞里斯多德的看法，悲劇詩人通過對行動的摹仿產生出來的痛苦、同情與恐懼，以及觀眾從中淨化情感獲得的快

感，都具有道德的價值。因此從亞里斯多德的詩學中可以看出，他更多地是從道德的角度論述悲劇和藝術的。因此，與其說亞里斯多德的悲劇定義是文藝學的，不如說是倫理學的。

對文學進行倫理學批評的古代希臘、羅馬的文學家、哲學家和倫理學家除了柏拉圖和亞里斯多德等外，還有其他作家如賀拉斯（Quintus Horatius Flaccus）等。賀拉斯強調的「左右讀者的心靈」[5]，實際上就是指詩的道德的力量。希臘羅馬的這種帶有道德傾向的文學批評，深刻影響了後來的歐洲文學批評。自希臘羅馬以後，西方的文學在中世紀長達1千多年的宗教道德的統治裡，文學的形式及內容都為宗教的道德服務。從宗教的意義上說，宗教道德不僅是文學創作的指導思想，而且也是批評文學的標準。中世紀的宗教文學之所以能成為一種主流文學，其根本原因就在於中世紀的宗教道德批評。在文藝復興時期，新興資產階級的人文主義思想實際上就是資產階級的倫理道德思想。以人文主義思想為核心的倫理道德觀念的張揚，集中地表現在兩個方面。一是揭露封建禮教和基督教道德的虛偽，抨擊禁慾主義道德的愚昧和殘忍；二是歌頌現實生活的美好，肯定追求人生幸福的權力。文藝復興時期的文學偉大貢獻就是對人文主義倫理思想的文學闡釋，作家通過文學作品來表現他們的倫理思想，表現重大的社會倫理主題，如薄伽丘（Boccaccio）、彼特拉克（Francesco Petrarca）、喬叟（Geoffrey Chaucer）、莎士比亞等。十七世紀的古典主義文學也屬於道德文學，因為無論是萊辛（Gotthold Ephraim Lessing）和高乃依（Pierre Corneille）的悲劇還是莫里哀（Molière）的喜劇，都是同當時的倫理道德觀念緊密聯繫在一起。19世紀文學關注道德問題和表現道德主題的傾向是那個時代文學的總的特點，眾多的作家與作品都盡可能地表達了道德的主題，並對社會和個

人的道德行為給以批判，從而使作品獲得不朽的思想和藝術價值。20 世紀出現的一些重要文學流派和產生的偉大作品，都同 20 世紀的倫理學聯繫在一起，例如象徵主義詩人瓦雷里（Paul Valery）的《海濱墓園》（*Le cimetière marin*）、艾略特（T. S. Eliot）的《荒原》（*Wasteland*）、意識流小說家詹姆斯·喬伊絲（James Augustine Aloysius Joyce）的《尤利西斯》（*Ulysses*）和《青年藝術家的畫像》（*A Portrait of The Artist as a Young Man*）、存在主義文學的代表薩特（Jean-Paul Sartre）的小說和戲劇、荒誕派戲劇作家尤奈斯庫（Eugene Ionesco）的《禿頭歌女》（*The Bald Prima Donna*）和貝克特（Samuel Beckett）的《等待戈多》（*En attendant Godot*）等，都從不同的角度和方面體現了時代的倫理思想和道德選擇。

倫理學批評文學的方法同哲學的、社會學的、心理學以及其他的批評方法相比，有其突出的特點。這種特點主要表現在倫理學批評的方法可以使文學作為人學來評價，可以使文學在批評中更能體現出文學的特點，從而得出新的結論、新的認識。因此，倫理學批評的方法在任何時代的不同類型的文學中都可以得到運用。

文學倫理學批評還有很大的包容性，它能夠同其他一些重要批評方法結合起來，例如社會學的批評方法、心理學的批評方法、政治學的批評方法、心理和精神分析的方法、女性主義的批評方法，等等。我們可以說，倫理學的批評方法往往只有同其他方法結合在一起，才能最大發揮用倫理學方法批評文學的優勢。弗洛伊德的精神分析學說在文學批評上的運用就是一個例證。弗洛伊德通過對《俄底浦斯王》的分析就把精神的和心理的分析同道德的評價結合在一起，這一點在他對「本我」、「自我」、「超我」三種心理力量進行闡釋時已經清楚地論述過了。倫理學同精神分析學的結

合表明，批評文學的倫理學方法並不拒絕其他的批評方法，而這一點在其他的批評方法中是往往是做不到的。因此，倫理學的方法從這個意義上說也就有了其他批評方法所沒有的優點。

　　自從有了文學以來，倫理學方法儘管都在廣泛地被有意或無意地用來批評文學，但遺憾的是無論國外還是國內，都還沒有人明確地把它作為批評文學的方法提出來。我們提出這一批評方法，其目的是為了給已有的批評增加新的特色，為批評的方法提供更多的選擇，而沒有任何反對或排斥其他方法的意思。相反，文學倫理學的批評方法還必須吸收和借鑒其他文學的批評方法。當我們嘗試運用倫理學批評西方文學的時候，我們只是希望通過倫理學建立一個學術批評的平臺，為文學批評提供一種新的探索，提倡一種新的批評方法和途徑。

（原文載於《外國文學研究》2004 年第 5 期）

注釋

[1]　Goldberg S L. *Agents and Lives: Moral Thinking in Literature*. Cambridge: Cambridge University Press, 1993.

[2]　Gardner J. *On Moral Fiction*. NewYork: Basic Books, 1977.

[3]　Krapp J. *An Aesthetics of Morality*. Columbia: University of South Carolina Press, 2002.

[4]　亞里斯多德著，苗力田譯：《論詩》，《亞里斯多德全集（第九卷）》。北京：中國人民大學出版社 1994 年版，第 639-687 頁。

[5]　賀拉斯著，楊周翰譯：《詩藝》，《詩藝詩學》。北京：人民文學出版社 1962 年版，第 135-167 頁。

四、關於文學倫理學批評

在某種意義上說，文學的產生最初完全是為了倫理和道德的目的。文學與藝術美的欣賞並不是文學藝術的主要目的，而是為其道德目的服務的。賀拉斯的「寓教於樂」用簡單的概括闡明了文藝的道德內容與表達這一內容和形式之間的關係。在文學的起源上，我們往往把文學藝術的起源歸於人類的生產勞動，但其實並不完全準確。不可否認，文學藝術的起源與人類生產勞動有著密切的聯繫，但人類的生產勞動並不能直接產生文學藝術作品。那麼文學藝術是怎樣產生的呢？它是人類在對自己生產勞動的理解中產生的，因此文學藝術作品是人類對自己生產勞動的一種情感表達，是對人類自己同生產勞動和世界關係的一種抽象的理解，也就是說，文學藝術作品是人類理解自己的生產勞動及世界的一種形式。由於這種表達和理解是與人類的勞動、生存與享受結合在一起的，因此就具有倫理和道德的意義。尤其是從文學是指文本的文學的觀點來看，倫理和道德的因素幾乎就可以看成是文學產生的動因了。也就是說，文學是因為人類倫理及道德情感或觀念表達的需要而產生的。

西方的文學指的是有文本的文學作品，因此希臘神話儘管可以被看作是一種口頭文學，但是西方的文學史往往不把神話包括在內。如果我們把希臘神話看成是最早的文學，就會發現希臘神話是古代希臘人用文學藝術

形式對倫理和道德觀念的一種樸素和抽象的表達。如希臘神話中關於天地起源、人類誕生、神和人的世界中的種種矛盾和衝突等內容，無不帶有倫理和道德的色彩。因此，神話不僅是「用想像和借助想像以征服自然力，支配自然力，把自然力加以形象化」[1]，而且是用想像與借助想像表達人類理性萌芽階段的倫理道德觀念。當然，文學不等於倫理，也不等於道德，但是它要反映或表現倫理和道德。正是這一點為我們從倫理學的角度批評文學奠定了基礎。總之，對文學倫理學批評的探討無論現在還是將來，必然會存在眾多的分歧意見。但無論如何，繼續對這個問題進行討論還是十分必要的。

　　文學倫理學批評作為一種方法論有其特定的涵義，即它是指文學意義上的批評方法而不是社會學意義上的批評方法。因此，文學倫理學批評與研究社會的倫理學有所不同。這種不同首先在於倫理學研究的對象是人類社會，即使研究文學也是出於研究人類社會的目的。而文學倫理學批評研究的對象是文學，即使研究人類社會也是出於研究文學的目的。再者，倫理學研究往往是為現實中一定的道德觀念服務的，也需要對現實社會的種種道德現象做出評價，而文學倫理學批評則是對文學進行倫理和道德的客觀考察並給予歷史的辯證的闡釋。第三，文學倫理學批評主要是作為一種方法運用於文學研究中，它重在對文學的闡釋；而倫理學則既是一種有關人類關係和道德規範的理論，也是對人類社會進行研究的一種方法。文學倫理學批評重在從歷史的意義上研究文學，而倫理學重在從現實的意義上研究社會。

　　因此，我們應該堅持文學批評必須是對文學的批評，堅持文學批評必須批評文學。如今一些打著文化批評、美學批評、哲學批評等旗號的批評，

往往顛倒了理論與文學之間的依存關係，割裂了批評與文學之間的內存聯繫，存在著理論自戀（theoretical complex）、命題自戀（preordained theme complex）、術語自戀（term complex）的嚴重傾向。這種批評不重視文學作品即文本的閱讀、闡釋、分析、理解，而只注重批評家自己對某個文化命題的求證，造成理論與實際的脫節。在這些批評中，文學作品被肢解了（用時髦的話說，被解構了、被消解了），自身的意義消失了，變成了用來建構批評者自己文化思想或某種理論體系或闡釋某個理論術語的片斷。文學的意義沒有了，文學的價值自然也就沒有了，其結果必然是文學的消失導致文學批評家的自我消失。但是文學倫理學批評方法不同，它首先強調這種方法是批評文學的方法，必須同文學的閱讀和理解結合在一起，同時又強調文學的社會責任、道德義務等倫理價值。

文學倫理學批評方法既是歷史主義的方法，也是現實主義的方法。說它是歷史主義的方法，在於儘管它不完全排除批評者自身的倫理道德價值觀念，但它也不要求我們戴上自己的道德眼鏡，用我們所接受的或認同的倫理和道德觀念去批評歷史上的文學，而只是要求我們客觀公正地從倫理和道德的角度去闡釋歷史上的文學和文學現象，研究文學與歷史和現實的關係。例如俄底浦斯王殺父娶母的悲劇，我們不必用現在的倫理觀念去指責這一亂倫犯罪，而應該歷史地看待這場因當時的社會轉型而引起的倫理關係的混亂以及人類為恢復倫理道德秩序而做出的努力。用現在的倫理原則和道德規範是不能正確理解俄底浦斯的犯罪的。再如《詩經》第一篇《關雎》中「關關雎鳩，在河之洲。窈窕淑女，君子好逑」的著名詩句，抒發的是古代青年男女追求愛情的崇高道德境界。《小雅》中《鹿鳴》一詩在描寫周天子的宴飲之樂中，也寫有「人之好我，示我周行」的詩句。

詩中以周行（大道、正道、至道）喻規範、準則、為政之道，同樣宣揚的是當時統治者的一種倫理道德。再如中國的《紅樓夢》、《三國演義》等作品，它們宣揚的倫理道德觀念也許對我們今天的現實意義不大，但是這些觀念的歷史價值是不能否定的，因為當時的社會秩序、倫理秩序和道德規範就建立在這些價值之上。因此，對於歷史上作家在文學中描寫的這種道德追求，我們是不可以從今天的道德立場加以臧否的。說它是現實主義的方法，在於它要求我們批評文學不能超越我們自己的時代、社會、政治和文化，要求維護已經確立的倫理道德原則。這一點是文學倫理學批評方法最重要的現實價值和現實意義。我們現在不僅建立了大家所接受和遵守的社會秩序，而且建立了與之相適應的倫理原則和道德規範。古希臘的悲劇已經證明，試圖違背或破壞已經建立的秩序、原則和規範，就會為人類帶來重大災難。因此，我們的文學對社會和人類負有不可推卸的道德責任和義務，而文學批評則應該對文學所擔負的責任和義務作出公正的評價。例如，我們已經建立了新時期的社會倫理和道德標準，確立了符合我們民族習慣和法律的道德規範，但如果我們批評文學時放棄了這一前提，毫無顧忌地去肯定某種文學所宣揚的封建狹義道德或所謂的超前意識，這顯然是十分有害的。除此以外，由於文學批評可以對讀者的閱讀選擇、內容理解和道德評判產生重要影響，因此還負有促進社會精神文明建設的道義責任。

　　文學倫理學批評方法只是批評文學的眾多方法之一，它不僅不拒絕和排斥其他的批評方法，相反，能容納、結合和借鑒其他的批評方法，從而使自己得到補充和完善。例如弗洛伊德用精神分析的方法把哈姆萊特的復仇歸結於一個俄底浦斯情結的命題，但是我們可以把這一命題同文學倫理學批評方法結合在一起，從精神層面上揭示哈姆萊特的復仇所導致的一

系列倫理和道德方面的問題。哈姆萊特說的那一句著名內心獨白「To be or not to be, that is the question」中包含著他對生與死的無數探尋與詰問；然而從他後來和奧菲莉婭（Ophelia）關於婚姻、忠實、貞潔（chaste）、純淨（pure）等問題的對話中，我們就會感受到他陷於倫理與道德難題的泥淖中所經受的巨大內心痛苦。而就整個悲劇而言，莎士比亞正是把倫理道德方面的衝突同政治鬥爭與哲學思考巧妙地結合在一起，才增加了悲劇的深度。再如但丁（Dante Alighieri）《神曲》（*La divina commedia*）的藝術結構，當我們從道德的視角加以分析的時候，也同樣發現它的特殊形式如三、十等數位結構暗示的都是宗教的道德內容。因此，無論採取什麼方法分析什麼作品，都不能脫離文學的倫理和道德的內容。

　　文學倫理學批評方法的思想基礎是馬克思的歷史唯物主義和辯證唯物主義，即歷史地、辯證地批評文學。它絕不是簡單地用某種道德標準去判斷文學的道德價值，或是簡單地用某種道德觀念去對文學進行褒揚或批判。它的主要目的在於闡釋建構在倫理與道德基礎上的種種文學現象，客觀地研究文學的倫理與道德因素，並討論其給我們帶來的啟示。簡而言之，就是要求我們用倫理學的方法解讀文學。例如用這種方法批評古希臘悲劇，我們只是企圖借助文學還原那個時期的倫理真相，並用那個時代的倫理觀念合理解釋通過藝術反映的那個時代的社會倫理和道德現象。我們絕不可用今天的道德觀念去解讀那個遠離我們現在的古老時代。如果我們用女權主義的理論去解釋悲劇《美狄亞》，試圖把美狄亞解讀為一個女權主義者，這顯然也超越了美狄亞的時代以及她自己所能達到的認知能力；如果用階級鬥爭去解釋《俄瑞斯忒斯》中的衝突，用命運觀或人道主義去解釋《俄底浦斯王》，我們就可能因為把現在的思想觀念強加於那個時代

而變得強詞奪理。因此，文學倫理學批評絕不能把美狄亞、俄瑞斯忒斯、俄底浦斯等理解為在他們的時代以後產生的典型，而只能在他們的時代中尋找他們為何成為悲劇人物的倫理和道德根源，並從中為我們現在提供借鑒。

　　文學倫理學批評方法有其特定的目的性，即它主要是研究倫理視角下的文學以及與文學有關的種種問題，也就是說，儘管它不能忽視歷史中的和現實中的世界，但它主要以研究抽象的藝術世界為目的。文學倫理學批評方法可以超越歷史、社會、階級、政治、文化，可以超越時間和空間。無論戲劇與小說、詩歌與散文，幾乎所有的文學都適用於這種批評方法。我們既可以用這種批評方法闡釋更為古老的希臘神話，也可以闡釋當前的各種文學；既可以闡釋西方的文學，也可以闡釋東方的文學；即使那些以描寫遠離我們現實的理想為主要特徵的幻想文學，也同樣適用於這種批評方法。例如，我們運用文學倫理學批評方法，就可以從 Chaos 的起源上發現通過藝術形式表現的最早的秩序觀念，進而發現從秩序中誕生的復仇女神奈米西斯（Nemesis）與不和女神厄里斯（Eris）的倫理和道德含義。可以說復仇女神與不和女神等都是通過藝術形式表現的人類最早的道德觀念。再如，龐德（Ezra Pound）那首著名的對句體詩歌《在地鐵站》（*In a Station of the Metro*）中的兩行詩：「The apparition of these faces in the crowd; / Petals on a wet, black bough.」當我們細心體會龐德在充滿煙霧和水汽的地鐵站中看見一張張面孔出現的時候，不能說他對現代工業與人類衝突的理解沒有自己的道德情感。實際上，我們找不到任何可以超越道德的文學作品。

　　文學倫理學批評有重要的現實意義，它可以讓文學批評重新回到我們身邊，讓文學批評為理解文學服務，盡可能公正地評價已經成為經典的、

歷史的或存在的文學。文學倫理學批評雖然不可能按照我們的倫理觀念和道德意志去干預文學的創作，但至少我們可以為文學創作提出一種必需的道德要求。我們必須充分認識到我們文學批評的一個重大缺陷，就是倫理道德價值的缺位。無論過去和現在、西方和東方，文學的社會教科書的功用是不能否認的。雖然我們反對把文學變成道德的訓誡，但卻不能放棄文學的道德責任。不管怎麼說，當文學不能讓我們區分善惡，不能讓我們遵守規範時，這種文學的價值是值得懷疑的。我們知道認知水準還沒有發育到理性階段的兒童，他們大多都具備一種初步的道德判斷能力，這就是簡單的好人和壞人之分。當兒童還沒有聽完故事的時候，他們就迫切地想知道誰是好人和壞人；當他們聽完故事的時候，好人和壞人對他們產生的不同道德影響是顯而易見的。兒童尚且如此，成人又當如何？華茲華斯（William Wordsworth）在詩中說：「The Child is father of the Man.」也許我們的文學批評現在需要童真的回歸，即要分好壞、辨善惡。尤其是目前中國的文學批評出現倫理道德價值缺位的時候，我們的文學批評更應該肩負起道德責任，以實現文學倫理道德價值的回歸，而文學倫理學批評就是達到這一目標的重要途徑。

（原文載於《外國文學研究》2005 年第 1 期）

注釋

[1] 馬克思著：〈《政治經濟學批判》導言〉，《馬克思恩格斯選集》，第二卷，北京：人民出版社，1972 年。

五、文學倫理學批評與道德批評

　　在文學批評多元化的時代，往往不僅新的流行方法大行其道，而且舊有的方法或是傳統的方法也不時顯示出新的力量，在文學批評中發揮重要作用。縱觀文學批評方法運用的歷史，文學批評方法並不完全遵守新舊交替的自然進化規律，而往往是新舊並存，中西融合，相互借鑒，並在多元並存和跨學科的基礎上推陳出新，催生出新的批評方法，從而為文學批評增添新的活力。近兩年來我們倡導文學倫理學批評，其目的就在於為我們的文學研究方法提供一種新的選擇，在西方批評話語中加入一些自己的聲音。

　　從方法論的角度說，文學倫理學批評是在借鑒、吸收倫理學方法的基礎上融合文學研究方法而形成的一種用於研究文學的批評方法，因此它不能簡單地理解為文學對倫理學方法的借用，即用倫理學方法研究文學。文學倫理學批評的方法與倫理學的方法有關，但是二者也不能完全等同。從根本上說，文學倫理學批評是文學研究與倫理學研究相結合的方法，因此在本質上它仍然是文學研究方法。倫理學是以道德作為自己的研究對象的科學[1]，它以善惡的價值判斷為表達方式，有其特殊的研究對象與領域；而文學倫理學批評的領域是虛擬化了的人類社會，它以閱讀獲得的審美判斷為獨特的表達形式。倫理學把處於人類社會和人的關係中的人和事作為研究對象，對現實社會中的倫理關係和道德現象進行研究，並作出價值判

斷；而文學倫理學研究則把通過語言藝術虛擬化了的社會和人作為研究對象，研究的是虛擬社會中的道德現象。文學倫理學批評不僅要對文學史上各種文學描寫的道德現象進行歷史的辯證的闡釋，而且要堅持用現實的道德價值觀對當前文學描寫的道德現象作出價值判斷。一般來說，倫理學重在研究現實社會領域，但是文學倫理學批評不僅要研究虛擬化的社會，而且要對虛擬化的社會同現實社會的關係進行研究。倫理學運用邏輯判斷和理性推理的方法研究社會，而文學倫理學批評則運用審美判斷和藝術想像的方法研究文學。因此，文學倫理學批評和倫理學使用的方法在基本立場、維度、視野，以及研究的對象、內容和要達到的目的方面既有相同之處，又有不同之處。正是這個特點，為文學批評借鑒和融合倫理學的方法提供了可能。

在文學批評史上，大多數情況下道德價值的判斷一直是文學批評的基本方法。從希臘最早的文學批評中，我們就可以發現把文學的道德價值作為評判文學好壞的基本標準的傾向。這是由一個基本的文學事實決定的，即自古以來大量的文學都屬於倫理文學或同倫理問題有關的文學。由於文學不能脫離倫理價值而存在，因此，對文學的倫理價值的判斷就成了評價文學的基礎。

從文學倫理學批評的角度看，古代希臘的文學都可以劃定在倫理文學的範疇之內。即使是希臘最早的文學荷馬史詩，在很大程度上也屬於倫理文學。在用神話形式表現的背景裡，我們可以發現荷馬史詩的創作動力來源於一個倫理事件帕里斯劫走了斯巴達的王后海倫。帕里斯率領戰船遠征希臘的任務是討回許多年前被希臘人劫走的他父親的姐姐赫西俄涅（Hesione）。當他見到海倫以後，他把自己的責任、義務和使者的身份忘記

得一乾二淨，不僅把海倫劫走，還把斯巴達國王的財富擄掠一空。作為一名前往斯巴達的使者，帕里斯的行為嚴重地違背了民法和賓主之道，破壞了當時逐漸建立起來的而且被廣泛遵守的倫理秩序和道德規則。正是有了這個倫理事件，荷馬史詩才有了值得敘述的故事和對其展開討論評說的基礎。在《伊利亞特》開頭，荷馬最初用「憤怒」作為自己故事的題旨，進而敘述「憤怒」產生的原因以及它所帶來的後果。阿喀琉斯之怒是因為阿伽門農不遵守業已形成的道德規則，強行奪走了阿喀琉斯（Achilles）的女俘。我們沿著「憤怒」這條倫理主線，不僅看到荷馬時代的道德原則遭到破壞而導致人與人之間倫理秩序的失衡，而且看到這場曠日持久的戰爭引發的更深層次的倫理思考。

從本質上看，《伊利亞特》描寫的戰爭是古代希臘社會在國家、民族和集體意義上的倫理和道德衝突所導致的一場悲劇，而且在那個時代，似乎倫理秩序和道德規則在很大程度上都是由宙斯和眾神決定和掌握的，人類自己還無法建立倫理秩序和道德規則，也無力維護眾神為人類建立的倫理秩序和各種規則。但是在荷馬的另一部史詩《奧德賽》（The Odyssey）裡，主人公俄底修斯雖然還不能離開神的操控，但是他的倫理道德意識已經大大增加，有時候神的意志也對他無能為力。《奧德賽》同《伊利亞特》一樣，首先給我們講述了將要發生的故事的深刻背景，那就是阿特柔斯（Atreus）家族的亂倫犯罪、埃吉索斯（Agisthos）奪妻害命帶給阿伽門農的悲劇，以及俄瑞斯忒斯弒母除惡的義舉。正是在這樣一個倫理背景下，荷馬站在倫理的立場上通過俄底修斯和兒子忒勒馬科斯（Telemachus）的相互尋找來表達一家人對團聚的渴望。俄底修斯和兒子相互尋找的道路儘管異常艱難，充滿了無數的誘惑與道德考驗，但是他

們從來都沒有放棄自己崇高的道德目標。我們在閱讀中發現，荷馬真正打動我們的，是他在混亂的倫理秩序中開闢了一條人間倫理之道，不僅實現了俄底修斯追求家庭團聚的道德理想，而且為人們樹立了一個偉大的道德典型。

荷馬史詩證明，從古代希臘最早的史詩開始，文學已經同倫理道德結緣，並形成希臘文學的倫理傳統，一直在歐洲文學中延續下來。這一顯著特點在希臘的悲劇中得到反映。不僅埃斯庫羅斯的悲劇如《奧瑞斯特斯三部曲》(*Agamemnon, Choephon, Eumenides*)、《七勇攻忒拜》(*The seven against Thebes*)都是典型的表現重大倫理衝突的文學作品，而且索福克勒斯和歐里庇得斯（Euripides）還分別通過自己的悲劇把埃斯庫羅斯悲劇的倫理主題延續下來，讓我們在《俄底浦斯王》和《安提戈涅》(*Antigone*)描寫的亂倫故事中感受到心靈的震撼，在《美狄亞》的女主人公殺子復仇的行動中感受到一個偉大靈魂的痛苦。希臘的悲劇抑或喜劇，哪一部不是依靠倫理的力量打動我們？中世紀文學的倫理主題不僅沒有減弱，相反因為宗教的原因得到進一步加強。但丁的《神曲》描寫自己魂遊三界的故事，其動人的力量就來自作者的道德體驗和對道德理想的追尋。在此後的文學中，那些文學史上的重要人物，莫不通過描寫倫理的文學讓自己不朽。例如，莎士比亞的《哈姆萊特》、《李爾王》等四大作品，其巨大的悲劇力量就來自倫理。我們無需再舉菲爾丁（Henry Fielding）、理查森（Samuel Richardson）、狄更斯（Charles Dickens）、喬治‧艾略特（George Eliot）、哈代（Thomas Hardy）、屠格涅夫（Ivan Sergeevich Turgenev）、列夫‧托爾斯泰（Leo Tolstoy）、陀思妥耶夫斯基（Fyodor Dostoevsky）等作家的創作為例，就已經足以說明倫理乃文學之母。

　　歐洲的文學從荷馬史詩開始就可以證明，文學的性質是倫理的。也正是文學的倫理性質，使古代希臘最早的文學批評採取了道德批評的立場，善惡的判斷成了評價文學的基本標準。無論是柏拉圖（Plato）對文學的批評，還是亞里斯多德（Aristotle）對文學的討論，他們幾乎無一例外地站在道德的立場上評判文學的好壞，只不過前者接近於把文學當成政治學研究，後者更多地把文學當成文學研究。

　　荷馬（Homer）的創作代表了古代希臘最早的文學成就，他的史詩真實記錄了古代希臘社會的倫理和道德觀念演變的歷史。然而對於柏拉圖而言，荷馬的史詩是不可容忍的。他堅持道德批評的基本立場，認為神是最高的善的代表，因此荷馬在史詩中描寫眾神的明爭暗鬥以及相互間的怨仇，都違背了善的道德原則。例如荷馬在史詩中說：「宙斯把善與惡降給凡人。」[2] 這是柏拉圖無論如何都不能同意的。再如荷馬說潘達洛斯（Pandarus）違背誓言和破壞停戰的惡事是由雅典娜（Athena）和宙斯的行為引起的，說眾神之間的爭執與分裂也是由宙斯和塞米司（Themis）的所作所為引起的，等等，都因為把惡的原因歸結到了神的身上，遭到了柏拉圖的強烈反對。原因只有一個，就是柏拉圖認為，神的本性是善的，因此不能寫他們的身上有惡。

　　在柏拉圖看來，詩人的創作自由需要受到社會和讀者的制約，並不能為所欲為，作品必須有益於培養讀者的善[3]。例如赫拉如何被她的兒子捆綁，赫准斯托斯（Hephaestus）去救援母親如何被父親從天上摔到地下，以及荷馬描述的諸神間的戰爭，柏拉圖認為這容易讓年輕人模仿而無益於人的教育。因此，柏拉圖在他的理想國裡絕不允許史詩、抒情詩或悲劇把眾神寫壞。對於赫西奧德（Hesiod）的神話故事，柏拉圖採取同樣的道德

立場予以批判。赫西奧德在他的神話故事裡描寫了烏拉諾斯（Uranus）如何對待克洛諾斯（Chronos）以及克洛諾斯又如何轉過來對烏拉諾斯進行報復，然後又描寫克洛諾斯如何對待他的子女以及他又如何遭受子女的報復。在柏拉圖看來，這些有違倫理和道德規範的故事不可能是聖潔的，不僅自相矛盾，而且對我們無益，完全不合他的倫理標準，因此他要求對這些故事「閉口不談」[4]。

那麼，柏拉圖為什麼反對荷馬和赫西奧德的故事呢？因為他擔心這些故事會讓年輕人模仿，產生不好的道德影響。於是，他投票贊同一條法律：「神不是一切事物的原因，而只是好事物的原因，講故事要遵循這個標準，詩人的創作也要遵循這個標準。」[5]這樣，柏拉圖為自己如何批評文學建立了第一個道德標準。

柏拉圖所堅持的道德立場使他同文學倫理學批評的立場區分開來，因為在後者看來，荷馬和赫西奧德的史詩描寫的正是他們時代的社會倫理現實，而且也不違反當時的道德規範。而柏拉圖不懂得不同時代有不同的倫理道德標準，堅持用他自己時代的道德觀念批評荷馬，把荷馬史詩同自己時代抽象的善惡觀念等同起來，從而使他在評價文學時違背了藝術的原則。

文學倫理學批評與道德批評的不同還在於前者堅持從藝術虛構的立場評價文學，後者則從現實的和主觀的立場批評文學。正因為如此，柏拉圖否定了荷馬和希臘悲劇詩人的藝術虛構，指責荷馬在詩中寫的「諸神常常幻化成各種外鄉來客，裝扮成各種模樣，巡遊許多凡人的城市」[6]的詩行，是用神的幻象破壞了神的美，因為「盡善盡美的神看起來要永遠駐留在自己的單一形相之中」[7]。柏拉圖還指責埃斯庫羅斯在悲劇中褻瀆神明，寫了關於普洛托斯（Plutus）和忒提斯（Tethys）的謊話，還允許赫拉假扮女祭

司去募捐。由於把社會的真實同藝術的真實混為一談，柏拉圖不僅不允許
在詩和悲劇中有對神的任何虛構，而且否定了荷馬和悲劇詩人經常使用的
幻覺、徵兆、托夢等藝術手法。正是在這個基礎上，他為自己建立了第二
個批評文學的標準：既不能把諸神說成是隨時變形的魔術師，也不能說他
們用虛假的言行誤導我們。也就是說，他認為神不能改變自己的形象，也
不能說謊。從這裡可以看出，柏拉圖把藝術中虛構的神，等同於現實社會
中的人，混淆了藝術真實和社會真實的區別。

柏拉圖還從道德批評的立場強調文學的教育作用，要求詩人講的故事
不僅內容要真實，還要有利於勇士的成長[8]。例如用恐怖可怕的詞彙描寫
地獄的情景、陰間地府的鬼魂等，都會讓人恐懼而變得敏感軟弱，甚至連
英雄「嚎啕大哭和悲哀的情節」[9]也不能出現在故事裡。柏拉圖還要求在
故事中高尚的人不能捧腹大笑，失去自制，所以荷馬在詩中說的「那些永
樂的天神看見赫准斯托斯在宮庭裡忙忙碌碌，個個大笑不停」[9]這樣的話
也是不能允許的。至於荷馬在詩中敘述的王宮中的宴飲享樂、宙斯與妻子
的露天交合、赫准斯托斯的捉姦等，更是有傷風化，影響年輕人的自制。
還有那些不利人道德修養的詩行如「金錢能通鬼神，金錢能勸君王」以及
對阿喀琉斯貪婪和不敬鬼神的描寫[10]，也是不能接受的。因此柏拉圖提出
不僅必須對詩人進行監督，強迫他們在詩篇中培育具有良好品格的形象，
而且必須監督其他藝人，禁止他們在繪畫、雕塑、建築或其他任何藝術作
品裡描繪邪惡、放蕩、卑鄙、齷齪的形象，如果不服從就懲罰他們[11]。從
探討的內容和立場傾向看，柏拉圖《國家篇》（*The Republic*）中某些部分幾
乎可以看作是他對文學進行道德批評的範文。但這並不能說，他的這種道
德批評一無是處，而是同樣也有其可取之處。因為文學的教誨功能使它對

現實社會良好道德風尚的形成負有責任，即使用文學倫理學批評的方法，宣揚傷風敗俗和有違公眾倫理道德的文學也是不被允許的。除此之外，我們現在還能發現柏拉圖道德批評的歷史價值，認識柏拉圖時代的倫理規則和道德風尚。

如果說柏拉圖從現實的道德觀念出發批評作家和作品，並按照他當時的道德標準評價作家及其作品的好壞，那麼亞里斯多德則把作家和作品融入了他的倫理學，不僅用文學解釋倫理學問題，而且用倫理學解釋文學。在《尼各馬科倫理學》（Nicomachean Ethics）裡，亞里斯多德引用荷馬的詩說明什麼是勇敢的問題，以及說明勇敢同德性的關係[12]。在亞里斯多德討論倫理學中的一系列問題如公正與不公正、智慧與德行、明智與善、德行與自制、慾望與自制以及其他一系列倫理命題時[13]，他往往都要引用荷馬、赫西奧德和希臘悲劇詩人的詩去闡釋和說明。

亞里斯多德與柏拉圖不同，他是從文學中尋找自己需要的例證用以說明和闡釋現實中的倫理問題，他的真正目的在於通過文學研究倫理學。而柏拉圖則是用他自己的倫理道德標準去評價文學，尤其是評價文學的好壞，同時又忽視了文學自身的特性及歷史特點。因此，儘管亞里斯多德不像柏拉圖那樣在倫理學中大談文學，但是他更加接近文學。關於這一點，亞里斯多德指出：「衡量詩和衡量政治正確與否，標準不一樣；衡量詩和衡量其他藝術正確與否，標準也不一樣。」[14] 正是基於這一觀點，亞里斯多德能夠把現實世界同藝術世界區分開來，把文學的藝術同文學以外的其他藝術區分開來，把評價政治即現實社會和評價詩即文學區別開來，從而建立起不同於柏拉圖的文學批評。有了這個前提，即使接下來亞里斯多德和柏拉圖討論相同的文學倫理問題如敘述的人物和人物的行為的善惡問

題，他們得到的結果也就不同了。我們可以據此看出，亞里斯多德批評文學的觀點更接近我們提出的文學倫理學批評的觀點。

亞里斯多德的文學觀點集中體現在他專門研究悲劇的著作《詩學》中。在文學歷史上這部最早的學術著作裡，亞里斯多德關於悲劇的定義強調了文學的倫理道德功能，指出悲劇通過摹仿而「借引起憐憫與恐懼來使這種情感得到陶冶」[15]。陶冶性情，淨化靈魂，這既是悲劇要達到的效果，也是悲劇的倫理功能。因此，亞里斯多德對於寫作悲劇的詩人制定了三條道德標準：「第一，不應寫好人由順境轉入逆境，因為這只能使人厭惡，不能引起恐懼或憐憫之情；第二，不應寫壞人由逆境轉入順境，因為這違背悲劇的精神──不合悲劇的要求，既不能打動慈善之心，更不能引起憐憫或恐懼之情；第三，不應寫極惡的人由順境轉入逆境，因為這種佈局雖然能打動慈善之心，但不能引起憐憫或恐懼之情，因為憐憫是由一個人遭受不應遭受的厄運而引起的。」[16]顯然，這三條標準同亞里斯多德關於文學虛構的倫理觀念是一致的，即從文學的倫理功能出發強調好人有好報，惡人有惡報。在文學的倫理功能和教誨作用上，顯然亞里斯多德同柏拉圖是一致的，仍然都是從倫理的角度強調文學創作應該有益於善而不能有益於惡。

在《詩學》裡，亞里斯多德通過悲劇深入系統地研究了詩的形式特點，表現出他努力尋找文學自身價值特點的企圖。他研究和討論的大部分內容都是形式方面的內容，但是我們又同時看到，他討論詩的形式的時候，並沒有脫離文學倫理價值的前提。例如，他討論詩的摹仿，則要聯繫到摹仿的對象是好人或壞人的問題；討論人的品格，則要聯繫到善惡的差別；討論悲劇的性質，則要討論悲劇陶冶情感的功能；討論悲劇摹仿的人物，則不能離開討論人物言行的善惡。亞里斯多德實際上討論了兩個方面的問

題，一是詩人的倫理道德傾向：主張要摹仿真實的「高尚的人」；二是作品的倫理價值判斷：文學要有益於人的情感淨化並引導人向善。

自柏拉圖和亞里斯多德以後，文學的倫理價值取向越來越明顯，主流文學最重要的價值就在於對現實社會道德現象的描寫、評論和思考，甚至文學被用作某種倫理道德的載體，以實現某種教誨的目的。例如，歐洲中世紀的教會文學，其基本功能就是為宗教服務的。而與教會文學相對的世俗文學，則以宣揚世俗道德來同宗教道德對抗。18 世紀無論是英國的現實主義文學還是感傷主義文學，不僅都努力去宣傳某種倫理道德價值觀念，而且企圖為社會樹立起讓人效仿的道德榜樣。這個時期的文學，應該說決定其藝術和思想價值的正是其倫理價值。從歐洲古代希臘一直到今天，文學史上的事實告訴我們，文學脫離了倫理價值卻仍然能夠在文學的歷史上存在是不可想像的。而且我們還發現，文學批評的倫理性質是由文學創作的倫理性質決定的。柏拉圖和亞里斯多德的文學批評都證明了這一點。

上述的分析討論了文學的倫理性質，介紹了由柏拉圖代表的帶有道德批評特點的文學批評，也介紹了由亞里斯多德所代表的帶有倫理學批評特點的文學批評，也介紹了由亞里斯多德所代表的帶有倫理學批評特點的文學批評。顯然，上述兩種文學批評有所不同，但也有相似之處。那麼，文學倫理學批評與文學道德批評的基本差異是什麼呢？這是一個不能忽視的問題，也是一個需要我們加以分辨的問題。我們在前面的分析和論述中已經大體上對二者作了區別，因此我們沒有必要把我們的研究束縛在爭論不休的定義、合理性、合法性、適用性等學理討論上，而是需要通過對一些經典文學的解剖，用文學的實例來說明文學倫理學批評和道德批評究竟有什麼不同。

　　就文學方法而言，它的基本價值在於應用而不在於方法自身或有關該方法的理論。因此，我們將重點選擇《哈姆萊特》為例，結合文學倫理學批評和道德批評的方法進行分析，看看兩種不同的方法是否可能獲得不同的結果。

　　在西方文學史上，《哈姆萊特》是莎士比亞最能吸引人們閱讀和批評的代表性作品之一，也是給我們帶來思考、評論以及理解最為豐富的作品之一，然而迄今為止，影響人們理解這齣悲劇的評論仍然沒有超越兩個道德批評的經典命題：一是性格悲劇；二是戀母情結。如果我們把文學倫理學批評用於《哈姆萊特》的批評，我們又會得到什麼結果呢？我們有可能得出不同於上述兩個經典命題的觀點。

　　無論是文學倫理學批評還是道德批評，研究的對象都是文學作品中的道德現象，都需要作出道德價值的判斷，並在分析研究的基礎上得出結論。這是文學作品自身的要求。例如我們閱讀《哈姆萊特》會情不自禁地被悲劇所吸引而去思考、理解和闡釋悲劇中描寫和提出的倫理道德問題。在《哈姆萊特》開場不久，莎士比亞就通過國王同哈姆萊特的對話以及哈姆萊特的獨白，把我們帶進一個獨特的倫理環境，讓我們感受哈姆萊特內心的道德情感和倫理困惑。國王勸為父親的死而悲傷不已的哈姆萊特說：「我請你拋棄了這種無益的悲傷，把我當作你的父親；因為我要讓全世界知道，你是王位的直接的繼承者，我要給你的尊榮和恩寵，不亞於一個最慈愛的父親之於他的兒子。」[17]

　　從克勞狄斯同哈姆萊特的對話中，我們可以感受到一種將會影響到哈姆萊特的倫理意識：家庭倫理。哈姆萊特懷念父親，悲傷不已，堅守孝道。但是他奉行的這種倫理觀念遭受到另一種觀念的衝擊，因為克勞狄斯用一

種自然道德的理論勸說哈姆萊特放棄以悲傷形式表現的對父親的孝道，並企圖在他同哈姆萊特之間建立起一種新的倫理關係，這就是要哈姆萊特「把我當作你的父親」，繼承他的王位。他企圖把自己放在一個慈愛的父親的位置上，讓哈姆萊特用他對父親的道德感情對待他。這正是哈姆萊特無法解決的一個倫理難題，即他無法從理性上接受母親同叔父結婚的有違倫理的事實。因此，哈姆萊特對其母親不守婦道，嫁人太早大為不滿：「她在送葬的時候所穿的那雙鞋子還沒有破舊，她就，她就——上帝啊！一頭沒有理性的畜生也要悲傷地長久一些——她就嫁給我的叔父，我的父親的弟弟，可是他一點不像我的父親，正像我一點不像赫刺克勒斯一樣。只有一個月的時間，她那流著虛偽之淚的眼睛還沒有消去紅腫，她就嫁了人了。啊，罪惡的匆促，這樣迫不及待地鑽進了亂倫的衾被！」[18] 顯然，哈姆萊特把母親的再嫁看成是一個十分嚴重的亂倫事件。從這裡開始，莎士比亞就為悲劇的進一步發展做好了鋪墊。

在悲劇上演後的第五場老哈姆萊特的鬼魂出現以後，《哈姆萊特》悲劇的倫理性質就基本上被確定下來，此後悲劇就沿著倫理悲劇的線索發展。鬼魂在同哈姆萊特的對話中反覆強調的是新王的倫理犯罪：「你必須替他報復那逆倫慘惡的殺身的仇恨」[19]；「殺人是重大的罪惡；可是這一件謀殺的慘案，更是駭人聽聞而逆天害理的罪行」[20]。很明顯，老哈姆萊特一再指明的是他死於一場亂倫的謀殺，即他的悲劇是一場倫理悲劇。

當哈姆萊特從父親的鬼魂處得到了事情的真相後，他開始真正面對需要解決的倫理問題，即「父親被人殺害，母親被人玷污」的亂倫犯罪和他的復仇。但是，他陷入了新的困境，即他的復仇在倫理上是否正義的問題。因此，莎士比亞為哈姆萊特寫下了那段著名的臺詞：

To be or not to be: that is the question;

Whether t'is nobler in the mind to suffer

The slings and arrows of outrageous fortune,

Or to take arms against a sea of troubles,

And by opposing end them?[21]

這段臺詞中的關鍵字「To be or not to be」儘管有多種理解，但其內涵仍然指的是對正義的抉擇和追問，即他採取的行動是對或錯的問題。在他弄清了父親死亡的真相後，哈姆萊特面對的是兩種選擇，即復仇還是不復仇，殺死新王還是不殺死新王，行動還是不行動。這是一種兩難的選擇，更是一種倫理的選擇。在這段臺詞裡，可以看出哈姆萊特難題的邏輯判斷：「To be or not to be」是就「question」而言，「question」是就「nobler」而言，「nobler」是就「to suffer」和「to take arms against」兩種行動而言。也就是說，哈姆萊特現在面臨一個採取什麼行動的問題，即他應該放棄向他的叔父和母親復仇，還是像俄瑞斯忒斯那樣去殺死他的叔父和母親（matricide）？復仇或是放棄復仇，無論選擇哪一種，他都無法解決這個涉及倫理的問題，即哪一種行為更高尚（原文中 nobler 本身就是一個帶有倫理性質的詞彙）的問題，哪一種行動是對還是錯的問題。因此，這段臺詞中蘊含的意義是他面臨的兩難選擇。他企圖弄清楚自己怎樣選擇才是正確的，怎樣選擇才不會讓自己犯錯誤。作為文藝復興時期一個理性代表人物，在面臨兩難選擇的時候，他不能不問哪一種選擇是對還是錯的問題。所以「To be or not to be」是哈姆萊特關於自己行動對與錯的追問，而不是對生和死的思考。

　　那麼，哈姆萊特所面對問題的複雜性在哪裡？這種複雜性由空前複雜的倫理關係造成，突出地表現在哈姆萊特自己以及他要與之復仇的一方的身份都發生了變化。作為父親的兒子，哈姆萊特有責任和義務為父親復仇，這是由當時的倫理觀念決定的。但是當克勞狄斯娶了哈姆萊特的母親以後，整個倫理關係發生了變化。對於哈姆萊特，克勞狄斯由於娶了王后而使自己的身份轉變為王后的法律和倫理意義上的丈夫、丹麥王國的國王，以及哈姆萊特名義上的父親，而哈姆萊特也因此而變成了叔父的臣子和繼子。這種身份的變化意義重大，因為富有理性的哈姆萊特知道他殺死國王和自己名義上的父親就有可能在名義上犯下弒君和弒父（regicide and patricide）的大罪。他需要認真地進行理性的思考：他的復仇是否會像俄底浦斯王那樣需要為自己的行為擔負責任？是否會給自己的母親帶來傷害（因為克勞狄斯現在是他母親的丈夫）？最為重要的是，他能不能殺死母親的丈夫、自己的繼父？這是一系列複雜的倫理問題，需要哈姆萊特作出回答，然而他無法作出回答，只能不斷地思考並讓自己深陷倫理困境的痛苦之中，並最終導致自己的悲劇。

　　從文學倫理學批評的角度看，哈姆萊特的延宕和猶豫及性格缺陷，都是由於他無法解決所面臨的一系列倫理問題而引起的，我們只有從倫理的角度，才有可能深入認識和理解他，解答他的猶豫、延宕及軟弱，回答他性格和精神層面的各種問題，從而把他的毀滅看成是在文藝復興崇尚理性的時代因為不能解決自身遭遇的倫理問題而導致的悲劇。

　　然而如果我們僅僅採取道德批評的立場，我們關心的將是對哈姆萊特行動的道德評價，會責備他性格中的缺點，會責備他對奧菲莉婭的薄情。即使我們用弗洛伊德的方法把他的悲劇歸結於戀母情結，也是從精神層面

強調他潛意識裡的非道德因素。因此可看出，道德批評重在評價行動自身和行動的結果。但是文學倫理學批評不同，它重在探討行動的倫理道德方面的原因，重在分析、闡釋和理解。我們還可以用歐里庇得斯的悲劇《美狄亞》來說明這個區別。《美狄亞》這齣悲劇震撼人心靈的力量來源於美狄亞殺死自己的兩個兒子為自己復仇的行動。文學倫理學批評不僅要評價殺子復仇這個基本事實，更要探討美狄亞殺子復仇的原因和理由，即她如何完全接受了當時男權社會的倫理道德觀念而把兒子看成父親生命的延續。在她看來，殺死的只是她丈夫的兩個兒子，似乎與自己無關。從倫理道德的立場看，美狄亞殺子復仇是可以接受的。這樣我們就可以理解一個真實的美狄亞，並把她看成是一個英雄，看成是一個值得同情的人。然而道德批評更多的是用今天的視角去關注美狄亞殺子復仇這個事件以及它可能帶來的道德後果。用道德的眼光看，美狄亞即使有一千個理由，她殺死自己的親生兒子也是無法讓人理解的，不能讓人接受的，自然也就可以得出另一個結論，美狄亞是殘忍的，狠毒的，不能原諒的。

　　再如托爾斯泰的小說《安娜·卡列尼娜》中安娜·卡列尼娜的形象，顯然現在大多數批評家都是從道德批評的立場評價小說中的女主人公。他們往往對安娜寄予同情，把她看成是舊道德的受害者，對她沒有指責和批判，反而是肯定和歌頌，稱她是傳統道德的勇敢反叛者。然而用文學倫理學批評的眼光來看，安娜對家庭和丈夫的背叛是有害的，因為她的不忠行為破壞了當時的倫理秩序和道德規則。即使從今天的社會看，愛情至上主義者安娜的背叛和通姦也不會得到認可。安娜向現存的倫理秩序挑戰，蔑視公認的道德準則，以愛情為藉口放棄自己道德上應負的家庭責任和社會責任，後來她受到了自我良心的譴責，她的心靈在道德上受到了懲罰，並

最終導致自己的悲劇。顯然這兩種批評得到了兩種不同的結論。前者並不遵循現實生活中既有的道德觀念，而是在超越的意義上使用道德評價，從理想道德的立場出發，為安娜設立了一個超越歷史和現實的道德標準。這個標準是主觀的，因為在當時、現在和可預見到的將來，安娜的行為在現實中都是有違道德的。而後者則是客觀地分析安娜悲劇的原因，即使對安娜抱以同情，也不能超越歷史進入道德的烏托邦，另外給安娜設置一種新道德環境和道德標準。

　　從上述例子中可以看出，文學倫理學批評與道德批評的對象以及研究的問題幾乎是一樣的，然而它們運用的方法、研究的企圖和目的以及可能獲得的結果卻是不同的。文學倫理學批評主要運用辯證的歷史唯物主義的方法研究文學中的道德現象，傾向於在歷史的客觀環境中去分析、理解和闡釋文學中的各種道德現象。一般而言，文學倫理學批評的研究和闡釋基本上是歷史主義的。但是，它並不排斥結合當前新的理論或方法從比較的角度去研究過去或現在的文學。例如海明威（Ernest Hemingway）的小說《老人與海》（The Old Man and the Sea）中的漁夫聖地亞哥（Santiago），他在同大馬林魚的搏鬥中歷盡艱難最後終於捕獲了魚。道德批評因為他的勇敢和毅力而把他看成是一個硬漢的典型，但是文學倫理學批評可以結合今天的生態理論對他進行重新評價。在海明威時代，聖地亞哥無疑代表著一種人類的征服和強力精神；然而在今天的時代，生態平衡理論需要我們重新審視人類同大自然之間的關係。在過去的倫理道德價值觀念中，人類同大自然處於對立狀態，人類需要征服和戰勝大自然，因此從古希臘時代開始，人類就在同大自然的鬥爭中產生出許多偉大的英雄。在聖地亞哥的身上，產生震撼力量的仍然是那些希臘式英雄的特點。我們今天已經充分認識到

人類同大自然的關係只能和平相處，人類如果要以征服和戰勝大自然的方式破壞這種和諧，其結果只能給人們帶來悲劇。因此，捕捉大馬林魚的聖地牙哥在當時被看成英雄，但結合今天的生態理論去認識他，就可能要把他看成大自然的破壞者，並且要受到懲罰。再如在景陽岡打虎的武松，在今天的倫理觀念中，當年受人崇拜的英雄就有可能成為罪犯。但這並不是說，我們今天在分析聖地亞哥和武松時需要審判他們，而是說在不同倫理環境和道德條件下的同一事實，通過比較的方法我們可以發現不同的倫理價值，並從中得到更多的啟發和思考，同時也為我們的時代提供借鑒。

最後需要指出，文學倫理學批評在評價當前的文學時，它在某些方面可能同道德批評是一致的。文學倫理學批評作為方法論，它強調文學及其批評的社會責任，強調文學的教誨功能，並以此作為批評的基礎。文學家創作作品應該為社會負責任，批評家同樣也應該為批評文學負社會責任。文學家的責任通過作品表現，而批評家的責任則通過對作品的批評來表現。因此，今天的文學批評不能背離社會公認的基本倫理法則，不能破壞大家遵從的道德風尚，更不能濫用未來的道德假設為今天違背道德法則的文學辯護。我們既不能用過去的道德觀念批評當前的文學，也不能用未來的假設的道德觀念批評當前的文學，而只能採用歷史主義的態度。今天的文學一經創作出來，它就成為了歷史，因此對它的批評仍然是在一個歷史的範疇中進行的。

（原文載於《外國文學研究》2006 年，第 2 期）

注釋

1　羅國傑主編:《倫理學》,北京:人民出版社 1989 年版,第 2 頁。

2　[希臘] 荷馬:《伊利亞特》第 24 章,北京:外語教學與研究出版社 1995 年版,第 24 頁。

3　[希臘] 柏拉圖著,王曉朝譯:《柏拉圖全集》第 2 卷,北京:人民出版社 2003 年版,第 340 頁。

4　[希臘] 柏拉圖著,王曉朝譯:《柏拉圖全集》第 2 卷,北京:人民出版社 2003 年版,第 338 頁。

5　[希臘] 柏拉圖著,王曉朝譯:《柏拉圖全集》第 2 卷,北京:人民出版社 2003 年版,第 342 頁。

6　[希臘] 柏拉圖著,王曉朝譯:《柏拉圖全集》第 2 卷,北京:人民出版社 2003 年版,第 344 頁。

7　[希臘] 柏拉圖著,王曉朝譯:《柏拉圖全集》第 2 卷,北京:人民出版社 2003 年版,第 343 頁。

8　[希臘] 柏拉圖著,王曉朝譯:《柏拉圖全集》第 3 卷,北京:人民出版社 2003 年版,第 347 頁。

9　[希臘] 柏拉圖著,王曉朝譯:《柏拉圖全集》第 3 卷,北京:人民出版社 2003 年版,第 349 頁。

10　[希臘] 柏拉圖著,王曉朝譯:《柏拉圖全集》第 3 卷,北京:人民出版社 2003 年版,第 354 頁。

11　[希臘] 柏拉圖著,王曉朝譯:《柏拉圖全集》第 3 卷,北京:人民出版社 2003 年版,第 368 頁。

12　參見[希臘] 亞里斯多德著,苗力田譯:《尼各馬科倫理學》,《亞里斯多德全集》第八卷,北京:中國人民大學出版社 1994 年版,第 60-61 頁。

13　參見[希臘] 亞里斯多德著,苗力田譯:《尼各馬科倫理學》,《亞里斯多德全集》第八卷,北京:中國人民大學出版社 1994 年版,第 112、114、126、128、129、138、150 頁。

14　[希臘] 亞里斯多德著,羅念生譯:《詩學》,北京:人民文學出版社 1962 年版,第 92 頁。

15　[希臘] 亞里斯多德著,羅念生譯:《詩學》,北京:人民文學出版社 1962 年版,第 19 頁。

16　[希臘] 亞里斯多德著，羅念生譯：《詩學》，北京：人民文學出版社 1962 年版，第
　　38 頁。

17　[英] 莎士比亞著，朱生豪譯：《哈姆萊特》，《莎士比亞全集（九）》，北京：人民文
　　學出版社 1978 年版，第 13 頁。

18　[英] 莎士比亞著，朱生豪譯：《哈姆萊特》，《莎士比亞全集（九）》，北京：人民文
　　學出版社 1978 年版，第 15 頁。

19　[英] 莎士比亞著，朱生豪譯：《哈姆萊特》，《莎士比亞全集（九）》，北京：人民文
　　學出版社 1978 年版，第 28 頁。

20　[英] 莎士比亞著，朱生豪譯：《哈姆萊特》，《莎士比亞全集（九）》，北京：人民文
　　學出版社 1978 年版，第 28 頁。

21　Shakespeare, William. *Hamlet*. Mineola, NY: Dover Publications, Inc., 1992, III, I, pp.56-60.

六、文學倫理學批評

　　中國改革開放以來，大量西方的文學批評被介紹引入中國，如強調意識形態的政治批評、以社會和歷史為出發點的審美批評、在心理學基礎上發展起來的精神分析批評、在人類學基礎上產生的原型—神話批評、在語言學基礎上產生的形式主義批評、在文體學基礎上產生的敘事學批評，還有接受反應批評、後現代後殖民批評、女性主義批評、新歷史主義批評、文化批評等。這些批評是中國文學研究中經常使用的批評方法，形成中國文學批評的中西融合、多元共存局面，推動著中國文學批評的發展。

　　但是我們也要看到中國文學批評存在明顯的西化傾向。從總體上看，我們使用的文學批評方法基本上都是西方的批評理論和批評方法，儘管我們應該對它們發揮的作用作出積極和肯定的評價，但是我們在享受西方文學批評的成果的同時，也感受到文學批評領域中的遺憾。這種遺憾首先表現在文學批評方法的原創權總是歸於西方人。我們不否認把西方的文學批評理論和方法介紹進來為我所用的貢獻，也不否認我們在文學批評理論和方法中採用西方的標準（如名詞、術語、概念及思想）方便了我們同西方在文學研究中的對話、交流與溝通，但是我們不能不作嚴肅認真的思考，為什麼在文學批評方法及話語權方面缺少我們的參與和原創？為什麼在文

學批評方法與理論的成果中缺少我們自己的創新和貢獻？尤其是在國家強調創新戰略的今天，這更是需要我們思考和認真對待的問題。

其實西方文學批評的光彩不是永恆的，它們往往只是在一定的歷史時期內或者一定的環境下產生和發揮影響。西方有些文學批評方法的生命力是有限的，一種方法在一個歷史時期內顯赫一時，但很快就要讓位於另一種新的批評方法。正是這種相互競爭導致西方文學批評方法枯榮交替，有生有死，促進了學術的繁榮。西方文學批評方法中沒有永恆的神，在輓歌已經響起的時候，我們毋需還要去高唱頌歌。我們不必對西方的文學批評過度迷信，也不要在自我探索中缺乏自信。文學批評方法需要「推陳出新、革故鼎新」，以滿足時代的要求，因此我們應該用創造性思維借鑒和吸收現有的成果，用辯證的觀點去分析和總結現有的多種多樣的文學批評方法，在前人奠定的學術基礎上用科學的態度去發展和創新。正是基於這一學術立場，我們認為文學倫理學批評方法可以看成是文學研究的一種新的嘗試。無論是解讀經典作品還是評價現在的文學，這種方法也許能為我們帶來新的啟示。

文學倫理學批評的出現是由文學批評的基本功能決定的。就文學批評來說，它的基本功能就是理解和闡釋文學作品，解釋作品中提出的各種問題，研究作家、作品與讀者之間的關係，從而對文學作品的價值作出判斷和評價。用最通俗的話說，文學批評的基本功能就是為了回答作品是好是壞及其為什麼好或壞的價值問題。因此，文學批評的性質是倫理的性質，在本質上是一種倫理的批評。這是由文學的本質與功能所決定的。

在某種意義上說，文學最初產生時完全是為了倫理和道德的目的，文學與藝術美的欣賞並不是文學藝術的主要目的，而是為其道德目的服務

的。賀拉斯（Quintus Horatius Flaccus）的「寓教於樂」用簡單的概括闡明了文藝的道德內容及其與表達這一內容的形式之間的關係。從文學的起源上看，文學藝術作品是人類理解自己的生產勞動及世界的一種形式。由於這種表達與理解同人類的勞動、生存與享受結合在一起，因此文學就具有了倫理和道德的意義。尤其是從文學是指文本的文學的觀點來看，倫理和道德的因素幾乎就可以看成是文學產生的動因了。這就是說，文學是因為人類倫理及道德情感或觀念表達的需要而產生的。

西方的文學指的是有文本的文學作品，因此希臘神話儘管可以被看作是一種口頭文學，但是西方的文學史往往不把神話包括在內。不過《荷馬史詩》（The Homeric Epics）是希臘古老的書面文學，我們可以把它作為神話閱讀，並從中認識和理解希臘文學的源頭。如果我們追根溯源，希臘神話就是希臘最早的文學。我們從中發現，希臘神話是古代希臘人用文學藝術形式對倫理和道德觀念的一種樸素和抽象的表達。如希臘神話中關於天地起源、人類誕生、神和人的世界中的種種矛盾和衝突等內容，無不帶有倫理和道德的色彩。因此，神話不僅是「用想像與借助想像以征服自然力，支配自然力，把自然力加以形象化」，而且是用想像與借助想像表達人類理性萌芽階段的倫理道德觀念。當然，文學不等於倫理，也不等於道德，但是它要反映或表現倫理和道德。正是這一點為我們從倫理學的角度批評文學奠定了基礎。

文學倫理學批評作為一種方法論有其特定的涵義，即它是指文學意義上的批評方法而不是社會學意義上的批評方法。因此，文學倫理學批評與研究社會的倫理學不同。這種不同首先在於倫理學研究的對象是人類社會，即使研究文學也是出於研究人類社會的目的。而文學倫理學批評研究

的對象是文學，即使研究人類社會也是出於研究文學的目的。其次，倫理學的研究往往為現實中一定的道德觀念服務，也需要對現實社會的種種道德現象作出評價，而文學倫理學批評則是對文學進行倫理和道德的客觀考察並給予歷史的辯證的闡釋。第三，文學倫理學批評主要是作為一種方法運用於文學研究中，它重在對文學的闡釋。而倫理學則既是一種有關人類關係和道德規範的理論，也是對人類社會進行研究的一種方法。文學倫理學批評重在從歷史的意義上研究文學，而倫理學則重在從現實的意義上研究社會。

因此，我們應該堅持文學批評必須是對文學的批評，堅持文學批評必須批評文學。如今有一些打著文化批評、美學批評、哲學批評等旗號的批評，往往顛倒了理論與文學之間的依存關係，割裂了批評與文學之間的內在聯繫，存在著理論自戀（theoretical complex）、命題自戀（preordained theme complex）、術語自戀（term complex）的嚴重傾向。這種批評不重視文學作品即文本的閱讀與闡釋、分析與理解，而只注重批評家對自己某個文化命題的求證，造成理論與實際的脫節。在這些批評中，文學往往在某種理論的名義下被拋棄了，文學作品被肢解了（用時髦的話說，被解構了，被消解了），文學自身的價值和意義消失了，變成了用來建構批評者自己文化思想或某種理論體系或闡釋某個理論術語的片斷。文學的意義沒有了，因此文學批評的價值也就沒有了。如果任其發展，其結果必然是文學的消失導致文學批評家的自我毀滅。

但是，文學倫理學批評方法不同，它首先強調這種方法是批評文學的方法，必須同文學的閱讀和理解結合在一起；其次它又強調文學的社會責任、道德義務等倫理價值。

從方法論的角度說，文學倫理學批評方法既是歷史主義的方法，也是現實主義的方法。說它是歷史主義的方法，在於儘管它不完全排除批評者自身的倫理道德價值觀念，但它也不要求我們戴上自己的道德眼鏡，用我們所接受的或認同的倫理和道德觀念去批評歷史上的文學，而只是要求我們客觀公正地從倫理和道德的角度去闡釋歷史上的文學和文學現象，研究文學與歷史和現實的關係。因此，對於歷史上作家在文學中所描寫的這種道德追求，我們是不可以用今天的道德立場加以臧否的，而用文學倫理學批評的方法，我們則有可能從中獲得新的理解。

說它是現實主義的方法，在於它要求我們批評文學不能超越我們自己的時代、社會、政治和文化，要求維護已經確立的倫理道德原則。這一點是文學倫理學批評方法最重要的現實價值和現實意義。我們現在不僅建立了大家所接受和遵守的社會秩序，而且建立了與之相適應的倫理原則和道德規範。古代希臘的悲劇已經證明，試圖違背或破壞已經建立的秩序、原則和規範，就會為人類帶來重大災難。因此，我們的文學對社會和人類負有不可推卸的道德責任和義務，而文學批評則應該對文學所擔負的責任和義務作出公正的評價。例如，我們已經建立了新時期的社會倫理和道德標準，確立了符合我們民族習慣和法律的道德規範，但如果我們批評文學時放棄了這一前提，毫無顧忌地去肯定某種文學所宣揚的封建俠義道德或所謂的超前道德意識，這顯然是十分有害的。除此之外，由於文學批評可以對讀者的閱讀選擇、內容理解和道德評判產生重要影響，因此還負有促進社會精神文明建設的道義責任。

文學倫理學批評方法只是批評文學的眾多方法之一，它不僅不拒絕和排斥其他的批評方法，相反它能容納、結合和借鑒其他的批評方法，從而

使自己得到補充和完善。

　　文學倫理學批評方法的思想基礎是馬克思的歷史唯物主義和辯證唯物主義，即歷史地辯證地批評文學。它絕不是簡單地用某種道德標準去判斷文學的道德價值，或是簡單地用某種道德觀念去對文學進行褒揚或批判。它的主要目的在於闡釋那些建構在倫理與道德基礎上的種種文學現象，客觀地研究文學的倫理與道德因素，並討論給我們帶來的啟示。簡而言之，就是要求用倫理學的方法解讀文學。例如用這種方法批評古代希臘的悲劇，我們只是企圖借助文學還原那個時期的倫理真相，並用那個時代的倫理觀念合理解釋通過藝術反映的那個時代的社會倫理和道德現象。我們絕不可用今天的道德觀念去解讀那個遠離我們現在的古老時代。如果我們用女權主義的理論去解釋悲劇《美狄亞》，試圖把美狄亞解讀為一個女權主義者，這顯然就超越了美狄亞的時代以及她自己所能達到的認知能力；如果用階級鬥爭去解釋《俄瑞斯忒斯》的衝突，用命運觀或人道主義去解釋《俄底浦斯王》，就可能因為我們把現在的思想觀念強加於那個時代而使自己變得強詞奪理。因此，文學倫理學批評絕不能把美狄亞、俄瑞斯忒斯、俄底浦斯等理解為在他們的時代以後產生的典型，而只能在他們的時代中去尋找他們為何成為悲劇人物的倫理和道德根源，並為我們現在提供借鑒。

　　文學倫理學批評方法有其特定的目的性，即它主要是研究倫理視角下的文學以及與文學有關的種種問題，也就是說，儘管它不能忽視歷史中的和現實中的世界，它主要以研究抽象的藝術世界為目的。文學倫理學批評方法可以超越歷史、社會、階級、政治、文化，可以超越時間和空間。無論戲劇與小說，還是詩歌與散文，幾乎所有的文學都適用於這種批評方法。我們既可以用這種批評方法闡釋古代希臘文學甚至更為古老的希臘神

話，也可以闡釋當前的各種文學；既可以闡釋西方的文學，也可以闡釋東方的文學。

　　文學倫理學批評有著重要的現實意義，它可以讓文學批評重新回歸文學，讓文學批評為理解文學服務，盡可能公正地評價已經成為經典的、歷史的或存在的文學。文學倫理學批評雖然不可能按照我們的倫理觀念和道德意志去干預文學的創作，但至少我們可以為文學創作提出一種必須的道德要求。我們必須充分認識到我們的文學批評的一個重大缺陷，就是倫理道德價值的缺位。無論過去和現在，還是西方和東方，文學的社會教科書的功用是不能否認的。雖然我們反對把文學變成道德的訓誡，但卻不能放棄文學的道德責任。不管怎麼說，當文學不能讓我們分善惡，不能讓我們守規範，這種文學的價值是值得懷疑的。我們知道認知水準還沒有發育到理性階段的兒童，他們大多都具備一種初步的道德判斷能力，這就是本能的好壞之分，善惡之辨。當兒童還沒有聽完故事的時候，他們就迫切地想知道誰是好人和壞人。當他們聽完故事的時候，好人和壞人對他們產生的不同道德影響是顯而易見的。兒童尚且如此，成人又當如何？華茲華斯在詩中說：「兒童是成人之父」。也許我們的文學批評現在需要童真的回歸，即要分好壞，辨善惡。尤其是在目前中國的文學批評出現倫理道德價值缺位的時候，我們的文學批評更應該肩負起道德責任，以實現文學倫理道德價值的回歸，而文學倫理學批評就是達到這一目標的重要途徑。

（原文載於《文藝報・週二版》，2008 年第 17 期）

七、文學倫理學批評在中國

（一）文學倫理學批評在中國的傳播

從 20 世紀 80 年代到本世紀初，西方的文學倫理學研究出現回歸熱潮，並開始從文學倫理學研究轉向文學倫理學批評。20 世紀末、21 世紀初的文學倫理學研究表明，文學倫理學不僅從形式主義批評、結構主義批評、精神分析、女性主義批評、文化批評等批評的擠壓中擺脫出來，實現了文學批評的倫理回歸，而且重新在文學批評領域嶄露頭角，形成了新的批評熱潮。

在中國，文學批評有著深厚的道德批評傳統，對西方倫理學批評似乎無須刻意關注，因此沒有注意到其在 20 世紀 80 年代以來所出現的新變化而把它當成過時的東西忽略了。自 20 世紀 80 年代改革開放以來，儘管中國把大量的西方批評理論介紹到了國內，但是學術界主要的關注點仍然是各種新型文學理論和批評理論，對西方倫理批評的介紹和研究很少。迄今為止，有關倫理批評的著作僅有美國倫理批評家韋恩・布斯（Wayne Booth）的《小說修辭學》（*The Rhetoric of Fiction*）及其選集在中國翻譯出版。布斯是芝加哥大學教授，美國文學倫理學批評的代表人物，被稱為「文學批評家的批評家」和「20 世紀後半葉卓越的批評家之一」，於 2005 年 10 月去世。布斯的《小說修辭學》出版於 1961 年，不僅是布斯倫理學批評

的代表作品之一，而且是布斯整個倫理批評體系的基礎。布斯選擇一系列重要作家，以倫理為主線，闡述了從中世紀作家薄伽丘（Boccaccio）到當代法國小說家格里耶（Grillet）的歐洲小說發展演變的歷史。1987 年這部著作經周憲等人翻譯由北京大學出版社出版。周憲從 20 世紀 80 年代初就開始研究布斯的著作，1984 年發表《現代西方文學學研究的幾種傾向》，在討論作品社會學時就談到了西方出現的倫理批評的傾向，指出其特點是「從文學的功能和價值實現過程入手，具體地討論作品在審美領域中所起的道德倫理功用，文學對社會生活的反作用，以及文學傳統和體裁發展演變的規律，作品的時間和空間生命力和價值構成方面的規律」[1]。1987 年，廣西人民出版社也出版了由付禮軍翻譯的《小說修辭學》，從另一個角度說明了這部著作的重要性及其在中國的影響。《小說修辭學》是中國第一部翻譯出版的西方倫理學批評家的著作，對中國的文藝理論建設產生了很大的推動作用，為 21 世紀文學倫理學批評在中國的勃興奠定了基礎。2009 年 6 月，周憲主編的《修辭的復興：韋恩‧布斯精粹》一書由譯林出版社出版。這部譯文集精心選擇了 17 篇布斯的經典之作，可以從中窺探布斯整個倫理批評思想的發展過程。

到了 20 世紀 90 年代，新的文學批評理論的出現在中國幾乎可以做到與西方同步。每當西方新理論面世時，必然在中國引起反響，並被人研究和運用。然而在西方各色理論中，以非理性主義為核心的理論與批評在中國最受歡迎和追捧，而倫理批評往往被看成傳統的、保守的和已知的批評而受到冷遇。儘管布斯的《小說修辭學》早在 1987 年已經在中國翻譯出版，但是直到 20 世紀末，中國仍然鮮見對西方文學倫理學批評的介紹和討論。不過，在外國文學研究中還是可以見到一些研究文學倫理問題或從

倫理視角研究文學的論文，如《中世紀文學與倫理思想：愛、信、從》（唐濤，1988）、《當代美國文學理論》（程錫麟，1990）、《倫理價值與中西方古代文學批評》（蘇桂寧，1994）、《伊朗、中國文學中倫理觀念比較談》（李文鐘，1994）、《報恩與復仇——中日文學中被倫理強化了的主題》（徐曉，1995）、《試論布斯的〈小說修辭學〉》（程錫麟，1997）、《試論基督教倫理在西方文學中的演變》（夏茵英，1997）、《論布斯小說修辭理論的貢獻和意義》（李建軍，1999）、《尊嚴維護與倫理實現——中西方復仇文學中主體動機意志比較》（王立，1999）、《在破譯中重建秩序——試解西方文學閱讀中的倫理難題》（李迎豐，2000）、《論環境文學中的生態倫理思想》（向玉橋，2000）、《〈魔鬼與上帝〉——薩特倫理思考的文學斷案》（江龍，2000）、《日本文學三鼎足作品中的倫理理念剖析》（冉毅，2000）等。

　　在上述論文中，《當代美國文學理論》是程錫麟同布斯的訪談。這篇訪談以對話的形式介紹了布斯以倫理道德為核心的文學理論，讓中國讀者更多地瞭解了這位美國倫理批評的代表人物。程錫麟是四川大學教授，對西方文學理論尤其是西方的倫理批評及其代表人物布斯有深入研究。他於1997年發表的《試論布斯的〈小說修辭學〉》[2] 一文，可能是中國最早研究和介紹西方倫理批評的論文。這篇論文對《小說修辭學》的主要內容和觀點作了梳理和總結，介紹了諸如「隱含作者」（隱含作者實際上就是讀者的道德指導者）、「可靠的和不可靠的敘述者」、「戲劇化和非戲劇化的敘述者」、視點理論等一系列觀點，重點強調了小說的道德教化作用。這篇論文讓更多的中國人認識到小說同倫理的關係問題，為後來文學倫理學批評在中國的發展作了鋪墊。程錫麟還於2000年發表了《析布斯的小說倫理學》[3] 一文，第一次全面系統地把布斯的《小說倫理學》（*The Company We*

Keep: An Ethics of Fiction）介紹到中國。布斯的《我們所交的朋友——小說倫理學》不僅是集中體現他的倫理學批評思想的最重要作品，而且是美國倫理學批評的代表性著作。程錫麟的論文對《小說倫理學》的語境、理論構架、基本觀點和批評實踐進行全面梳理和歸納總結，既有精當的引用，又有準確的評述。該論文在介紹和總結布斯的倫理學批評的同時，還把西方的倫理學批評傳統以及其他倫理批評家的觀點結合在一起，細加評說。應該說，這是中國介紹美國文學倫理學批評的最重要論文之一。2001 年，程錫麟和王曉路教授共同出版了《當代美國小說理論》（*Contemporary American Theory Fiction*）⁴ 一書。這是中國第一本系統研究美國小說理論的專著，不僅對當代美國小說主要理論的代表人物及其代表性著作有較為系統全面的介紹，客觀闡述和評價了各自的理論基礎、主要觀點及其影響，而且設專節介紹了布斯的文學倫理學。至本世紀初，通過翻譯進入中國的有關文學倫理學批評的著作、發表和出版的中國學者研究文學倫理學批評的著述文字雖然不多，但是中國讀者借此更多地瞭解了布斯，對西方的倫理學批評也有了較深的認識，這對於中國後來文學倫理學批評的發展起了重要作用。

有關西方文學倫理學批評的研究和介紹，還有兩篇值得一提的論文。一篇是《文藝研究》雜誌發表的《藝術的倫理批評與審美批評》⁵。這篇文章雖然只是以厄爾·卡洛爾（Noël Carroll）提出的「適度的道德主義」（moderate moralism）和貝里斯·高特（Berys Gaut）的「倫理主義」（ethicism）作為個案討論藝術與道德及美學的關係問題，並沒有涉及文學中的倫理批評的話題，但是文中討論的藝術與道德及審美的關係問題，卻是與倫理批評密切相關的基本問題。另一篇是劉英教授的論文《回歸抑或轉向：後現代語境下的美國文學倫理學批評》⁶。該文從宏觀上對西方倫理

學批評的代表人物進行歸納評述，從微觀上對具體的倫理學批評著作進行
細緻分析，按照歷史的發展對西方文學倫理學批評進行梳理，總結出美國
文學倫理學批評的幾大特點。評述精當，見解深刻，是一篇很有參考價值
的論文。

　　從中國發表和出版的有關西方文學倫理學批評的著述來看，同其他西
方批評理論如精神分析學、女性主義、形式主義等在中國的傳播相比，除
了對布斯有較多的研究和介紹外，明顯缺少對倫理學批評系統、全面的研
究和介紹。如除了布斯之外的其他倫理學批評家的代表性著作，目前中國
基本上都沒有譯介。儘管如此，由於倫理學批評在中國有其自身的歷史、
文化和思想傳統，即使有限的研究和介紹也會產生強大的推動。從 2005
年開始，倫理學批評在中國以文學倫理學批評的名稱開始形成一股強勁潮
流，這有力地說明倫理學批評在中國的勃興既有其迫切的現實需要，也有
其深厚的社會和思想基礎。

（二）文學倫理學批評在中國的接受

　　同其他文學批評在中國的接受相比，文學倫理學批評被接受在時間上
要晚一些。一直到本世紀初，中國對西方的倫理學批評的研究和介紹都比
較薄弱，也很少有人用倫理批評的方法研究西方作家和作品。在某些討論
文學倫理學的著述中，實際上討論的仍是中國傳統的文藝理論，並沒有從
中國固有的文學理論框架的束縛中擺脫出來。儘管如此，改革開放以來中
國特別關注的西方人道主義、現實主義等問題，其中都包含有明顯而豐富
的倫理道德內容，這就為中國學者不斷關注文學倫理學批評提供了基礎。

在中國學者中間，可以看到一些人自覺或不自覺地在文學倫理學批評領域做出的努力，這為日後文學倫理學批評在中國的勃興創造了條件。

從時間上看，文學倫理學批評作為批評方法在中國學界出現始於 2004 年，其標誌就是當年 6 月和 8 月分別在江西南昌和湖北宜昌舉行的把文學倫理學批評作為文學研究方法加以討論的全國學術研討會，以及當年 10 月《外國文學研究》雜誌第 5 期發表的論文《文學倫理學批評：文學批評方法新探索》[7]。

為了解決文學研究中理論脫離實際的傾向，2004 年 6 月，江西師範大學外國語學院、《外國文學研究》雜誌、江西省外國文學學會聯合主辦了「中國的英美文學研究：回顧與展望」全國學術研討會，對改革開放以來中國的英美文學研究所走過的歷程進行梳理和總結。在這次會議上，吳元邁先生以「從另一個角度走進英美文學研究的回顧與展望」為題發言，以錢鍾書與卞之琳先生的學術研究和學術品格為例，闡述了文學理論與文學批評實踐的關係問題。他將當時中國的文學理論研究與巴赫金（Bakhtin）的文學研究進行對比，對當時的中國文學理論不研究中國文學實踐，也不研究外國文學，一味從理論到理論的研究傾向提出批評，強調要注重我們自己的理論思考、探索與建樹。他尤其強調了文學批評方法的重要性，並列舉一系列作家作品探討不同文學研究方法的可能性。聶珍釗十分贊同吳元邁先生提出的問題，在大會上作了「文學倫理學批評：文學批評方法新探索」的主題發言，指出在改革開放的二十多年裡，儘管西方新的文學批評方法對於中國文學批評的影響和貢獻有目共睹，但是中國在接受和運用西方批評方法過程中出現的問題也暴露無遺，這就是全盤接受西方理論而無自己的建樹以及理論脫離實際的傾向，認為這就是導致我們不能與西方

學術界進行平等對話的根本原因。針對吳元邁先生指出的中國批評界存在的問題，聶珍釗在會上提出「文學倫理學批評」的方法，試圖以此來改變中國文學批評理論與實際相脫離的傾向。

　　2004 年 8 月，《外國文學研究》雜誌聯合中國劍橋大學人文學者同學會、三峽大學、華中師範大學外語學院、上海財經大學、襄樊學院等單位，在宜昌三峽大學共同舉辦了「劍橋學術傳統與批評方法」全國學術研討會。大會通過對以劍橋為代表的英國學術傳統和批評方法的研討，突出反對偽理論和宣導優良學風的主題，反思中國外國文學研究中存在的一些問題。吳元邁又一次出席了會議，作了「批評方法還是多元化好」的發言，再次強調文學批評方法要多元共存，文學批評不能脫離文學的實際，鼓勵中國學者要勇於在文學批評方法上創新。王忠祥以「中西傳統文學批評的現代思考」為題發言，在分析作家、作品的基礎上探討了繼承、創新以及批評方法的多元化問題，指出從倫理道德的角度研究和批評文學不失為一種有益的嘗試，呼籲建立有中國特色的中國外國文學研究學派。陸建德以「劍橋學術傳統與文學批評」為題，回顧、論述了劍橋學術治學傳統的來源及發展，強調了批評方法對於文學研究的重要性。他在發言中強調指出英國文學批評重視文學倫理價值的傾向，認為這對中國的文學批評有著重要的借鑒意義。聶珍釗在江西會議發言的基礎上，以「劍橋學術傳統：從利維斯談起」為題，再談文學倫理學批評，指出中國外國文學研究中如今有一些打著文化批評、美學批評、哲學批評等旗號的批評，往往顛倒了理論與文學之間的依存關係，割裂了批評與文學之間的內在聯繫，存在著理論自戀（theoretical complex）、命題自戀（preordained theme complex）、術語自戀（term complex）的嚴重傾向。他指出，這種批評不重視文學作品即文

本的閱讀與闡釋、分析與理解，而只注重批評家自己的某個文化、美學或哲學命題的求證，造成理論與實際的脫節。他認為這助長了理論脫離實際的不良學風，不利於外國文學學術研究的健康發展，而劍橋學者利維斯通過細讀文本來發現作品中蘊藏的社會意義的批評方法為我們提供了一種很好的研究範例，值得借鑒。尤其值得一提的是，從劍橋留學歸來的學者如曹莉、劉雪嵐、黎志敏、高繼海、王松林、梁曉冬、田祥斌等人也在大會上發言，強調外國文學研究和批評中要反對侈談和空談理論，反對文學批評越來越遠離文學文本的不良傾向。通過兩次會議的研討，大家基本上對文學倫理學批評的現實意義和方法論價值達成了共識，為文學倫理學批評在中國的發展奠定了基礎。

2004 年 10 月，聶珍釗在《外國文學研究》雜誌第 5 期上發表了《文學倫理學批評：文學批評方法新探索》一文，第一次在中國明確提出文學倫理學批評的方法論，對文學倫理學批評方法的理論基礎、批評的對象和內容、思想與文學淵源進行討論。文學倫理學批評強調其文學的特性，以此表示對西方倫理學批評的借鑒、發展和創新。接著，聶珍釗又於 2004 年在《外國文學研究》雜誌第 6 期上發表論文《劍橋學術傳統與研究方法──從利維斯談起》，以利維斯為個案對文學倫理學批評方法進一步作了闡釋。可以說，在眾多新老學者的共同參與和推動下，倫理學批評於 2004 年以文學倫理學批評之名在中國實現了初步推廣，成為學術界認可、接受和運用的一種有效的批評方法。「文學系列期刊學術影響力分析」的資料顯示，「文學倫理學批評」在 2005-2006 年間往往屬於外國文學研究中高被引頻次論文 [8]，這從另一個方面說明了學術界對文學倫理學批評的關注。

（三）文學倫理學批評在中國的勃興

2005 年初，《外國文學研究》第 1 期刊發了一組專題論文，共 6 篇，分別從不同的視角討論了文學倫理學批評。聶珍釗從總體上對文學倫理學批評的起源、方法、內涵、思想基礎、適用範圍、實用價值和現實意義進行了論述。挪威奧斯陸大學克努特（Knut）教授以易卜生（Ibsen）的戲劇為例，不僅討論了易卜生戲劇中的倫理道德問題，還就文學倫理學發表了自己的重要意見。王寧把生態批評同文學倫理學批評結合在一起，為文學倫理學批評同其他批評方法相結合提供了範例。劉建軍以人對自身認識的發展所經歷的三個時期為基礎，用比較的和多學科的觀點對文學倫理學批評作了進一步闡釋。鄒建軍從文學倫理學批評的三維指向討論了它的歷史價值、現實意義和方法論啟示。這些論文試圖說明，要實現文學倫理道德價值的回歸，文學倫理學批評就是達到這一目標的重要方法。這一組論文為文學倫理學批評在中國的勃興奠定了基礎，其學術價值及現實意義都是十分重要的。

2005 年 10 月，為了探索新的文學研究方法和進一步推動中國的外國文學批評，《外國文學研究》雜誌、東北師範大學、華中師範大學、江西師範大學、廣東商學院等在武漢聯合舉辦了「文學倫理學批評：文學研究方法新探討」全國學術研討會。這是中國第一次舉行關於文學倫理學批評的專題討論會。大會收到論文 80 餘篇，來自全國各大學從事外國文學研究的專家學者 120 餘人參加了會議，集中就倫理學批評方法與外國文學經典作品的解讀、文學存在的價值判斷與倫理批評、文學批評的道德責任、

倫理學批評方法同其他批評方法的融合等主題進行了廣泛討論。這次大會
共有 15 人作了主題發言。王忠祥教授以莎士比亞為例從歷時性和共時性
的角度對文學倫理學批評與審美的關係發表了看法，認為莎士比亞的作品
中蘊含了「道德的審美烏托邦」，所以才有了「永遠的莎士比亞」。陸耀東
認為從倫理的角度可以較全面地體察文學作品中人物的行為、性格和心理
特徵。聶珍釗從文學倫理學與現實的需要、文學倫理學批評的意義、對象、
內容、原則等方面闡釋了文學倫理學批評構建的框架。他以希臘神話為例
論證文學從誕生之初就是人類的一種倫理表達；以《哈姆萊特》為例分析
作品中的倫理矛盾，認為主人公悲劇的本質是倫理的悲劇。陸建德作了題
為《閱讀過程中的倫理關懷》的發言，指出閱讀過程實際上是一個呼喚讀
者的道德敏感的過程，作品的價值判斷往往在字裡行間不動聲色地流露出
來，這就需要讀者有較高的閱讀品位。他從閱讀的方法出發，希望我們每
一個人都能成為老練而敏感的讀者，感受作品中的道德價值。其他大會發
言人如曹莉、殷企平、王松林、寧一中、曹山柯、朱衛紅、李增、羅良功、
劉雪嵐、顏學軍、黎志敏等教授，也從不同的角度對文學倫理學批評發表
了自己的看法。這次會議的成功舉行，正如學界評價的那樣，可以看成文
學倫理學批評在中國勃興的標誌。

　　自 2005 年以來，全國有眾多學者參與了文學倫理學批評的討論，並運
用這一批評方法研究作家作品和探討文學中的理論問題，發表了大量的研
究論文，出版了一批學術專著，寫作了一批學位論文，國家和政府也資助
了一批與文學倫理學批評有關的研究課題。

　　有關文學倫理學批評的論文大致可以分為兩類。一類論文重點是從理
論上對文學倫理學批評進行研究和討論，代表性論文主要有《文學倫理學

批評與道德批評》（聶珍釗）、《文學倫理學批評的現狀和走向》（劉建軍、修樹新）、《關於文學倫理學批評的幾個問題》（陸耀東）、《文學倫理批評的當下性質》（劉建軍）、《文學倫理學批評的多元主義》（張傑、劉增美）、《文學倫理學批評的獨立品質與相容品格》（鄒建軍）、《文學倫理學批評一隅》（朱寶榮、丁曦妍）、《文學批評的倫理轉向：文學倫理學批評》（王晨）、《文學倫理學批評：內涵、目的以及範圍》（蔡雲豔）、《文學倫理學批評與人文精神建構》（李定清）、《卡塔西斯：一種亞里斯多德式的敘事倫理批評原則》（季水河、李志雄）、《文學批評的童真回歸──文學倫理學批評》（劉保安）等。另一類是運用文學倫理學批評的方法研究作家作品的論文，代表性論文主要有：《倫理禁忌與俄狄浦斯的悲劇》（聶珍釗）、《文學的環境倫理學：生態批評的意義》（王寧）、《倫理缺失・道德審判──文學倫理學批評視角下的〈榆樹下的慾望〉（*Desire Under the Elms*）》（馬永輝、趙國龍）、《從〈弗蘭肯斯坦〉（*Frankenstein*）看瑪麗・雪萊（Mary Shelley）的倫理道德思想》（龔雯）、《葉芝（Yeats）象徵主義戲劇的倫理理想》（劉立輝）、《〈蠅王〉（*Lord of the Flies*）中人物的道德倫理分析》（段漢武、黃青青）、《〈查特萊夫人〉的倫理學解讀》（田鷹）、《血親復仇中的倫理衝突──讀埃斯庫羅斯的〈奧瑞斯提亞〉》（袁雪生）、《文學倫理學批評內涵再思考》（車鳳臣）等。王松林教授評價說，文學倫理學批評作為一種方法論具有其獨特的研究視野和內涵，具有學術的相容性和開放性品格，具有學理上的創新意義[9]。

　　運用文學倫理學批評的方法研究作家作品的學術專著的出版，無疑有其重要意義。自 2005 年以來，這一類學術專著的出版在推動文學倫理學批評向深入發展無疑發揮了作用。華中師範大學出版社推出的文學倫理學批

評建設叢書，至今已出版《文學倫理學批評：文學研究方法新探討》（會議論文集，2006）、《英國文學的倫理學批評》（聶珍釗等，2007）、《康拉德（Conrad）小說倫理觀研究》（王松林，2008）、《和的正向與反向：譚恩美（Amy Tan）長篇小說中的倫理思想研究》（鄒建軍，2008）、《王爾德創作的倫理思想研究》（劉茂生，2008）共 5 種。其他著作如《喬治‧艾略特小說的倫理批評》（杜雋，2006）、《倫理的詩學：但丁詩學思想研究》（姜岳斌，2007）、《重建策略下的小說創作：愛麗斯‧默多克（Iris Murdoch）小說的倫理學研究》（馬惠琴，2008）、《哈代（Hardy）小說倫理思想研究》（丁世忠，2009）等，也都從不同角度運用文學倫理學批評展開對作家作品的研究。在中國大學，還有一批博士碩士研究生運用文學倫理學批評的方法寫作學位論文，其中博士專題論文如《加里‧斯奈德（Gary Snyder）的生態倫理思想研究》（陳小紅，2006）、《烏雲後的亮光：索爾‧貝婁（Saul Bellow）小說（1944-1975）的倫理指向》（祝平，2006）、《趨向詩化生存：當代法國女性主義思想的倫理透視》（吳秀蓮，2007）、《和諧與秩序的詩化闡釋：蒲柏（Pope）詩歌研究》（馬弦，2007）、《特里‧伊格爾頓（Terry Eagleton）的批評理論研究》（趙光慧，2007）、《論亨利‧菲爾丁（Henry Fielding）小說的倫理敘事（杜娟，2008）、《論狄更斯小說的和諧家庭主題》（陳智平）等。文學倫理學批評的研究與運用也獲得國家的支持，自 2006 年以來，國家社科基金資助了一批有關課題，如「情感倫理與敘事：理查生（Richardson）小說研究」（朱衛紅，2006）、「新時期文學中的生態倫理精神」（李玫，2007）、「日本女性道德觀的衍變研究」（王慧榮，2007）、「索爾‧貝婁小說的倫理指向」（祝平，2007）、「愛德華時代英國社會小說的倫理主題研究」（胡強，2007）、「菲力浦‧羅斯（Philip Roth）小說研究」（袁

雪生，2008）。教育部人文社科基金和一些省級社科基金，也資助了一批有關文學倫理學批評研究與運用的課題。儘管目前一些有關文學倫理學批評的研究，有的剛剛從道德批評中脫胎而來，有的同道德批評還沒有完全區別開來，有的可能就是傳統的道德批評，但無論如何，它們都對文學倫理學批評的發展產生了積極作用。

文學倫理學批評在中國的勃興，與它不同於西方倫理學批評的自身新特點密切相關。文學倫理學批評不是文學倫理學，因此它在中國的成長，已經不是西方倫理學批評的照搬移植，而是借鑒創新。西方倫理批評有其致命弱點，這就是倫理批評儘管源遠流長，最早可以追溯到古代希臘，但是到目前為止並沒有建立起一個完整的系統的理論體系，尤其是缺少自己明確的方法論。在出版的一系列有關倫理學研究的著作中，也沒有明確倫理批評是有關文學的倫理學研究，還是用於研究文學的一種方法。正如波斯納（Posner）所說，倫理學批評在西方只是一個廣義的概念[10]，並沒有作為方法論從文學倫理學中擺脫出來。倫理學批評同哲學批評、政治批評結合在一起，注重於對文學的價值判斷，並不像精神分析、形式主義、結構主義等批評那樣有其自己明確的學術用語及批評特色。因此，倫理批評在西方常常遭到非議也就不足為奇了。

同西方的倫理批評相比，中國的文學倫理學批評是一種從倫理的立場解讀、分析和闡釋文學作品、研究作家以及與文學有關問題的研究方法。它認為文學是特定歷史階段倫理觀念和道德生活的獨特表達形式，文學在本質上是倫理的藝術。同當前流行的文學理論不同，它認為文學不是語言的藝術而是文本的藝術；文學不是一種意識形態或審美意識形態，而是一種文本形式的物質存在或者借助文本存在的物質形態。因此，文學倫理

批評認為，審美並不是文學的本質屬性，倫理才是文學的本質屬性。教誨是文學的基本功能，而審美是為文學的教誨功能服務的，它只是文學的第二功能。文學倫理學批評就是從本質上闡釋文學的倫理特性，從倫理的視角解釋文學中描寫的不同生活現象及其存在的道德原因，並對其作出價值判斷。因此，倫理、亂倫、倫理禁忌、倫理蒙昧、倫理意識、倫理環境、倫理身份、倫理選擇等等，都是文學倫理學批評的核心術語。文學倫理學批評的目的不是從倫理的立場簡單地對文學作出好或壞的價值判斷，而是通過倫理的解釋去發現文學客觀存在的倫理價值，尋找文學作品描寫的生活事實的真相。文學批評不是批評的重複，而是要追求新的理解與新的解釋。文學倫理學批評的價值就在於通過對文學文本的閱讀與分析，能夠從中獲得新的理解與啟示，從而把文學的批評向前推動。

因此，中國的文學倫理學批評有其鮮明特點：1、它將倫理批評轉變為批評文學的特定方法，從而使它能夠有效地解決具體的文學問題。2、它把文學看成是特定歷史階段倫理觀念和道德生活的獨特表達形式，從理論上為文學倫理學批評設立了自我立場。3、它用文學倫理學批評概念取代倫理批評的概念，並同道德批評區別開來，使文學倫理學批評能夠避免主觀的道德批評而轉變為客觀的文學倫理學批評，從而解決了文學批評與歷史脫節的問題。4、它建立了自己的批評話語，如倫理環境、倫理秩序、倫理混亂、倫理兩難、倫理禁忌、倫理結等，從而使文學倫理學批評成為容易掌握的批評文學的工具。正是由於這些特點，文學倫理學批評才有別於西方的倫理批評和中國傳統的道德批評，而成為一種獨具特色的新的批評方法。

當然，目前中國的文學倫理學批評還需要加以研究和總結，釐清一些理論問題，處理好同中國文學、文學理論、不同的批評方法，以及其他學

科諸如倫理學、美學、哲學等之間的關係，使它成為有效的研究文學的方法。在中國，文學倫理學批評的生命必然依存於自己的創新特色，而不能是西方倫理學批評的翻版。中國的文學倫理學批評同西方的文學倫理學和倫理批評淵源很深，同過去已經存在的道德批評有著天然聯繫，但它們並不是完全一樣的。當然，我們也不能不承認，迄今為止國內發表的一系列有關倫理學批評的論文中，相當一部分都把「倫理道德」的討論虛空化了，往往只注重對作家作品的倫理思想、觀點和傾向進行論證和評價，缺乏對文學作品深入細緻的客觀分析。目前有一些所謂的運用文學倫理學批評方法的論文，其實屬於道德批評的範疇。文學倫理學批評可以討論一些重要的文學理論問題，也可能借助這一方法獲得重要的理論發現，但這一批評方法的根本目的不在探討文學理論，而在於闡釋文學作品，尤其是借助這一方法如何把前人的研究向前推進。文學倫理學批評具有很強的相容性，它能很好地同倫理學、美學、哲學、心理學、精神分析學、社會學等其他方法相結合在一起，從而增強自己的適用性。展望未來，文學倫理學批評必然會在中國文學批評中發揮更大作用，為促進中國的文學研究做出積極貢獻。

（原文載於《杭州師範大學學報（社會科學版）》2010 年 9 月，第 5 期）

注釋

1　周憲：《現代西方文學學研究的幾種傾向》，《文藝研究》1984 年第 5 期，第 54 頁。

2　程錫麟：《試論布斯的〈小說修辭學〉》，《外國文學評論》1997 年第 4 期。

3　程錫麟：《析布斯的小說倫理學》，《四川大學學報》2000 年第 1 期。

4　程錫麟、王曉路：《當代美國小說理論》，北京：外語教學與研究出版社 2001 年版。

5　凌海衡：《藝術的倫理批評與審美批評》，《文藝研究》2003 年第 6 期。

6　劉英：《回歸抑或轉向：後現代語境下的美國文學倫理學批評》，《南開學報》2006 年第 5 期。

7　聶珍釗：《文學倫理學批評：文學批評方法新探索》，《外國文學研究》2004 年第 5 期。

8　張燕薊、徐亞男：《「複印報刊資料」文學系列期刊學術影響力分析》，《南方文壇》2009 年第 4 期。

9　王松林：《作為方法論的文學倫理學批評》，《文藝報》2006-07-18，第 3 版。

10　Posner, Richard A. *Against Ethical Criticism: Part Two.* Philosophy and Literature, Apr. 1998, pp. 395-403.

八、倫理禁忌與俄狄浦斯的悲劇

（一）

縱觀自古至今的文學批評，對《俄狄浦斯王》的理解不外乎兩種：一是用命運的觀念去理解它；一是用戀母情結的觀點去解讀它。在弗洛伊德的批評出現之前，批評家大多把索福克勒斯的這齣悲劇稱為命運悲劇，把《俄狄浦斯王》的主題概括為個人意志和行為與命運的衝突。蘇聯的塞爾格葉夫（Cepreed）在其《古希臘史》（*History of Ancient Greece*）中就說，命運觀念在索福克勒斯的作品中比在埃斯庫羅斯的作品中表現得更加抽象，更加明確，表現得最徹底[1]。在神話中，命運作為神的意志被表現出來。命運往往借助神來體現，如命運女神。但是命運往往又凌駕於神之上，因為不僅人要接受命運的安排，就是神也要服從命運的安排。按照現代人的觀點，命運是一種來自社會或自然的抽象和普遍的力量，一種來自未被揭發的寓於偶然之中的必然性。古希臘人的「命運」只屬於人的想像的概念範圍，而且是對抽象物的想像。

在希臘神話裡，命運是不可抗拒的。俄狄浦斯的命運是由神預先確定的，他自己的任何反抗都無濟於事。無論他多麼有智慧，多麼賢明偉大，多麼大公無私，也無論命運是好是壞，他都不能改變自己的命運。按照命運論者的觀點，命運是無法反抗的，無法改變的，而且命運本身也是善惡

不分的。俄狄浦斯的命運就是明證。

俄狄浦斯情結（Oedipus Complex）是解讀《俄狄浦斯王》的另一種主要方法。弗洛伊德認為無意識主要由本能構成。人的基本本能有兩種：自我本能和性本能。但是人的本能受到文明的壓抑，其中，被壓抑得最徹底的是針對親人的性和暴力，也就是亂倫和弒親。這一切都是在不知不覺中產生的，後來形成了制度，產生了兩大禁忌：族內禁婚和禁止同胞相殘，也被稱為「族內禁婚」和「禁殺圖騰」。兩大禁忌產生後，針對族人的性和暴力就被定性為「亂倫和弒親」，受到所有社會的嚴令禁止。針對父母的亂倫和弒親就是殺父娶母，罪行最重，壓抑最深。弗洛伊德發現，他的許多病人都有殺父娶母的衝動。在希臘悲劇《俄狄浦斯王》裡，伊俄卡斯忒（Iocasta）就曾經勸說俄狄浦斯（Oedipus）：「別害怕你會玷污你母親的婚姻；許多人曾在夢中娶過母親，但是那些不以為意的人卻安樂的生活。」[2]弗洛伊德相信，所有的人都有這樣的衝動，在男性表現為「殺父娶母」，在女性表現為「殺母嫁父」。他把這種現象命名為「俄狄浦斯情結」和「厄勒克特拉情結」，又稱為「戀母情結」和「戀父情結」。這個理論對文學的影響是巨大的，在它的影響下產生了 20 世紀文學批評的一大流派，即精神分析學派。

弗洛伊德通過索福克勒斯的《俄狄浦斯王》、莎士比亞的《哈姆萊特》和陀思妥耶夫斯基（Dostoevsky）的《卡拉馬佐夫兄弟》（The Brothers Karamazov）來說明弒父和娶母是人類和個人的原始、基本的罪惡傾向，在任何情況下它都是犯罪感的主要根源。弗洛伊德認為，弒父的目的是為了同父親爭奪母親，想把父親當做競爭對手除掉[3]。因此，「戀母情結」就成為俄狄浦斯悲劇的根源。

（二）

　　命運學說和「戀母情結」學說從兩個不同的方面解讀了俄狄浦斯的悲劇。那麼，除此之外，我們還能不能得到對這齣悲劇的新的理解或新的認識呢？如果運用文學倫理學批評解讀這齣悲劇，可以發現，《俄狄浦斯王》在本質上只是一齣倫理慘劇，源於人類文明發展過程中形成的倫理禁忌和俄狄浦斯不斷強化的倫理意識。

　　俄狄浦斯的倫理意識的核心是倫理禁忌，而在悲劇中倫理禁忌就是亂倫禁忌，由殺父和娶母兩種禁忌構成。在古代希臘法律制度還不完善的時代，倫理禁忌可以看成是一種規矩或一種制度，一種法律規定或一種道德準則，或者說它就是約束人的行為的法律，對於社會具有非常重要的意義。我們可以把亂倫禁忌看成是人類從愚昧、野蠻狀態進入文明社會的標誌。人類學家布羅尼斯拉夫・馬凌諾斯基（Bronislaw Malinowski）說：「任何形式的文明中，如果其風俗習慣、道德和法律允許亂倫，那麼家庭便不能繼續存在。……於是整個社會一片混亂，文化傳統不能繼續下去。家庭是最重要的教育媒體，亂倫將意味著年齡分別的混亂，世代的混雜，情感的無組織性，角色的急劇變化。沒有一個社會能在這種條件下存在。」[4] 對馬凌諾斯基來說，亂倫禁忌的存在保證了家庭的存在，從而保證了社會的存在。萊斯利・懷特（Leslie White）也認為，亂倫禁忌的存在促使存在的家庭聯合，從而推動文化發展。列維—斯特勞斯（Lévi-Strauss）還認為，亂倫禁忌是將「畜生」變為有文化的人類的方法 [5]。由此可見，俄狄浦斯通過倫理禁忌表現出來的倫理意識，正是他對人類古代文

明的正確理解。俄狄浦斯是一個古代社會正常倫理秩序和道德關係的維護者的形象。

按照弗洛伊德的精神分析理論，俄狄浦斯的道德焦慮來源於他從阿波羅神廟獲知的他將殺父娶母的預言。這種焦慮包含有兩個主要因素：一是對預言有可能應驗的擔憂，二是對殺父娶母後果的恐懼。在索福克勒斯的悲劇中，殺父娶母作為亂倫禁忌不僅僅是一種社會習俗，而且已經上升為一種道德戒律，整個社會都必須遵守。俄狄浦斯無意中殺父娶母，犯下了亂倫大罪，並導致忒拜發生瘟疫。為了尋找產生這場瘟疫的原因和消除瘟疫的方法，俄狄浦斯派克瑞翁（Creon）前去阿波羅神廟求問。神示說這場瘟疫源於老王拉伊俄斯（Laius）的被害，而消除這場瘟疫的方法只有一個，就是找出殺害拉伊俄斯的兇手，把他處死，或者放逐出境。這是拯救全邦人唯一的辦法。俄狄浦斯作為忒拜的國王和忒拜人民的保護人，他首先將要擔負起自己的道德責任，這就是要同大家一起「為城邦、為天神報復這冤仇」。道德義務對於俄狄浦斯來說表現在為被害的國王復仇。他發佈命令說：「我如今掌握著他先前的王權；娶了他的妻子，佔有了他的床榻共同播種，如果他求嗣的心沒有遭受挫折，那麼同母的子女就能把我們連結為一家人。」當我們從這段話裡感受到俄狄浦斯強烈的道德責任感的時候，還可以從中讀到其中俄狄浦斯所不知的亂倫的隱喻。當他說到「我為他作戰，就像為自己的父親作戰一樣」時，這種隱喻就更加明顯了。

為了找出那個殺害國王並導致忒拜災難的罪犯，俄狄浦斯採用了向先知忒瑞西阿斯（Teiresias）求助的方法。在俄狄浦斯的一再逼迫下，忒瑞西阿斯不得不指出俄狄浦斯自己就是兇手，是「忒拜的亂倫的瘟疫污點」，犯下三重倫理大罪：一是弒父兇手，二是娶母為妻的罪人，三是同他的母

親生下了身為父兄的子女。俄狄浦斯深知倫理犯罪的嚴重性。在當時，倫理犯罪是要遭受最嚴屬懲罰的，這是所有人都知道的公理。俄狄浦斯的道德焦慮由於先知的揭發而加深，轉變為道德恐懼，因為先知的揭發不僅使弒君的罪行轉變為弒父的亂倫罪行，而且同娶母的亂倫罪行聯繫在一起。這時候，他的道德恐懼促使他為自己辯護，認為拉伊俄斯遭人暗殺死去已經很久了，既然先知那時候和現在一樣聰明、一樣受人尊敬，那麼他為什麼不說明事情真相？不指證我？俄狄浦斯質問克瑞翁說，「那時候先知賣弄過他的法術嗎？」「那時候他提起過我嗎？」既然他能夠指證兇手，「那時候這位聰明人為什麼不把真情說出來呢？」俄狄浦斯的自我辯解實際上是他在道德上感到恐懼的情緒的宣洩，是他企圖通過為自己辯解來減輕恐懼。

　　俄狄浦斯真正害怕和恐懼的是殺父娶母的預言。牧羊人回來指認俄狄浦斯就是當年他送走的嬰兒，悲劇終於揭開了事實真相，但同時也給俄狄浦斯帶來倫理困惑。一方面，他不明白自己為什麼會犯下了殺父娶母的亂倫大罪，不理解自己為什麼「成了不應當生我的父母的兒子，娶了不應當娶的母親，殺了不應當殺的父親。」[6]另一方面，他也對自己無辜而要承擔責任感到不解。由於俄狄浦斯的亂倫，這不僅對人類的理性提出了挑戰，而且還打亂了家庭和社會中的人際關係。正如俄狄浦斯在宮中尋找伊俄卡斯忒（Jocasta）時出現的混亂那樣，他是在尋找自己的妻子，還是在尋找自己的以及自己兒女的母親？他永遠也回答不了這個問題。因為這個有關人間倫理的問題比斯芬克斯的謎語更難讓人回答。悲劇至此，俄狄浦斯已經被證明「成為和他同住的兒女的父兄，他生母的兒子和丈夫，他父親的兇手和共同播種的人」[7]，當年的英雄俄狄浦斯依靠自己的智慧破解了斯芬克斯的謎語，除掉了害人的女妖，當上了忒拜城邦的國王，享受著最高的

榮譽。但是如今，他卻犯下了不可饒恕的大罪。那麼，他的罪惡是什麼呢？悲劇中說：「聞名的俄狄浦斯！那同一個寬闊的港口夠你使用了，你進那裡做兒子，又扮新郎做父親。不幸的人呀，你父親耕種的土地怎能夠，怎能夠一聲不響，容許你耕種了這麼久？」顯然，這裡指的就是俄狄浦斯的亂倫：「那無所不見的時光終於出乎你意料之外發現了你，它審判了這亂倫的婚姻，這婚姻使兒子成為了丈夫。」[8] 在俄狄浦斯的倫理意識裡，他已經變成了一個「骯髒的和亂倫的人」，是「罪惡的污點」。謀害親人應該受到懲罰是人人皆知的真理，俄狄浦斯的亂倫犯罪已經被揭發出來，他只能等待著懲罰的到來。我們要問，俄狄浦斯為什麼是最該詛咒、最為天神憎恨的人？答案就是一個，他是一個犯下了殺父娶母亂倫大罪的人。從悲劇中可以看出，在所有犯罪中，通過殺父娶母來體現的亂倫大罪是最嚴重的罪行。

在俄狄浦斯的時代，血親相姦是最嚴重的罪行，是被嚴格禁止的。由於俄狄浦斯的亂倫，他成了他兒子們的父親和哥哥，他妻子的兒子，並且使他的母親成為她兒子的新娘和妻子，同時又是她丈夫的母親。由於亂倫，俄狄浦斯在眾人眼中成了最壞的人。最後，事實證明俄狄浦斯就是那個殺父娶母的亂倫罪人，正是他要一心追查的罪犯。這時，他的恐懼超越了他的心理能夠承受的極限，不得不採用刺瞎自己雙眼這種自殘的方式來緩解自己的恐懼。俄狄浦斯的悲劇是人類在倫理道德建設進程中付出的代價，反映了古代希臘人的倫理觀念的演變過程。這齣悲劇在當時的意義在於教誨，即用生活中的事實告訴人們亂倫將會帶來怎樣的嚴重後果，要求人們嚴格遵守這一禁忌。索福克勒斯極力渲染亂倫的悲劇性後果，其目的就在於警示亂倫的禁忌是不容破壞的，亂倫是一種污染，是要被清除掉的。

（三）

　　在悲劇中，俄狄浦斯的倫理意識借助悲劇中沒有直接描寫的斯芬克斯之謎反映出來。通過對俄狄浦斯破解斯芬克斯之謎的分析，進而我們就可以更深地理解這齣悲劇的倫理性質。在希臘神話裡，悲劇中的斯芬克斯不僅僅是一個怪物的形象，而且還是一個人的形象。我們需要解讀這個形象的象徵意義。就斯芬克斯的形象而論，他是一個人和獸的結合體，具有人的頭腦，但仍然保留著獅子的身體。因此，長期以來這個形象都被看成是怪物的形象，罪惡的代表，看成是俄狄浦斯與之鬥爭的怪獸。但是，他卻是人類的童年的象徵，而且也是俄狄浦斯時代的人的象徵。他象徵的是人從獸中脫胎而轉變為人的過程。從這個形象可以看出，斯芬克斯已經同獸有了本質的不同，這就是他有了人的頭腦。這是人從外形上區別於獸的最主要特徵。也正是這顆人腦的出現，他才開始逐漸從獸中脫離出來，轉變為人。他雖然還保留著象徵肉慾的獅子的身體，但是他已經有了人的意識，有了人的最初的理性，因此也就有了人類的倫理意識。斯芬克斯最後跳崖而死，用自殺來彌補自己的罪孽，象徵的是人的新生。斯芬克斯是因為認識到什麼是人這個本質問題後而死的，他不願與獸共生，寧願去死。因此，斯芬克斯在本質上是一個人的象徵性形象。

　　斯芬克斯提出的有關「人」的謎語據說是當時天下最難解的難題，但是這個謎語被俄狄浦斯輕而易舉地解開了。那麼，斯芬克斯為什麼要提出這個關於人的謎語呢？這實際上是斯芬克斯自己遇到的一個難題。雖然斯芬克斯長出了人的頭，但是他仍然保留著獅子的身體，那麼它究竟是什

麼？是人還是獸？斯芬克斯長出了人的頭，這表明他已經有了人的理性或是理性萌芽，但是他還保留著獅子的身體，這又表明他還帶有獸性，還沒有徹底從獸中擺脫出來而轉變為人。這個謎語象徵性地說明，斯芬克斯渴望知道人同獸之間的區別，知道關於人的定義。因此，斯芬克斯之謎實際上提出的是一個關於人的定義的問題。

俄狄浦斯破解斯芬克斯之謎實際上是第一次給人下的定義。對於這個無人能夠破解的謎語，俄狄浦斯卻輕而易舉地說出了它的謎底：人。雖然對於俄狄浦斯的智慧而言，回答這個謎語根本算不了什麼難題，但是對於這個謎語被解開卻意義重大。因為正是俄狄浦斯回答，斯芬克斯對於人的概念才得到確認，才真正得到關於人的定義。從俄狄浦斯破解謎語本身的意義看，俄狄浦斯給人下了定義，而且他還是第一個給人下定義的人。另外，既然俄狄浦斯能夠給人下定義，這說明俄狄浦斯具有了人的全部理性，說明他已經依靠人的理性擺脫了獸性，並且徹底從獸轉變成了人。俄狄浦斯由於破解了斯芬克斯的謎語，因此他也可以被看成是第一個具有理性的人的象徵，或者他本身就是人的理性的象徵。同時，由於他破解了斯芬克斯的謎語，從而他才具有了人的倫理意識，才有了倫理禁忌。也正是他有了倫理意識和倫理禁忌，他才能夠認識到自己的倫理犯罪，才能產生沉重的罪惡感，並殘酷地懲罰自己。這也說明，倫理犯罪有一個認識的過程，在沒有認識到是一種犯罪之前是不算犯罪的，而俄狄浦斯卻是一個能夠認識倫理犯罪的人。因此，從本質上說，俄狄浦斯的悲劇根源並不在於他無法逃避自己必將殺父娶母的命運，而在於他殺父娶母的倫理犯罪的本質。俄狄浦斯可以無法避免某一種命運，但是這種命運並不一定導致他的悲劇，因為命運只是表示某種不能避免的事情發生。而發生的事情會帶來

什麼樣的結果，則要看發生的這件事情的性質。也就是說，命運只是表明某種事情必然會發生，而這種事情發生後會有什麼結果，則不是由命運決定的，而是由發生的事情的性質決定的。

導致俄狄浦斯悲劇的根本原因是他犯罪的對象的特殊性，即殺的是自己的父親，娶的是自己的母親。如果不是這樣，最多只是犯罪而已，但有可能不會導致他的悲劇。也就是說，導致俄狄浦斯悲劇的並不是他命中注定要做某一件事，而是他做的這件事的性質。所以，真正導致俄狄浦斯悲劇的並不是他的命運，而是他所犯罪行殺父娶母的倫理性質，是他破壞了當時的倫理禁忌。

俄狄浦斯所犯的亂倫罪行在悲劇中已經一再指明並反覆強調了倫理犯罪所帶來的嚴重後果。在俄狄浦斯時代，社會已經從母權制時代過渡到父權制時代，當時以父權制為基礎的新的社會倫理秩序與道德關係已經確立，並得到社會的一致認同和遵守。在對待新的倫理秩序問題上，已經不存在埃斯庫勒斯在《俄瑞斯忒斯》中所描寫的爭論和鬥爭，新時代的人類所面對的，不是為了爭取建立新的倫理秩序和道德關係而去同舊的社會秩序、舊的倫理秩序和道德關係進行鬥爭，他們面對的問題是如何遵守和維護新建立起來的倫理秩序和道德關係。這種新的倫理秩序和道德關係在人類社會中具體表現為父子與母子的倫理關係，在這種關係中，殺父和娶母都被看成是最嚴重的倫理犯罪。因此就俄狄浦斯來說，他的悲劇並不在於他無法避免殺父娶母這件事，而在於殺父娶母這一事件的性質屬於最嚴重的倫理犯罪。

俄狄浦斯通過神諭知道了自己將要殺父娶母的命運，並積極採取措施避免這一可怕行為的發生。這說明了兩個方面的問題：一方面說明當時人

們借助理性已經認識到殺父娶母是一樁嚴重的倫理犯罪，另一方面說明人們希望避免這種犯罪。也就是說，人們已經從理性的高度上認識到要維護以父子和母子的倫理關係為核心而確立起來的社會倫理秩序和道德關係，並避免這種秩序和關係遭到破壞。俄狄浦斯的逃避就是人們為避免新的倫理秩序和道德關係遭受破壞而做出的努力。但是，新的倫理秩序和道德關係仍然有遭受破壞的可能性，儘管俄狄浦斯做出了種種努力，但仍然無法避免殺父娶母這一罪行的發生。無論這種破壞是有意的還是無意的，但這種可能性在現實社會中不可避免。俄狄浦斯在無意中殺死了父親，娶了自己的母親，這正是新的社會秩序和新的倫理道德關係可能遭到破壞的證明。

在新的社會時代，新的社會秩序和新的倫理道德關係遭到破壞所帶來的後果是極其嚴重的。悲劇寓言式地說明這種倫理犯罪帶來的嚴重後果就是人類的毀滅。從倫理的角度看，殺父娶母破壞了新確立的社會倫理秩序，敗壞人倫，泯滅人性，在道德的意義上毀滅了人。同時，殺父娶母也違背了人類進化的科學規律，近親繁殖導致人類的人口素質下降。希臘神話中的人獸結合的怪物，就象徵性地說明了近親繁殖會帶來怎樣的後果。因此，殺父娶母的禁忌還是古代人類在自身進化過程中對人類繁殖的一種樸素的科學認識。也可以說，正是殺父娶母的禁忌，才使人類最終從愚昧無知中真正解放出來，變成道德的人、科學的人，真正獲得人的本質，擺脫了自我毀滅的噩運。

俄狄浦斯的悲劇是一個在倫理和道德上自我發現、自我認識和自我救贖的悲劇，自始至終都是他的倫理意識在起作用。正是因為有了強烈的倫理意識，他才能夠認識到亂倫犯罪的嚴重性，才會對倫理犯罪的後果感到恐懼，才會盡力避免倫理犯罪。俄狄浦斯最後還是因為殺父娶母犯下了亂

倫大罪，並且自己懲罰了自己。他的不幸遭遇代表著道德文明發展的悲劇性進程，說明人類在維護新的社會倫理價值方面所付出的悲劇性代價。同時，他的悲劇也說明了維護大家公認的倫理秩序的重要性，表明誰破壞了新的倫理道德關係和秩序，即使是無意的，也會給社會帶來災難，給心靈帶來痛苦，要遭到嚴厲懲罰。這齣悲劇的意義不在於表明人無法逃避命運和命運的殘酷性，而在於表明新的倫理道德關係遭到破壞給人所帶來的災難，社會秩序遭到破壞所帶來的社會問題，說明了維護新的社會秩序和倫理道德關係的重要性。

（原文載於《學習與探索》2006 年第 5 期）

注釋 ──

1　B・C・塞爾格葉夫著，繆靈珠譯：《古希臘史》，北京：高等教育出版社 1955 年版，第 323 頁。

2　索福克勒斯：《俄狄浦斯王》，上海戲劇學院戲劇文學系編：《外國劇作選》第 1 冊，上海：上海文藝出版社 1979 年，第 96 頁。

3　弗洛伊德：《達・芬奇對童年的回憶》，車文博編：《弗洛伊德文集》第 7 卷，長春：長春出版社 2004 年，第 149 頁。

4　轉引自尤金・N・科恩和愛德華・埃姆斯著，李富強編譯：《文化人類學基礎》，北京：中國民間文藝出版社 1987 年，第 105-106 頁。

5　轉引自尤金・N・科恩和愛德華・埃姆斯著：李富強編譯：《文化人類學基礎》，北京：中國民間文藝出版社 1987 年，第 109 頁。

6　索福克勒斯：《俄狄浦斯王》，上海戲劇學院戲劇文學系編：《外國劇作選》第 1 冊，上海：上海文藝出版社 1979 年，第 105 頁。

7　索福克勒斯：《俄狄浦斯王》，上海戲劇學院戲劇文學系編：《外國劇作選》第 1 冊，上海：上海文藝出版社 1979 年，第 76 頁。

8　索福克勒斯：《俄狄浦斯王》，上海戲劇學院戲劇文學系編：《外國劇作選》第 1 冊，上海：上海文藝出版社 1979 年，第 105-106 頁。

九、《老人與海》與叢林法則

　　《老人與海》是海明威晚年創作的一部優秀小說，於 1952 年出版，當時《紐約時報書評》（*New York Times Book Review*）專欄作家哈威‧布雷特（Harvey Brett）稱之為「一部偉大而真實的小說，既動人心弦，又讓人震撼；既是悲劇性的，又是樂觀的」[1]。福克納（Faulkner）於 1950 年獲得諾貝爾文學獎，是當時名滿天下的小說家，他發表評論說：「時間將會證明，這篇小說是包括我和他的同時代的人之間寫得最出色的一篇。」[2] 藝術史家貝納德‧貝瑞孫也高度讚揚這部小說：「《老人與海》是一首田園樂曲，大海就是大海，不是拜倫（Byron）式的，也不是麥爾維爾（Melville）式的，好比出自荷馬的手筆；行文像荷馬史詩一樣平靜，令人佩服。」[3] 著名的海明威傳記作家、普林斯林大學的文學教授卡洛斯‧貝克爾（Carlos Baker）也在《星期六評論》（*Saturday Review*）上發表的文章中寫道：「就其悲劇形式而論，它接近《李爾王》的故事。」[4] 這部小說雖然篇幅不長，但內涵十分豐富，海明威因為這部小說而於 1954 年獲得了諾貝爾文學獎。

　　《老人與海》自問世以來，國內外眾多的批評家採用了多種方法從不同的角度和不同的層面闡釋這部作品。眾多的評論家認為，《老人與海》反映了人類敢於直面大自然的鬥爭精神，代表人類精神的老人同代表自然力量的大海、鯊魚之間進行的殊死搏鬥表現了人類精神的偉大、崇高，認

為老人與大魚的較量是一曲人類與自然、人類與命運抗爭的頌歌，老人是海明威創造的一種體現著人類尊嚴和在命運重壓下永不言敗的「硬漢」形象。董衡巽先生是中國研究海明威的著名專家，因此他的評論反映了中國學者關於這部小說的主要觀點。他認為：「作為讀者，讀了《老人與海》，各人可以有自己的體會、自己的理解，不過從海明威一貫表現的主題來考察，我以為《老人與海》是『硬漢子』精神的表現，是海明威式的英雄主義的讚歌。這則寓言式故事說明，人在同外界勢力的鬥爭中逃避不了失敗的命運，這外界勢力可以是戰爭、是黑社會，也可以是自然界不可阻擋的異己力量；在這些強大的對手面前，孤立無援的人免不了失敗，但是海明威強調的是人要勇敢地面對失敗這一主題。」[5] 實際上，這也是西方學者的主流觀點。例如，利奧・顧爾科（Leo Gurko）評論說：「海明威的大多數小說強調人不可為之事，解釋世界的侷限、殘酷或固有罪惡。但《老人與海》突出地強調了人的可為之事，強調了在世界這個競技場上英雄行為是可能的。」[6] 因此，以往的評論大多把老人聖地亞哥看成人類的「硬漢子」代表，把他出海捕魚的不幸遭遇看成人類同厄運不斷抗爭的象徵，把老人看成一個遭受不幸但沒有被打敗的英雄形象。

　　上述批評無疑有助於我們理解《老人與海》。但是，我們如果把老人置於人與自然兩種不同倫理秩序之中加以理解，就可能會對老人的捕魚行為和在海上的失敗提出新的解釋，就會發現我們一旦放棄了人類社會的倫理規則，將會給人類帶來怎樣的問題。下面我們將主要就這部小說中老人同獅子以及老人同大馬林魚和鯊魚之間的搏鬥進行分析，探討作品表達的倫理思想。

（一）老人與獅子的寓意

在小說中，海明威描寫老人出海捕魚，一共有五次寫到獅子。老人到海裡去捕魚，所處的環境同陸地不同，但是他為什麼要提到和反覆夢見陸地上的獅子？獅子對於老人和這部小說有什麼意義？我們應該怎樣解釋小說中出現的獅子的形象？這都是需要認真加以討論的問題。

在《老人與海》中，海明威塑造了許多象徵意蘊很強的形象。眾多的評論家已經指出了這一點，認為馬林魚是人生理想的象徵，鯊魚是人類無法擺脫悲劇命運的象徵，大海是變化無常的人類社會的象徵，獅子是勇武健壯、仇視邪惡和能創造奇蹟的象徵。就小說中具體的獅子形象而言，大多數人把獅子看成是老人硬漢精神的象徵，認為是海明威用來塑造老人聖地牙哥這個「硬漢」形象的，認為獅子體現了老人頑強的意志和拼搏精神。

在小說開頭部分，老人出海前同孩子談論棒球賽時說：「我像你這樣年紀的時候，就在一條去非洲的帆船上當普通水手了，我還見過獅子在傍晚到海灘上來。」

美國研究海明威的專家利奧・顧爾科教授認為，海明威把棒球隊員同作為百獸之王的獅子聯繫在一起，「為老人增添了英雄的成分。即使時運不濟，他也是勇敢的」[7]。我們無法確切知道老人是否在非洲看見過海灘上的獅子，但是很明顯，老人在一種強者的語境中通過談論獅子表達了自己是一個強者，即我們稱之為「硬漢子」的倫理信念。在他談到獅子之前，老人表達了他對美國棒球運動史上最卓越的隊員迪馬吉奧（DiMarggio）的崇拜。此後，孩子稱讚他是最好的漁夫，老人也高興地接受了孩子的評價。

如果把老人對美國職業棒球界的強隊紐約揚基隊和偉大的隊員迪馬吉奧的崇拜同老人將要出海捕魚的未來行動聯繫起來，就會發現老人談論獅子是一種有意識的倫理表達，即老人要做一個最好的漁夫，做一頭在海裡捕魚的獅子。

後來，老人又多次在睡夢中夢見獅子。通過這種方式，小說對獅子表達倫理作了進一步強化。老人出海前在自己的窩棚裡睡著了，進入了夢鄉。他夢見小時候見到的非洲，夢見長長的金色海灘和白色海灘，夢見加那利群島的各個港灣和錨泊地。海明威這時寫老人在睡夢中夢見獅子：

> 他不再夢見風暴，不再夢見女人，不再夢見轟動的大事，不再夢見大魚、打架、鬥力，也不再夢見妻子。他只夢見眼前的地方又及沙灘上的獅子。薄暮中，獅子們像小貓那樣在嬉戲，他喜愛它們，就像喜愛那個男孩一樣。[8]

對於老人夢到的這些獅子，批評家往往認為它們表達的是老人關於和諧自然的思想，表達的是老人對大自然中沒有受到現代文明污染的處女地的嚮往。對於老人這個有關獅子的夢，賽爾吉奧・博卡茲（Sergio H. Bocaz）教授解釋說，老人不斷夢見在海灘上玩耍的小獅子，是「小說作者利用夢的因素處理失樂園的神話」，表達「自然同獅子一樣美麗」的思想，認為「海明威借助海洋和沙灘上玩耍的幼獅，在描寫失樂園的過程中實現了崇高美的象徵」[9]。但是，這些解釋還不足以說明老人為什麼夢見獅子。

從小說的描述可以看出，在通過夢表現的老人的潛意識裡，一切對他都不重要，最重要的只有獅子。那麼，老人夢見獅子究竟意味著什麼？或

者說，在老人的潛意識裡，獅子為什麼會比風暴、大魚、角鬥，甚至比妻子還重要？當我們把老人出海前夢見獅子同老人出海後夢見獅子聯繫起來的時候，就能理解獅子在這個特殊語境中表達的倫理涵義。

　　老人從夢見獅子的睡夢中醒來後，獨自一人肩扛桅杆，在黎明前駕船向海洋深處進發，在茫茫的大海裡去捕魚。在過去的 84 天裡，老人一無所獲，只是到了第 85 天，老人出海後才在深海中釣住了一條他從來沒有見過的大馬林魚。這條魚比老人的小船還要長兩英尺，拖曳著小船向深海逃去。在老人看來，大魚顯得高尚偉大和富有力量，但是他下決心一定要制服它，以此來顯示自己比魚更有智慧和更強大。在經過一番搏鬥之後，老人累了，這時候他想：「但願它睡去，這樣我也能睡去，夢見獅子。」這時老人問自己：「為什麼如今剩下的主要的事都是獅子？」（Why are the lions the main thing that is left?）實際上，老人的追問是同老人出海前夢見獅子遙相呼應的，但有所不同的是，老人這時在海上釣住了大魚，他是在同大魚進行生死搏鬥中想到獅子的。顯然，獅子在這兒體現的是老人有意表達的一種倫理原則，即老人在同大魚、大海搏鬥中所堅持的生存競爭的倫理信念。在小說中我們看到，隨著獅子形象的反覆出現，老人生存競爭的意識也不斷得到加強。當拖曳著小船的大馬林魚由於太累而開始安靜和穩定下來的時候，老人睡著了，開始做夢：

　　　　後來他開始夢見長長的黃色海灘，看見獅群中的第一頭獅子傍晚時下到海灘。接著，其餘的獅子也來了。他把下巴靠在船頭的木板上。船拋了錨停在那裡，晚風徐徐吹向海面。他等著看更多的獅子來，心裡很愉快。（《老人與海》，42）

　　菲利浦・梅爾林（Philip Melling）認為「老人在黃昏看見的小獅子都是他的寵物」[10]，表達了一種和諧的自然觀念。然而，當我們考察一下老人夢見獅子之前生存鬥爭的倫理環境時，就會發現老人夢見獅子仍然是其生存倫理被強化的結果。

　　獅子的形象在小說中反覆出現，其涵義是值得深入討論的。在有關獅子形象的解釋中，有人認為獅子是力的表現，是強者的象徵，因為「老漁夫一再夢見獅子，象徵著他對力的追求、對強者的嚮往」[11]。在批評家看來，獅子是英雄的象徵，被海明威用來表現老人的硬漢形象，因此美國海明威研究專家傑克遜・本生（Jackson Benson）也認為，「獅子為老人的搏鬥提供了一種英雄的視角」[12]。誠然，正如大多數批評家所說，獅子是老人的象徵。老人一再夢到獅子或提到獅子，是因為他把獅子當成了自己的偶像，要用獅子的精神激勵自己戰勝困難，實現戰勝大馬林魚的人生目標。但是，問題的關鍵不在於獅子是否是老人的象徵，而在於獅子象徵的涵義究竟是什麼。

　　不可否認，儘管小說中的獅子是老人聖地牙哥的象徵，但是我們如果從文學倫理學批評的角度分析，就會發現獅子表達的象徵涵義並非是老人的英雄品質或硬漢精神，而是代表了一種倫理原則，即老人的叢林法則意識。在自然界，獅子是群獸之王，體現的是弱肉強食的叢林法則。在那部劃時代的著作《物種起源》（The Origin of Species）裡，達爾文闡述了生物進化和生存競爭的規律，即以弱肉強食為典型特徵的叢林法則。叢林法則是自然界一切生物生存競爭的基本法則，是維護自然秩序的規則。無論陸地還是海洋，除人之外一切生物的進化過程都是生存競爭的過程，所有的生存競爭都要遵守弱肉強食的規則。叢林法則是自然界的倫理。只有遵守叢

林法則，自然界才能維持生態的平衡，建立自然界的秩序，保證物種不斷進化。陸地上的獅子和海洋中的鯊魚，都是生物界不同環境中的強者，處於各自的生物鏈的頂端，都是弱肉強食的叢林法則的代表。在小說中，老人反覆提到獅子和夢見獅子，這實際上給我們揭示了潛藏於老人潛意識裡的祕密，即生存競爭的倫理意識。而老人生存競爭的倫理意識，就是通過獅子體現的叢林法則。

　　老人有意和無意中借助獅子表達自己生存競爭的倫理，這不僅可以通過獅子作為百獸之王的自身形象得到體現，而且還可以從老人所處的倫理環境中得到旁證。老人從出海捕魚開始，他就將自己置於一個生存競爭的倫理環境中，而這個倫理環境的典型特徵就是弱肉強食。在老人所處的倫理環境中，弱肉強食的生存競爭一直在不斷上演。例如，老人在同大馬林魚搏鬥的過程中，釣住了一條鯕鰍，把它拉到了船邊。鯕鰍在空中彎起身子，瘋狂地撲打著，絕望地左右亂竄亂跳。老人用木棍打在它金光閃亮的腦袋上，它才抖動了一下後死去。這實際上表現的是老人同鯕鰍之間的生存鬥爭。老人從刀鞘中拔出刀子，用一隻腳踩在魚身上，用刀剖開魚腹，再剖開魚的胃，發現魚的胃裡面有兩條小飛魚。鯕鰍吃掉小飛魚，這是在鯕鰍和小飛魚之間發生的生存競爭。還有水母和海龜的命運，也是頗有意味的。那些閃著彩虹般顏色的有毒水母，是海裡最具欺詐性的生物，海龜發現它們後，就從正面向它們前進，然後閉上了眼睛把它們連同觸鬚一併吃掉。而就海龜同人類來說，人們不僅吃海龜的蛋，還駕船出海去捕撈海龜，殘酷無情地把海龜殺死、剖開，儘管海龜的心臟還要跳動好幾個鐘點，然而在人類面前，也不能逃脫死亡的命運。鯊魚如果遇上了海龜，也會趁海龜在水面上睡覺的時候咬掉它們的腳和鰭狀肢。在這裡，水母同海龜、

海龜同人以及鯊魚同海龜之間的關係就是生存競爭的關係。鯊魚也是如此。鯊魚同老人爭奪大馬林魚，被老人殺死了，鯊魚放開咬住的魚，身子往海底沉去，臨死之前還要把咬下的肉吞吃掉。因此可以看出，在大自然裡，生存鬥爭無時無刻不在上演著。

在小說中，海明威通過老人同大馬林魚的搏鬥為我們提供了一個生存競爭、弱肉強食的生動範例。在海明威筆下，我們看到上鉤後的大馬林魚企圖逃走，一次又一次地從海面上跳起來，使海面迸裂，然後沉重地掉下來，浪花飛濺。為了逃命，大魚一次次把釣索拉到快要繃斷的程度。後來，大魚又開始打轉，但是仍然無法擺脫釣索。大魚再用它的長嘴猛烈撞擊鐵絲導線，可就是掙不脫嘴裡的釣鉤。大魚用盡了一切辦法，仍然無法擺脫老人的控制。而老人在搏鬥中也不輕鬆，釣索勒傷了他的脊背和左手，到處都是新勒破的傷口。他疲乏透頂，頭昏目眩，幾乎就要死在大魚的手裡。但是他忍住一切痛楚，拿出剩餘的力氣終於把大魚拉到了船邊。老人看見了大魚龐大的身軀和周身的紫色條紋，看見它的脊鰭朝下耷拉著，巨大的胸鰭大張著。老人在自己垮掉之前，高高地舉起早已準備好的魚叉，使出全身的力氣把它扎進大魚的心臟。

然後，我們看到了這場生存競爭的結果：大魚仰天躺著，銀色的肚皮朝上，魚叉的柄穿透了大魚的身體，從另邊斜截出來，從大魚心臟裡流出來的鮮血，染紅了海水。大魚的血最初是深色的，凝聚在起，就像一英里多深的藍色海水中的一塊礁石。然後，大魚的血像雲彩般擴散開來，漂浮在海面上。那魚是銀色的，一動不動地隨著波浪浮動著。這就是叢林法則，這就是弱肉強食。老人是這場生存競爭中的獅子，他按照弱肉強食的倫理規則同大馬林魚搏鬥，用殺死大馬林魚的行動證明了自己像獅子一樣強大。

（二）老人捕魚與叢林法則

　　老人捕殺了大馬林魚，但這不是一場弱肉強食的結束，而是另一場生存競爭的開始。一場新的生存競爭是在老人和鯊魚之間發生的，其目的是為了爭奪作為食物的大馬林魚。老人把大馬林魚綁在船頭，駕船回家，但是大魚的血腥味引來了尋找食物的鯊魚。這樣，爭奪食物的另一場生存競爭也就開始了。老人同鯊魚的搏鬥表現出生存競爭的殘酷和血腥的一面。在自然界，老人的象徵物獅子和大海裡的鯊魚都是猛獸，都處於食物鏈的頂端，因此二者的相爭也就最能體現動物界弱肉強食的特點。

　　首先前來爭奪食物是一條很大的灰鯖鯊，它殘忍、強壯而聰明，連老人都承認自己僅僅是武器比它強大。鯊魚嘴巴的八排牙齒全都朝裡傾斜著，像爪子般蜷曲起來的人的手指，兩邊都有刀片般鋒利的快口，這種魚生來就是要拿海裡所有的魚當作食物。鯊魚飛速地逼近船梢，老人看見它那雙奇異的眼睛，看見它張開了嘴，咬住魚尾巴上邊一點兒的地方，牙齒咬得嘎吱嘎吱地響。鯊魚的頭露出在水面上，背部正在露出水面，老人聽見大魚皮肉被鯊魚撕裂的聲音。這時候，他使出全身的力氣，用糊著鮮血的雙手，把一支魚叉猛地紮進鯊魚的腦袋。

　　鯊魚是海中猛獸，老人是陸地上的獅子。為了爭奪大馬林魚，老人同鯊魚的搏鬥就變成了在大海裡發生的另一場生存競爭，所以「當大馬林魚遭到攻擊的時候，他就好像自己在遭到攻擊一樣」。鯊魚為了生存，吃掉了大約四十磅魚肉，結果被老人殺死了。這正是遵照叢林法則而進行生存競爭的結果。在同鯊魚進行的生死搏鬥中，老人把叢林法則作為自己倫理

指引，並為自己殺死鯊魚做了解釋：「每樣東西都殺死別的東西，不過方式不同罷了。」實際上，這既是老人為自己殺死鯊魚在倫理上找到的理由，也是老人為自己信奉的叢林法則作出的倫理詮釋。

我們在小說中看到，當老人進入海洋之後，就生存競爭和競爭的倫理規則而言，在陸地上生活的老人同在海洋中生活的鯊魚幾乎沒有本質的不同，在它們之間進行的是一場弱肉強食的競爭，區別僅僅在於老人會使用詭計、會製造工具，會利用手裡武器去殺死鯊魚。老人是競爭中的強者。他在殺死鯊魚後說：「不過人不是為失敗而生的，一個人可以被毀滅，但不能給打敗。」這句話往往被看成是聖地牙哥表現自己硬漢性格的一句宣言，但是如果把它放在獅子象徵的倫理環境裡，就不難發現這句話正是老人在海中捕魚所堅持的弱肉強食的倫理，表達的內容是老人在生存競爭中要當獅子的願望與決心。在老人的倫理理解中，老人同鯊魚的搏鬥是你死我活的競爭，只有毀滅，沒有失敗，因為失敗就是毀滅。或者說，老人這句話是對自然界弱肉強食特點的詮釋和另一種形式的表達：按照叢林法則，人要麼是勝利者，要麼被毀滅。

在《老人與海》中，海明威描寫的生存競爭是一個漫長的過程，而不是一個短暫的階段，因此對於老人這頭獅子而言，殺死一頭鯊魚只是生存競爭的開始，而不是生存競爭的結束。很快，老人又同兩頭饑餓的大鯊魚相遇了。老人奮力殺死了來搶奪大魚的兩頭鯊魚，但是又失去了四分之一的魚肉。老人同鯊魚的搏鬥都是圍繞大馬林魚進行的，鯊魚為了生存要吃掉大馬林魚，而老人為了生存則要保住自己的勝利果實。這正是海明威對自然界生存競爭的真實描寫。

接著，老人又遭到成群的鯊魚來爭搶大魚：

> 它們是成群地遊來，他只能看到它們的鰭在水中劃出一道道線，還
> 有它們撲向大魚時留下的磷光。他用短棍去打鯊魚頭，聽見鯊魚嘴
> 巴哢嚓咬下去，在底下咬住大魚時小船在搖晃。他只能憑感覺和聽
> 覺死命打下去，只覺得短棍被什麼東西抓，就沒了。(《老人與海》，
> 61)

　　鯊魚對最後剩下的魚肉的爭奪可以說是慘烈的，老人打斷了棍子，打
斷了舵把，最後趕走了鯊魚，但是大馬林魚只剩下了一副骨架。這時候，
老人終於明白在這場生存競爭中，他也同樣被打敗了，因為老人最終還是
失去了他們按照叢林法則相互爭奪的食物大馬林魚。

　　在這場老人同鯊魚之間的生存競爭結束之後，我們可以對老人的叢林
法則作出評價了。叢林法則是動物界在自然中形成的規則，是動物界的倫
理[13]。動物世界的秩序依靠弱肉強食的方法加以維持，因此獅子是陸地的
主宰者，而鯊魚是海洋的主宰者。弱肉強食的叢林法則是動物生存競爭的
基本規則，優勝劣汰、適者生存是自然選擇的結果。老人出海捕魚遵循的
是弱肉強食的叢林法則，這是動物界的倫理，因此老人同大馬林魚和鯊魚
之間鬥爭是按照動物界的倫理進行的一場你死我活的血腥搏鬥。

　　叢林法則是維護動物界秩序的法則，它同維護人類社會秩序的法則完
全不同。人類雖然在許多方面有著同動物類似的特點，但是人的理性使
人把自己同動物區別開來，並形成自己的生活倫理。人類社會雖然用法
律維護整個社會秩序，但是倫理、道德、習俗等共同構建的倫理體系，
才是整個社會得以存在的基礎。動物界的倫理同人類社會的倫理是兩種本
質不同的倫理體系，它們只適用於不同的社會。動物界的倫理是一種非理

性倫理，它是在弱肉強食中自然形成的秩序，所以賴安・海第格爾（Ryan Hediger）認為，《老人與海》中的「倫理就是既定秩序」。[14] 動物不能作出理性的判斷，只能憑藉習慣遵守弱肉強食的規則，而人是有理性有道德的動物，因此人類社會的倫理是人類憑藉理性在不斷認識自己和完善自己的過程中有意識地形成的。人不僅具有人類社會的善惡觀念，而且還能夠調節同動物界、植物界和生態環境的關係，做到同自己周圍的世界和平相處、共生共存。由於人不是獸，因此叢林法則不適合人類社會；同樣，由於獸不是人，因此人類的社會倫理也不適用於動物界。但是，人是有理性的生物，因此人可以憑藉理性認識自然，在人與動物界之間建立起既有利於人也有利動物的倫理關係。

老人在捕魚時沒有把兩種本質不同的倫理區別開來，在觀念中出現了倫理混亂，也就是說老人放棄了人類社會的倫理而接受了動物界的倫理——叢林法則，把自己當成了海洋生物的同類。正因為這樣，老人在同大馬林魚和鯊魚之間進行的生存競爭中，人類社會所獨有的倫理禁忌消失了。例如，老人稱呼大魚為自己的兄弟，這並不是像一些人理解的那樣，「在一個獵殺與被殺的世界裡，兄弟情愛意識把自然界的一切生物結合在一起，建立起超越毀滅法則的和諧與情感」[15]，表達的是老人對大魚的同情以及同自然和諧相處的生態思想，相反，說明老人對人類社會倫理的放棄和對動物世界倫理的接受。正因為老人把自己當成了魚，他才接受了叢林法則，由於老人接受了叢林法則，因此在老人的倫理意識裡，動物界弱肉強食的法則被老人視作倫理正義，進而從根本上消解了人類社會中所獨有的倫理禁忌。由於沒有了倫理禁忌，弱肉強食和同類相殘就變成了一種倫理，從而成為老人追殺自己的兄弟大馬林魚的倫理動力。

這也說明，動物界的倫理不同於人類社會的倫理。在動物界，根據弱肉強食的叢林法則，即使是兄弟，為了生存競爭也會相互殘殺。老人釣住了大魚，饑餓難耐，生吃魚肉時他想：「我巴望也能餵那條大魚，它是我的兄弟。可是我不得不把它弄死，我得保持精力來這樣做。」老人雖然為沒有東西吃的大魚兄弟感到傷心，可是要殺死它的決心絕對沒有因為替它傷心而減弱。為了獲得食物，老人必須「弄死我們自己真正的兄弟」，即他釣住的大魚。在同大魚的搏鬥中，老人認為大魚是他從未見過的龐大、美麗、沉著和崇高的兄弟，但是他還是要殺死它。在老人的意識裡，只有生存競爭，沒有兄弟親情。他說：「兄弟，你來殺死我吧。我不在乎誰殺死誰」。老人殺死了大馬林魚，結束了一場生存競爭，他又靠在船頭的木板上說：「讓我的頭腦保持清醒吧，我是個疲乏的老頭兒。可是我殺死了這條魚，它是我的兄弟。」伯漢斯（Burhans）教授就此指出說：「老人雖然殺死了大魚，但是他已經喜歡上了大魚，因為大魚是他的對手和兄弟；他們共同經歷的生活把不可置信的美和生死鬥爭奇妙地混合在一起，其中一切生物既是獵殺者，又是被獵殺者，他們被一種最原始的關係維繫在一起。」[16] 這再次說明，老人在同大馬林魚搏鬥時也把自己當成了一條按照叢林法則生活的魚。

（三）老人捕魚的啟示

老人出海捕魚，根據弱肉強食的叢林原則，他戰勝了大馬林魚，是生存競爭的勝利者。但是在同鯊魚鬥爭的過程中，儘管他運用人的智慧使用了自製的武器同鯊魚戰鬥，但是鯊魚採用了老人信奉的獅子的戰術，群起

攻擊，吃完了大馬林魚身上的肉，只給老人留下不能當作食物的骨架。因此在第二次生存競爭的鬥爭中，老人是一個失敗者。

老人在同鯊魚的搏鬥中丟失了魚叉、刀子、木漿、舵把等所有武器，好像是一個被解除了武裝的敗將。老人明白，他「此時終於被打敗了，沒法補救了」。從這時候開始，老人在意識裡一直把自己看成一個失敗者。老人回到岸上，他也對孩子說：「它們把我打敗了，馬諾林。它們確實把我打敗了。」

那麼，老人的失敗能給我們什麼啟示呢？首先，人類的生存與發展不能倫理越位，不能毫無限度地入侵大自然留給其他生物的領域。就人類社會與大自然的關係來說，不能倫理越位就是不能入侵、破壞或佔領不屬於自己的領地。聖地牙哥不是叢林中的獅子，也不是海洋中的鯊魚。獅子只能在叢林中競爭，鯊魚只能在大海裡競爭，人只能在人的社會中競爭，雖然都是競爭，但是各自都有自己的倫理環境，不能越位，即獅子不能到海洋中競爭，鯊魚不能到叢林中競爭，人不能到叢林或海洋中競爭。老人有獅子的勇氣和雄心，但是他進入了大海，進入了一個不適合他生存的領地，而且他還要按照叢林法則同鯊魚搏鬥，這就顛倒了人類社會同自然界的倫理。老人在思索是什麼將他打敗的問題時，實際上已經給出了答案：「只怪我出海太遠了。」這是老人的自我反省。

老人打了84天魚，一條魚也沒有打到，這表明近海的生態環境已經惡化，海洋生物的生存空間減小，這就是人類的倫理越位即入侵大海造成的後果。老人為了打魚，他進入了深海，那兒是海魚最後的生存之地，是人類不該進入的領域。因此老人的失敗能夠給我們倫理上的教誨，即警示我們不要肆無忌憚地入侵、破壞或佔領大自然中本應該屬於其他物種的領域。

其次，老人用自己的失敗為我們提供了一個倫理混亂（ethical chaos）的典型範例。叢林法則是動物界維護秩序的自然倫理，它只適用於沒有理性的動物界。簡單地說，就是我們人類不能按照叢林法則去同動物競爭。人類社會有人類社會的倫理，它不僅規範人類自身的行為，也規範人類同自然的關係。自然倫理和社會倫理既不能互換，也不能共用。如果我們人類接受了叢林法則，我們就會變為野獸，不再為人。但是，作為人類代表的老人，他忘掉了人類社會獨有的社會倫理，相反卻接受了動物界的叢林法則，要做海洋中的獅子，爭奪海洋中鯊魚的食物，這正是一種倫理混亂。由於老人接受了叢林法則，老人就從人的角色轉入了動物的角色，因此老人同鯊魚之間的搏鬥就不再是人與鯊魚的搏鬥，而變成了獸與獸之間弱肉強食的搏鬥。人有理性，因而才能把人從獸中徹底解放出來進化成有理性的人，才能建立人類社會的倫理。人是自然界唯一的高級生物，不應該把自己降低到動物的認知水準上，按照動物界的叢林法則同動物作生存競爭，而應該擔負起人類自身的倫理責任，建立人與大自然共生、共存、共榮的世界。

第三，對追求商業利潤和環境惡化之間的關係進行了反思。在小說開頭，海明威通過老人同孩子的談話對追求商業利潤的捕魚業進行了描寫。從小說中可以看出，現代的捕魚業同工業文明前的捕魚已經不同。昔日漁民通過捕魚來滿足自身的生活需要，但現在的捕魚業已經改變了性質，是為了追求商業利潤。漁民打魚歸來，不是把魚作為生活必需的食物儲存起來，而是送往哈瓦那的市場變賣，其目的就是賺取利潤。而且，小說中還給我們提供了一些重要資訊，這就是現代捕魚業的工業化和商業化。例如，「逮到鯊魚的人們已把它們送到海灣另一邊的鯊魚加工廠去，吊在複

合滑車上，除去肝臟，割掉魚鰭，剝去外皮，把魚肉切成一條條，以備醃製」，這正是捕魚業工業化後的情景。即使當老人釣住大馬林魚時，他首先想到的是「如果魚肉良好的話，在市場上能賣多大一筆錢啊」。老人殺死大馬林魚後，他想到的是按三角錢一磅計算能夠賣多少錢。

從這裡可以看出，無論老人自己是否意識到，包括他自己在內的現代捕魚人已經同在工業化以前的捕魚人不同。他們捕魚不完全是為了滿足自身生活或生存的需要，而是為了追求商業利潤和滿足奢侈的貪慾，例如年輕人「把鯊魚肝賣了好多錢後置備了汽艇」。「汽艇」正是現代工業文明的產物。汽艇的出現在給人們帶來便利的同時，也給生活在海洋中的魚類帶來了災難，因為汽艇幫助人們在捕魚時提高了效率，人們可以借助汽艇捕獲更多的魚。但是，現代工業的飛速發展是以犧牲自然資源或破壞環境為代價的，因此過度捕魚造成的後果，必然是漁業資源枯竭，給海洋生物造成災難。老人在魚類群集的地方獨自釣魚，「已去了84天，一條魚也沒逮住」。從老人釣魚的結果可以看出，昔日這個漁產豐富的地方，自然環境已經發生了改變，就像艾略特在《荒原》開頭描寫的一片荒蕪的「死地」（the dead land）一樣，海洋正在變成沒有生命的「死海」。老人在84天裡沒有捕到一條魚，表明海洋的生態環境已經惡化，影響了魚類的繁衍、生長。

最後，老人的失敗還從另一個方面給了我們一個啟示：我們缺乏對大自然的瞭解和認識。小說最後出現了一對來海邊旅遊的情侶，他們的對話是發人深思的。他們看見海邊「有一條又粗又長的白色脊骨，一端有條巨大的尾巴，當東風在港外不斷地掀起大浪的時候，這尾巴隨著潮水瓶落、搖擺」。白色脊骨是大馬林魚留下的。女遊客問一名侍者：「那是什麼？」

侍者回答說：「鯊魚。」侍者本意是要說這是被鯊魚吃光魚肉後的馬林魚的骨架，但是女遊客卻誤以為那就是鯊魚的骨架。女遊客感歎地說：「我不知道鯊魚有這樣漂亮的尾巴，形狀這樣美觀。」她的男伴回應說：「我也不知道。」這對情侶的對話說明，他們無法區分馬林魚和鯊魚的骨架，實際上寓指人類不瞭解海洋，不瞭解海洋中的生物。陸地上的人類對海洋的瞭解僅僅建立在如何更多地從海洋中獲取食物、資源和利潤的認識基礎上，因此這就導致人類對海洋的掠奪，導致海洋生態環境的惡化。老人同樣如此，他對大海的瞭解只是他知道怎樣從海洋中捕獲更多的魚，怎樣才能夠戰勝魚。如此看來，我們人類對海洋的瞭解和認識是很膚淺的。

馬克・肖勒（Mark Schorer）曾說：「《老人與海》不僅是一篇道德寓言，也是一篇宗教寓言故事。」[17]因此，這篇小說的蘊含的意義是十分豐富的，以上的解讀只是從倫理批評的角度對其中的部分內容進行了重新闡釋，還有大量的問題需要繼續研討。

（原文載於《外國文學評論》2009 年第 3 期）

注釋

[1] Breit, Harvey. *The Old Man and the Sea*, review in Nation. September 6, 1952, p.194.

[2] ［美］卡洛斯・貝克著，陳安全等譯：《歐尼斯特・海明威傳》，香港：三聯書店香港分店，1985 年，第 278 頁。

[3] 董衡巽：《海明威評傳》，杭州：浙江文藝出版社，1999 年，第 214 頁。

[4] Baker, Carlos. *The Old Man and the Sea*, review in *Saturday Review* in 1952, as quoted in the special Hemingway issue of *Saturday Review*, July 29, 1961, p.36.

[5] 董衡巽：《海明威評傳》，杭州：浙江文藝出版社，1999 年，第 212 頁。

[6] Gurko, Leo. *The Old Man and the Sea*, from *College English*. Vol. 17, No. 1 (Oct., 1955), p.11.

7　Gurko, Leo. *The Old Man and the Sea*, from *College English*. Vol. 17, No. 1 (Oct., 1955), p.13.

8　［美］歐尼斯特・海明威著，黃源深譯：《老人與海》，南京：譯林出版社，2007 年，第 11 頁。後文出自同一著作的引文，將隨文標明出處頁碼，不再另行做注。

9　Bocaz, Sergio H.. *"El Ingenioso Hidalgo Don Quijote de la Mancha" and "The Old Man and the Sea": A Study of the Symbolic Essence of Man in Cervantes and Hemingway*. The Bulletin of the Rocky Mountain Modern Language Association. Vol. 25, No. 2 (Jun., 1971), p.52.

10　Melling, Philip. "Cultural Imperialism, Afro-cuban Religion, and Santiago's Failure" in Hemingway's *The Old Man and Sea*. The Hemingway Review. Fall 2006, p.16.

11　刁紹華：《海明威 1899-1961》，瀋陽：遼寧人民出版社，1980 年，第 80 頁。

12　Benson, Jackson J.. *Hemingway: The Writer's Art of Self-Defense*. Minneapolis: University of Minnesota Press, 1969, p.125.

13　現在大量的研究表明，倫理與道德並不是人類社會所特有的，在動物界也可以發現類似人類的倫理道德現象。例如荷蘭學者弗蘭斯・德・瓦爾（Frans De Waal）在其《靈長類與哲學家》（*Primates and Philosophers*）和《善良的：論人類和其他動物中正確與錯誤的根源》（*Good Natured: The Origins of Right and Wrong in Humans and Other Animals*）等著作中，認為人類道德是從靈長類的社會性演化而來，從猴子與猩猩的社會行為中可以看到人類道德的根源。哥倫比亞大學哲學家菲力浦・基徹博士也持和德瓦爾相同觀點，認為「我們同靈長類近親有和道德判斷相關的共同行為模式」。其他學者如馬克・D・豪澤在《道德、猿和我們》（*Morals, Apes and Us*）以及《道德思維：自然如何設計我們的通用是非觀》（*Moral Minds: How Nature Designed Our Universal Sense of Right and Wrong*）、唐納德・格里芬在《動物的心智：從認知到意識》（*Animal Minds: Beyond Cognition to Consciousness*）、考茨基在其著名的《唯物主義歷史觀》一書中，都通過自己的觀察和研究證實了動物中存在的道德現象。

14　Hediger, Ryan. *"Hunting, Fishing, and the Cramp of Ethics"* in Ernest Hemingway's The Old Man and the Sea, Green Hills of Africa, and Under Kilimanjaro. The Hemingway Review. Volume 27, No. 2, Spring 2008, p.35.

15　Gurko, Leo. "The Old Man and the Sea". *College English*. Vol. 17, No. 1 (Oct., 1955), pp.11-12.

16　Burhans, Clinton S. Jr.. *The Old Man and the Sea: Hemingway's Tragic Vision of Man*. American Literature. Vol. 31, No. 4 (Jan., 1960), p.448.

17　Schorer, Mark. *With Grace under Pressure*, a review of *The Old Man and the Sea*. New Republic. October 6, 1952, p.20.

十、文學批評的四個階段及社會責任

　　改革開放以來，大量西方的文學批評被介紹引入中國，如強調意識形態的政治批評、以社會和歷史為出發點的審美批評、在心理學基礎上發展起來的精神分析批評、在人類學基礎上產生的原型——神話批評、在語言學基礎上產生的形式主義批評、在文體學基礎上產生的敘事學批評，還有接受反應批評、後現代後殖民批評、女性主義批評、新歷史主義批評、文化批評、比較文學等。這些批評是中國文學研究中經常使用的批評方法，形成了中國文學批評的中西融合、多元共存的局面，推動著中國文學批評的發展。

　　但是我們也要看到中國文學批評明顯的西化傾向。從總體上看，我們使用的文學批評方法基本上都是西方的批評方法和批評理論，儘管我們應該對他們發揮的作用做出積極和肯定的評價，但是我們在享受西方文學批評的成果的同時，也感到文學批評領域中我們的遺憾。這種遺憾首先表現在文學批評方法的原創權總是歸於西方人。我們不否認把西方的文學批評方法和理論介紹進來為我所用的貢獻，也不否認我們在文學批評方法和理論中採用西方的標準（如名詞、術語、概念及思想）方便了我們同西方在文學研究中的對話、交流與溝通，但是我們不能不作嚴肅認真的思考，為什麼在文學批評方法及話語權方面缺少我們的參與和原創？為什麼在文學

批評方法與理論的成果中少有我們自己的創新和貢獻？

其實，西方文學批評的光彩不是永恆的，它們往往只是在一定的歷史時期內或者一定的環境下產生和發揮影響。西方有些文學批評方法的生命力是有限的，一種方法在一個歷史時期內顯赫一時，但很快就會讓位於另一種新的批評方法，正是這種相互爭鳴導致西方文學批評方法枯榮交替，有生有死，促進了學術的繁榮。西方文學批評方法中沒有永恆的神，在輓歌已經響起的時候，我們無需還要去高唱頌歌。我們不必對西方的文學批評過度迷信，也不要在自我探索中缺乏自信。文學批評方法如何「推陳出新、革故鼎新」，以滿足時代的需要？文學倫理學批評方法可以看成是一種新的嘗試。無論是解讀經典作品還是評價現時的文學，這種方法也許能為我們帶來重要的新發現。

就文學批評而論，它的基本職能是理解和闡釋文學作品，解釋作品中提出的各種問題，從而對文學作品的價值作出判斷和評價。用最通俗的話語說，文學批評的基本功能就是為了回答作品是好或壞及其為什麼好或壞的價值問題。因此，文學批評的性質是倫理的性質，在很大程度上是一種倫理的批評。這是由文學的本質與功能以及批評的責任所決定的。

一般來說，文學批評要經過「慾望」、「閱讀」、「鑑賞」和「批評」四個階段。「慾望」指的是閱讀文學作品的慾望，是文學批評的第一個階段。為了追求閱讀的快感，任何一個有閱讀能力的人，都會產生閱讀文學作品的慾望。閱讀慾望的產生是一個人的娛樂天性。沒有閱讀能力的人，如兒童，這種慾望表現為聽故事的慾望。慾望潛藏於讀者的無意識中，它不受意識的支配，也不受情感的控制，只是一種個人無意識。這是文學批評的初級階段。「閱讀」指對文學作品的閱讀，是閱讀慾望的實現，屬於文學

批評的第二個階段，即認知和理解文學作品的階段。閱讀的結果是對語言符號意義的認知，其目的是為了獲得閱讀快感。閱讀是一個人在意識支配下對文學作品的認知過程。通過閱讀，讀者可以瞭解和認識文學作品，理解文學作品的意義。文學批評的第三個階段是鑑賞。「鑑賞」是在閱讀文學作品獲得快感後對文學作品的體會與玩味，它在閱讀的過程中發生，是閱讀文學作品後得到的結果。文學作品的鑑賞不同於閱讀，它是在文學認知過程中產生的審美感受。文學鑑賞帶有個人功利的性質，它受個人感情支配，屬於個人閱讀作品後的自我情感體驗，也是文學批評的前提。文學鑑賞在某種意義上等同於文學的審美。如果不進行文學批評，理解文學就到此為止了。閱讀文學作品的第四個階段是「批評」的階段，它是閱讀文學作品的高級階段。由於批評的目的是為了對文學作品的好壞作出價值判斷，因此我們稱批評為文學倫理學批評。文學批評不同於前三個階段的根本區別在於前三個階段都是個人的功利活動，只有到了批評的階段，閱讀文學作品才能超越個人的功利。文學批評不同於文學鑑賞，鑑賞主要屬於審美的心理活動，而批評主要屬於理性的客觀評價。鑑賞是為了對在閱讀過程中獲得的快感作出解釋，其前提是體會和感受，主要受情感的支配。批評是對鑑賞後的作品價值作出理性評價，其前提是價值判斷、社會責任和倫理觀念，主要受理性和道德原則的支配。

因此，文學批評就是對文學的價值進行判斷，是某種倫理意志和道德觀念在文學評價中的體現，它往往超越了個人的情感而代表了某個集體的、時代的、民族的主要價值觀念。文學批評對文學作品做出超越個人功利的評價，其目的是為了使文學作品有益於集體、社會和整個人類。對文學的基本評價不僅要看文學作品是否帶來了快感或審美感受，更要看文學

作品帶來的快感和審美感受是否符合社會或人類所共同遵守的倫理和道德準則。不同的時代有其不同的倫理觀念和道德準則，因此文學批評的標準也就不斷發生變化而儘量同時代保持一致，這就決定了文學倫理學批評在評價文學時不能超越時代。雖然時代的差異性導致文學批評標準的不同，但是就其性質而論，自古以來評價文學需要倫理和道德標準的傳統卻是始終不變的。

文學倫理學批評作為方法論，它強調文學及其批評的社會責任，強調文學的教誨功能，並以此作為批評的基礎。文學家創作作品應該為社會負責任，批評家同樣也應該為批評文學負社會責任。文學家的責任通過作品表現，而批評家的責任則通過對作品的批評表現。因此，文學的創作自由、藝術主張需要服從社會責任。

在現在的文學批評中，作家和批評家的責任有時被曲解，被誤讀，或被有意詆毀。有的作家往往狹隘地理解作家的社會責任，認為創作應該是自由的，強調社會責任會限制他們的藝術想像力和損害作品的藝術性；也有批評家認為文學批評是文學的審美批評，把社會責任等同於政治禁錮，抽掉了文學批評的倫理價值標準。他們把自由同責任對立起來，把審美和批評相互對立，忘記了社會的基本道德法則，以為審美可以不講倫理，自由可以不負責任，擔負責任即為不自由。但我們必須明白，文學創作的自由要建立在承擔一定的責任義務與遵守一定道德原則的基礎上，以擔負一定的社會責任與道德責任為前提。例如，憲法規定一個人有言論自由，但不是說就可以隨便亂說一氣，例如製造謊言和侮辱他人，因為憲法同樣也規定不能誹謗或侮辱他人，否則同樣要為自己所謂的言論「自由」負責。文學創作和文學批評同理，他們有創作和批評的自由，但是不能違背社會

公認的道德準則。例如，文學教唆犯罪而批評又從藝術虛構的角度對這種犯罪加以肯定，這就顯然違背了文學批評的倫理。

文學批評的責任是由文學創作的責任決定的。文學是一種特殊的商品，它最終要進入市場進行交易，因此必須符合一定的品質標準，這個品質標準就等同於社會賦予文學的責任。文學批評與文學創作也同樣遵循著文學市場的法則。在文學這個自由市場裡，社會責任就是所有參與者都要自覺遵守的品質標準和交易規則。文學批評相當於這個市場的品質監督，它代表廣大的消費者來檢驗這個市場的所有貨色，並對它們的品質作出評價。在這裡，文學批評就有了自己的社會責任，不能違背良知與道德。它不僅要把好的貨品一一加以說明，而且要把它們推薦給廣大的消費者；同時，它也要找出那些不合品質標準的貨品，或者把它們清理出市場，或者告訴消費者不要購買。除此以外，文學批評還負有指導消費者如何消費文學作品的義務。因此，文學倫理學批評既要在擔負社會責任的前提下履行自己的義務，也要遵守進行文學批評的倫理標準。

今天在市場經濟的大潮下，追求市場最大經濟利益似乎變成了文學家、文學出版商和批評家結合在一起的強有力的紐帶，文學的排行榜、出版商的碼洋和銷售紀錄、讀者數量等，似乎成了衡量文學價值的標準。我們不否認市場對文學的接受程度是衡量文學價值的一個因素，但是文學的市場價值並不能等同於文學的倫理價值。因此，文學批評絕不能在由競爭法則主導的文學市場裡放棄自己的社會責任，相反，它更應該用嚴格的批評為建立中國優秀的民族文學做出貢獻。

（原文載於《學習時報》，2006 年 2 月 21 日）

十一、關於文學倫理學批評
——黃開紅訪聶珍釗教授

（一）不能混淆文學批評的理論和方法與文學作品之間的主次關係，不能忘了理論和方法是用來研究文學的這個根本目的

　　黃開紅（以下簡稱黃）：聶珍釗教授您好！您近幾年來提出的文學倫理學批評方法，在學術界引起了很大的反響，請您談談最初是什麼原因促使您提出這一文學批評方法的？

　　聶珍釗（以下簡稱聶）：關於這個問題，我在論文《文學倫理學批評——文學批評方法新探索》（《外國文學研究》2004 年 5 期）以及其他一些論文中已有論述。主要原因有以下三個：

　　第一個原因是出於對中國文學批評理論脫離文學批評實際的現狀的憂慮。從 20 世紀 90 年代到目前的一段時間裡，中國文學批評界出現了一種怪現象，那就是只重視研究西方的批評理論和批評方法，不重視對文本、作家作品進行研究。而且，這種唯理論的傾向還被認為是高水準的學術。而這種所謂「高水準學術研究」大都是抽象的、脫離實際的研究，往往是一連串概念和理論術語的堆砌。針對這種現象，我也創造了一個新術語「theoretical complex」（理論自戀）去形容。這種現象在某種程度上混淆了評價學術的標準，使人誤認為術語堆砌、晦澀難懂就是學問。就文學批評來說，理論是一種方法、一種工具，理論的用處在於幫助我們去解釋、闡

釋、閱讀和批評作品，在於幫助我們對文學作品或者作家進行更深刻的研究。如果不是出於這樣一種目的，那麼理論還有什麼用處呢？文學批評的理論與文學的關係如同自然科學理論與世界的關係一樣，目的都是為了幫助我們更好地認識世界。如同人類發明放大鏡、顯微鏡等本身不是目的，而是為了用它來幫助人類認識客觀物質世界。放大鏡、顯微鏡類似於理論和方法，從研究的角度來說，我們對方法論本身也是可以和應該進行研究的，目的是使這些方法更加完善和完美，使我們更有效地利用這些方法。但是，不能混淆文學批評的理論和方法與文學作品之間的主次關係，忘記了理論和方法是用來研究文學的這個根本目的。所以，出於對這種現狀的思考，我提出了文學倫理學批評方法，強調用這種方法來研究文學作品和作家。

第二個原因是目前文學創作尤其是文學批評對文學作品倫理價值的忽視。在現在的一些文學創作和文學批評的實踐中，存在不夠重視文學作品的倫理價值問題，特別是後現代批評、精神分析批評以及其他一些從西方新近引入的批評方法和理論，往往都有忽視文學作品倫理價值的傾向。這些批評方法和理論影響到了作家的創作，使他們專注於精神的分析、本能的揭示和潛意識的描寫。文學作品倫理價值缺失的典型表現是忽視文學作品的教誨功能。文學作品最根本的價值就在於它們能夠教人從作品所塑造的模範典型和提供經驗教訓中從善求美，教人分好壞、辨善惡。這就是倫理價值。有人強調文學作品的審美價值，但是審美價值也是倫理價值的一種體現。審美以倫理價值為前提，離開了倫理價值就無所謂美。現在有一些文學作品，包括文學批評，不重視文學的倫理價值，不教人分辨好壞善惡，一味強調所謂的真實和本能，這種傾向應引起學界的注意。

　　第三個原因就是關於文學的起源問題。文學或起源於勞動，或起源於摹仿，或起源於遊戲，或起源於表現，這些觀點大多是從文藝的角度說的。而文學雖然屬於藝術，但它同音樂、繪畫、舞蹈等藝術是不同的，因此應該把文學同其他藝術分開來加以討論。現在的教科書裡似乎有一種定論，即「文學起源於勞動，文學起源於摹仿」，但我認為文學雖與勞動和摹仿有關，但它不一定起源於勞動和摹仿。普通的勞動本身能產生出文學作品嗎？回答是否定的。即使文學與勞動和摹仿有關，那也是勞動的結果，是產生的過程和方式而不是勞動本身。當勞動和摹仿的成果一旦變成藝術作品後，它就與我們勞動者之間的關係發生了變化，這種勞動便成了一種特殊的勞動產物──藝術，即文學、雕塑、繪畫、音樂或者舞蹈。當藝術產品用文字生產出來的時候，它就成了一種抽象的藝術，成了一種精神的產物，而不再是物質的東西。所以，文學作品是否產生於勞動和摹仿，這一問題值得我們進一步深思。我認為，藝術和文學的產生源於一種倫理的目的，源於一種道德的價值。古代希臘最早的文學如《荷馬史詩》就是因此產生的，《荷馬史詩》產生的最初目的不是為了一種審美，或者說不是為了好聽或為了讓大家從聽中感到愉快，不是產生於勞動，也不是產生於摹仿。

　　黃：那麼它又起源於什麼呢？是戰爭嗎？

　　聶：它是對那場曠日持久的特洛伊戰爭的回憶、記敘、總結和思考。通過遠古時代人們所經歷的戰爭和苦難，用藝術的形式進行總結，告訴我們哪些值得我們去學習和效仿，如國與國之間的關係、人與人之間的關係、家庭婚姻關係等等該怎樣去處理，從而提供經驗和實例讓人們去總結、思考和借鑒，因此它首要的目的是倫理性質的。所以，《荷馬史詩》最初實際上是一種用來進行倫理價值教育的材料。因此，文學最早出現是

為了一種倫理教育的目的，而不是完全為了欣賞，大家聽故事的目的主要是為了接受倫理教育。

我是基於以上三個方面的原因而提出文學倫理學批評方法的。

黃：在《文學倫理學批評──文學批評方法新探索》論文中，您談到了五個方面的問題，這五個問題之間的關係如何？您認為其中哪個方面最為重要？

聶：關於這個問題，我覺得最重要的是怎樣運用這種批評方法去批評文學、去研究作家和作品，以求研究方法的多樣化、多元化，這就是我提出這種方法的目的，也是這種方法得以存在的價值。至於我提到的五個問題之間的關係問題，哪幾個方面更重要一些，則不是主要的。我提出這種方法的目的是希望對我們研究作家和作品有所促進，而並不希望集中在對這種方法本身的理論討論中，當然對這種方法的理論討論也是必要的，但是如果我們把注意力主要放在討論這種方法本身上，那就有違初衷。

黃：那麼我們該怎樣應用這種方法去進行研究呢？

聶：我覺得回答這個問題應該簡單化、通俗化，那就是文學倫理學批評作為一種方法來說，它主要幫助我們建立一種模式，提供一種視角或觀點（perspective），提供一種思路，尤其對那些已經進行了廣泛而深入研究的經典文學來說，它可以幫助我們在研究中創新。例如，關於希臘悲劇《俄狄浦斯王》的分析，當我們從命運的角度去分析這部作品時，其結論是命運的悲劇；當我們用精神分析的方法闡釋這部作品時，得出的結論是戀母情結的悲劇；而當我們用文學倫理學批評的方法去解讀這部作品時，得出的結論是一齣由亂倫所導致的倫理悲劇。用新方法對過去已經定評的文學作品進行再批評，從中發現新的東西，得出新的結論，這就是文學批評的創新。

（二）文學作品的倫理價值和審美價值並不對立，而是相互聯繫、相互依存的兩個方面，倫理價值是第一位的，審美價值是第二位的，只有建立在倫理價值基礎上的文學的審美價值才有意義

黃：您剛才所談的確給人以耳目一新的感覺！我接來的問題是：您的文章在論述倫理學批評對象和內容時指出，我們應該主要研究作品中的道德現象、道德傾向和道德價值等問題，而這些問題主要是有關善惡真假的。如果作者在作品中直接進行道德評述的話，作品的藝術性就會受到很大影響，因此，很多作家、特別是現代和後現代作家在作品中沒有進行直接的道德評述，而是將自己的道德傾向和道德價值通過作品的敘述等手法間接地表達出來。那麼您認為我們在對作品進行具體分析時，關鍵該從作品的哪些方面著手才能把以上問題分析得較為透徹？

聶：你提的這個問題實際上是混合了幾個問題。我們做研究的時候，一定要注意問題的單一性，在研究時儘量將問題一個一個解決，比如剛才提到的作家作品的道德傾向就是一個問題。另外，要注意各個問題之間的聯繫。我認為，你提的這個問題主要是關於文學作品的道德傾向同它本身的藝術審美價值之間的關係問題，是嗎？

黃：對，正是這個意思。

聶：我認為，在理解文學作品的道德傾向和審美價值的關係方面，首先，我們要看到文學作品的倫理價值和審美價值並不對立，而是相互聯繫、相互依存的兩個方面。審美價值是從文學的鑑賞角度說的，文學的倫理價值是從文學批評的角度說的。我認為，對於文學作品而言，倫理價值是第一位

的，審美價值是第二位的，只有建立在倫理價值基礎之上的文學的審美價值才有意義。而且，我們沒有必要擔心強調文學的倫理價值和道德傾向可能損害審美價值，相反，缺乏倫理價值倒有可能損害文學作品的審美價值。其次，文學不存在獨立的脫離倫理價值的純美，而審美價值本身就包括有倫理價值，文學作品的審美是建立在倫理價值基礎上的審美。以蘇聯作家奧斯特洛夫斯基（Ostrovsky）的小說《鋼鐵是怎樣煉成的》為例，它描寫了主人公保爾・柯察金（Pavel Korchagin）在戰爭的艱苦歲月裡奮鬥不息、為革命事業奉獻一切的崇高精神境界。保爾・柯察金那種身殘志堅的精神是一種很美的價值體現。如果缺少那種崇高的精神境界，這部作品就沒有那種特殊的審美價值。因此這部小說的審美價值本身就是一種倫理價值。再比如描寫雷鋒的故事，雷鋒之所以成為一種美的形象留在我們心裡，就是因為他那種崇高的道德情操。試問，我們能夠找出道德醜惡的美好的文學形象嗎？

　　黃：那麼請問，醜惡的形象就不能作為審美對象嗎？

　　聶：當然能。一些人企圖把審美價值同倫理價值對立起來的主要誤區在於他們把客觀存在的美同審美混為一談。有些人擔心倫理價值會損害文學作品的審美，實際上他們強調的是脫離倫理的純美，但是純美不等同於審美，假如文學的純美是客觀存在的，那麼人們對純美的欣賞、評價和批評才是審美。因此，審美是文學批評的一部分，既然是批評，那麼審美就必然同倫理的判斷結合在一起了。醜惡的形象肯定不是美，但是對醜惡的形象進行評價和批評卻是審美。

　　黃：這麼說來，文學作品歸根到底還是以倫理價值為其自身存在的基礎？

聶：是的。美是客觀存在的，美進入批評的過程則為審美。美一旦進入批評，就不能脫離倫理價值的判斷，必然以倫理的價值為基礎。比如《俄狄浦斯王》的悲劇美感為什麼特別強烈呢？主要就在於它的殺父娶母這一駭人聽聞的倫理道德基礎，在於他無意中殺父娶母這一亂倫行為所帶來的嚴重後果。失去了殺父娶母這一倫理價值，悲劇的審美意義也就沒有了。

黃：聶教授，下一個問題是有關文學作品中美與善的關係問題。我曾經看見過兩種根本對立的觀點：康德（Kant）、雪萊（Shelley）等人認為美是超功利的、超越道德目的的；而柏拉圖（Plato）、托爾斯泰（Tolstoy）等人則認為美是功利的，因為作品本身就包含了作家的道德立場。您如何看待這個問題？

聶：我認為，這兩種觀點不矛盾，都是對的。二者討論問題的出發點不同，前者討論的是客觀存在的美，即所謂的純美；後者討論的是審美。客觀存在的純美和對它們進行評價和批評的審美是兩個不同的概念，我們應該把它們區別開來。從美的本質來說，它是超功利的。比如鮮花，就其性質而言是美的，不會因欣賞者的不同而有所改變。這是一種客觀存在的、絕對的純美。但是，當這種美一旦進入審美的過程，就變成了帶有欣賞者個人立場和道德傾向的審美了。而每個作家的個人立場和道德傾向不同，他們對美和善的情感和評價也就不同，因此審美是帶有功利性質的。

黃：這麼說來，「美」與「審美」是兩個不同的概念，那麼美是否有不同的審美結果？

聶：「美」與「審美」是兩個不同的概念。美是客觀的，審美是主觀的。文學也同樣如此。美的價值需要通過審美去發現，去欣賞，去評價。在審

美過程中，審美的主體不同，對美的評價有可能不同，這涉及到審美主體的道德情感、道德經驗、道德觀念、道德傾向、道德判斷等問題。如，我們看到一個人跳到深水中去救一名落水者，最後雙雙被水淹死。針對這一行為，有人認為救人者為救人而犧牲是一種英雄壯舉，既是美的，也是崇高的；但可能也會有人認為他既沒有成功救人，自己還白白送了命，是不值的。實際上這是兩種不同的審美結果。

黃：那麼我們在分析那些道德傾向模糊的作品（如後現代主義的作品）時，該如何去理解它們呢？

聶：任何文學作品都不能脫離其倫理價值而存在。怎樣去發掘、分析、認識作品的倫理價值，這與批評者的視角有很大的關係。如果因為是後現代主義文學作品，就一定要用後現代主義批評的方法去評價它，主觀地去闡釋或解構它，這是一種教條主義。我們完全可以換一種新方法對它進行批評，這樣很有可能發現其中新的價值和意義。有些人認為難懂的、缺少意義的、無法解釋的、意義混亂的就是後現代的，這實際上又是一種教條主義。以托尼·莫里斯（Tony Morrison）的小說《寵兒》（the Beloved）為例，這部作品是公認的一部後現代主義的小說，但實際上它表達的是一種倫理主題。如果用文學倫理學的方法進行分析，則可以發現母親殺害寵兒的深層原因是不願意寵兒像自己一樣再去過奴隸的生活，再遭受屈辱。這裡涉及黑人被帶到美洲之前就具有的一種集體無意識的道德價值觀念，到美洲以後，這種集體無意識的倫理道德價值觀念依然存在。當黑人被強行灌輸一種白人的倫理價值觀時，這兩種價值觀就發生了衝突。在寵兒母親的心裡，黑人爭取自由生活的倫理道德價值觀戰勝了白人給她灌輸的奴隸價值觀，因而毅然殺死了自己的女兒，以此來表現她對存在於黑人集體

無意識中的倫理道德價值觀念的維護。因此，我們用文學倫理學批評方法分析這一作品時，我們就有了新的理解、新的發現和新的結果。

黃：看來批評者的立場、方法、切入點的確非常重要。下面請您談談對文學倫理學批評方法在國內外的研究現狀及其發展趨勢的看法。

聶：文學倫理學批評的實踐在國內外早已存在，但一直沒有人把它作為方法論明確提出來。早在柏拉圖時期就有倫理學這個概念，但卻沒有形成一種像精神分析等方法那樣有影響的文學批評方法，也就是說一直沒有人把它作為一種專門的方法提出來，進行系統分析和研究並加以應用。大家在無意識中已經在不斷應用一些類似的方法，如道德批評等。道德批評傾向於對現實中的文學進行評價，它受到現行道德價值觀念的影響和支配。而文學倫理學批評則是一種超越歷史、超越階級、超越時代、超越種族的批評方法，它運用辯證唯物主義和歷史唯物主義的方法研究文學作品，從倫理道德的視角對作家作品進行分析和評價。這種批評不受現行的倫理觀念和道德原則的影響，而只考慮當時的倫理和道德方面的因素。至於這種批評法將來的發展趨勢如何，現在還很難說清楚，但它可以成為文學批評方法中的一種而應用於文學批評的實踐中。它可以不斷吸收其他批評方法的優點，也可以同其他批評方法結合使用，共同對文學作品進行批評分析。

黃：剛才您談了很多有關文學倫理學批評方面的獨特見解，非常感謝您的慷慨！

聶：很高興進行交流。

（原文載與《外國文學研究》2005 年第 1 期）

十二、劍橋學術傳統與研究方法
——從利維斯談起

　　劍橋大學的學術傳統是隨劍橋大學的建立而逐漸形成和發展起來的。早在建校之初，劍橋大學的教學就具有兩個特點：一是強調文本，所以當時的教學就是閱讀和解釋文本；二是強調理解，所以當時的考試主要就是對教師提出的問題和論點進行答辯，只有通過了答辯才能獲得學位。從這種學習和考試中不僅逐漸形成了劍橋的學術傳統，而且還形成了學術研究的方法，並一直延續發展至今。

　　劍橋大學於 1209 年建校，位於風景秀麗的劍橋城。在中國著名詩人徐志摩的描繪下，這所大學讓無數的中國學者心馳神往。中國的著名科學家蔡翹、趙忠堯、王竹溪、華羅庚等，作家蕭乾、葉君健、徐志摩等，都是劍橋大學校友[1]。將在這次大會上作主題發言的陸建德教授、曹莉教授，就是劍橋大學的博士學位獲得者的代表。還有不少優秀的中國學者是劍橋大學的訪問學者，他們的代表也將在這次會議上發言。本人曾兩次前往劍橋大學訪學，受到劍橋大學學風的薰陶，使我終生受益不盡。劍橋人才輩出，燦若群星，難以計數。英國許多著名的科學家、作家、政治家都來自於這所大學。在科學方面，牛頓（Newton）、達爾文等一系列偉大的科學家，改變了人類發展的歷史。僅劍橋大學卡文迪什實驗室產生的 25 位諾貝爾獎獲得者，他們的貢獻也就足以使劍橋傲視天下了。根據有關資料統

計，自 1904 年劍橋大學三一學院的 Lord Rayleigh 獲得諾貝爾物理獎以來，劍橋大學已經有 80 位獲獎者。這是世界上任何一所大學不能與之相比的。

在文學方面，我們可以列出一連串出自劍橋的文學史上的不朽者。從文藝復興時期的詩人斯賓塞（Spencer）和培根（Bacon）開始，每一個時代都會誕生出偉大的文學代表人物，如 17 世紀的詩人彌爾頓（Milton）和鄧恩（Dein），19 世紀的浪漫主義詩人華茲華斯（Wordsworth）和拜倫（Byron）、歷史學家麥考萊（Macaulay）、小說家薩克雷（Thackeray）、詩人丁尼生（Tennyson）、勃朗特（Brontës）三姐妹的父親、小說家查理・金斯萊（Charlie Kingsley）、福斯特（Forster）。20 世紀以來的出自劍橋的文學家和研究文學的學者更是難以計數。

在劍橋大學的文學家中，還有兩個諾貝爾文學獎的獲得者，他們一個是 1950 年獲獎的羅素（Russel）[2]，一個是 1973 年獲獎的詩人 P・V・W・懷特（Patrick Victor Martindale White）[3]。他們是劍橋大學學術研究在悠久的學術傳統中結出的果實。

劍橋的學術傳統是偉大的。那麼這個偉大的傳統是什麼呢？我認為就是劍橋人孜孜不倦地對學術問題的執著與探索研究精神，以及他們自己獨特的、有效的、科學的研究方法。

正是這個傳統，諸多學術問題最終得到解決，諸多發現成為現實，如科學上牛頓的萬有引力，達爾文的生物進化學說。在文學方面，以莎士比亞為代表的經典作家得到了確認，以莎士比亞的戲劇為代表的經典作品得到了充分闡釋和理解。正是由於偉大的劍橋學術傳統，英國的文學精華包括世界文學的精華在內，經過了無數學術的篩選和淘汰，變成了整個人類的文學遺產。但是，劍橋的學術傳統又不是孤立的，它是整個英國乃至世

界學術傳統的體現與代表，因此劍橋學術傳統也可以稱之為英國的學術傳統或科學的學術傳統，劍橋的學術傳統只不過是一個簡稱罷了。而我們這次會議討論的劍橋學術傳統，則是有其特定涵義的，即指文學批評上的劍橋學術傳統。從學術的角度說，傳統往往是某種目的、宗旨、方法、精神與品格的一致性與延續性。按照達爾文的進化理論，一切優秀的、偉大的東西才能成為傳統。

每一個時期劍橋的學術傳統都有其代表人物，以 20 世紀的英國文學批評為例，利維斯就是其中的代表人物。利維斯（Frank Raymond Leavis, 1895-1978）是 20 世紀初至中期很有影響的英國文學批評家，文學批評劍橋學派（Cambridge School of Literary Criticism）的代表。他的批評理論與提供的範例是後來新批評學派（New Criticism）的基礎。利維斯生於劍橋，並在劍橋大學的伊曼紐爾學院（Emmanuel College of University of Cambridge）學習。他一生都在劍橋大學從教和研究，在劍橋大學英語系圖書館的牆上，掛有他的大幅肖像。在著名的英國批評家中，利維斯通過他的人格魅力和深刻的閱讀，使一些文學家的聲譽得到提高，也使一些文學家的聲譽受到詆毀，因此他也是 20 世紀英國文學批評中最重要的也是最具爭議的人物。

從 1927 至 1931 年，他只是劍橋大學英語系的見習講師，後來才成為 Downing College 的院士。1936 年，利維斯被聘為劍橋大學助理講師。在他的早期生活中，他主要依靠一份教學兼職而生活。一直到 40 歲，他還有好幾年沒有一個有固定薪水保證的職位。從 1932 到 1953 年，利維斯一直是《細察》（Scrutiny）的主編，他自己的大多數論文都是首先在這份雜誌上發表的。雜誌借助 I. A. Richards 的實證批評，著重關心文學和道德的問題。

後來這導致了利維斯陣營同由 The Sunday Newspapers 象徵的都市文學文化的對抗。以利維斯為代表的文學批評家運用阿諾德的文化政治學觀點，思考因斯諾提出的兩種文化而導致的 20 世紀 30 年代出現的「文化危機」。從文學批評的特點看，利維斯的文學批評始終是建立在文化批評和社會批評基礎上的閱讀批評，有很強的道德批評的傾向。利維斯的文學批評的最大特點就是對文學本身進行閱讀、理解和評價。他從來沒有遠離文學文本和細讀而侈談理論。正是他對文學作品有深刻的理解和細膩的感受，他才真正發掘出英國文學的社會意義和道德價值，使英國文學的經典又經歷了一次新的篩選。因此，我們把利維斯作為劍橋學術傳統的範例是很有道理的。陸建德先生在利維斯的代表性著作《偉大的傳統》（The Great Tradition）中譯本的前言中，對利維斯的地位及其意義有全面的評價，對利維斯的學術思想有精當的論述和自己的深刻理解。我向大家推薦這篇前言，是因為它是我們瞭解利維斯之前必讀的一篇入門論文。

利維斯不僅對英國和 20 世紀的外國文學有重要意義，而且對於中國今天的文學研究也同樣有重要意義。首先我們談利維斯對於中國的現實意義。這種意義是由中國現在的文學批評的現狀決定的。

我們現在的情況是，文學理論越來越難以勝任它那一貫的主導作用，我們往往高舉著理論的大旗，拿著理論的標籤像對貨物分類一樣去尋找作品，當我們找到作品時，就貼上各類標籤。我們往往感覺到需要理論，但是一旦陷入理論的漩渦，我們就往往被理論的流水攪動起來，一直到頭暈目眩，沉入水底爬不上岸來。因此，對於那些不讀文本無論是作品的文本還是理論的文本的人來說，他們的研究對象實際上已經轉變了，變成了研究理論自身。「現在一些批評文學的批評卻往往脫離文學本身，試圖把文

學的批評方法從批評文學本身轉而批評文化甚至是文明，從而使新的批評方法背離了它堅持批評文學的本意。這種傾向是假借新的批評方法的外衣，把對文學的具體的批評變成了美學的、哲學的抽象的分析。文學的批評論文變成了哲學論文、美學論文」[4]。我給這種理論研究一個新潮的名詞：理論自戀現象或文學理論自戀現象。這種現象也可以稱之為文學研究的異化。文學作品和文學理論的關係被顛倒了，文學和理論的二律背反是這一現象的總體特徵。因此在這樣的理論研究中，作家的地位下降了或是沒有了，在這些研究看來，莎士比亞的戲劇也許還不如某一種理論重要和吃香。

現在我們看到的是，我們的理論家日漸增多，我們的專家是來越來越少了。外國文學中除了那些主要的偉大作家有一些研究的專家外，還有大量的作家現在還是找不出研究他們的專家的。從總體上說，現在外國文學的研究者依然還是缺少專家的意識，由於缺少專家的意識，也就沒有了權威的意識。少了專家也就少了競爭，少了交流。假如召開一個勞倫斯的學術討論會，會有不少研究勞倫斯的學者和專家來參加討論，但是假如我們召開一個和勞倫斯類似的作家，如福斯特、作為文學家的羅素、詩人懷特、詩人亨希尼（Hennig），是不是有許多人來參加討論，恐怕就是一個難說的問題了。因此總的來說，我們的研究出現了一種專家危機。

更為嚴重的是，學者們開始普遍感到理論的缺乏和理論水準的下降，感到以前可能從事的研究今天變為不可能，認為原因就在於理論。我們認為只說對了一半，這就是原因的確出在理論這個根源上，但不是缺乏理論，而是對於理論過於執著以致到了迷信的地步，從而使原本對具體作品的研究變成了抽象的理論研究，從而導致了文學研究的異化。如今這一類侈談理論的所謂學術作品還有氾濫蔓延之勢，研究還被貼上了各種各樣的

標籤，如精神分析、女權主義、結構主義、解構主義、後現代、後殖民等等，不一而足。這種脫離實際的研究風氣還影響到研究生、大學生的學風，到了非引起我們重視不可的時候了。

需要強調的是，在指出中國目前學術研究出現的上述傾向的時候，我們並不是有意去貶低理論或貶低理論的價值，相反，我們非常重視理論和強調理論的運用。但是我們反對偽理論，即反對那些打著理論的旗號看起來貌似理論而實則不是理論的東西。這些偽理論有的屬於經院哲學的範疇。

在文學批評中，學派林立，似乎從事文學研究的人如果不從屬於某一個學派，或是不運用某一個學派的觀點，就會影響批評的深度。正是在這一思想的影響下，學派的理論往往就變成了裝點，至於是否合適，真是只有天知道了。這種理論的氾濫又影響到研究學問的風氣。一些用洋涇濱語言翻譯的理論著作影響破壞了優良的學術風氣，因為這不僅是思想的影響，而且還被人效仿，如論文寫作的所謂洋化語言。我們有時往往有一種感覺，我們能讀懂和理解英文的學術著作，但往往讀不懂用我們的母語寫作的學術作品。

在這種思想的影響下，深入淺出的論述、推理嚴密的邏輯、明白易懂的文字，這些歷來被學界肯定的學風在一些人從理論的角度看來，似乎缺少了理論甚至沒有理論。他們似乎認為佶屈聱牙、晦澀難懂才是理論的特徵。直接準確的表達被認為太過於膚淺，故弄玄虛和標新立異的小巧之道被當成了學問。這顯然是大錯而特錯了。而出現這一問題的根本原因，就在於理論脫離了文本，誤解了理論的目的是在於去說明和理解文本，是為理解文本服務的。因此，我們堅持一種主張，就是文學理論必須用來研究文學。

　　我們必須指出現在文學研究中的一種傾向，就是文學研究中的理論明顯脫離文學。但同時應該清醒地看到，我們所效仿或借鑒的西方文學理論卻恰巧相反，理論與實踐密切地聯繫在一起。從文學理論的功用上看，西方的文學理論是為了理解文學、闡釋文學、批評文學，而在我們這兒卻被一些人用來闡釋理論和批評與文學相關的美學、哲學、文化等方面的問題，文學卻被邊緣化了。現在令人感到一個哭笑不得的問題就是，我們能夠理解和閱讀亞里斯多德、弗洛伊德、黑格爾（Hegel）、馬克思，卻不能理解現在一些所謂的關於新潮理論的本土化闡釋。我們讀到一些批評文學的論文時，往往看到的都是滿紙的文化的、哲學的、美學的抽象術語，但卻很少告訴我們它們從文學的研究中究竟得到了什麼和想告訴我們什麼。

　　理論現在是使用頻率最高的一個詞彙，也是最讓人動心和關心的一個詞彙。那麼什麼是理論？當我們冷靜下來試圖回答這個問題的時候，會發現迷惑了，感到我們無法回答這個似乎再熟悉不過的問題。文學理論是解釋文學的理論和批評文學的理論。文學理論最早起源於亞里斯多德的詩學和修辭學，它包括自 18 世紀以來的美學和闡釋學。在 20 世紀，理論已經變成了一把術語傘，包括了閱讀文本的各種不同的學術方法。因此，理論實際上等同於批評的方法。文化研究也好，哲學研究也罷，細讀批評，精神分析等，如果用於文學的研究，它們在本質上都是一種批評文學的方法。但是我們現在有些人企圖把理論同方法分開，去尋找一種純理論，這當然是不會有結果的。

　　對於文學批評的問題，我認為最重要的是要解決理論脫離實際的問題，我想這也是劍橋學術傳統與批評方法會議的一個重要主題。關於如何解決理論脫離文學文本的問題，我們也許從劍橋大學的以利維斯為代表的劍橋批評學派身上，可以找到一些啟示。從文學批評的特點看，利維斯的

文學批評始終是以文學文本為基礎的批評，而且是在他對文學的批評中產生自己的理論的文化批評和社會批評。陸建德在前言中指出文學批評史上的主要人物（如柯爾律治（Coleridge）和托‧斯‧艾略特）既是批評家，又是詩人，說「人們因欽佩他們的詩才而相信他們的判斷」，同時又說「憑自身的資格而為後世所敬重的批評家為數很少，如聖伯夫（Sainte-Beuve）、萊辛和別林斯基（Belinski），利維斯可以躋身於他們的行列」[5]。陸建德在劍橋大學受到薰陶和訓練，獲得劍橋大學的博士學位，對英國的學術傳統和批評方法有獨到的理解，對文學有很高的識別力，對利維斯更是十分熟悉。

我在這裡之所以把利維斯作為劍橋學術傳統的代表或典範加以推薦，是因為我們現在的確需要利維斯這類文學批評人物，需要利維斯為我們指點一條通向不說是完全正確但也是較為正確的文學批評的道路。

利維斯的文學批評是源於文學作品的，並因此為後來形成的新批評學派提供了基礎。

他的《英語詩歌的新動向》（*New bearings in English poetry*）（1932）、《重新評價：英詩的傳統與發展》（*Revaluation; tradition & development in English poetry*）（1936）就是利維斯對詩歌文本的研究、分析和批評。他的《偉大的傳統》（1948）實際上是對一系列有代表性的小說家和他們的作品的研究。就英國的文學批評來說，《偉大的傳統》是一部深刻影響了文學界的經典作品。

利維斯的《偉大的傳統》看起來是對作家進行的系列研究，似乎帶有文學史性質，但實際上它是一部研究文學的批評和理論著作。在這部著作裡，利維斯為我們提供了一種研究的方法和範例，即怎樣研究和批評文學。在他的著作中，我們看不到像中國現在文學批評著作論文中那種滿天飛的文學術語，或是新潮的名詞，他不像某些淺薄的所謂批評家或理論家

那樣去創造或推銷自己的概念和術語發明，而是用樸實的、有效的方法批評文學，讓他的批評能為普通的人和社會所接受。正是在他的似乎缺少了所謂的理論色彩的論述中，我們發現了他的重要的理論和方法，即對文學的細讀分析與批評。

利維斯的批評是一種社會學的批評、文化學的批評，而批評的標準則是道德的標準。他在《偉大的傳統》中說：「實際上，細察一下《愛瑪》（Emma）的完美形式便可以發現，道德關懷正是這個小說家獨特生活意趣的特點，而我們也只有從道德關懷的角度才能夠領會之」[6]。而他通過研究英國文學發展的歷史，通過研究喬治・艾略特、亨利・詹姆斯（Henry James）、約瑟夫・康拉德（Joseph Conrad）以及狄更斯的小說，提出的道德關懷與藝術的關係，其實就是一個重要的和複雜的理論問題或理論術語。

利維斯強調堅持文學批評的社會使命感和評價文學的道德標準，發掘文學作品的道德意義。他對待文學的看法與阿諾德評法國作家約瑟夫・儒貝爾時提出的觀點是一致的，即文學最終目的乃是「一種對生活的批評」。利維斯實際上不僅是把道德的評價當作一種標準，而是當作了一種批評的方法。他評價艾略特時就是運用的倫理和道德的批評方法。例如，利維斯在肯定艾略特小說的意義時，就把她同托爾斯泰相比，認為艾略特的「偉大之處與托爾斯泰的相同」，認為托爾斯泰最重要的傑作《安娜・卡列尼娜》「所具有的非凡真實性，來源於一種強烈的對於人性的道德關懷，這種關懷進而便為展開深刻的心理分析提供了角度和勇氣」[7]。他從中得出結論說：「至於喬治・艾略特，我們可以反過來說，她最好的作品裡有一種托爾斯泰式的深刻和真實性在」[7]。由此可見，利維斯評價作家及其作品的方法與理論借鑒了倫理的和道德的理論和方法。我們把這種方法稱為文學倫

理學批評方法[8]。這種方法就是從倫理道德的角度研究文學作品以及文學與作家、文學與讀者、文學與社會關係等諸多方面的問題。西方文學發展的歷史表明，文學不僅是文學批評家、歷史學家、社會學家等研究的對象，而且也一直是道德學家重視和研究的對象。文學描寫社會和人生，始終同倫理道德問題緊密結合在一起。文學的歷史證明，文學批評是一直同道德的價值結合在一起的。利維斯的批評為我們的文學批評提供了借鑒。

　　讓我們讀一讀利維斯的著作吧，看看他對作家作品的分析和論述吧。我們會從中發現，被一個有著深厚學術積澱和傳統的學校以及國度所尊崇的偉大人物是如何研究和批評文學的，相比之下也許會發現我們現在的批評的確是出了一些問題。批評文學的人，深深地陷入了理論的泥淖之中不能自拔，在對文學的理解過程中，老是在尋找可以對號入座的理論諸如Oedipus complex，ferminism，structuralism 等等。這些批評倒真是成了形式主義的批評，即形式上的文學批評，但卻沒有批評文學。

　　我們現在需要理解文學。文學的價值及其意義就在於文學的文本的存在，因為有了這種存在，我們才有了從中發現價值和意義的基礎，而這種發現主要需要的基本方法就是閱讀、感悟與理解，而不是用女性主義、歷史主義、戀母情結、精神分析等簡單的術語去給文學作品貼標籤。這樣批評的結果是文學變成了理論的奴隸，哲學和美學的判斷代替了文學的批評。往往在這樣的批評中，文學不見了，借用這些批評家的語說，文學被消解了，既然文學沒有了，這種批評的基礎也就沒有了，意義也就理所當然的沒有了。我們要問，我們批評文學的目的是為了消滅或消解文學嗎？如果這樣的話，文學批評還有存在的意義嗎？我們必須明白一個基本事實，那就是文學理論或文學批評是因為有了文學才出現和存在的。因此我

們必須為文學批評自己的存在而關心和愛護文學。

那麼利維斯是怎樣做的呢？從他研究詩歌和小說的著作中，我們發現他對英國作家及其作品，甚而歐洲的、美國的作家和作品也十分熟悉。從他對作家和作品的細膩的分析中，從他對作品的比較判斷中，我們感覺到他真正讀懂了作品，有了自己的體會，這時候才有了批評文學的基礎。這同我們有些人不讀作品或大致流覽一下作品就找一張標籤開始批評文學是全然不同的。利維斯始終堅持對文學文本的批評，堅持在閱讀文學文本的過程中去發現文本中蘊藏的意義，從閱讀中獲取自己對文學的真實感受，並最終做出自己的評價。因此，他的批評是完全可靠的。

利維斯的文學批評的特點是明顯的，即對文學文本的細讀。在某種意義上，文學文本是作家對思想和社會生活理解的形象和感性描述，而利維斯的閱讀則是對文學文本的情感體驗和理性評價或是概括。也許有人認為利維斯的文學批評缺少理論性，那只是某些所謂的理論家的看法，而且他們的理論與利維斯的理論是有本質差別的。在利維斯論述詹姆斯的作品時，其實就提出了很多來自於批評的理論問題，而且利維斯還進行了深入的闡釋。例如，他在討論詹姆斯成就的一般特徵時就提出的「興味關懷」、政治關懷、女權主義等問題，其實這就是重要的理論問題。他指出，「興味關懷」指的是種種深刻的關注，讓人感覺是道德問題，超出了個人意義的範圍[9]。他說的「興味關懷」實際上就是道德關懷。利維斯在他的作品實際上討論了文學的道德價值的問題，而文學的道德價值這個問題卻被我們忽視了。

文學在虛擬的藝術世界裡描寫現實社會中各種道德現象，以及在社會活動基礎上形成的人與人之間的倫理道德關係和道德原則、規範，並用這些原則規範去指導人的行動。正是這個特點，文學才是「一種富有特點和

不可替代的道德思考形式」[10]。「文學作為一種藝術形式，它典型地集中地反映人類社會道德現象，描寫了社會存在的道德矛盾和衝突，因此文學也就必然可以成為倫理學研究的對象」[8]。所以，我們有理由運用倫理學的方法去研究和批評文學，為文學的批評尋找一條新的途徑。

利維斯對現在流行的批評方法如心理分析、精神分析等，同樣熟悉並加以運用。如他在分析詹姆斯的《波士頓人》(The Bostonians)時就討論了心理分析的問題，並指出幾十年後人們才在弗洛伊德的影響下，開始對無意識和潛意識有了普遍的認識。這表明，利維斯的文學批評並不排除其他的文學批評的方法，我們發現了批評方法的多樣化。

利維斯在對文本細讀的過程中，同樣使用了多種研究的方法去細讀和分析，如文化的方法、比較的方法等。他在研究詹姆斯時，就將詹姆斯同狄更斯等相比較。他從各自的文本中尋找充分的證據加以比較和分析，論述各自的創作風格、寫作技巧和社會價值，並在比較中對各自的意義和優劣做出評判。

我們從利維斯的批評中可以提出，他的文學批評充分注意了文學的社會功用。我們批評文學的目的是為了批評文學本身，並通過批評文學進而批評社會和認識社會，而不是批評理論。利維斯認為純文學是不存在的，文學與人生與社會是沒有界限的。利維斯道出了文學批評的真理，實際上指出了人們對文學的興趣並不是文學本身，而是他們對文學表現的人生與社會感興趣。讓多情的讀者落淚的往往也不是文學本身，而是其中描寫的讓我們落淚的人和事。

當然，利維斯的批評並不是無懈可擊的，有時他的感受過於主觀，也許同作品蘊含的意義有一定差距；有時他縱橫捭闔，大發宏論之時，他的

分析就顯得冗長和繁瑣；有時他在表達自己的真知灼見之時，思緒跳躍的幅度太大；有時他的論述還缺乏嚴謹和缺少邏輯。但不管怎樣，他的批評給我們的啟示是巨大的，他通過自己的批評給我們樹立了一個榜樣，讓我們借鑒和模仿。在中國今天文學的批評把文學邊緣化的時候，讀一讀利維斯是很有必要的。

（原文載於《外國文學研究》2004 年第 6 期）

注釋

1   梁麗娟：《劍橋大學》。長沙：湖南教育出版社 1990 年版，第 164-177 頁。

2   伯特蘭・羅素（Bertrand Russell，1872-1970），英國哲學家、數學家、社會學家，也是 20 世紀西方最著名、影響最大的學者和社會活動家。他於 1890 年入劍橋大學專攻數學，後轉攻哲學。1910 年任劍橋大學講師，1914 年成為劍橋大學校三一學院研究員。1950 年獲諾貝爾文學獎，以「表彰他所寫的捍衛人道主義思想和思想自由的多種多樣意義重大的作品」。

3   派翠克・懷特（Patrick Victor Martindale White，1912-1990），澳大利亞小說家、劇作家，生於英國。1932 年至 1935 年，懷特進英國劍橋王家學院學習法國和德國文學。1935 年獲學士學位並定居倫敦。第二次世界大戰期間，他服役於英國皇家空軍情報部門，赴中東工作五年，1948 年回澳大利亞定居。1973 年，懷特發表著名的長篇小說《風暴眼》，同年獲諾貝爾文學獎。懷特將獎金捐出，設立「懷特文學獎」。

4   聶珍釗：《文學倫理學批評：文學批評方法新探索》，《外國文學研究》2004 年第 5 期，第 17 頁。

5   ［英］F・R・利維斯著，袁偉譯《偉大的傳統》，北京：三聯書店 2002 年版，第 1 頁。

6   ［英］F・R・利維斯著，袁偉譯《偉大的傳統》，北京：三聯書店 2002 年版，第 14 頁。

7   ［英］F・R・利維斯著，袁偉譯《偉大的傳統》，北京：三聯書店 2002 年版，第 208 頁。

8   聶珍釗：《文學倫理學批評：文學批評方法新探索》，《外國文學研究》2004 年第 5 期，第 18 頁。

9   ［英］F・R・利維斯著，袁偉譯《偉大的傳統》，北京：三聯書店 2002 年版，第 211 頁。

10 Goldbeerg, S.L. *Agents and Lives: Moral Thinking in Litersture*. Cambridge University Press, 1993, p.63.

第二編

哈代研究

一、哈代的「悲觀主義」問題探索

　　在英國文學史上，一個憂鬱的形象聳立在維多利亞時代和新時代的交界線上，他就是被盧那察爾斯基（Lunacharsky）稱為「悲戚而剛毅的藝術家」和「十分獨特的現實主義者」哈代[1]。

　　托瑪斯・哈代（Thomas Hardy）是十九世紀後半期以狄更斯和薩克雷為代表的英國批判現實主義傳統的傑出繼承人。他敏銳而深刻地觀察了他所處的那個金玉其外、敗絮其中的社會和時代，描寫了資產階級地主英國的舊經濟和舊道德的崩潰，撕破了維多利亞王朝外表體面繁榮的樂觀面紗，揭露了資本主義毀滅農民的罪惡。哈代的作品具有一種歷史文件的性質，它記錄了英國南部殘存的宗法制家長統治的農村毀滅的整個過程，也就是說哈代以藝術的形式，描繪了在資本主義關係侵蝕下英國最後的宗法制社會的結束和農民階級的毀滅。所以，哈代的大部分小說，特別是他的悲劇小說，也就因其這種選材和主題而產生了一種被批評家稱之為「悲觀主義」的感傷情調。

　　哈代自從 1871 年發表小說《無望的補救》（*Desperate Remedies*）以來，特別是他發表悲劇小說《德伯家的苔絲》（*Tess of the D'Urbervilles*）和《無名的裘德》（*Jude the Obscure*）以後，雖然受到過維多利亞保守派的激烈攻擊和很多批評家對他作品中悲觀失望情調的指責，但是人們所注意的，主要還是哈代作品中所描寫的道德、婚姻、宗教等問題。二十世紀初，

英國出現了一些研究哈代作品中哲學思想的專門著作，如海倫・加伍德（Helen Garwood）的《托瑪斯・哈代：叔本華哲學的圖解》（*Thomas Hardy: an illustration of the philosophy of Schopenhauer*）（1911）、格蘭特・理查（Grant Richard）的《托瑪斯・哈代，藝術家、人和命運的信徒》（*Grant Richard's Thomas Hardy: the Artist, the Man and the Disciple of Destiny*）、歐尼斯特・布倫克（Ernest Brennecke）的《哈代的宇宙》（*Thomas Hardy's Universe*）（1924）、阿格尼斯・斯丁貝克（Agnes Steinbach）的《哈代和叔本華》（*Thomas Hardy and Schopenhauer*）（1926）、帕里克・布雷魯克（Patrick BrayBrooke）的《哈代及其哲學》（*Thomas Hardy and His Philosophy*）（1928）等。這時批評家們開始提出了哈代哲學思想中所謂悲觀主義問題。1934 年，英國文藝批評家托・斯・艾略特（T. S. Eliot）發表了《奇怪的眾神之後——最初現代異端》，人們才特別注意到哈代的悲觀主義問題以及哈代關於神和婚姻的觀點。自此以後，哈代的悲觀主義就成了批評界一個通常使用的觀點。這些批評把叔本華的「內在意志」看成是哈代悲觀主義哲學的基礎，把哈代作品中人物的苦難遭遇和無法避免的悲劇性命運，簡單地看成宿命論觀點的表現，並以此來證明哈代的悲觀主義哲學。因而，所謂哈代的悲觀主義問題就成為影響到對他的思想和藝術進行評價的重要問題。

　　哈洛克・愛尼斯曾經指出哈代雖然對哲學有些興趣，但他更感興趣的是藝術，「不管他是不是一個偉大的藝術家，但是他不是一個哲學家。」[2]這個觀點無疑是正確的，因為他把握了哈代作為一個小說家和詩人的本質特徵，即哈代是一位藝術家而不是哲學家，這往往又是一些批評家所忽視的問題。現在，擬就「內在意志」的概念，命運觀、悲劇觀等對所謂哈代的悲觀主義問題進行一些探討。

（一）所謂哈代「內在意志」的概念

　　用「內在意志」這一概念來研究哈代的思想和創作，可以明顯地看出批評家是努力從哲學方面去說明哈代悲觀主義的問題，並以它作為哈代哲學思想的基礎，認為哈代的思想就集中體現在「內在意志」這一概念上。如認為《還鄉》（*The Return of the Native*）、《號兵長》（*The Trumpet Major*）、《德伯家的苔絲》、《無名的裘德》等小說及其詩歌，表現出「以內在意志為基礎的斯多葛式的悲觀主義」。因此，「內在意志」這一概念就成為了研究哈代所謂悲觀主義的關鍵。

　　在西方批評家中間，哈代的「內在意志」一般都被看成是一個形而上學的哲學概念。如 J・W・比奇（J. W. Beach）把「內在意志」理解為「命運」、「機會」或者「偶然事故」的代名詞，認為「內在意志」這個概念不過是哈代利用「形而上學的方便」來表現事物存在的樣式[3]。專門研究哈代哲學思想的阿格尼斯・斯丁貝克也認為，哈代雖然摒棄了「性格」、「機運」、或者「上帝」的術語但是又要尋找表達這些概念的別的名稱，所以最後選擇了事物中非理性無意識的慾望衝動，即「內在意志」的概念[4]。其他如加伍德、布雷魯克、理查等也基本上持同樣觀點。他們把「內在意志」看成是人的非理性無意識的慾望和衝動，看成是無所謂善惡和唯一的宇宙推動力。在他們看來，人的「內在意志」往往和環境發生衝突，人無法控制和掌握「意志」而被它的羈絆拉來拉去，最後導致悲劇。由於意志始終存在，所以悲劇就不可避免。他們認為「內在意志」是哈代哲學思想的基礎，哈代的悲觀主義就植根於這個概念之中，而這個概念又是哈代在

當代哲學思潮特別是叔本華的影響下產生的，所以德國批評家德斯都爾就把哈代和叔本華都看成「內在意志」的先知[5]。也有些批評家把這個概念解釋為一種「法則或規律」，看成是統治和支配人生的精神上的法則；或者把「內在意志」解釋為神的意志，認為哈代作品中苔絲（Tess）和裘德（Jude）的悲劇都是冥冥中由神的意志安排定當的，無論人們怎樣努力和反抗，總逃不脫神的意志的主宰[6]。這兩種觀點雖然變換了認識問題的角度，但同樣沒有從哈代描寫的主題和表現的社會衝突中去尋找解釋，依然沒有得出正確的結論。

實際上，在哈代的小說和詩歌中，「內在意志」一詞並不是批評家們所解釋的那種神祕字眼，而只是一個普通的詞語。它在哈代作品中主要指的是人的意志力，即人在精神上產生的一種力量，其中包含著人的思想、感情、理想、慾望、要求等。它是受人的理智所控制的意志，而不完全是一種生物學的因素。在哈代看來，人的主觀理想、思想感情、慾望衝動等組成人的「內在意志」。就人本身來說，意志是自由的，人要求把自己的意志貫徹到外在世界，使自己的願望、要求、理想得以實現，這時侯，「內在意志」就和所謂的「大意志」即自然和社會環境（哈代統稱為環境）發生尖銳的矛盾衝突。哈代特別強調外在的「意志」對人的「內在意志」的壓抑，這種外在的力最就是時代的社會力量，是時代的倫理、宗教、法律、政治、經濟等方面建立起來的社會秩序。要維護社會秩序就要壓制和破壞人的理想和慾望，限制人的意志自由。哈代看到個人的行動不能實現自己的理想，而自己的理想又不能和社會現有秩序和諧統一，人不能主宰自己和客觀社會，而客觀社會主宰了人，最後毀滅了人。事實上，「內在意志」和環境的衝突就是人和社會的衝突，而這正是哈代小說的基本衝突。

「內在意志」（Immanent will）一般都叫做「意志」，在哈代作品中經常出現，而作為「內在意志」一詞，只是在他 1912 年寫的一首詩中才明顯提到：

啊，這展翅飛翔之物，
是那激勵驅動一切的內在意志，
使它鑄造成形。[7]

在其他作品中，「內在意志」就是意志一詞，它指人的一種主觀內在的精神力量是顯而易見的。比如在描寫拿破崙戰爭的詩劇《列國》（Dynasts）中，拿破崙（Napoleon）於亂軍之中逃入森林，在馬上昏昏入睡，這時年代精靈說：

……這是你的意志，
才使你走到末路。

拿破崙立時驚醒，說：

那是真的，我早已知道，
我被動地服從著這樣一個意志。

這裡所寫的拿破崙的失敗，則是起因於他太強烈的「意志」，即他狂妄的野心，不可克制的慾望，支配著他的情慾，拿破崙知道他稱霸歐洲的

意志不能實現：

> 命運已經注定人所不能決定的事情，
>
> 我要繼續活著，等著上天的吩咐。

　　這就把意志與外部力量的衝突展示出來，使我們覺察出人的意志是受到壓制的。在《德伯家的苔絲》中，人的意志和客觀現實的矛盾衝突更加明顯。苔絲在新婚之夜講了自己過去不幸的遭遇以後，作者寫了克萊（Clare）的意志：「她看出她嫁的這個丈夫，真令人想不到，外表上好像溫柔，心裡頭卻那樣堅定，有一種意志，一定要使粗鄙的感情化為精妙的感情，要使物質化為理想，使肉體化為精神。」克萊的意志是要求真善美的統一，而現實破壞了這種統一，使人的主觀意志不能和客觀現實一致，從而造成苔絲的悲劇。意志在這裡是一種精神上的力量，表現的是人的願望、理想和客觀現實的矛盾。哈代從他發表第一部小說《無望的補救》開始，意志這個概念就不斷在他的作品中出現，而我們對這個概念加以探討的時候，它的確不完全是哲學上那種意思，而有其獨特的含義。

　　哈代對人的「內在意志」的描寫與對人追求理想的描寫是緊密相連的，「內在意志」幻化為人的慾望、要求和理想。一方面，哈代看出普通人不滿現實和對改變自己的命運抱有強烈的願望，並且極力想從受壓迫的社會地位和貧困的經濟環境中解脫出來，哈代認為這種願望就是人的「內在意志」；另一方面，哈代又看見不合理的現實社會是人們實現自己意志的障礙，是造成願望不能實現、理想歸於毀滅的根源。小說《無名的裘德》對此作了深刻的藝術論證。裘德是一個被剝奪了受教育的機會的孤兒，他

的終生理想就是希望自己有朝一日能夠踏進大學之門。在他的一生中，基督寺（即牛津大學）成了他一心嚮往的目標，他渴望受到高等教育，從而擺脫愚昧和貧窮的境地。裘德一生進行了堅韌慘痛的搏鬥，他的意志力一直建立在他崇高的理想之上，並從中汲取強大的力量。他毀滅的悲劇，不能歸咎於他的「內在意志」或者情慾，而只能歸咎於不合理的社會。事實上，哈代通過「內在意志」的概念表現了重大的社會主題。《卡斯特橋市長》（*The Mayor of Casterbridge*）中的亨察爾（Henchard）表現了由於資本主義關係的侵入導致了家長統治的宗法社會的結束，《德伯家的苔絲》旨在說明破產農民在新的社會關係中尋求出路遭受的靈與肉的痛苦，而小說《還鄉》則說明人們對資產階級社會理想的追求只能導致悲慘的結果。因此，哈代借用「內在意志」的概念藝術地說明了人生內心和外在、精神和物質、理想和現實的矛盾，揭示出人們豐富的內心世界，從而喚起人們對殘酷現實社會的譴責，認識人類悲劇的社會根源。

　　應該指出的是，雖然我們很難肯定哈代是否受到過叔本華的哲學的影響，但是哈代的「內在意志」與叔本華的「宇宙意志」有著不同的含義。叔本華把意志看成是我們「永無止境的全部苦難的源泉」，認為「我們越少運用意志，我們就越少苦難」[8]。在他看來，人們追求的是無益的目的，世界上不存在所謂幸福這種東西。因此他的哲學否定了人的願望和要求的正當性，否定了鬥爭的必要性和人存在的價值，是一種反動頹唐的悲觀主義哲學思潮。而在哈代的作品中「內在意志」不在於說明生不如死和憧憬來世幸福，不在於說明人生是一場擺不脫的災難，而在於揭示人的精神面貌和人的理想，揭示主觀世界和客觀世界的衝突，肯定人的願望、要求和理想的合理性。雖然哈代看出勞動人民的悲劇是由於他們不安於自己悲

苦的命運和改變這種命運的企圖，但是他認定他們悲劇的根源在現實社會中，而幸福只能產生於人們不斷的追求和頑強的鬥爭，正因為如此，人們才能從主人公毀滅的人生過程中，看見人生追求美好理想的意義，從悲觀中看見光明，在絕望中看見希望，不墮入悲觀主義的境地。

（二）哈代的命運觀

關於哈代的命運觀問題，蘇聯文學史家阿里克斯特作過論述：哈代「不是從社會矛盾，而是從臨駕宇宙之上並支配它的命運的那種神祕力量，去尋求對生命中悲劇因素的解釋」[9]，在阿里克斯特看來，哈代小說的一切形象體系都是為了證實這樣的觀點：「人們在情勢以及支配情勢的命運前面是軟弱無力的」[10] 因為對哈代主人公們進行迫害的命運有時在他們生活最幸福的關頭突然襲擊他們，使他們的地位發生急劇的變化。阿里克斯特把哈代作品中的命運看成是既不依存於人又不依存於神的一種神祕力量。

阿里克斯特的論述用來說明哈代命運觀中的宿命論方面，無疑是正確的。哈代不是一個唯物主義者，他的人生觀不可避免地帶有宿命論的色彩。在他不能對以人的意志為轉移的客觀規律作出解釋的時候，他的看法是宿命論的。例如，在小說《還鄉》中，游苔莎（Eustacia）本身體現了追求幸福的堅強意志和追求光明生活的熱烈願望，但是命運決定了她不可避免的毀滅，作者認為掌管她命運的是一個模糊不清、巨大無比的世事之王。游苔莎在企圖逃走時說：「老天啊，我對你一丁點兒壞事都沒做過呀，那你想出這麼些刑罰來叫我受，你有多殘忍哪！」這些話說明打擊她的那神祕力量是何等強大，說明在支配人的生活的「命運」的強大權力面前，

人又是多麼軟弱無力。《卡斯特橋市長》中的伐爾伏雷（Farfrae）打算離開卡斯特橋市，然而有人提出要他當市長，他對亨察爾說：「現在你來看，我們本身是怎樣受著上天力量的支配。我們這樣計畫，卻那樣去做。」正如伊莉莎白・傑恩（Elizabeth Jane）所說，人們多麼「驚異那不可知的力量的統治。」由此可見，哈代有時把命運看成是一種超然於人、神之外的不可知的力量。

但是，這只說明了問題的一個方面，還不足以說明哈代的命運觀。就哈代的命運觀來說，一方面，哈代像古希臘的悲劇作家那樣，相信天道是敵視人類的命運，把命運看成一個抽象的概念；另一方面，他的現實主義立場又使他對事物採取客觀的態度，對人的命運作真實的描寫，使他在相信「命運」這個東西的時候，又從客觀社會、自然環境和人本身去探索人的命運，不把命運當成看不見摸不著的東西。《德伯家的苔絲》和《無名的裘德》反映了哈代思想上這種變化。在這兩部小說中，雖然哈代還是同樣地用「命運」去解釋苔絲和裘德的人生悲劇，但是他已經看出他們的命運不是不可解釋的。哈代通過苔絲的悲劇把她毀滅的真正原因從神祕的宇宙中移到了現實世界，指出直接決定這個女子悲慘命運的是她的貧窮、社會上虛偽的倫理道德和不公道的法律制度。裘德的命運也是如此，他有著無限的聰明才智和堅強的毅力，但是他通往理想的道路總是被堵塞著。作者所描寫的不是神祕的命運摧毀了裘德的理想和安排了他毀滅的結局，而是腐朽的教育制度、婚姻制度和道德觀念釀成了他的悲劇。《德伯家的苔絲》和《無名的裘德》明顯地說明了哈代命運觀的進步，他看見人的願望和理想無法同現實協調一致，人民理想中的世界與現實中的世界相差太遠，在庸朽反動的資本主義社會裡，人生道路變化莫側，充滿災難。哈代

不再用神祕主義的觀點看待這些生活現象，而是用講究實際的態度揭露資本主義給人們帶來的危害，描寫普通人和現實社會所作的並非勢均力敵的鬥爭，把普通人在現實社會中的悲慘處境揭示出來。

哈代對命運的看法是不斷發展的，最先他用莎士比亞的悲劇《李爾王》中葛特斯特（Gloucester）的一句話來解釋命運：「對於神們我們就像頑童手中的蒼蠅，他們為了尋歡作樂而殺害我們。」這種句子在《還鄉》中就是游苔莎說的「上天是在怎樣地玩弄游苔莎這個女人呀！」在《德伯家的苔絲》中，哈代的看法就完全改變了：「『典刑』明正了，埃斯庫勒斯所說的那個眾神的主宰對於苔絲的戲弄也完結了。」在這裡，哈代不再把苔絲的命運看成是由不可知的力量決定的，而看成是社會法律的不公道了。也就是說，哈代已經充分認識到人類命運中的現實社會這個客觀因素。同時，哈代引用諾瓦尼斯的格言：「性格就是命運」來說明命運主觀方面的因素，力圖從主客觀兩個方面去認識命運。他把他的一系列小說稱為「環境和性格小說」，就是這個用意，哈代的命運觀點最後基本上從宿命論中解脫出來了，我們看見的命運已不再是罩著神祕外衣的模糊不清的東西了。

隨著哈代世界觀的發展，他對命運問題的探索也逐步深入。這突出地表現在他對裘德命運的看法中。他把裘德同基督寺的大學生相比：「同樣是青年，他不過是個工人，穿的白布褂子，滿身石沫兒，大學生打身邊走過，看都不看一眼。」為什麼他們的命運不同，哈代借裘德之口說出了結論：「進大學的特權沒有份兒。和自己命運相關的是住在市區邊界上的勞苦大眾，而不是那些崔巍的大學建築。」哈代看出階級社會裡不同階級的人有不同的命運，裘德的命運就是勞苦大眾的命運的體現。哈代的這個認

識使他突破了古希臘的命運觀，突破了宿命論的侷限，給命運打上了階級的烙印，從而獲得了新的意義。哈代指出了命運的階級根源，把命運和階級聯繫起來，和一個人的階級地位和經濟地位聯繫起來，使他逐漸認識到「命運」的本質，認識到裘德的命運就在於他是一個無產階級，就在於他處於受壓迫的階級地位和「無產」的經濟地位。而這一點，是哈代以前還沒有明確認識到的。

哈代認識到苔絲、裘德這類人物的悲慘命運完全是在階級社會的一定條件下形成的，因此他特別強調人物頑強的意志，肯定人物要改變和反抗自己不幸命運的積極行為，並認為命運是可以反抗和戰勝的。所以，哈代筆下的悲劇人物都有著堅強的信念和明確的目標，始終在勇敢地同命運搏鬥。雖然他們反抗命運的結果是悲劇性的，但是哈代通過他們證明：命運就在現實世界裡，就在人們自己的身上。正因為如此，命運才不是神祕和不可戰勝的，人們才應該去反抗鬥爭，把命運掌握在自己的手裡。哈代命運觀中重要的一點，就是他揭開了命運的神祕性，指出了形成命運的具體因素，把人們的悲劇性命運同社會的罪惡緊密地聯繫在一起。

（三）哈代的悲劇觀

哈代按照自己的人生觀看待現實生活，從對田園詩般的農村生活的描寫開始，最後逐漸進入到他的最富於悲劇性的題材，描寫勞動人民理想的幻滅和失敗的悲劇。在他稱為「荷蘭派的寫生畫」的小說《綠蔭下》（*Under the Greenwood Tree*）裡，作者用大量篇幅描畫了鄉村的風光和習俗，描寫了英國農民恬靜的生活，把宗法社會理想化，因此透露出一種明快樂觀的情

調。但是這本小說表現的新與舊的衝突，已經預示了威塞克斯人面臨的潛在危險。小說沒有把芳茜‧黛（Fancy Day）和狄克（Dick）的戀愛寫成悲劇，這是作者認為舊秩序還沒有從根本上動搖，古老的生活方式能夠通過芳茜‧黛和狄克的婚姻與新的生活方式協調一致。繼這本小說之後，從《一雙藍眼睛》（A Pair of Blue Eyes）並始，哈代的創作就具有一種悲劇性了，到1878年《還鄉》出版，哈代就真正進入了悲劇性題材的創作階段。

哈代的悲劇小說，主要描寫的是由於資本主義關係的入侵怎樣毀滅了有著古老自然基礎的威塞克斯社會，以及這個社會毀滅後破產的威塞克斯農民在尋求出路中的悲劇。因此，哈代的主要小說基本上都是描寫主人公毀滅的悲劇小說。哈代很少通過理論的著述來闡明自己對悲劇的看法，但是他的一系列悲劇小說，從《一雙藍眼睛》到《無名的裘德》，包括後來創作的詩劇《列國》，反映了哈代對人類悲劇探討的全部過程。我們從哈代的作品中可以看出，哈代最初的悲劇觀點深受希臘悲劇的影響。長篇小說《還鄉》和《卡斯特橋市長》分別代表著哈代的命運悲劇和性格悲劇。《還鄉》不僅在形式上極力模仿希臘悲劇在時間地點和情節上的整一性，而且在對悲劇的理解上，哈代雖然強調游苔莎與威塞克斯社會和環境的衝突，但是在他看來，悲劇的根源不在於人和神，而是在人神之外的命運。因此，個人意志與命運的衝突以及命運的不可克服，就成為《還鄉》的主導思想。《卡斯特橋市長》也貫穿著命運的觀點，據哈代看來，「幸福不過是痛苦戲劇中的偶然插曲」，預先注定的命運是不可避免的。但是哈代在這部小說中強調了人的性格與命運的聯繫，認為亨察爾的悲劇是由於他性格上的缺點引起的錯誤導致的。儘管如此，哈代的悲劇小說依然表現了重大的社會主題，並沒有回到古希臘去。《還鄉》中游苔莎極力想擺脫愛敦

荒原的企圖是由於資產階級社會發生影響的結果，因此游苔莎與愛敦荒原的衝突實際上就是兩種社會的衝突，這種衝突造成那些想擺脫他們過去的地位和環境而又不能加入到新的社會中去的人的悲劇。亨察爾的悲劇更加清楚地表明，由於資本主義關係的發展，家長統治的英國農村的面貌改變了，兩種社會的衝突尖銳到不可調和的程度，鐵面無情的社會規律使同家長統治的社會斬不斷關係的主人公走上了毀滅的道路。因此，哈代在這兩部小說中主要不是描寫人和命運的衝突，而實際上是描寫人和現實社會的衝突。雖然主人公最後毀滅了，但是由於哈代重視自由人的個性和自由意志，強調小說中人物不甘向命運屈服和同命運鬥爭到底的決心，所以小說的格調並不是低沉絕望的。

在《德伯家的苔絲》和《無名的裘德》這兩部小說中，哈代的悲劇觀念又有了新的發展。這兩部小說減少了命運悲劇的色彩，強調的是社會現實對於悲劇的作用。哈代努力從客觀現實世界中去尋找悲劇的根源和解釋悲劇，苔絲和裘德就是他的這種努力產生出來的藝術典型。哈代站在舊的傳統倫理道德的對立面，竭力為苔絲的過失辯護，熱情讚頌她勇於反抗和追求的精神，稱她為「一個純潔的女人」，把她描寫成「美」和「仁愛」的化身。她的一連串不幸和毀滅的結局，完全是由於她的貧困、社會的虛偽道德、不合理的法律制度等造成的，她的悲劇具有深刻的社會意義。裘德的悲劇也是一樣，有人用他的兩句話，即「嗜慾太深」和「不守本份」來解釋他的悲劇，這顯然沒有注意到當時反動的教育制度對這個勤奮好學、才華卓越和志向遠大的青年的迫害。裘德在朦朧中認識到「我們這個社會機器不知哪兒出了毛病」，這才是造成他的悲劇的根本原因。在這兩部小說中，哈代描寫的主題與《還鄉》和《卡斯特橋市長》的主題有所

不同，他描寫的不是威塞克斯社會的悲劇和農民階級的毀滅，而描寫的是威塞克斯農民在他們原來生活的那個社會毀滅後尋求新的出路過程中的悲慘命運。苔絲和裘德代表著威塞克斯社會被資本主義佔領後破產的農民階級。他們賴以生存的生活資料喪失了，發生了向無產階級的轉化。他們熱烈地追求，英勇地鬥爭，極力想擺脫受壓迫和受剝削的地位，擺脫貧困的處境，但是他們經過一場人生搏鬥以後被資產階級的社會毀滅了。哈代明確指出他們的悲劇不是命運在起作用，不合理的現實社會才是造成他們悲劇的真正原因。所以，哈代從命運悲劇發展到了社會悲劇，從而揭示資本主義社會裡種種悲劇性現象，描寫美被醜玷污，真被假欺騙，善被惡毀滅，如苔絲；又描寫合理的追求被不合理的社會制度壓制，有才華的人物被腐朽的社會扼殺，應該實現的理想卻是毀滅的結局，如裘德。哈代在揭示苔絲和裘德的悲劇性命運時，特別廣泛鮮明地提出了倫理、道德、宗教、法律、婚姻、人與人的關係等重大社會問題，站在人道主義的立場上，暴露資本主義社會的醜惡，利用主人公的死亡追究社會不可推卸的責任。

在哈代的悲劇小說裡，悲劇衝突一般都是由兩對矛盾構成的：一是外部衝突，即悲劇人物為了實現自己的要求同社會環境或敵對的社會力量的鬥爭，如倫理道德、宗教習俗、社會法律、貧困、疾病等；一是內心衝突，即由客觀的社會矛盾引起的人物內心世界的矛盾衝突，如對愛情的追求，對幸福的嚮往，受虛榮的引誘，性格的偏執等。這兩對矛盾相互作用，互相依存，構成悲劇的統一體，推動事件的發展，決定人物的命運。哈代認為客觀的社會環境是造成人物悲劇的決定性因素。在哈代看來，處於亨察爾、游苔莎、苔絲和裘德那種環境的人是避免不了毀滅的，他們的毀滅之所以是悲劇，又在於他們毀滅的必然性。那些用宿命論解釋哈代悲劇人物

毀滅的必然性的批評家，就在於他們沒有看到必不可免的毀滅是悲劇本質的一部分。普列漢諾夫曾經指出：「一般地說，真正的悲劇，是由於有限的、多少有點片面的必然性，以一種像自然規律起作用的歷史運動的盲目力量，由個人的自覺意向的衝突所促成的。」[11] 在哈代的悲劇小說中，悲劇人物的毀滅的必然性又是通過偶然性起作用的，他筆下的悲劇人物往往由於一連串的偶然巧合引起事件的突變，形成悲劇。就哈代作品中的悲劇性質來說，不是為了描寫苦難和痛苦，失敗和死亡，而是在於揭示必然性，悲劇的偶然性則在於說明人物的悲劇是由於偶然，並說明悲劇是可以避免和反抗的。

　　至於那些指責哈代筆下的人物悲觀絕望的人，他們的批評僅僅只是建立在悲劇死亡的結局上，只看到悲劇人物毀滅的一面，而沒有注意到哈代描寫的是悲劇。所以，他們不能從悲劇的本質特徵去考察哈代的思想，而只能從失敗、毀滅的現象和死亡的結局中去解釋哈代的思想，要麼把他看成一個宿命論者，要麼把他看成一個意志論者，並以此證明哈代所持的是悲觀主義的人生觀。這種看法是違背悲劇的本質特徵的。從我們對哈代的悲劇小說的分析可以看出，他的悲劇小說是真正的悲劇，具有強烈的悲劇性。雖然主人公最後毀滅了，但是他們卻迸發出一種與命運抗爭的戰鬥熱情和進取精神，具有很高的思想性和藝術感染力。他的小說中主人公的死亡結局實際上是對腐朽的社會予以控訴，從而激發人民去反抗鬥爭。由此可見，把哈代說成為悲觀主義者是沒有道理的。

　　哈代是一位偉大的批判現實主義作家，他把揭露、批判和向人民提出奮鬥號召，看成是自己崇高的使命，他不用成篇累牘、枯操乏味的說教去做生活的導師，而是運用藝術形象給全人類的命運作出結論，勇敢地

承認那個瘋狂的時代前途無望，同時又指明未來的道路。用盧那察爾斯基的話來說，就是哈代敢於全盤說出：「資產階級世界每個沒有找到唯一真正的實際結論的出路的人所該說的話，這條出路就是走向擁有遍地陽光的無限前途的勝利者階級、無產階級。」[12] 所以我們可以說，把悲觀主義一詞用到他的身上是不適當的，更不應該隨便給他的作品貼上「悲觀主義」的標籤。

哈代從來都不承認他是悲觀主義者，他在同英國戲劇理論家威廉·阿切爾（William Archer）的談話中有一段很好的說明：「人們稱我是一個悲觀主義者；如果像索福克勒斯那樣，以為『沒有降生為最幸福』就是悲觀主義的話，那麼我不拒絕這一稱號。我從來都明白悲觀主義這幾個字應當為許多大人先生們所不齒；我完全相信近來文學中有許多大言不漸的樂觀主義者是怯懦和虛偽的。」「但是我的悲觀主義，假若它是悲觀主義的話，那麼它並不包括世界將要毀滅，阿里曼將要徹底統治世界的假設，我實際上的哲學在本質上很清楚是社會向善論的。」哈代明確聲明他不悲觀厭世，不把世界看得絕望，他的作品是與假樂觀主義相對立的，哈代把那些顛倒黑白的假樂觀主義稱之為「變戲法」，聲言自己的作品「與社會習俗相反」，毫不留情地揭露了社會的潰瘍。他在一九二二年出版的《抒情詩集》（*Late Lyrics and Earlier*）的序言中，說：「他寫詩不是為了滿足社會的好惡習慣不是為了謳歌社會的偶像」，他用自己的詩句表明態度時說：「假若有一條通往改善的道路，那就需要徹底考察醜惡」[13]。此話後來常被思想家羅素和文學家肖伯納（George Bernard Shaw）、華理士（Wallis）引用。按照哈代自己的解釋，「這就是說，要著眼於好的結局去探索現實，獲得明確的認識。」[14] 這就是他的社會向善論。但是這話也曾被人看成了悲觀主義的證據，當作「某種有害的新東西」而加以譴責。哈代在最後的詩集《冬日

詩話》（*Winter Words*）序中，說有人把他的詩集《眾生像》（*Human Shows*）「全部看成是憂鬱的和悲觀主義的」，預示以此「作為一種標籤，會永遠不變地貼到他的詩集上。」故他鄭重宣佈，他的哲學沒有調和的企圖。福洛倫絲・哈代（Florence Emily Hardy）在《哈代後傳》（*The Later Years of Thomas Hardy*）中也說哈代多次反對「討厭的批評家」把他誹謗為「新教教徒，不可知論者，無神論者，不信宗教者，悲觀主義者，不道德的人」以及其他與之相等的咒罵。可見哈代深信自己在作品中所表明的人生態度，不承認對他所作的悲觀主義評價。

其實，真正指責哈代是悲觀主義的，是那些盲目的所謂樂觀主義者。他們抱著維多利亞王朝的幻想不放，把這個表面繁榮的時代稱之為「維多利亞鼎盛時代」，把這個社會的道德教條說成是「神聖不可侵犯的」。而哈代卻完全相反，認為這個時代已經是窮途末路，人們的理想和現實之間的劇烈衝突無法克服，人們不僅不可能實現自己的理想，而且是必然的失敗和毀滅，從而證明社會的腐朽和反動。哈代的這種看法，在統治階級看來，既違反了資產階級的傳統信念，也破壞了文壇上傳統的樂觀情調。所以，使他戴上悲觀主義的帽子，其原因就在此。

哈代世界觀的重要特徵是他不相信他的前輩對社會所抱的幻想，不相信他們對生活矛盾提出的調解和緩和的辦法，也不相信按照傳統精神建立起來的現有社會秩序。他用否定的眼光去看待現實，對現實不抱任何幻想。他的目的是揭露黑暗，不是改良社會。因此哈代不像狄更斯在《雙城記》（*A Tale of Two Cities*）中那樣要求人們發揚人道精神，融化階級矛盾，化恨為愛，化敵為友，而是堅持弱小者和強大者、被壓迫者與壓迫者之間的尖銳對立，強調前者毀滅的必然性。所以，他描寫的苔絲就不像狄氏筆

下的路茜（Lucie），經過痛苦的磨難還能得到愛情的慰藉，相反，哈代不顧讀者的傳統心理，在主人公飽受痛苦之後，又讓她帶著失望死去。這正是哈代作品的獨特的悲劇性效果，在人們被樂觀的煙霧迷住了的時候，的確是一副發人深省的藥劑。

對於哈代不同現實調和的態度，英國詩人沃特森（Watson）曾經指出：哈代「自己不提出補救的辦法，不建議逃避的道路，因為他的職業不是去當社會治療學的騙人郎中。他的目的在於讓他的讀者懷疑、思考和憐憫；看來他感到絕望的是對他用那種使人不安的力量描寫的問題和用活生生的生活說明的問題，沒有任何滿意的解決辦法。」哈代不把理想當現實，不願在醜惡的世界中去虛構理想的社會，不願為資本主義唱改良的頌歌，而是向人民指出：現實社會就是黑暗和絕望，悲哀和痛苦，災難和悲劇。他的責任就是把這些人們不敢說而又害怕的東西真實地描寫出來，不加任何歪曲和篡改。

哈代是憂鬱的，但不是絕望的；他的作品有一種灰色的情調，但不墮入悲觀主義；他的作品在維多利亞王朝崩潰時期的灰色背景上，是協調的。在他的作品中，我們能強烈地感受到他的愛和恨、憤怒和抗議、同情和悲傷、信心和意志。但是哈代畢竟是資產階級陣營中一個非常誠實的抗議者，有其階級和歷史的侷限性。他的世界觀有民主進步的一面，又有保守落後的一面。因而他雖然對他所描寫的悲劇人物十分同情和熱愛，塑造了人民群眾的藝術典型，但是他只能揭示他們的悲劇性命運，而不可能指出解決社會問題的正確道路。但這是我們不可苛求於他的。

（原文載《華中師院學報》1982 年第 2 期）

注釋

1　　［俄］盧那察爾斯基著，蔣路譯：《論文學》，北京：人民文學出版社 1983 年版，第 465 頁。

2　　Pierre D'Exideuil. *The Human Pair in the works of Thomas Hardy*. New York: Kennikat Pr, 1970, P.14.

3　　J. W. Beach, OP. cit. P.511, P.628.

4　　Agnes Steinbaek. *Thomas Hardy and Schopenhauer*. P.434-474.

5　　楊周翰主編：《歐洲文學史》（下冊），北京：人民文學出版社 1985 年版，第 298 頁。

6　　Pierre D'Exideuil. *The Human Pair in the works of Thomas Hardy*. New York: Kennikat Pr, P.41.

7　　Thomas Hardy. *Collected Poems of Tomas Hardy*. Ware: Wordsworth Editions Ltd, 1998, P.7.

8　　參見 A Student's History of philosophy, by Arthur Kenyon Rogers. New York: the Macmillan Company, 1932, P.428.

9　　［俄］阿尼克斯特著，戴餾嶺等譯：《英國文學史綱》，北京：人民文學出版社 1959 年版，第 486 頁。

10　［俄］阿尼克斯特著，戴餾嶺等譯：《英國文學史綱》，北京：人民文學出版社 1959 年版，第 486 頁。

11　［俄］普列漢諾夫著：《車爾尼雪夫斯基的美學理論》，《文藝理論譯叢》1958 年第 1 期，第 130 頁。

12　［俄］盧那察爾斯基著，蔣路譯：《論文學》，北京：人民文學出版社 1983 年版，第 468 頁。

13　Thomas Hardy. *Collected Poems of Tomas Hardy*. Ware: Wordsworth Editions Ltd, 1998, P.288.

14　Thomas Hardy. *Collected Poems of Tomas Hardy*. Ware: Wordsworth Editions Ltd, 1998, P.528.

二、苔絲命運的典型性和社會性質

　　《德伯家的苔絲》（*Tess of the D'Urbervilles*）描寫的是農民的女兒苔絲‧德北（Tess Durbeyfield）被亞雷‧德伯（Alec D'Urberville）誘姦後的悲劇性命運。這部小說被看成是哈代最優秀的作品，當時英國的批評家威廉‧夏普（William Sharpe）說：「沒有男人和婦女讀了《德伯家的苔絲》而不同情的，因此也沒有人讀了這部小說而不具有寬宏大量的心靈和大慈大悲的精神」，因此他認為這部小說不僅要看成哈代最偉大的小說，而且也要看成是英國文學史上最偉大的小說之一[1]。

　　《德伯家的苔絲》裡的女主人公苔絲是哈代塑造的最優秀的女性形象。在哈代描繪的女性形象的畫廊裡，她是一個與朵蓀‧姚伯（Clindamycin Yeobright）和馬蒂‧索斯（Mattie Sause）不同的被作者理想化了的藝術典型。在《還鄉》（*the Return of the Native*）和《林地居民》（*Woodlanders*）中，雖然朵蓀（Clindamycin）和馬蒂（Mattie）被作者理想化了，但是她們基本上還是屬於傳統意義上的女性，而苔絲卻是一個被理想化了的現代女性。在哈代的理想世界中，苔絲是美的象徵和愛的化身，代表著威塞克斯人的一切優秀的方面：美麗、純潔、善良、質樸、仁愛和容忍。她敢於自我犧牲，勇於自我反抗和對生活抱有美好的願望。她所特有的感情就是對人的愛和信任，女性的溫柔和勇敢的性格在她身上融成了一片。在苔絲這

個形象身上，哈代塑造的大多數女性人物所具有的任性和不穩定的性格消失了，也看不到游苔莎（Eustacia）和淑・布里赫德（Sue Bridehead）對待愛情的那種利己主義態度。她和哈代其他的女性形象相比更熱情、更具有女性美和青春的活力。她有美麗的女人氣質，堅強的意志和熱烈的感情，同時也有威塞克斯人的正直忠實和自然純樸。她不像愛絲爾伯達（Ethelberta）那樣希望借助婚姻來實現追求虛榮的願望，而是立足於自尊去追求自由。在她到冒牌本家亞雷・德伯那兒尋求幫助的時候，她的目的是想通過自己的工作來解決家庭的困難。她一發現自己上當受騙，就堅決離開了亞雷・德伯，並不像喬治・艾略特（George Eliot）筆下的海蒂・沙勒爾（Hetty Sorrel）那樣，由於道德上的考慮最後堅持嫁給引誘她的人。苔絲的靈魂是純潔的，道德是高尚的，但是在資產階級的道德面前，她卻被看成傷風敗俗的典型，奉為警戒淫蕩的榜樣，受到殘酷無情的迫害。她本是受害的人，可是在陳腐無聊的世俗偏見中卻被看成是一個姦淫罪人，是侵犯了清白領域的「罪惡化身」。哈代的觀點和社會偏見尖銳對立，他通過苔絲這個形象對當時虛偽的道德標準嚴加抨擊。哈代堅持道德的純潔在於心靈的純潔，不在於一時的過錯，因此苔絲是「一個純潔的女人」。社會則堅持傳統的習俗，認為一時的過錯就是不可挽救的墮落，苔絲是一個犯了姦淫罪的罪人。苔絲認為世界上沒有完人。人的完美體現在對人生的理解、對生活的熱愛、感情的豐富和忠實的愛情之中，只有從這樣的完美中才能產生出純潔來。苔絲嚴厲批評了克萊（Clare）代表的資產階級的倫理道德，指出它已經成為人們精神上的枷鎖。這種「過去宗教時代的基督教的封建主義的道德」[2]，它充滿世俗的偏見，用苔絲的話說，是一種「毫無自然基礎的社會習俗」。然而正是這種民族風俗習慣結晶的倫理道德，

它像黑格爾（Hegel）說的那樣，具有神聖的性質，是「不成文法律」，被認作永遠正當的東西。苔絲就是這種世俗謬見的犧牲品。哈代通過苔絲的悲慘遭遇無情揭示出這種倫理道德的偽善及其劣根性，把它的殘酷內容暴露出來，證明它的宗教和封建的性質。

苔絲是美麗高尚和純潔的，卻偏偏要遭到不可避免的毀滅。苔絲的命運為什麼不可避免呢？是什麼因素決定苔絲的命運呢？利昂‧沃爾多夫（Leon Waldoff）指出哈代運用了三種決定論的形式，一種是苔絲的遺傳性，一種是自然法則，一種是預兆。沃爾多夫並不同意這三種決定論形式。他列舉出一系列決定性因素，如苔絲身上的德伯家族的血統，容易動情的天性，易於服從的性格，不幸的環境，無法預料的災禍等，但是他認為這都不是起決定作用的。沃爾多夫提出自己的觀點，認為決定苔絲命運的因素是心理的，就是所謂的「心理決定論」。他認為苔絲的命運是由於男人在感官和精神上對待女人的互相矛盾的態度，苔絲就是這種態度的犧牲品。沃爾多夫指出苔絲的命運決定於克萊戀愛的心理基礎，克萊在見到之前，他已經在心裡把他的戀愛對象理想化了。實際上，他是在和自己構想出來的精神上的苔絲形象戀愛，這個形象就是純潔和童貞[3]。他理想中的苔絲和現實中的苔絲發生尖銳衝突的時候，克萊的心理因素就成為唯一決定苔絲命運的因素，使苔絲成了殺人犯。沃爾多夫運用弗洛伊德（Sigmund Freud）的心理分析學去解釋苔絲的命運，但是他的觀點除了有助於我們從心理的角度去認識安機‧克萊（Angel Clare）以外，並沒有說明苔絲為什麼毀滅的問題。

實際上，苔絲的命運是由歷史決定的。十九世紀下半葉，隨著資本主義經營農業的迅速發展，威塞克斯這個英國最後的宗法制社會，已經到了

它最後的悲劇階段。這個階段最重要的特徵就是農民由於經濟結構的改變而引起的經濟上的徹底崩潰，那些自食其力的佔有少量土地和生產工具的農民，都不得不隨之破產。作為農民階級代表的苔絲，她的毀滅就是這個歷史過程發揮作用的象徵。她家中唯一的老馬被撞死後引起的家中經濟生活的改變，說明農民階級已經不能在他們原來的經濟基礎上生存下去了。我們在小說中可以清楚地看到，真正使苔絲無路可走的是她的窮困。如果說苔絲背後有一種什麼力量的話，那就是馬克思早已論述過的經濟基礎的力量。盧那察爾斯基（Lunachaersky）指出，哈代「非常敏銳地觀察了小土地所有者和自耕農生活陰森滲淡的解體過程，他根據這些觀察作出了極其廣泛的概括，而且體現出一種堅定的世界觀」[4]。苔絲就是哈代通過觀察概括出來的藝術典型，她毀滅的命運不可避免，是因為她賴以生存的那塊土地已經完全被資本主義佔領，農民階級已經最後毀滅。這就是歷史的進程，就是苔絲命運的主宰。

　　苔絲的毀滅代表著破產後的威塞克斯農民階級的悲慘命運，她的歷史反映出威塞克斯農民階級在尋求出路過程中遭到的各種各樣的災難。在這部小說中，哈代第一次明確描寫了在威塞克斯農村新出現的占統治地位的資本主義生產關係和農民轉變為工人的問題。苔絲到所謂的本家亞雷·德伯那裡尋求幫助，企圖解決完全破產的經濟問題，這說明農民已經不能在小生產的基礎上生存下去了。而苔絲到亞雷家養雞則象徵性地說明了亞雷與苔絲之間的雇傭關係，因為從這個時候起，苔絲就從田園般的生活開始進入到無產階級勞動者的生活，逐漸變成了靠出賣勞動力掙工資的工人。苔絲後來到牛奶場當擠奶女工，如果說這個牛奶場還同宗法式的自然基礎保持著聯繫的話，那麼稜窟槐農場則是一個完全同舊的經濟關係絕緣的地

方。這個農場是現代資產階級對農村佔領的體現，傳統的經營方式已經完全由資產階級的經營方式代替了。苔絲在這兒一無所有，成為無產階級隊伍中的一員。為了獲得微薄的工資收入，苔絲必須忍受殘酷的壓迫和剝削，在極其艱苦和惡劣的環境中工作。農場的資本主義生產帶來了大機器生產，使工人不得不同機器競賽，這就把工人帶進到一個更加悲慘的境地。在這部小說中，資產階級文明的殘酷和野蠻通過機器得到象徵性的反映，因此凱特爾（Kettle）特別強調小說中脫粒的場面「是新的資產階級農場的生產關係失去了人性的象徵」[5]。

哈代在描寫資產階級生產關係特點的時候，並沒有停留在苔絲到亞雷家養雞、到牛奶場做工或到稜窟槐種地這些表面現象上，而是通過這些現象強調苔絲的命運與資產階級關係的聯繫。同時，作者充分看到了苔絲命運的典型性和社會性質，把苔絲的毀滅和資產階級的社會制度聯繫起來。小說最後十六個警察逮捕苔絲就是資產階級不合理的社會制度發揮作用的象徵。約翰·巴特勒（John Butler）提到過這一點：「在這裡，以十六個警察的形式代表的社會來干涉和主張報復了，在社會看來，苔絲是一個不可救藥的不純潔的人，是一個淫婦和殺人犯」[6]。哈代在小說結尾總結苔絲的歷史時也寫道：「『典刑』明正了，埃斯庫勒斯（Aeschylus）所說的那個眾神的主宰對於苔絲的戲弄也完結了」。這句明白譴責社會的句子常常被批評家誤解了，他們把這句話同希臘悲劇聯繫起來，認為這是哈代「想激發一種悲劇意識」，「使我們認識威塞克斯農民固有的宿命論氣質」[7]。實際上，哈代在這句話裡使用了「雙關」和「隱喻」。"Justice" was done（「典刑」明正了）這句話中的 Justice 作者冠以引號，其用意就在於一詞雙關（justice 即公道），看起來指典刑，實際上是指資產階級法律的不公道。眾神的主

宰（President of Immortals）也是整個資產階級的形象化的比喻，代表反動的資產階級的統治者。這句話的目的在於說明反動社會對苔絲的殘酷迫害。哈代小說結尾這句話的本意在當時瞞過了資產階級的衛道士們，僅僅被他們指責為「不敬神的字樣」。當我們把小說開頭苔絲說的「有毛病的世界」和她的結局聯繫起來的時候，是不難看出哈代對反動社會的批判深度的。

　　卡爾・韋伯（Carl J. Weber）曾經指出：「苔絲是一個激動人心的人物。她像馬蒂・索斯（Marty South）一樣，堅定、忠誠、謙卑和勇敢，她有一種可以熔化除了安機・克萊以外任何人心的感情火焰，有一種在災難面前表現出來的剛毅，有一種為別人自我犧牲的獻身精神，沒有經常在哈代的女性人物中可以看到的虛榮和欺詐，這一切使她成為所有威塞克斯小說中最優秀的女性」[8]。苔絲是一個具有悲劇力量的人物，哈代清楚地揭示出造成她的悲劇的社會根源，明白指出苔絲是被資產階級的制度毀滅的。哈代把一個被侮辱的農村姑娘的故事提高到悲劇的領域，因此這本小說「不僅是被侮辱的苔絲・德北的故事，而且也是被侮辱和受苦難的人們的故事」[9]。所以，苔絲毀滅的意義就沒有簡單地停留在個人反抗上，而具有了為廣大勞動人民要求人權和對整個資本主義進行揭露控訴的力量。

　　哈代在這部小說中對資產階級的揭露和批判達到了新的深度和廣度，這種深度和廣度通過小說中另外兩個男性人物安機・克萊和亞雷・德伯得到進一步加強，也鮮明地告訴了我們決定苔絲命運的社會力量。

　　安機・克萊是一個自由資產階級知識份子的典型形象。

　　他是愛姆寺一個低教派牧師的兒子，受到現代哲學思想的影響，不願接受父親為自己選擇的職業去當牧師「為上帝服務」，而決心以務農為業，「替人類服務、增光。」他把求知的自由看得比「豐衣足食還貴重」，厭惡

現代的城市生活，蔑視社會的習俗和禮法，跑到鄉下學習農業技術。他的這種思想是一種資產階級自由思想家的思想，因此在當時英國的歷史條件下，他代表了進步資產階級要求改變現有秩序和追求自由的願望，具有一定的進步意義。

但是，安機‧克萊始終沒有跳出他所反抗的舊的道德觀念的藩籬和擺脫他所鄙視的階級偏見的束縛。這突出地表現在他對待苔絲的愛情上。在他不知道苔絲過去的時候，他把苔絲看成是「從全體婦女裡提煉出來的典型儀容」，當苔絲對他講述了自己不幸的遭遇以後，克萊就暴露出資產階級知識份子的軟弱性和偏限性。他斥責苔絲是個「鄉下女人，不懂得什麼叫體面，從來就沒有明白過世事人情」，殘酷無情的遺棄了苔絲。克萊是「一個缺少同情和容忍的理性主義的懷疑論者」，他「由於他的偏見而不能認識面前的現實，即苔絲本質上的純潔和清白，反而使自己被毫無用處的概念所控制」[10]，最終又重新陷入資產階級虛偽道德的泥坑。作者強烈抨擊了克萊的道德偏見，在書中指出：「這位青年，本來有先進的思想，善良的用意，是最近二十五年以來這個時代裡出產的典型人物。但是雖然他極力想以獨立的見解判斷事物，而一旦事出非常，他卻不知不覺地還是信從小時候所受的教訓，還是成見習俗的奴隸」。作者認為克萊所以採取了那種謬誤的態度，只是受到一般原則性的影響，而沒有看見特殊的情況。哈代指出：批評一個人人格的好壞，不但得看這個人已作過的事，還得看他的目的和衝動。好壞的真正依據，不是已成事實的行動，而是未成事實的意向。苔絲的屈服是因為遭受強暴，童貞的喪失是由於受人欺騙，因此，苔絲是清白無辜的。作者在這裡所堅持的觀點，不僅是對苔絲的純潔所作的辯護和對克萊的錯誤觀念的批判，而且也是作者所堅持的道德標準。

　　克萊對苔絲的態度是資產階級自由思想家的思想發生矛盾的體現，說明了他們理想的空幻性質。克萊思想的矛盾性表現為他對待苔絲的矛盾態度。作者指出他的愛輕靈得太過分，空想到了不切實際的程度。在他見到苔絲之前，他已經在心中把苔絲理想化了。沃爾多夫指出，他對「童貞的強烈希求實際上變成了一種要求」，這種要求就是絕對的完美和絕對的善。皮埃爾・德斯都爾（Pierre D'Exideuil）也說：「克萊愛的是一種理想化了的抽象概念，而不是一個女人」。認為「他沒有看見他拋棄的感情的寶貴」[11]。苔絲自己也看出她嫁的這個丈夫，外表上那樣溫柔，心裡頭卻那樣堅定，他有一種意志，一定要把粗鄙的感情化為精妙的感情，把有形的實體化為無形的想像，把肉慾化為性靈。克萊抱住自己的理想不放，在苔絲講完了自己不幸的過去以後，他才猛然從空幻中回到了現實。他雖然也有著和苔絲一樣的錯誤，但是世俗偏見還是使他拋棄了苔絲。實際上，「安機・克萊是一個空談理論的理想主義者」[12]。他對待苔絲的態度具有廣泛的代表性，即「男性對女性純潔的要求以及對兩性問題使用的雙重標準，都是十九世紀社會生活的基本特徵」[13]。

　　克萊的思想多偏重於幻想，而很少植根於現實，他的靈與肉的矛盾是當時英國資產階級知識份子在歷史的漩渦中尋找出路的反映。一方面，克萊對資產階級的現實不滿，他不顧世俗的精神使他不娶大戶人家的女兒，而寧願娶鄉下小戶人家的女兒。雖然苔絲是一個鄉下女子，但他認為她的生活「更豐富、更偉大、更變幻神奇」。他的這種思想是他的人道主義精神的表現，是他進步的一面。另一方面，他愛苔絲是因為苔絲的天賦麗質，他以為不娶有身份、有財產和通達世務的女人，就「不但可以得到一個天然美麗的女人，也一定可以得到一個樸素純潔的女人了」。這是他從空

幻理想中產生出來的利己主義原則。克萊把苔絲看成童貞、純潔和完美的化身，對現實中的苔絲採取不相容的態度，這是他脫離實際陷入幻想的一面。所以，克萊具有資產階級的兩面性。他企圖從階級束縛中掙脫出來，在現實中尋找一條出路，這使他變成了一個資產階級的自由思想家和人道主義者。但是當現實與理想發生矛盾衝突的時候，他就不知道他對待苔絲的態度是一種自以為是的理想化了的態度，又倒退到傳統的道德原則中去了。這樣，「思想解放的安機‧克萊不僅是一個道學先生和偽善者，而且也是一個勢利小人」[14]。

　　如果說，哈代塑造安機‧克萊是為了批判資產階級虛偽的道德，那麼哈代塑造亞雷‧德伯則是為了揭露宗教的偽善。亞雷‧德伯是依靠商業發財致富的資產者和暴發戶。他沉溺於聲色犬馬，利用苔絲的窮困和缺乏社會經驗，設下圈套引誘她。哈代通過亞雷皈依宗教的一段插曲淋漓盡致地揭露了他的醜惡靈魂。苔絲再次和他相遇的時候，亞雷居然是一個道袍加身的牧師了。他污辱了天真純潔和缺乏保護的苔絲，卻沒有受到懲罰，相反苔絲成了罪犯。具有諷刺意味的是，亞雷還要受害的苔絲發誓不去引誘他，他這種把責任推到苔絲身上的可恥行徑，就植根於《聖經》中亞當被誘偷吃禁果的神話。亞雷賭咒發誓地自稱知道了善惡，斷了邪念，表示要善渡眾生，挽救被他欺騙的苔絲。苔絲用自己痛苦的經歷，揭露了充滿淫慾邪念和披著宗教外衣的亞雷‧德伯，譴責他拿她那樣的人開心作樂，占盡天下便宜，寡廉鮮恥，還用手套打了他的臉。這時亞雷惱羞成怒，完全撕去了宗教的外衣，從花言巧語變成了粗暴的威脅，說：「你以前沒有逃出我的手心去，你這回還是逃不出我的手心裡，你只要作太太，你就得作我的太太」。亞雷表現出來的不僅是他個人醜惡靈魂的特徵，而且在更大

程度上體現的是整個資產階級的面貌。

　　哈代把亞雷道德的偽善和他宗教的偽善聯繫起來，這就暴露出資產階級的宗教的本質。在資本主義社會裡，宗教只是反動統治階級用以麻醉、欺騙和愚弄勞動人民的工具。馬克思指出：「基督教的社會原則認為壓迫者對待被壓迫者的各種卑鄙齷齪的行為，不是對生就的罪惡和其他罪惡的公正懲罰，就是無限英明的上帝對人民贖罪的考驗」，「帶有假仁假義的烙印」[15]。作者把亞雷作為宗教的體現者，其目的在於說明苔絲的毀滅與宗教的聯繫，證明基督教在農民階級毀滅過程中所起的煽動者和幫兇的作用。

　　亞雷‧德伯是維多利亞情節劇中的反面丑角式的人物，他紅嘴唇、鬍子尖兒向上撅著，對苔絲說著「啊，我的美人兒……」。他是一個肉慾主義者，態度完全與克萊相反，僅僅把苔絲看成滿足自己情慾的對象。我們從他的卑鄙行為和嗜慾成性的本質可以看出資產階級已腐朽透頂。哈代對他嚴加審判，揭露他的可恥罪行，剖析他的醜惡靈魂。亞雷的結局表明，哈代對他採取了嚴峻的態度，絕不容許這種人在愛、善和美的面前存在。

　　　　　　　　　　　　　（原文載於《外國文學研究》1982 年第 2 期）

注釋

1　Weber, Carl J. *Hardy of Wessex*. New York: Columbia University Press, 1940, p.133.

2　恩格斯：《反杜林論》,《馬克思恩格斯選集》第 1 卷第 132 頁。

3　Waldoff, Leon. "Psychological Determinism in Tess of the Derbervilles", in *Critical Approaches to the Fiction of Thomas Hardy*. ed. Dale Kramer. 北京：外文出版社，1979，p.143-144.

4　[蘇]盧那察爾斯基著，蔣路譯：《論文學》，北京：人民文學出版社 1978 年版，第 465 頁。

5　Kettle, Arold. *An Introduction to the English Novel - Volume Two: Henry James to the Present*. London: Hutchinson, 1953, p.61.

6　Butler, John. *Thomas Hardy*. London: Cambridge University Press, 1978, p.108.

7　Butler, John. *Thomas Hardy*. London: Cambridge University Press, 1978, p.107.

8　Weber, Carl J. *Hardy of Wessex*. New York: Columbia University Press, 1940, p.134.

9　Carpenter, Richard. *Thomas Hardy*. New York: St. Martin's Press, 1964, p.138.

10　Carpenter, Richard. *Thomas Hardy*. New York: St. Martin's Press, 1964, p.131.

11　D'Exideuil, Pierre. *The Human Pair in the Works of Thomas Hardy*. London: Humphrey Toulmin, 1930, p.133.

12　Cecil, David. *Hardy, the Novelist*. London: Constable, 1942, p.168.

13　Waldoff, Leon. "Psychological Determinism in Tess of the Derbervilles", in *Critical Approaches to the Fiction of Thomas Hardy*. ed. Dale Kramer. 北京：外文出版社，1979，p.l52.

14　Kettle, Arold. *An Introduction to the English Novel - Volume Two: Henry James to the Present*. London: Hutchinson, 1953, p.51.

15　馬克思：《「萊茵觀察家」的共產主義》,《馬克思、恩格斯選集》，第 4 卷第 218 頁

三、哈代的現實主義和悲劇思想

　　1870 年，被盧那察爾斯基（Lunachaersky）稱為「英國文學中的神明」[1]
的作家狄更斯（Dickens）逝世後，英國十九世紀批判現實主義文學的最後
三十年，是由優秀的小說家和詩人托瑪斯・哈代為代表的。哈代把他的藝
術視野凝聚在小說中被稱為「威塞克斯」的地區，描寫在現代資產階級文
明的侵蝕下，這個保持著古老秩序的宗法社會怎樣從穩定到動亂、從繁榮
到衰亡的歷史，揭示農民階級的理想和追求、痛苦和災難。哈代以他現實
主義的敏感性，深刻觀察了威塞克斯社會發展的全部過程，用生動的藝術
形象書寫了一部英國宗法制農村社會的悲劇性歷史。因此，盧那察爾斯基
稱他「是一位描述各國屢次發生過的、穩定的私有者階層衰落現象的優秀
編年史家」，是「描述普遍的重要歷史現象的藝術家」，是「一個十分獨特
的現實主義者。」[2]

　　哈代的現實主義首先在於他對藝術深刻性有著獨到的理解。他在《怎
樣讀小說才有益》（The Profitable Reading of Fiction）中說：「我們必須記住，
不管現實主義的要求如何，最好的小說，像別種形式中藝術的最高表現一
樣，比歷史和自然更真實」。[3]哈代反對機械模仿或客觀臨摹的創作主張，
堅持藝術要忠於現實高於現實，為自己修建了一條通往現實主義的正確
道路。

　　一切優秀的現實主義者的創作實踐證明，藝術的真實來源於對生活的深入觀察和正確理解。只有植根於現實生活的藝術才具有強大的生命力，作家應該深入人民，體驗生活，認識生活，從日常生活中獲取創作的素材，尋找創作的靈感。哈代在 1881 年寫下的一條筆記中說：「風格——想一想華茲華斯（Wordsworth）的格言：自然物的再現越完美，這幅圖畫就越具有詩意。這種再現靠洞悉事物的本質達到的（例如風雨之類），實際上它是現實主義，雖然它是通過想像的方法實現的，但是它和用同樣方法實現的虛構混合在一起。簡而言之，它是通過馬修・阿諾德（Matthew Arnold）所說的『想像的思考』達到的。」[4] 哈代正是本著「洞悉事物的本質」的原則，才真正揭示出英國南部農村發展和衰亡的內部邏輯，反映出資本主義怎樣佔領英國殘存的農村社會的歷史特徵的。

　　哈代把莎士比亞（Shakespeare）、菲爾丁（Fielding）、笛福（Defoe）、狄更斯（Dickens）、薩克雷（Thackeray）等現實主義大師看成藝術的典範，堅持忠於現實高於現實的現實主義創作原則，反對左拉（Zola）的自然主義文學主張。他在就《無名的裘德》（*Jude the Obscure*）的爭論寫給一位朋友的信中指出，批評界對菲爾丁所知甚少，指出他們所嘲笑的並不是左拉主義，而是菲爾丁主義。

　　他說：「左拉的作品我讀得很少，但我覺得我同本國的菲爾丁近似」。[5] 左拉反對對生活進行典型概括，主張只寫平庸的人、偶然瑣碎的事，追求表面的絕對的真實，而不挖掘生活現象的內在意義。這種僅僅滿足於記錄現實生活的表象而不深入揭示事物的本質、尋找必然真理的文學主張，顯然是哈代所反對的。哈代指出：單就真實得同自己一樣來說，「一個虛構的作品應該是對普通生活的精確臨摹。但是，這樣特殊就消失了，興味也

沒有了。因此，作家的關鍵在於在特殊和一般之間保持平衡，以便一方面能做到有趣，另一方面又做到真實。」[6]

　　哈代對藝術的本質有著正確的理解：藝術不同於現實中的生活。在哈代看來，從來不會有一個真正的鬥劍者能像卡匹托拉因石像（哈代指丘比特神像）那樣與正常的自然達成完美的和諧，不會有一個現實中的人像哈姆萊特（Hamlet）或奧賽羅（Othello）那樣充滿激情和富有悲劇性，現實中不會有人能夠和托比叔叔（Uncle Tobys）完全一樣，歷史上的伊莉莎白女王（Queen Elizabeth）不會像《肯尼威斯》（Kenilworth）中的伊莉莎白（Elizabeth）成為完美的女性。[7] 這是因為，現實主義的真實是藝術的真實，是一種典型概括，不是現實事物或人物的精確再現或自然主義的複寫。現實主義在敘述事件、描寫人物時，為了淨化主題，應該刪除那些分散主題的人和事，把藝術中的人物寫得富於生活。哈代在《怎樣讀小說才有益》中已指出了這一點：「所謂理想化，就是把他們刻畫得太真實以至於成為不可能了。」

　　哈代從藝術家的高度去理解和探索藝術真實，他認為藝術的真實不在於怎樣分毫不差地去描繪現實，而在於怎樣對現實進行加工、提煉。他在筆記中寫下的自己關於藝術的思考是發人深思的。他說：「藝術是對事物實際比例和次序的一種改變，以便比其他方法更有力地揭示他們的特點，因為它們對富有個性的藝術家最有吸引力。這種改變，或者說畸變，也許有兩種：1、增加逼真感的一類；2、減少逼真感的一類。1 是高級藝術，2 是低級藝術。」[8] 哈代不久又在筆記中作了進一步闡述：「藝術是同現實生活不相符合的，即改變或打亂現實生活的比例，以便清楚地表現現實生活中重要事情的特點。如果僅僅是複寫或編造清單式的報導，也許有可能引人注意，但更可能的是被人忽視。因此，『現實主義』不是藝術。」[9]

　　哈代在這兒提到的「現實主義」是指十九世紀下半葉傳入英國的自然主義。由於自然主義提倡絕對真實，當時英國許多人把它同現實主義混同在一起，因此有人提到現實主義時，實際上指的是自然主義。哈代認為，左拉式的對現實的複寫和編造清單式的報導不能算作現實主義，現實主義追求的最高理想是藝術真實。要達到藝術真實，作家應該對現實中的事物、人物按照藝術的原則進行再創造，使現實中的事物和人物得到修改和提高，變成藝術中的事物和人物。

　　因此，哈代在堅持藝術真實性時，特別強調藝術概括，強調典型要能表現一般。他說：「觀察的藝術在於：從微小的事物中能見出大事物，在部分中、甚至在極小的部分中能見出整體，例如在國外，你從旅館的視窗看見船桅杆上的一面英國旗幟，你因此認識到了英國海軍。或者你在家裡從一個士兵身上看到了英國軍隊，在俱樂部裡你從主教身上看到了英國教會，從一聲汽笛聲中聽出了工業。」[10]

　　正是依據上述原則，哈代塑造出他小說中一系列典型人物形象。在《綠蔭下》（Under the Greenwood Tree）中，我們從狄克・杜伊（Dick Dewy）和芳茜・戴（Fancy Day）身上看到了威塞克斯一代新人對舊有傳統的摯愛，對新的理想的追求以及在新舊衝突中心靈的震盪。從梅爾斯朵克音樂隊我們看見了老一代威塞克斯人的守舊態度、對新事物的敵視心理以及將要退出歷史舞臺的必然趨勢。在《德伯家的苔絲》和《無名的裘德》中，我們從苔絲和裘德身上，看見了在資本主義生產關係的佔領過程中，威塞克斯農民的悲劇性命運，以及他們向無產階級轉化的歷史進程。

　　哈代是一個表現勞動人民的優秀作家，他堅持真實地反映下層人民的一切方面，在人民的形象中傾注著自己深厚的感情。因此，他的現實主義

有著鮮明的人民性的特點。

　　他在拒絕別人請他為菲爾丁小說的圖書館版寫作序言時，對菲爾丁「對待農民階級的貴族主義、甚至封建主義的態度」進行了批評，[11] 主張文學應表現人民的生活。他始終都堅持把勞動人民作為藝術表現的重要對象。他以忿忿不平的態度記敘了一次統治者們舉行的午宴的情景：「談話完全是政治方面的：下次大選什麼時候舉行，某人可能出任首相，執政黨和在野黨，某某男爵、某某公爵——一切都談到了，唯獨沒有談到人民，其實這些政客是因為有人民的存在才存在的。但是人民的福利一次也沒有提到。[12] 同時他還看到，在英國的傳統文學中，政治上沒有地位的人民，在文學上也很少有地位。在作家的筆下，人民不僅很少被塑造成作品中高貴的主人公，即使被寫成的陪襯人物，他們往往也是滑稽可笑的、低級愚蠢的，他們的聰明才智、高貴品質沒有得到真實的描寫。因此，哈代堅決把人民放在作品最重要的位置上，並傾注自己深厚的同情。

　　當哈代用藝術家的眼光觀察生活時，呈現在他面前的是一幅幅無所不包的紛紜的生活圖畫。正如他所說：「如果敞開所有的心扉，公開一切的慾望，我們在市場上將要看見多少憂愁、歎息、緊握的拳頭、公然的冷笑、通紅的眼睛啊（因為如果人們把內心表現出來，他們就是如此了）！」[13] 在這些紛亂的圖畫中，哈代看見了統治者的奢華、冷酷，看見了瀕臨餓死的兒童，在貧困中掙扎的窮人。正是在這些圖畫中，現實主義的藝術觀使哈代發現了生活中有價值的方面，發現了往往被藝術家所忽視的人民。

　　哈代現實主義的人民性原則決定著他關於藝術價值的觀點。他寫道：「關於當前小說作家流派的思考：他們在強調並且只強調生活時，在一個普通的片斷中，忘記了一個故事必須值得去敘述，忘記了大量的生活是不

值得敘述的，忘記了不應該用身邊垂手可得的東西去佔用讀者的時間。」[14]
正是他的人民性原則，促使他滿懷熱情地去傳達人民的聲音。他認為：「上
層階級的行為被傳統習俗的屏障遮掩著，因此真正的特徵不易看見；假使
看見了這種特徵，那也是被主觀地描寫出來的，而下層階級的行為都是內
心生活的一種直接表露，因此特徵能夠被描繪出來。」[15] 在哈代創作的十
四部長篇小說中，基本上都描寫了真正高貴的小人物，奧克（Oak）、吉克
（Gick）、苔爾斯（Tels）、苔絲（Tess）、裘德（Jude）等，都是下層人物中
的優秀典型。這些人民的形象都塑造得完美、成功，他們是哈代堅持人民
性原則的結果。

哈代的現實主義的觀察和敏感使他意識到人民的覺醒，看見了人類歷
史發展中真正偉大的力量。他在 1883 年的論文《多塞特的勞工》（*Dorset's
Labour*）中指出：「多塞特人關注的問題已逐漸讓位於沒有住房、土地等一
切窮困的問題，讓位於人權這個廣泛的話題。」[16] 因此他能夠握把住時代
的脈搏，創造出正在覺醒的人民的形象。

哈代現實主義的人民性的思想基礎是他的空想社會主義思想。早在
哈代開始創作之前，他已經熟讀了達爾文（Darwin）的作品。他自己一
直承認達爾文對他的思想發生了深刻影響，「年輕時就已經加入了《物種
起源》（*Origin of Species*）的擁護行列。」[17] 約搏・斯圖亞特・米爾（John
Stuart Mill）也是對哈代的思想發生重要影響的思想家之一。哈代曾經在
一封信中說，早在 1865 年，他已幾乎能把《論自由》（*On Liberty*）背誦下
來。但是哈代空想社會主義思想的真正來源是法國空想社會主義者傅利葉
（Joseph）的著作。哈代 1863 年在《文學筆記》（*The Literary Notes of Thomas
Hardy*）中畫了一張圖表，用以說明傅利葉的思想。正如倫納特・布喬

（Lennart A. Bjork）所說，從哈代寫下的關於傅利葉的筆記可以看出，「哈代明顯地吸收了這位空想社會主義者大量的思想。」[18] 除上述思想家外，具有社會主義傾向的詩人雪萊（Shelley）的激進主義、理想主義和希臘主義無疑也影響了哈代的創作思想。可以說，哈代正是在上述革命思想的影響下走上文學創作道路的。

從可以看到的材料中我們發現，早在哈代創作一直未能出版的小說《窮人和貴婦》（*The Poor Man and the Lady*）時，他的傅利葉式的社會主義傾向已經在這部描寫工人階級生活的作品中顯露出來。從這部小說的遭遇以及出版商和讀過手稿的評論家的意見可以看出，這是一部尖銳的諷刺小說。它極其辛辣地諷刺了地主階級、貴族階級、倫敦社會、中產階級的粗俗、現代基督教、宗教復興、全部政治和家庭道德。哈代夫人說：「事實上，作者的觀點明顯是一個熱情改造世界的青年的觀點……作品的傾向是社會主義的，不用說是革命」。[19] 她稱這部小說是「樸素的現實主義」。[20]

被哈代夫人稱為是「一部社會主義的小說」[21] 的《窮人和貴婦》是哈代受到空想社會主義思想影響的最早證明。寫作《還鄉》時，他的空想社會主義思想又一次得到明顯流露。被卡彭特（Carpenter）稱為「普羅米修士式的叛逆」和「理想主義者」的克林‧姚伯（Clym Yeobright），就是一個空想社會主義者的典型[22]。哈代在小說中提到克林（Clym）的思想來源：「這種思想的發展，大半可以歸功於他在巴黎的勤學，他就是在那兒認識了當時流行的理論體系的。」而哈代在小說序言中所指明的故事發生的時間，則正是法國空想社會主義流行的時候，因此為克林接受革命思想提供了可能。

哈代按照空想社會主義的理想塑造克林，給他注入社會主義的思想：「他寧肯把許多人犧牲了而為一班人謀福利，而不願意犧牲了一班人為許

多個人謀福利。並且還更進一步：他很願意馬上把自己作頭一個犧牲的單位。」正是由於哈代所受到的空想社會主義的影響，他的現實主義帶有明顯的人民性，作品顯露出激進的傾向，能夠揭示出事物的本質。哈代的現實主義還包括他對悲劇性的正確理解。哈代認為：「詩人的天職就是表現最偉大事物中的悲慘，以及最悲慘事物中的偉大。」[23]

隨著哈代觀察和理解生活的深入，他的創作便進入到悲劇小說創作的階段，開始描寫威塞克斯農村社會的悲劇性歷史，表現這個社會中農民階級的悲劇性命運。他以極其敏銳的洞察力，發現由於資本主義的出現，由於利己主義、貧窮、自然災害等因素，導致了高貴的小人物的不幸。他寫道：「最好的悲劇，簡而言之最高的悲劇，是應該由必然性所決定的悲劇。不道德和無價值的悲劇不是最好的悲劇.」[24]哈代的民主主義立場，他的現實主義的人民性，使他真正認識到由於資本主義的入侵而發生在威塞克斯農民身上的悲劇的價值，並把表現勞動人民的悲劇看成自己的任務。

哈代的悲劇思想顯然是時代的產物，是他的現實主義的勝利。他雖然深受埃斯庫羅斯（Aeschylos）和索福克勒斯（Sophocles）的影響，在小說中描寫命運，但是他逐漸放棄了希臘的悲劇觀念，努力去探求悲劇的本質。

哈代最初從人自身的衝突中尋找悲劇的根源。他在創作《還鄉》的筆記中說：「情節或是悲劇，應該在由人的普通激情、偏見和野心所產生的危機逐漸結束時出現，因為悲劇人物沒有盡力避免由上述激情、偏見和野心所產生的災難性事件。」[25]哈代認為人的激情、偏見、野心、慾望等都是悲劇的因素。在莎士比亞的悲劇中，我們也可以發現哈姆萊特（Hamlet）、奧瑟羅（Othello）、馬克白（Macbeth）、李爾（Lear）等，都因為不能避免由上述個人因素導致的一系列災難而毀滅了自己。在哈代的作品中，游苔

莎（Eustacia）、苔絲（Tess）、裘德（Jude）、亨察爾（Henchard）等悲劇人物，也因為他們不能克服自身的情慾、偏見、固執、野心、追求、嚮往，從而造成他們的悲劇性結局。從哈代的一系列小說可以看出，小說中遭受最大痛苦的正是那些在追求自己的願望或堅持自己固有觀念時最為狂熱和執拗的人物，反之能克制情慾、消除偏見和沒有野心的人們，最容易獲得幸福。

　　哈洛德‧蔡爾德（Harold Childe）評論哈代時說，他的小說「說明了哈代具有崇高、莊嚴和激情處理偉大悲劇主題的能力。」[26] 德蘭特（Drant）則認為「哈代是希臘悲劇指導原則的現代闡述者。」[27] 坎利弗也指出「哈代文學藝術的理想是希臘悲劇，儘管它是一種有著明顯區別的理想，但它們還是有許多共同之處。」[28] 長篇小說《還鄉》和《卡斯特橋市長》（The Mayor of Casterbridge）分別代表著哈代的命運悲劇和性格悲劇。《還鄉》不僅在形式上極力模仿希臘悲劇，而且在對悲劇的理解上，哈代也像希臘人一樣把人和命運的衝突看成是一種根本衝突。《卡斯特橋市長》則認真剖析了亨察爾（Henchard）剛愎、偏執的性格，並把他的性格看成悲劇的主要原因，說明「性格即命運」的主題。在《德伯家的苔絲》和《無名的裘德》裡，我們仍然還不時可以看到命運思想的痕跡，他往往不能從理論上做出正確的解釋，只認為是一種超自然的力量預先決定了人物的災難和死亡。哈代極力尋找他的主人公悲劇的第一原因，往往在相信天命和否定天命之間遊移不定。詩劇《列國》便反映了哈代悲劇思想的這種矛盾。詩劇在結構安排、人物設置、悲劇氣氛的渲染等方面，簡直就像回到了希臘悲劇。但哈代在模仿希臘悲劇時用「內在意志」的概念代替了希臘人的命運，他是以一個現代人的思想看待悲劇的。

哈代所受希臘悲劇的影響是巨大的，但是他的現實主義立場使他發現希臘人的觀念不能說明現代人的悲劇，因此他認為悲劇不能倒退到過去，只能回到現在。在他創造《德伯家的苔絲》和《無名的裘德》時，他的高度的現實主義的描寫就不僅在客觀上掃蕩了希臘人的命運觀念，而且還在理論上十分深入地探討了悲劇的本質。

哈代在小說《無名的裘德》遭到批評界的攻擊時，在 1895 年寫給一位朋友的信中闡述了他對悲劇衝突的理解，認為悲劇基礎在於「一個人想過的理想生活和他命中注定要過的悲慘生活之間的對立。」[29] 實際上，哈代對悲劇的這個觀點同恩格斯（Friedrich Engels）早在 36 年前致斐·拉薩爾（Ferdinand Lasalle）信中提出的觀點是相差不遠的。游苔莎在熱烈追求新的生活時，環境無時不在阻礙她，她自己也時常反思，力圖克制自己的慾望。裘德在追求自己理想的過程中，環境一直對他抱以敵視的態度，他主觀上也曾企圖放棄理想。他們都明知自己的理想不可能實現，他們的追求有可能導向悲劇，但是他們無法不去追求、奮鬥。這是因為，他們的理想、追求代表著威塞克斯地區飽受痛苦的人們的必然要求。哈代在 1885 年寫下的文學筆記是對他的悲劇觀點的補充和深化。他寫道：「悲劇：可以這樣簡而言之，悲劇就是表現一個人生活中一切方面的狀態，而這個人在實現其某種必然的目的或慾望時又不可避免地導致他的悲慘的結局。」[30]

哈代在 1896 年對評論家發表的意見表明，他對悲劇的看法有了進一步的發展，指出了悲劇同環境和社會的聯繫。他說：「悲劇既可以因為反對宇宙內萬物的環境而發生，也可以因為反對人類制度的環境而發生。」[31] 從這裡可以看出，哈代力圖從客觀環境和社會政治制度兩方面去尋找悲劇產生的原因。哈代遠遠超越了希臘人對悲劇的理解，把人的悲劇衝突看成

是人同環境、同社會制度的衝突，特別是他認識到悲劇人物的災難、失敗、痛苦、挫折、毀滅與社會環境的內在聯繫，這無疑是他悲劇觀的重大發展。

哈代對悲劇的理解同他對生活的現實主義觀察緊密聯繫在一起。他寫道：「這就是倫敦的怒號！它由什麼構成？是倉惶、談話、哄笑和幼兒的哭聲。上層人物在這齣悲劇裡歡笑、歌唱、抽煙、開懷暢飲等，在客廳裡和空地上同姑娘們談情說愛。他們都同樣在這齣悲劇裡扮演著他們的角色。一些人珠光寶氣，飾以翎羽，另一些人則衣衫襤褸，捉襟見肘。他們都是籠中小鳥：唯一的區別在於鳥籠的級別。這也是悲劇的一部分。」[32]哈代處於他那個時代，能夠如此大膽地揭露和抨擊這種階級差別，用悲劇反映兩個階級的衝突，是需要一定勇氣的。

在哈代悲劇小說裡，他主要描寫普通勞動人民生活的不幸，事業的失敗和理想的幻滅，力圖賦予小說廣闊豐富的社會內容。他塑造的悲劇主人公都是品德優秀、情操高尚的人物，他們具有熱烈的願望、美好的憧憬、追求的精神和頑強的意志。游苔莎追求更豐富更美好的生活，亨察爾追求愛、寬恕和憐憫，苔絲追求自由、愛情和幸福，裘德追求知識、人的權力和地位。他們的追求沒有過錯可言。他們的死亡應由當時的社會負責。在反動的社會看來，他們的願望和行動超越了社會所能容忍的範圍，違背了傳統習俗和腐朽的道德，反動的社會便設置羅網扼殺了他們。他們儘管付出巨大努力，但更為強大的社會力量的壓迫，終使他們慘遭毀滅。因此，他們遭受的苦難和不幸就引起了讀者的極大同情，他們肉體的毀滅和理想的破滅，則進而達到了美和崇高的境界，取得了深刻的悲劇效果。

哈代通過他創造的一系列藝術形象，說明了自己的現實主義創作原則和悲劇思想，建立起自己的現實主義創作理論。雖然他還沒有建立起一套

完整的現實主義理論體系，然而我們從他的優秀創作和一系列文學評論中，完全有理由做出這樣的判斷：哈代的現實主義理想超越了他的同時代人，並且對現在還具有意義。

（原文載於《外國文學研究》1988 年第 2 期）

注釋

1　［俄］盧那察爾斯基：《論文學》，蔣路譯，人民文學出版社 1978 年版，第 462 頁。

2　［俄］盧那察爾斯基：《論文學》，蔣路譯，北京：人民文學出版社 1978 年版，第 468 頁。

3　［英］哈代：《怎樣讀小說才有益》，《歐美古典作家論現實主義和浪漫主義》，北京：中國社會科學出版社 1980 年版，第 314 頁。

4　Hardy, F E. *The Life of Thomas Hardy*. Vol.I. London: Macmillan, 1933, p.190.

5　Hardy, F E. *The Life of Thomas Hardy*. Vol.I. London: Macmillan, 1933, p.42.

6　Hardy, F E. *The Life of Thomas Hardy*. Vol.I. London: Macmillan, 1933, p.194.

7　［英］哈代：《怎樣讀小說才有益》，《歐美古典作家論現實主義和浪漫主義》，北京：中國社會科學出版社 1980 年版，第 314-315 頁。

8　Hardy, F E. *The Life of Thomas Hardy*. Vol.I. London: Macmillan, 1933, p.299.

9　Hardy, F E. *The Life of Thomas Hardy*. Vol.I. London: Macmillan, 1933, p.299.

10　Hardy, F E. *The Life of Thomas Hardy*. Vol.I. London: Macmillan, 1933.

11　Hardy, F E. *The Life of Thomas Hardy*. Vol.I. London: Macmillan, 1933, p.74.

12　Hardy, F E. *The Life of Thomas Hardy*. Vol.I. London: Macmillan, 1933, p.312.

13　Hardy, F E. *The Life of Thomas Hardy*. Vol.I. London: Macmillan, 1933, p.133.

14　Hardy, F E. *The Life of Thomas Hardy*. Vol.I. London: Macmillan, 1933, p.158.

15　Hardy, F E. *The Life of Thomas Hardy*. Vol.I. London: Macmillan, 1933, p.190.

16　Hardy, T. "The Dorset shire Labourer", in Thomas Hardy's Personal Writings. ed. H. Oreal, Kansas: 1955, p.189.

17　Roger R. "Hardyand Darwin", in Thomas Hardy, The Writerand His Background. eds. NormanPage, Bell& Hyman.London: 1980, p.128.

18　Roger R. "Hardyand Darwin", inThomas Hardy, The Writerand His Background. eds. NormanPage, Bell& Hyman. London: 1980, p.109.

19　Hardy, F E. *The Life of Thomas Hardy*. Vol.I. London: Macmillan, 1933, p.81.

20　Hardy, F E. *The Life of Thomas Hardy*. Vol.I. London: Macmillan, 1933, p.81.

21　Hardy, F E. *The Life of Thomas Hardy*. Vol.I. London: Macmillan, 1933, p.143.

22　Richard C. ThomasHardy. London: Macmillan.

23　Hardy, F E. *The Life of Thomas Hardy*. Vol.I. London: Macmillan, 1933, p.223.

24　Hardy, F E. *The Life of Thomas Hardy*. Vol.I. London: Macmillan, 1933, p.14.

25　Hardy, F E. *The Life of Thomas Hardy*. Vol.I. London: Macmillan, 1933, p.157.

26　Harold C. Thomas Hardy. London: Nisbet& Co.1.1916, p.83.

27　Ernest B. Thomas Hardy. NewYork: Greenbery.1925, p.231.

28　Ernest B. Thomas Hardy. NewYork: Greenbery.1925, p.231.

29　Hardy, F E. *The Life of Thomas Hardy*. Vol.I. London: Macmillan, 1933, p.41.

30　Hardy, F E. *The Life of Thomas Hardy*. Vol.I. London: Macmillan, 1933, p.44.

31　Hardy, F E. *The Life of Thomas Hardy*. Vol.I. London: Macmillan, 1933, p.44.

32　Hardy, F E. *The Life of Thomas Hardy*. Vol.I. London: Macmillan, 1933, p.224.

四、論哈代小說悲劇主題的發展

　　在 19 世紀，哈代主要以悲劇小說的形式記錄英國南部農村社會發展的歷史，揭示英國歷史上最後殘存的宗法制農村社會向現代資本主義社會演變的過程，盧那察爾斯基因此稱哈代是「描述各國屢次發生過的、穩定的私有者階層衰落現象的優秀編年史家」，「是描述普遍的重要歷史現象的藝術家」[1]。哈代小說最重要的特點是它們的內部邏輯性。無論在主題、思想、題材方面，還是在人物、結構、技巧方面，哈代的小說都表現出明顯的階段性和邏輯連貫性。一些批評家已經指出了這一點，如著名的哈代批評家高斯（Gauss）就曾經指出哈代全部作品的統一性和連貫性，認為哈代的小說「從 1871 年的《枉費心機》到 1897 年的《心愛的人》形成了一個連續的系列」[2]。總的說來，哈代小說描寫的悲劇性主題可以分為三個發展階段：第一個階段描寫宗法制農村社會的美好以及不斷出現的矛盾衝突；第二個階段描寫這個社會由於資本主義的入侵而毀滅的悲劇性過程；第三個階段描寫宗法制農村社會的毀滅和農民階級的消亡給破產的威塞克斯農民帶來的悲劇性後果。本文擬對這個過程進行分析論述。

（一）

　　哈代作為 19 世紀最後 30 年英國批判現實主義小說的代表作家，他是從對農村生活田園詩般的描畫開始而逐漸進入到最富於悲劇性題材的創作階段的，因此哈代的小說經歷了三個發展階段，最終才完成了對以他的故鄉為基礎的在小說中被稱為威塞克斯（Wessex）的宗法制農村社會毀滅的悲劇性主題的描寫。

　　在哈代小說創作發展的三個階段中，他早期的創作從 1871 年發表的《枉費心機》開始到 1876 年發表的《貝妲的婚姻》為止，一共寫作了五部小說。這些小說在主題上主要描寫宗法制農村社會的傳統風習，表現威塞克斯農村充滿詩情畫意的田園生活。小說歌頌美麗的田園理想、讚揚宗法制社會的自然文明和農村的傳統風習，作者在思想上表現出一個田園理想歌唱家的特徵。哈代在充滿牧歌情調的小說中描寫威塞克斯農村社會時，思想上顯然受到浪漫主義思潮的影響，極力歌頌沒有遭受資本主義工業文明污染的自然之美，歌頌在自然狀態下生活的農民的質樸、勤勞、高尚、正直等優秀品德，讚揚他們自得其樂的傳統生活方式。雖然哈代也表現了威塞克斯社會中兩個世界、兩個階級、兩種思想、兩種生活方式之間的衝突，表現了外部世界對威塞克斯地區的影響並使傳統秩序遭受破壞的狀況，但是一切矛盾和衝突最終都能夠得到圓滿解決。因此，哈代早期小說的情調是輕鬆愉快的，很少有瀰漫於中期和晚期小說中的悲劇氣氛。

　　在哈代早期寫作的小說中，《綠蔭下》集中體現了他認為威塞克斯社會能夠暫時保持和諧的思想特徵，也是最能反映作者田園理想的作品。哈

代採用獨特的雙重結構，描寫年輕農民狄克‧杜伊同鄉村女教師芳茜‧黛（Fancy Day）的戀愛故事，情節沿著兩條主線展開。一條主線描寫象徵傳統的威塞克斯農村社會的梅爾斯托克音樂隊的歷史命運，即它的活動、興盛和衰亡；另一條主線敘述主人公戀愛的過程和遭遇的危機。哈代恰到好處地把大自然融於小說情節和人物的構思中，按照四季的變化分冬、春、夏、秋表現女主人公的愛情進程。哈代用大量篇幅描繪了鄉村的風光和習俗，描寫了英國農民恬靜愉快的生活，把宗法社會理想化，對自己的田園理想盡情地給予歌頌。《綠蔭下》是一部帶有田園詩風味的小說，以其優美的抒情、歡快的幽默、田園的色彩、牧歌的情調為哈代早期的小說定下了基調。

　　哈代在 1874 年出版的《遠離塵囂》是他的小說創作走向成熟的標誌。這部小說在主題思想方面同《綠蔭下》保持著邏輯上的聯繫，從它的帶有模式化傾向的情節、人物和表現技巧上可以看出哈代已經形成自己富有特徵的藝術個性。小說的故事結構和人物關係是模式化的，主要寫農民加布里埃爾‧奧克（Gabriel Oak）同女農場主巴絲謝芭（Bathsheba）的愛情故事。哈代在描寫男女主人公的生活衝突的過程中，準確地把握了奧克的階級本質，描寫了傳統的威塞克斯人所固有的誠實、容忍，敢於追求和勇於犧牲的美德。奧克憨厚正直、善良忠誠，是傳統威塞克斯人的典型形象。奧克是狄克‧杜伊（Dick Dewy）形象的發展，他的農夫和牧人身份、富有牧歌和田園情調的生活，從正面體現了哈代的田園理想。《遠離塵囂》不僅是哈代早期小說在思想和藝術上達到高峰的標誌，而且表明哈代過去、現在和未來都是作為一個地方主義作家進行創作的。從這部小說開始，哈代便始終把威塞克斯作為自己作品中一個統一的地理背景來描寫，致力於寫作一系列被稱之為地方性類型的小說。在這部小說中，哈代的現實主義

觀察進一步加深了，寫出了遠離塵囂的農村的動盪，表現了人們在動盪的農村社會中所遭受的磨難和痛苦。他已經看到了他理想中的社會所出現的種種不祥預兆，即田園風光美麗和諧的表面下孕含著動盪的暗流，古老傳統隨時都可能被外來的文明破壞和取代。

　　哈代早期小說的基調是理想主義、樂觀主義和向善論思想。哈代在表現勞動人民的歡快、追求、嚮往、挫折和愁煩時，也描寫了這個古老社會的動盪不安，探索了這個社會出現悲劇的可能性。哈代的這種傾向主要表現在《一雙藍眼睛》和《貝妲的婚姻》中。哈代在《一雙藍眼睛》中採用了類似悲劇的形式，通過對死亡的渲染，使小說的後半部始終處於一種神祕的悲劇氣氛中，並以女主人公艾弗里德‧斯旺考特的死亡作為小說諷刺和荒誕的結尾。在哈代的全部創作中，這是作家第一次對悲劇小說的藝術形式進行的嘗試，顯露出哈代即將進入悲劇性題材的創作趨勢。哈代早期創作階段是作者在思想和藝術上探索和積累的時期，這種探索和積累為他中晚期的偉大的悲劇小說創作奠定了基礎。

（二）

　　哈代第二個階段的小說創作屬於悲劇小說創作，以 1878 年《還鄉》的出版為標誌，包括《號兵長》、《冷漠女人》、《塔上情侶》、《卡斯特橋市長》、《林地居民》共六部小說，主要反映威塞克斯農村社會毀滅的悲劇性過程和農民階級破產的歷史。

　　在第二個創作階段，哈代描寫的是整個宗法制社會毀滅的歷史大悲劇。在這出大悲劇裡，如果說《卡斯特橋市長》代表悲劇高潮的話，那麼

《還鄉》則是這出社會大悲劇的序曲。哈代在《還鄉》中把愛敦荒原作為威塞克斯宗法社會的象徵來描寫，並在這個象徵性的環境中主要描寫珠寶商人克林・姚伯（Clindamycin Yao）同妻子游苔莎之間不同理想的矛盾衝突。克林受到進步思想的影響，從巴黎回到故鄉農村，立志用教育改變家鄉貧困落後和愚昧的面貌，但是他的計畫遭到一心想通過丈夫去巴黎的妻子的反對。他的事業得不到支持，理想幻滅，心灰意懶，最後當了傳教士。克林是威塞克斯本地人，但是他又同《綠蔭下》中的杜伊和《遠離塵囂》中的奧克不一樣，杜伊和奧克是傳統的威塞克斯人的典型，而克林則是威塞克斯社會中的新人形象。

克林同傳統威塞克斯人的不同主要在於他是從外部世界回到故鄉的本地人。他雖然同古老的傳統社會保持著千絲萬縷的聯繫，但是他的思想已經超越了傳統，能夠認識到他的故鄉的落後以及同現代社會的巨大差距，意識到這個差距所包含的危險性。他熱愛和同情象徵傳統社會的愛敦荒原，企圖改造它以適應歷史的發展，所以才回到故鄉實行他的教育計畫。他的意志像游苔莎的意志一樣堅定，不為妻子的勸說所動搖。他和妻子都不願放棄自己的理想，都希望對方服從自己的意志，因此他們之間的意志衝突就形成了一種悲劇性衝突，最後導致了游苔莎的毀滅和克林的失敗。同杜伊和奧克相比，克林是在那些在外部世界接受了新思想的威塞克斯新人中最優秀的典型，但是他是一個理想主義者和脫離現實的啟蒙思想家。由於自身的思想侷限性和社會環境的打擊，他的教育計畫宣告失敗，只好放棄自己的先進思想，到宗教中去尋找感情的慰藉和靈魂的平靜。

《還鄉》是哈代寫作的「第一部悲劇性的、重要的小說」[3]。哈代按照古希臘悲劇的樣式進行構思，在小說中明確地提出了威塞克斯農民和社會的命

運問題，從而使其創作集中在對英格蘭宗法社會生活的反映上，並為他後來的悲劇小說的誕生在思想和藝術上準備了條件。在這部小說中，當哈代不能對不以人的意志為轉移的客觀規律做出解釋時，他對悲劇的理解接近希臘人的思想，強調一種不可知力量對人的命運的作用。哈代在《還鄉》中按照希臘人的命運觀念安排個人意志與命運之間的悲劇性衝突，認為世事都是由命運決定的，掌握游苔莎命運的既不是人，也不是神，而是冥冥中的命運力量。不過應該指出的是，《還鄉》並不說明哈代真正回到了希臘悲劇的立場上，他只是發揚了希臘的悲劇精神。哈代塑造的是現代人的典型，描寫的是新時代的生活，揭示的是科學的人生觀，正是這一點，才使哈代很快從希臘命運悲劇的陰影中擺脫出來，從人自身和社會方面去探索悲劇的原因。

從《還鄉》到《林地居民》問世，哈代在這十年期間基本上形成了自己的現實主義理論、悲劇觀念和美學思想。他於 1886 年出版的《卡斯特橋市長》使其悲劇小說在主題上達到了高潮。卡斯特橋是繼愛敦荒原之後又一個著名的典型環境，它是整個威塞克斯世界的社會、經濟和政治中心，是英國南部農村多切斯特的縮影，是英國資本主義化後現實社會中哈代的故鄉多切斯特市的藝術再現。

《卡斯特橋市長》描寫的是打草人亨察爾（Henchard）同資產者伐爾伏雷（Farfrae）在政治、商業的競爭中失敗毀滅的悲劇。亨察爾是威塞克斯農民階級的代表，是一個與家長統治的社會斬不斷關係的家長式典型。他的整個思想觀念的基礎是宗法制社會，這使他把父權、財產和法律契約作為他對待一切事物的依據。他在商業經營中從不建立帳本而全憑記憶力，買進賣出全憑自己的一句話，這正是古老的宗法制社會農村經濟關係的一種典型表現。他在政治上是卡斯特橋市的市長，同時也是這個市的家長。

亨察爾失敗和毀滅的原因在於他在傳統社會向現代資本主義社會的轉化過程中死抱著自己的傳統不放，並企圖維護舊的制度和秩序。亨察爾是處於新舊交替時期他那一代人的性格的集中體現。作為舊的意識、思想、習慣、道德的體現者，決定了他不可能斬斷自己同舊社會的一切聯繫而進入資產階級的社會，因此他的毀滅是必然的。亨察爾是一個性格複雜、感情豐富的偉大人物，他在經歷了人生巨大痛苦之後而出現的感情淨化和昇華，使他的毀滅具有動人心魄的悲劇力量。哈代把亨察爾的悲劇同重大的社會主題聯繫在一起，真實地再現了時代的悲劇衝突，對主人公所代表的英國南部農村社會做出了哲理的概括和悲劇性的結論。

《卡斯特橋市長》無論在主題和題材方面，還是在藝術形式方面，都體現了哈代中期小說的主要特點。自這部小說之後，哈代徹底放棄了企圖在藝術想像裡改變威塞克斯宗法制社會的努力，不得不懷著沉痛的心情承認一個有著自然基礎的古老社會被資本主義毀滅了。同時，我們還可以從小說中看到哈代受到莎士比亞悲劇的影響，企圖從人的性格方面探索悲劇根源的努力。

（三）

在哈代的一系列悲劇小說中，《還鄉》致力於描寫威塞克斯環境對於人的命運的影響和揭示環境和性格衝突所導致的悲劇，因此它以其憂鬱迷茫、陰沉悲愴的氛圍構成了整個威塞克斯社會大悲劇的序曲，為觀眾拉開了悲劇演出的黑色帷幕。《卡斯特橋市長》以其突出的象徵性描寫了亨察爾在同資本主義新人的競爭中政治上、經濟上、事業上和愛情上的全面失

敗，描寫的是一出社會大悲劇的高潮。《德伯家的苔絲》和《無名的裘德》以其思考和探索的特點代表了悲劇高潮過後的結局和尾聲。

《德伯家的苔絲》的出版是哈代的小說創作進入第三個階段的標誌。在主題上，第三個時期的創作和第一、第二個時期的創作不同。在前兩個時期，哈代主要歌頌他所嚮往的田園理想，描寫傳統的威塞克斯宗法制社會毀滅的悲劇。而在第三個創作階段，哈代則在悲劇過後陷於更深沉的哲學思考，探索和描寫階級解體和失去了賴以生存的社會基礎以後的威塞克斯農民的前途和命運。

在哈代創作的第三個時期，傳統的威塞克斯社會已大體上被資產階級社會所佔領，社會秩序發生了根本性的變化，農民喪失了自己擁有的土地和生活資料，不得不為了生存而去尋找一條同過去完全不同的生活道路。哈代把自己的注意力集中到對這些破產農民的生活的觀察上，思考他們未來的命運，探索他們生活的前途，描寫他們不幸的生活遭遇。哈代以其現實主義的敏銳觀察和對社會發展趨勢的正確把握，描寫了破產的威塞克斯農民的新的追求、鬥爭和悲劇。哈代清楚地看出了威塞克斯破產農民向工人階級轉化的必然趨向，同時又看到了在新的社會條件下出現的無產階級和資產階級的新的矛盾和鬥爭。因此，哈代以前所揭示的宗法社會同「資本主義社會」的衝突，威塞克斯新人同威塞克斯環境的衝突，威塞克斯本地人同外來人的衝突，現在被新的衝突取代了，農民階級毀滅後的威塞克斯破產農民在新的環境中的命運，隨之也就成為小說的中心主題。

哈代在這個時期創作的《德伯家的苔絲》同以前的小說相比在主題上更為深刻，人道主義色彩更加濃郁。他不僅明確提出了威塞克斯農民在資本主義社會中的地位問題，而且為被壓迫的人們要求自由和博愛，要求人

道主義的同情。所以，哈代在晚期創作的小說中對資本主義不再作象徵性的粗略描寫，而是把描寫的內容擴大到資本主義社會的各個方面，表現維多利亞時代資本主義社會的倫理道德、宗教法律、婚姻愛情、教育制度、人際關係等重大社會主題，從對資產階級社會的一般性描寫轉入對這個社會的揭露、控訴和批判。

《德伯家的苔絲》敘述的是農家姑娘苔絲為了幫助家庭擺脫經濟困難出外做工而遭遇的不幸和悲劇。在哈代筆下，苔絲被描寫成美的象徵和化身，既代表著傳統，又融合了現代的特點。她天生麗質，自然純樸，能夠容忍和敢於自我犧牲。她出外做工被資產者亞雷誘姦以後，不僅沒有得到同情，反而在資產階級的道德面前被看成傷風敗俗的典型，被當作警戒淫蕩的壞榜樣。同她結婚的安機·克萊因此離她而去，最終造成她內心的巨大傷痛和毀滅的悲劇。小說中的安機·克萊是一個資產階級自由思想家的形象。他反叛宗教，蔑視社會習俗和禮節，不看重地位和財富，一心追求普通勞動人民的生活。但是他又是一個理想主義者。在他心中，苔絲只是一種被抽象化了的真善美的概念，所以苔絲向他吐露了自己的不幸的過去以後，他就不能面對現實，殘酷地把苔絲拋棄了。他對苔絲的愛情是一種脫離客觀現實的理想主義者的愛情，他對苔絲的感情的變化是現實同理想發生矛盾的結果。

哈代塑造安機·克萊是為了批判資產階級的虛偽道德，而他塑造的亞雷·德伯則是為了揭露宗教的偽善。亞雷是一個資產者和暴發戶。他沉溺於聲色犬馬，利用苔絲的窮困和缺乏社會經驗，誘姦了她。哈代把他道德的偽善和宗教的偽善聯繫在一起，以此揭露資產階級宗教的虛偽本質。

《德伯家的苔絲》題材方面的變化是同小說主題的變化聯繫在一起的。前兩個時期哈代描寫威塞克斯宗法社會從繁榮到衰敗、毀滅的歷史，表現

農民階級破產消亡的全部過程。因此，哈代在第三個時期表現農民向工人轉化、工人階級同資產階級發生矛盾衝突時，他的小說題材和主要內容就同新的社會和階級的聯繫在一起了。哈代通過苔絲的遭遇突出描寫了代替地主莊園的資產階級農場，描寫了農場中農業工人的悲慘生活和命運，描寫了威塞克斯破產農民向手工業工人轉化以及在農場中謀求出路的遭遇。哈代所描寫的全部主題已不再侷限於威塞克斯農村地區和對農村生活的反映上，工人的、教育的、宗教的、藝術的、婚姻的等多方面的主題，都出現在哈代的小說創作中。

《德伯家的苔絲》以其感人的悲劇力量使哈代的創作達到了前所未有的高度，但是就哈代最後階段的創作主題來說，它只是描寫了農民階級向工人階級轉化過程中的一個階段。到這部小說為止，哈代還沒有完成描寫威塞克斯人歷史命運的史詩性主題，只是在《無名的裘德》這部小說出版以後，哈代描寫英國南部殘存的宗法制農村社會被資本主義社會佔領及農民破產的悲劇性主題才有了完整性，從而使他的小說在主題上、藝術上形成一個整體。

在哈代晚期創作的小說中，《德伯家的苔絲》通過苔絲的命運描寫了威塞克斯破產農民的生活發生的巨大變動，這就是哈代在小說中指出的「鄉村人口聚匯城市的趨向」。在這部小說裡，農民的女兒苔絲在階級和社會的急劇變動中，逐漸變成了一個依靠出賣勞動力掙工資的農業工人。但是苔絲還只是處於向城市工人發展的過程中，不是現代意義上的城市工人。而下一部小說的主人公裘德為了尋找工作在城市裡四處漂泊則說明了這種趨向的結果，即一個現代城市工人從破產農民中的誕生。

《無名的裘德》是《德伯家的苔絲》描寫的主題在邏輯上的進一步發展，是哈代對破產的威塞克斯農民的出路和命運的繼續探索，是第一次給

現代工人階級悲慘命運所作的藝術表現，以及對資本主義世界中的教育、婚姻、道德、宗教等重大社會問題進行的沉痛思考。它不僅用城市的背景代替了農村的背景和田園的神話，批判了資本主義不合理的教育制度、婚姻制度和揭露了宗教的偽善，而且在通過裘德把這些重大社會主題聯繫起來的時候，揭示出一個充滿失望、痛苦和憤懣的普通工人的內心世界，描寫了一個壯志未酬的青年的悲劇。

裘德渴望知識，夢想通過對教育的追求掌握自己的命運。雖然他胸懷大志，奮力拼搏，鼓足勇氣同命運抗爭，全憑自學掌握了足夠的知識，但是資本主義教育制度仍然把他拒之於大學門外，粉碎了他一生執著的美夢。這是對資本主義教育制度的強烈批判。同時，哈代又在小說中通過裘德猛烈攻擊資本主義的婚姻制度。裘德和淑追求完全合乎道德的以感情為基礎的愛情，但是他們在輿論的壓迫、社會的敵視和經濟的困境中卻經歷了無數的苦難，仍然是婚姻的失敗者。他們反抗傳統的婚姻觀念，追求自由愛情，付出了沉重的代價，但是他們反抗傳統道德宗教和法律所維護的婚姻制度還是取得了道義上的勝利。

《無名的裘德》是哈代晚期創作的一本重要小說。哈代在藝術上減少了對戲劇性衝突的描寫，加強了對在現代社會壓抑下的人物進行心理上和精神上的分析，並加強了對心理和精神因素在人物悲劇中意義的研究。哈代寫完了裘德在現代城市中尋求出路的悲劇，實際上他就是完成了描寫威塞克斯農村社會在外部資本主義的入侵下逐漸毀滅的史詩性主題。也正是他完成了這個重大主題，他才最終停止小說創作轉而寫作詩歌。

在第三個階段，哈代在悲劇的探索上也有了新的發展。他指出「悲劇既可以因為反對宇宙內萬物的環境而發生，也可以因為反對人類制度的環

境而發生」[4]。他把悲劇看成是人同環境、同社會政治制度之間的衝突，認識到悲劇人物的災難、痛苦、挫折、失敗、毀滅與客觀環境和社會制度的內存聯繫，創造出苔絲和裘德兩個偉大的悲劇形象。苔絲和裘德的悲劇說明，哈代對悲劇的看法已經轉到了易卜生的立場上，開始從社會環境方面描寫人物的悲劇了。

就哈代的悲劇小說而言，作家最初描寫的是威塞克斯農村社會在外部社會影響下產生悲劇性因素，這些因素主要就是對現存環境的不滿以及對外部世界的渴望和追求。這些導致了傳統的威塞克斯社會的動盪不安。進而哈代開始描寫外部資本主義對威塞克斯農村社會的入侵，描寫兩個不同社會、不同階級之間的衝突和鬥爭，以及傳統的宗法的威塞克斯農村社會被外來的資本主義社會所取代的悲劇。到這裡為止，哈代描寫的就不是個人的悲劇了，而是整個社會的悲劇、歷史的悲劇。哈代對生活和社會的觀察是十分深刻的，他說：「如果你透過任何笑劇的表面去觀察，你看到的是悲劇；相反，如果你對悲劇更深刻的問題視而不見，你看到的就是笑劇。」哈代的敏銳就在於他從威塞克斯農村社會的變遷中，發現了人民的悲劇，揭示了社會發展的歷史必然性，並創作了反映這種悲劇的偉大作品。

（原文載於《華中師範大學學報（人文社會科學版）》2001 年第 6 期）

注釋

[1]　盧那察爾斯基著，蔣路譯：《論文學》，北京：人民文學出版社 1993 版，第 468 頁。

[2]　陳焘宇著：《哈代創作論集》，北京：中國社會科學出版社 1992 版，第 268 頁。

[3]　Lawrence, D. H. "Study of Thomas Hard", in *Phoenix*. London: 1936, p.170.

[4]　Hardy, F.E. *The Life of Thomas Hardy*. Vol.I. London: Macmillan, 1933, p.282.

五、哈代的小說創作與達爾文主義

　　在影響 19 世紀文學的科學著作中，最重要的莫過於達爾文的《物種起源》了。在這部偉大的科學著作中，達爾文通過對生物學的研究，闡述了他的進化學說，即我們常說的達爾文主義。廣義地說，達爾文主義還包括當時其他一些進化論思想家的著作，如斯賓塞和赫胥黎（Huxley）的著作。達爾文的進化學說衝破了支配生物學的「上帝創世說」的精神枷鎖，徹底地擊毀了科學思想界中的宗教統治，開闢了自然史上的一個新紀元。進化論的影響又遠遠超越了生物科學本身，它把人們對世界的認識從神創論和形而上學的束縛中解脫出來，突破了宗教神學宇宙觀的禁錮，成為推動人類社會進步的一個巨大動力。進化學說不僅推動了 19 世紀自然科學的發展，而且深刻影響了文學和藝術領域的創作。19 世紀後半期走上文壇的托瑪斯・哈代的思想和創作，就是深受達爾文思想影響的一個範例。

　　哈代生於 1840 年，1871 年開始發表作品。在哈代發表作品的 12 年前，即 1859 年，達爾文的《物種起源》出版。正如哈代自己所說，從青年時代開始，他就崇拜達爾文，受到達爾文進化論的影響，「是《物種起源》的最早的擁護者之一」[1]。其後，他又開始研究孔德（Comte）、赫胥黎（Huxley）、休謨（Hume）、穆勒（Muller）、邊沁（Bentham）、叔本華（Schopenhauer）等人的哲學，迷戀實證主義和意志學說。1882 年 4 月 26

日，哈代出席了達爾文的葬禮。在 1911 年和 1924 年，哈代兩次列出對他的思想產生過重大影響的人物名單，他們是達爾文、赫胥黎、斯賓塞、休謨、穆勒等[2]。從這份名單可以看出，哈代最先列出的人物就是達爾文和其他進化論者。哈代一生所受的影響是多方面的，但在其全部創作和思想發展過程中，進化論學說都貫穿始終，是其社會觀念、倫理道德觀念和文藝思想的基礎。

　　在哈代的時代，丹麥哲學家哈拉爾德‧霍夫丁（Harald Hoffding）教授的《當代哲學史》是一部影響廣泛的著作。從哈代關於這部著作的讀書筆記裡，可以看出他對黑格爾（Hegel）、叔本華、孔德、達爾文、斯賓塞等重要思想家的熟悉程度[3]。哈代曾在一封信中寫道：「我的作品同達爾文、赫胥黎、斯賓塞、孔德、休謨、穆勒等人的思想是一致的，我讀這些人的著作比讀叔本華的著作多」[4]。早在哈代寫作後來並未出版的小說《窮人和小姐》之前，哈代已讀過達爾文的《物種起源》和《隨筆和評論》（1860）兩本著作，並接受了達爾文進化論影響。1887 年法蘭西斯‧達爾文（Francis Darwin）編輯的《查理斯‧達爾文的生平與書信》出版。從哈代的讀書筆記可以看出，他很快就開始閱讀這部著作，並從這部著作中至少摘錄了 7 條筆記。1888 年 2 月，哈代曾經推薦牧師 A‧B‧格羅薩特（A.B. Grossart）博士閱讀剛出版的《達爾文傳》，閱讀赫伯特‧斯賓塞（Herbert Spencer）和其他不可知論者的著作[5]。在研讀其他學者有關涉及達爾文理論的著作時，如 L‧斯蒂芬（L. Stephen）的《歷史哲學》和《文學中的道德問題》，哈代也特別注意摘錄與達爾文有關的內容[6]。從哈代的文學筆記中可以發現，哈代十分重視閱讀與達爾文有關的論著。哈代不僅仔細閱讀，還認真做了摘錄。即使到了 20 世紀，哈代對達爾文主義的熱情仍然不減當年。

如 1926 年，泰晤士報文學副刊刊登了一篇名為《處於十字路口的人類》的文章，哈代不僅對這篇有關達爾文的文章認真閱讀，而且還大量摘錄了文中評論《物種起源》一書的內容[7]。蕭伯納（George Bernard Shaw）關於達爾文主義的論述，也在哈代閱讀的範圍之內。這一切表明，達爾文對於哈代的思想的影響是十分深刻的、長期的。

　　進化觀念是一種普遍的時代精神，帶有 19 世紀特別是 19 世紀下半葉的色彩。因此，達爾文主義實際上是指包括其他進化論者的思想在內的學說，而哈代所受達爾文主義的影響也就不僅包括達爾文本人，還包括其他進化論者如斯賓塞、赫胥黎等學者的影響。

　　早在 1859 年達爾文的《物種起源》一書出版之前 7 年，社會學家斯賓塞就提出了社會進化的思想，認為進化是一個普遍的規律。他首次提出「進化」和「適者生存」的概念，系統地闡述了他的進化論的基本內容。斯賓塞雖然比達爾文更早提出進化的思想，但仍然受到達爾文生物進化論的影響，並將生存競爭、自然選擇的原則移植到社會理論之中。他認為，社會的進化過程同生物進化過程一樣，也是優勝劣汰、適者生存，生物界生存競爭的原則在人類社會裡也起著支配作用。這種思想後來被哈代用來說明他在小說中所描寫的威塞克斯農村社會毀滅的過程。斯賓塞在承認達爾文的「自然選擇」在進化過程中的重要意義的同時，還強調拉馬克的獲得性遺傳理論，而這種理論在創作中也被哈代加以運用，如《德伯家的苔絲》中造成苔絲不幸的遺傳因素。後來，斯賓塞又把英國傳統的功利主義同適者生存的進化論結合起來，創立了進化論倫理學，而這種學說對哈代的影響同樣是十分深刻的，常常被哈代用來解決小說主人公遇到的道德問題。

　　《生物學原理》一書是斯賓塞論述進化理論的著作，哈代對這部書所做的摘錄達 15 條之多。哈代在《列王》中使用的「第一原則」的概念，就來自斯賓塞的著作。哈代在寫給利恩・米爾曼的信中，曾談到了斯賓塞的「第一原則」問題。哈代說，斯賓塞的《第一原則》「影響或曾經影響了我」[8]。在哈代於 1916 年寫給高爾斯華綏的信中，也可以找到哈代受到斯賓塞進化思想影響的證據。[9]哈代閱讀斯賓塞著作的文學筆記表明，除了有關科學的起源、論進化思想等內容的科學著作外，哈代還閱讀了斯賓塞的社會學著作，如《社會原理》、《心理學原理》等，而這一切都對哈代的思想產生了深刻的影響。

　　哈代所受進化論思想的影響還來自赫胥黎的著作。赫胥黎是達爾文主義的維護者和宣傳者，他根據自己研究古生物學和古人類學的成果，粉碎了牛津大學主教 S・威爾伯福斯對達爾文進化論的進攻和污蔑，提出「人猿共祖」的人類起源學說。他的主要著作有《人類在自然界的位置》（1863）、《論文和評論》（1870）、《科學與文化》（1881）、《進化論與倫理學》（1894）等。從 1878 年開始，「隨著對赫胥黎的瞭解的加深，哈代越來越喜愛他」[10]。哈代尤其讚賞赫胥黎對當代宗教討論做出的貢獻。哈代閱讀了 E・克洛德（E. Claude）的《赫胥黎傳》以後，在一封信中評論了赫胥黎的神學思想[11]。哈代在他的筆記、書信和其他地方多次提到自己所受到的赫胥黎的影響。哈代不僅閱讀了赫胥黎的著作，還認真作了許多摘錄，如對赫胥黎的論文《〈物種起源〉的時代正在到來》、《科學的與偽科學的現實主義》、《科學與道德》、《休謨與貝克萊研究》的研讀。在小說《德伯家的苔絲》中，哈代還寫了女主人公苔絲通過安琪兒・克雷爾吸收了赫胥黎的思想。哈代在小說中寫苔絲在向德伯說明自己的宗教信仰時，承認她

自己接受了克雷爾的思想。她大段地複述克雷爾的言論，而對她複述的言論，哈代在作品中評價說：「在上至《哲學辭典》下至赫胥黎的《論文集》裡，都可以找出許多同這段話相似的話來。[12]」從小說中直接提到赫胥黎的《論文集》的情節可以看出，哈代受到赫胥黎的影響是十分深刻的。

正是在上述多位思想家的影響下哈代逐漸接受了達爾文主義，並把它運用於自己的文學創作中。哈代 1922 年在為《新舊抒情詩集》寫作的序言《辯護》中表明，他接受了進化的思想，這也表明哈代同樣接受了與進化理論聯繫在一起的生存鬥爭和適者生存的理論。哈代在序言《辯護》中說，他寫詩不是為了滿足社會的好惡習慣，也不是為了謳歌社會的偶像。他引述他在 20 年前寫的一首詩《在黑暗中》（In Tenebris）裡的兩句話：「假如有路通往善，就急需要考察惡。」接著哈代又解釋了自己的這一思想：「這就是說，通過研究現實，隨著觀察一步一步獲得明確認識，著眼於可能的最好結局：簡而言之，就是進化的社會向善論」[13]。

哈代在為 1912 年威塞克斯版小說寫作的總序中，把他的小說分為三類，其中第一類名為「性格與環境小說」，是哈代小說中最主要的部分，除了《德伯家的苔絲》、《遠離塵囂》、《無名的裘德》、《還鄉》、《卡斯特橋市長》、《林地居民》、《綠蔭下》外，還包括兩個短篇小說集。從第一類小說的名稱上可以看出，哈代對性格與環境的強調在思想上與達爾文主義是相通的。哈代在總序中還表示出他對萬物起源的關注，提到宇宙的科學理論和斯賓塞的影響。

進化論學說是哈代的宇宙觀和世界觀的基礎，也是他的現實主義的理論基礎。哈代對達爾文主義的接受具體體現在他的文學創作中，無論是小說還是詩歌，其創作和藝術構思，都自覺或不自覺地遵循了進化論的思想。

　　《綠蔭下》「是最能體現哈代早期小說主題的作品」[14]，它以優美的抒情、歡快的幽默、田園的色彩、牧歌的情調為哈代早期一系列小說定下了基調。哈代在對這部小說的情節和人物進行構思時，所遵循的原則就是生物學的進化論。哈代按照四季的變化用冬、春、夏、秋象徵男女主人公的愛情進程，這實際上就是作者用達爾文主義解釋社會和生活的一種努力。哈代把大自然的演化、男女主人公的愛情發展同小說中梅爾斯托克樂隊的歷史命運結合在一起，以此表現傳統的威塞克斯農村社會的歷史性變遷。在小說中，可以從男女主人公的愛情旋律中感覺到大自然的律動。狄克‧杜伊和芳茜‧黛在冬天戀愛，播下愛情的種子，經受了嚴酷的考驗；在具有生命活力的春天，愛情的種子開始發芽生長，開放出美麗的花朵；伴隨著萬物生長和走向成熟的夏季，男女主人公的愛情經受住了時間考驗，通過了戀愛中最重要的階段；當進入收穫季節的秋天，男女主人公的愛情也結出了果實。四季輪迴，春華秋實，人類社會同自然世界有著相似性。哈代用大自然的規律說明人類社會的規律，表達了自己對威塞克斯農村社會的基本看法和對田園理想的嚮往。

　　達爾文主義的生存競爭、適者生存的自然法則在哈代的另一部小說《還鄉》中也得到了藝術的體現。《還鄉》是「性格與環境小說」中具有代表性的一部，小說開頭作者用重筆濃墨描寫了人物活動的場景——愛敦荒原，揭示了它飽經蒼桑和永恆不變的特徵。它原始古老，粗獷質樸，保守落後，多少個世紀一成不變。它把現代文明看成它的對頭，用譏笑敵視的態度看待世事的變遷，並因此同企圖改變它的居民發生了尖銳衝突。生活在愛敦荒原上的小說女主人公游苔莎有「現代人」的煩惱、叛逆與追求，同自己周圍的環境格格不入。她渴望愛敦荒原以外的世界和生活，正如她

所說，她「想享受到所謂的人生——音樂、詩歌、熱情、戰爭和世界的大動脈裡一切的搏動和跳躍」[15]。儘管她希望擺脫壓迫和束縛自己的環境以實現個人意志的思想和行為無可厚非，但也正是由於她不能適應自己的環境才造成了自己的毀滅。小說中另一個主人公克林不滿自己故鄉的落後，企圖通過辦學校來改造它，最後也同樣失敗了。他最終用近乎悲觀的話語給自己做了總結：「我們不打算怎樣在人生裡光榮前進，而只打算怎樣能不丟臉地退出人生。」[16]而哈代也在小說中對克林做了達爾文式的總結：「這種情形，叫他想到，事物不朽不滅的演化，是有不能預知的因素操縱著的。」[17]在小說的所有人物中，只有文恩和朵蓀忠實於愛敦荒原這個古老的世界，他們沒有野心、性格隨和，同周圍世界友好相處，因此能夠適應自己的環境並最終得到幸福。

《卡斯特橋市長》是哈代另一部重要的作品，作者通過卡斯特橋市的變遷，象徵性地描寫了一個有著自然基礎的古老社會在社會進化過程中的毀滅。哈代在描寫傳統的卡斯特橋市的毀滅過程時，他的思想基礎仍然是達爾文主義。哈代用生物進化的規律反襯新舊社會的更替，說明卡斯特橋的變化和這個城市的毀滅是人類和社會進化的必然結果。

在小說開頭，亨察爾賣妻的行為儘管被評論家們看成是主人公宗法道德觀念的反映，看成是他作為一個家長式人物的典型特徵，而這一行為卻暗含著哈代構思這一事件時所堅持的達爾文思想。亨察爾當時喝醉酒後講明了他要賣掉妻子的真正理由：妻子導致他失去工作和陷入生存的困境。他說：「我要是能夠再變成一個自由人，只要一動手幹，就值一千鎊。」[18]在他看來，只要沒有了妻子，他的命運就可以徹底改變了。因此，從亨察爾的真實處境看，如果我們不對他在家長思想支配下的賣妻行為給予道德

評價的話，他的這一行為實際上就是為了生存競爭而使自己適應環境的一種努力。亨察爾後來的發展也證明了這一點：他賣掉了自己的妻子，適應了生存環境，不僅生意興旺發達起來，而且還當上了卡斯特橋市的市長。

亨察爾的發達是同他努力使自己適應環境聯繫在一起的，他深知自己的不足並盡力彌補。他請伐爾伏雷做他的商號的經理說：「我在事業裡真費了一番氣力，也很忙，才建立了這份商號。可是要它站得住，非有判斷和知識不可。不幸，伐爾伏雷，我對科學太不行，計算也不行——我是一個不能錙珠計較的人。」[19]他聘請伐爾伏雷做了經理，他的生意很快發達起來。但是，亨察爾同伐爾伏雷的合作由於他的妒忌心理而逐漸演變成了一場新的競爭，並最終導致亨察爾商號的倒閉和他個人的毀滅。

哈代用生存競爭的原則來表現亨察爾同伐爾伏雷之間的矛盾衝突。他們之間的生存競爭，首先是從舉辦遊園慶祝會開始的。這場通過遊園會的形式表現的競爭充分體現了達爾文的進化理論，並暗示了大自然力量的不可抗拒。亨察爾的遊園準備工作儘管是充分和奢華的，但是他卻忽視了決定遊園會能否成功的關鍵因素，即可能突然變化的天氣的影響。就在他的遊園會離成功只有一步之遙時，一場突如其來的暴雨把他即將獲得的成功徹底粉碎了。而伐爾伏雷在一開始就考慮到天氣的因素並預先作了準備，因此在他遇到同一場暴風雨的時候，卻能夠處之泰然，享受成功。他們的失敗和成功，正是生存競爭和適者生存理論的最好說明。

在哈代的筆下，亨察爾同伐爾伏雷的每一次競爭都按照生存競爭的原則不斷向前演化，直至這場競爭出現最終的結果。在卡斯特橋市，小麥的收成是受天氣支配的，經營小麥的生意也受到天氣的影響。在亨察爾同伐爾伏雷的競爭中，誰掌握了天氣誰就掌握了勝利。但是，亨察爾又一次犯

了給他帶來毀滅的錯誤：為了獲得天氣的準確情報而去求助預報天氣的先知。在這一次競爭中，亨察爾很明顯又違背了大自然的規律，這給他帶來了嚴厲的懲罰，並最終導致他的破產。亨察爾是傳統社會和農民階級的代表人物，哈代描寫了他同新的社會和階級的代表人物所進行的生存競爭，描寫了他的悲壯的失敗和注定的毀滅，用生物進化的理論形象地說明了人類社會的演化過程。一直到小說最後，亨察爾還是沒有認識到他失敗的根本原因，而只是「領悟到自然總是欣然支持非正規的社會原則」[20]。

哈代在闡述社會的變遷和發展時，並不侷限在生物進化論的狹義範圍內，而是更多地在廣義的社會進化論的基礎上觀察和認識世界。因此，亨察爾和伐爾伏雷有著重要的象徵意義：亨察爾是舊的宗法制農村社會的代表，伐爾伏雷則是新的資產階級關係的代表。因而他們之間的生存競爭就不僅侷限於個人之間，而是兩大社會陣營之間的鬥爭。根據適者生存的原理，亨察爾和他所代表的社會終歸毀滅，被伐爾伏雷和他所代表的新的社會關係取而代之。就哈代的小說創作來說，隨著農村社會向資本主義社會的演化，他描寫威塞克斯農村社會的悲劇命運的主題也因這部小說基本上步入了一個完滿的階段。

在哈代寫作的另一部小說《林地居民》中，作者同樣在一個生物進化的環境中表現了重大的社會主題。在第 7 章裡，哈代用達爾文式的眼光象徵性地描寫了小說主人公的居住地小辛托克的生存競爭環境：「這裡同所有其他地方一樣，使我們生活變得如此的不完美的意志顯而易見，這同它在城市貧民窟裡的墮落的人群裡發揮作用是一樣的。樹葉變了形，天然的曲線被破壞了，天上的光線也被遮斷了；地衣吞食著樹幹的活液，長春藤慢慢地纏繞著長勢良好的幼樹，直到它們死去」[21]。在第 42 章裡，哈代

再一次描寫了小說女主人公所經歷的類似自然界的這種競爭：「更多的樹緊緊地擠在一起，為了生存進行著鬥爭，它們那損壞了外形的樹杈由於相互磨擦和敲打而傷疤累累。夜裡她聽見的就是這些鄰居的爭鬥。在它們的下面，是那些很久以前就被擊敗了的同類留下的正在腐爛的樹樁，這些樹樁，在它們的長滿青苔的基座上直立著，好像一顆顆黑色的牙齒直立在綠色的牙床上。」[22] 哈代在小說中描寫的發生在大自然裡的生存競爭，其目的是反襯發生在林區小辛托克的人類社會中的生存競爭。

　　大自然的生存競爭通過小說中的人物體現為人類社會的生存競爭和社會進化的趨向。進化的特點主要通過格雷絲加以表現。格雷絲在接受完教育回到林區時，她從外表到內心都改變了。在一切都還保持著老樣式的林區，「她的時新裝束看起來幾乎是古怪的，因為它背離了林區人們所熟悉的服裝樣式」[23]。她按照現代教育的標準重新建立起新的道德理想和人生價值原則，用一個「外來人」的眼光和觀念重新審視自己的故鄉，企圖在林區尋找人生理想和幸福。格雷絲是在社會進化過程中誕生出來的新的典型，代表了林區這個具有古老傳統的社會的發展趨勢。作者同時還描寫了外部入侵者菲茨比爾斯的象徵意義。他把科學帶進林區，如他用顯微鏡對死去的老蘇斯的腦組織進行的研究以及他進行的哲學思考。他說：「我在這裡努力同時進行著生物學和先驗論哲學的研究，進行物質世界與理念世界的研究，以便發現是否可能在它們之間存在著一個把它們聯繫起來的聯結點。[24]」他認為「萬物皆空」，「在整個世界上只有我和非我」，「人的雙手對於他們的所作所為無濟於事，只有時間才起作用。[25]」所有這些都表現出達爾文進化論思想的特徵。在小說裡，上述人物因思想觀念的不同而導致遭遇和結局的各不相同，但所有結局共同說明了人們在農村社會的轉

型過程中將要經歷的痛苦和悲劇。

哈代最後兩部重要小說《德伯家的苔絲》和《無名的裘德》對威塞克斯農村社會和農民階級的悲劇性命運的過程作了進一步描寫，對破產農民在新的社會中的出路進行了深入探索，並得出他們未來的命運仍然是悲劇性的這一歷史性結論。哈代在表現這一重大主題時對社會的演進和人物命運變幻所作的思考，其基礎仍然是達爾文主義。

從歷史的觀點看，哈代在《德伯家的苔絲》中描寫的女主人公苔絲是破產農民的典型，她的命運代表著英國南部農村整個農民階級的命運。小說開頭崇幹牧師對德北家的考古發現，從歷史的角度敘述了苔絲一家具有古老的自然基礎，說明了苔絲毀滅的歷史必然性[26]。苔絲家族的衰敗過程符合達爾文生物進化的理論，是生物進化規律在人類社會發揮作用的一個圖式。在苔絲的時代，生存競爭變得更為慘烈，這從苔絲代替她父親送蜂箱去集市的路上撞死了她們家的老馬這個事件上反映出來。苔絲家的老馬瘦弱不堪，這是她們家的衰敗在生物學意義上的表徵。苔絲在同弟弟的談話中把自己住的世界看成是一個有毛病的蘋果，也是從生物學的意義上對人類社會的觀察和思考。象徵宗法制農村社會的送蜂箱的破爛馬車和象徵資本主義社會的送信件的新郵車撞到了一起，老馬死了，大車被撞壞了，而郵車和拉郵車的馬都完好無損。這個撞車事件正是苔絲一家進行生存競爭後得到的劣汰優勝的必然結果。

苔絲的祖先是跟隨威廉王從諾曼第來到英國的貴族，哈代在敘述主人公苔絲的生活歷程時，始終用她的家族由盛及衰的歷史作為對照，以此暗示苔絲的命運是沿著歷史的軌跡發展的。小說開始時崇幹牧師對苔絲貴族家世的考古發現，就從進化論的角度說明了苔絲家族衰敗的歷史因素。後

來苔絲在父母逼迫下對自己不適應的本家的認同，則使她的一家人走上了向毀滅演化的悲劇之旅。苔絲結婚的時候，克雷爾無意中租的屋子卻是苔絲家族從前的產業。苔絲的父親死後舉家外遷，選中的目的地苔絲的祖先居住了 500 年的老家金斯伯爾。但是他們在小鎮上租不到住房，竟不得在家族的墓地旁過夜。哈代在小說中描寫苔絲的家族墓地時說：「苔絲的家族已經從社會上滅絕了，但是在她見到的所有殘存下來的東西中，沒有比這兒殘破淒涼的景象更厲害的了。」小說在對苔絲的命運進行描寫時，把她的遭遇同她的古老家族的歷史聯繫在一起，用她的古老家族的衰敗滅絕證明現代的苔絲一家的衰敗和悲劇是不可避免的，因為這正是社會進化帶來的結果。

在小說創作中，哈代不僅運用達爾文的進化理論探索和解釋他所描寫的英國南部農村消亡的原因，表現重大的社會悲劇主題，而且還運用達爾文的進化理論解決小說中出現的一系列道德問題。在達爾文、斯賓塞、赫胥黎、穆勒等人的影響下，哈代在進化論基礎上建立起處理各種錯綜複雜的社會衝突和人物關係的道德原則，即進化論倫理觀。達爾文認為人類的產生是動物機體進化的結果，道德則是機體進化到人類一定階段的產物，高等動物的社會本能、合作本能是道德產生的自然前提。在斯賓塞等人的推動下，他們把生物進化規律和動物適應環境的機制應用於人類和社會，認為人類所追求的秩序就是整個自然界所遵循的秩序，生物界存在的生存競爭規律一樣適用於人類的社會生活，道德是生物進化過程在人類社會階段上的發展形式。根據進化理論，道德隨著生存條件的變化而變化，道德進步是人的生物本性不斷地適應其自然環境和社會環境的漫長漸進的過程。一般說來，作家都是按照各自時代的道德觀念或感性認識處理作品中的道德問題的，但是哈代不盡如此。他在藝術處理中重點不在於堅持自己

時代的道德原則，以及被某些階級的或社會認同的道德觀念，而是把進化論思想運用到自己的道德判斷中，從而輕鬆地解決了往往使作家們深感棘手的道德問題。

哈代在倫理道德觀念方面顯然接受了進化學說，建立起進化論倫理觀，並用進化理論處理他在作品中遇到的道德問題，例如哈代在《德伯家的苔絲》中對女主人公苔絲所作的道德評價。小說中的女主人公苔絲同克拉麗莎一樣，是一個失去了貞節但自身並無罪過的女子。但是哈代不同於理查遜，他不是從傳統的道德觀點出發塑造美好的道德典型，而是運用新的思想、從時代的立場評價人們和社會高度關注的道德問題。《德伯家的苔絲》的道德問題主要集中在女主人公苔絲的失身所引起的一系列道德評價上。苔絲在亞雷的誘騙下慘遭強暴，失去了貞節，對此，苔絲本人是沒有多大過錯的。然而在社會評價中，她似乎成了道德敗壞的典型。在整個社會的壓力下，形成了她的悲劇。哈代在描寫關於苔絲失身的情節和所作的道德判斷中，我們可以看出哈代是在功利主義倫理觀的基礎上來處理苔絲的道德問題的。他從生物進化論的立場看待苔絲的失身，認為苔絲失身帶來的影響純粹是道德方面的。按照生物進化的理論，人同一切生物一樣，有自身恢復的能力，就女人的貞節來說，也同樣可以在自然的進化中得到恢復。因此哈代在作品中描寫苔絲對自己的失身發出疑問時說：「她向自己發問，貞節這個東西，一旦失去了就永遠失去了嗎？如果她能夠把過去掩蓋起來，她也許就可以證明這句話是錯誤的了。有機的自然都有使自己得以恢復的能力，為什麼唯獨處女貞節就沒有呢？」[27] 在哈代看來，從進化論的觀點看，苔絲的失身在生物學的意義上是不成其為問題的，她面臨的問題是落後的社會對她所謂有罪的道德評價。

　　哈代在小說中站在進化論的立場上對苔絲心目中的道德觀念進行了分析，用達爾文的進化理論從科學上對苔絲堅持的傳統道德給予了否定。苔絲被亞雷強姦後回到家裡，把自己看成了一個罪惡的化身，內心陷入極端痛苦。她根據陳腐無聊的習俗，佈置了不同情自己的形體和聲音，憑藉想像創造出來一堆使自己害怕的道德精靈折磨自己。哈代認為苔絲不敢抬頭見人的理由，是緣於她立在幻想之上的道德觀念。「除了她自己而外，沒有人關心她的存在、遭遇、感情以及複雜的感覺。……她的大部分痛苦，都是因為她的世俗謬見引起的，並不是因為她的固有感覺引起的。」[28]苔絲這種心理上的自責是世俗謬見在她身上發揮作用的體現，顯現了苔絲在當時的社會道德環境中培養起來的非正常心態。對於苔絲來說，她的許多痛苦都是心理上的。她往往從傳統習俗、社會輿論上對自己的所謂「過失」作出道德上的判斷，從而扭曲了自己的正常心理，並對自己的行為予以錯誤評價。哈代認為從進化論學說看，苔絲把自己的失身看得過於嚴重是由於她有了世俗的謬見，而不是出於她天生本有的感覺。她的看法僅僅合乎習俗，而不合乎自然。

　　哈代還把進化論同功利主義結合起來，用功利主義的原則解決小說中的一系列人物面臨的各種道德問題，例如，為陷入悲觀絕望境地的苔絲從道德上尋找出路。按照功利主義觀點，趨樂避苦是人生的基本目的，也是一切意志和行為的根源，因而追求快樂和幸福是最高的道德。哈代推崇的倫理學家穆勒在他的《倫理學》一書中聲稱：「所有將被實際履行的行為，只要真的能產生最大程度的快樂，就將是正確行為；同樣，所有將來可能被履行的自願行為，只要能產生最大程度的快樂，就是正確的。」[29]穆勒是最早對哈代產生重要影響的偉大思想家之一。哈代在倫敦學習建築

期間，從學習希臘和拉丁語言轉到了閱讀英國文學和維多利亞時代經典作家的著作上。他最先學習紐曼、穆勒、卡萊爾、羅斯金的著作，其後研究斯賓塞、馬修·阿諾德（Matthew Arnold）以及傅利葉、孔德的作品。哈代在 l906 年 5 月就穆勒一百週年誕辰寫的一封信中，清楚地回憶了青年時代的哈代在倫敦聽穆勒演講的情景。他在信中說，「我們這些信徒」幾乎都能把穆勒的《論自由》「背下來」[30]。由此可見，穆勒的思想對哈代及其創作的影響是十分深刻的。按照穆勒的理論，哈代認為苔絲的悲觀消沉是不必要的，她應該振作起來，追求新的生活和人生歡樂。哈代關於道德的許多看法基本上都是基於進化論的功利主義原則。他在《德伯家的苔絲》中這樣描寫道：「那種尋找歡樂的趨向是不可抵抗的、普遍存在的、自然發生的，它滲透在所有從最低級到最高級的生命中，最後終於把苔絲控制住了。」[31] 在小說第 30 章裡，我們還可以讀到哈代的這種描寫：「一切生靈都有『尋求快樂的本性』，人類都要受到這種巨大的力量的支配，就像上下起伏的潮水推動海草一樣，這種力量不是研究社會道德的空洞文章控制得了的。」[32] 哈代作為一個藝術家，他從穆勒的倫理學說出發，按照功利主義的原則對苔絲的行為作出道德上的評判，從而肯定了苔絲的「有生命就有希望的堅定信心」[33] 的想法和人道主義的生存權力。

哈代運用進化論的倫理學說解決小說中的道德問題，在其他小說中也有明顯表現，如《貝妲的婚姻》中女主人公對自己婚姻問題所作的思考，《無名的裘德》中男女主人公對婚姻自由理想的追求等。哈代在探索作品中涉及到的各種倫理道德問題時，不僅關注個人的、人與自然的和人與人之間的道德衝突，而且特別注重把道德問題放在整個人類社會歷史發展中加以考察。他在觀察社會歷史時，十分關注人物和時代的聯繫，注意社會、

歷史、傳統、習俗等對人物的影響，試圖把道德問題同國家制度、法律原則、道德規範、哲理學說結合在一起。綜上所述，哈代的道德觀念的基礎仍是達爾文的生物進化論，並在此基礎上結合了孔德、穆勒、斯賓塞的實證主義倫理學說、18 世紀啟蒙主義時期的道德觀念、康德的道德哲學等學說，最終形成了自己的人道主義倫理觀。

　　最後需要指出的是，哈代的進化論思想並非表現在個別作品裡，而是滲透在他的全部創作中。從小說到詩歌，哈代似乎都盡力按照進化的學說進行構思和思考。哈代以生物進化的科學思想為觀察點，運用全新的世界觀、生命觀、宇宙觀和方法論描繪和強調社會進化的規律，形象地闡述「小土地所有者和自耕農生活的陰森慘澹的解體過程」[34]，從科學上、道德上藝術地說明了 19 世紀英國南部宗法制農村衰敗滅亡這一歷史現象的必然性。

（原文載《外國文學評論》2002 年第 2 期）

注釋 ─────────

1   Florence Emily Hardy. *The Life of Thomas Hardy*, London: Macmillan, 1933, Vol. I, p.198.

2   波特·R·英頓:《〈德伯家的苔絲〉:新達爾文主義解讀》,《南方評論》(Adelaide),
    1974 年第 7 期。

3   Lennart Björk (ed.) . *The Literary Notes of Thomas Hardy*, Göteborg: Acta Universitatis
    Gothoburgensis, 1974, vol. 1, p. 87, p. 133, p.137.

4   Walter F. Wright. *The Shaping of the Dynasts: A Study in Thomas Hardy*, Lincoln: University of
    Nebraska Press, 1967, p.38.

5   Florence Emily Hardy. *The Life of Thomas Hardy*, London: Macmillan, 1933, Vol.I, p.269.

6   Lennart Björk (ed.) . *The Literary Notes of Thomas Hard .Vol.2. Göteborg: Acta Universitatis
    Gothoburgensis,1974, p.87, p,133, p.137.*

7   Lennart Björk. *The Literary Notes of Thomas Hard Vol.2. Göteborg: Acta Universitatis Gothoburgensis,
    1974, pp.231-237.*

8   Richard Little Purdy, Michael Millgate. *The Collected Letters of Thomas Hardy. Vol. 2, Oxford:
    Clarendon Press, 1962, pp.24-25*

9   Marrot H V. *The Life and Letters of John Galsworthy*. London: Heinemann, 1935, pp.752-753.

10 Hardy, F. E. *The Life of Thomas Hardy. Vol. I* London: Macmillan, 1933, p.159

11 Richard Little Purdy, Michael Millgate. *The Collected Letters of Thomas Hardy. Vol. 3, Oxford:
    Clarendon press, 1962, p.5.*

12 湯瑪斯哈代著,王忠祥、聶珍釗譯:《德伯家的苔絲》,武漢:長江文藝出版社 2000
    版,第 435 頁。

13 Thomas Hardy. Apology, *Completed Poems of Thomas Hardy*. R.&P.Clark, 1930, pp.526-527.

14 聶珍釗:《托瑪斯·哈代小說研究:悲戚而剛毅的藝術家》,武漢:華中師範大學出
    版社 1992 年版,第 49 頁。

15 [英]托瑪斯·哈代著,張谷若譯:《還鄉》,北京:人民文學出版社 1980 年版,第
    363 頁。

16 [英]托瑪斯·哈代著,張谷若譯:《還鄉》,北京:人民文學出版社 1980 年版,第
    483 頁。

17 [英]托瑪斯·哈代著,張谷若譯:《還鄉》,北京:人民文學出版社 1980 年版,第
    484 頁。

18 [英]托瑪斯·哈代著,侍桁譯:《卡斯特橋市長》,上海:上海譯文出版社 1981 年
    版,第 7 頁。

19 ［英］托瑪斯·哈代著，侍桁譯：《卡斯特橋市長》，上海：上海譯文出版社1981年版，第54頁。

20 Thomas Hardy. *The Mayor of Casterbridge*, Penguin Books, 1985, p.394.

21 ［英］托瑪斯·哈代著，鄒海崙譯：《林地居民》，貴陽：貴州人民出版社1988年版，第66頁。

22 ［英］托瑪斯·哈代著，鄒海崙譯：《林地居民》，貴陽：貴州人民出版社1988年版，第418頁。

23 ［英］托瑪斯·哈代著，鄒海崙譯：《林地居民》，貴陽：貴州人民出版社1988年版，第68頁。

24 ［英］托瑪斯·哈代著，鄒海崙譯：《林地居民》，貴陽：貴州人民出版社1988年版，第174頁。

25 ［英］托瑪斯·哈代著，鄒海崙譯：《林地居民》，貴陽：貴州人民出版社1988年版，第61頁。

26 聶珍釗：《托瑪斯·哈代小說研究：悲戚而剛毅的藝術家》，武漢：華中師範大學出版社1992年版，第214頁。

27 ［英］托瑪斯·哈代著，王忠祥、聶珍釗譯：《德伯家的苔絲》，武漢：長江文藝出版社2000年版，第135頁。

28 ［英］托瑪斯·哈代著，王忠祥、聶珍釗譯：《德伯家的苔絲》，武漢：長江文藝出版社2000年版，第123頁。

29 ［英］穆勒著，戴揚毅譯：《倫理學》，北京：中國人民大學出版社1985年版，第18頁。

30 Hardy, F.E. *The Life of Thomas Hardy*. London: Macmillan, 1933, Vol.II. p. 138-139.

31 ［英］托瑪斯·哈代著，王忠祥、聶珍釗譯：《德伯家的苔絲》，武漢：長江文藝出版社2000年版，第263頁。

32 ［英］托瑪斯·哈代著，王忠祥、聶珍釗譯：《德伯家的苔絲》，武漢：長江文藝出版社2000年版，第142頁。

33 ［英］托瑪斯·哈代著，王忠祥、聶珍釗譯：《德伯家的苔絲》，武漢：長江文藝出版社2000年版，第134頁。

34 ［蘇］盧那察爾斯基著，蔣路譯：《論文學》，北京：人民文學出版社1983年版，第466頁。

第三編

英語詩歌研究

一、華茲華斯論想像和幻想

　　在英國詩歌史上，華茲華斯（William Wordsworth, 1770-1850）不是一個模仿家或守舊派，而是一個改革家和創造者。他最先在英國文學史上提出了與古典主義相對立的詩歌創作原則，開創了英國浪漫主義文學的新時代。他同柯勒律治（Samuel Taylor Coleridge, 1772-1834）合寫的《抒情歌謠集》（*Lyrical Ballads*, 1798）是浪漫主義詩歌創作的成功實踐，為英國浪漫主義文學的發展奠定了基礎。他為《抒情歌謠集》寫作的序言是英國浪漫主義詩歌創作的美學綱領。他在序言中提出的詩歌創作中應該遵循的一系列原則，確立了與古典主義完全對立的詩歌創作理論。

　　在 1815 年版的《抒情歌謠集》序言中，華茲華斯把寫詩所需要的能力歸結為六種：1、觀察和描繪；2、感受性；3、沉思；4、想像和幻想；5、虛構；6、判斷。在華茲華斯看來，詩歌創作的過程首先是對處於自然狀態的生活素材進行觀察和瞭解，這種「未被詩人心中的任何熱情或情感所改變」[1]的生活素材經過詩人的感受和沉思而進入到想像和幻想的形象思維，然後創作出詩歌作品。觀察和描繪、感受性、沉思是創作過程中的第一階段，想像和幻想才進入創作的實質，在整個創作過程中起著最重要的作用，而虛構和判斷只是一個如何綜合平衡和利用以上各種能力的技巧問題。

　　為了說明想像和幻想這兩個詩歌創作中的主要理論問題，華茲華斯引用了威・泰洛的一段話：「一個人愈能清楚地以觀念來複製感觀印象，他的想像力就愈大，因為它是一種把感覺現象映現在心中的能力。一個人愈能隨心所欲地喚起、連結或聯想那些內在的意象，以便完成那些不在眼前的對象的理想表現，他的幻想力就愈大。想像力是一種描繪的能力，幻想力是一種喚起和結合的能力。想像力是耐心的觀察所組成的；幻想力是由改變心中情景的自願活動所組成的。一個畫家或詩人的想像愈精確，他面前縱然沒有被描繪的對象，也愈有把握從事於刻劃或描繪的工作。幻想愈是豐富多彩，所創造的裝飾也就愈獨特、愈顯著。」[2]

　　華茲華斯對泰洛這段話作了發展和補充。他說：「想像力，按下面這一類詩的標題的意思來說，是和存在於我們頭腦中的、僅僅作為不在眼前的外在事物的忠實摹本的意象毫無關聯。它是一個更加重要的字眼，意味著心靈在那些外在事物上的活動，以及被某些特定的規律所制約的創作過程或寫作過程。」[3]把想像力看成是一種同忠實摹本的意象毫無關聯的思維活動，明確肯定想像力在詩歌創作中的重要作用，這對於打破古典主義創作規範的束縛，促進浪漫主義文學運動的發展是一個重要貢獻。它不僅在文學批評上樹起了掃除十八世紀詩壇上新古典主義餘風的戰旗，而且為新的文學理論的發展開了先河，奠定了基礎。

　　華茲華斯在他的藝術實踐中深刻地感受到，「他的從想像或幻想得來的文字是不能同從現實和真實裡產生的文字相比的」。[4]想像力為什麼會具有如此強大的藝術效果？華茲華斯在《抒情歌謠集》1815年版序言中進一步作了分析。他認為想像力具有三個方面的功能：1. 賦予、抽出和修改的功能；2. 造形或創造的功能；3. 加重、聯合、喚起和合併的功能。關於第

一種功能，華茲華斯指出想像的賦予、抽出和修改的三大作用是聯合在一起的。他引用了《決心和獨立》中的詩句：

　　好像是一塊大石頭，有時候

　　高臥在荒山的峰頂上，

　　人人都會驚訝，只要發現

　　它怎樣到了這裡，打從何處而來，

　　它彷彿是具備了五官，

　　像一隻海獸從海裡爬了出來，

　　躺在岩石或沙灘上休息，曬著太陽。

　　……

　　老人站住不動，像一片白雲，

　　聽不見咆哮的大風，

　　一要移動，就整個移動起來。[5]

　　華茲華斯在詩中把老人比作大石頭、海獸和白雲，以此說明想像力如何使幾個意象聯合起來並達到相互影響和改變的藝術效果。作者在這裡說明的是在審美過程中想像力將形象轉變為意象時所起的作用。由於經過詩人的形象思維，具體的形象已經在某些方面被改變了它原來的特性，轉變成了增加了一些額外特性或失去了一些原來固有特性的意象，呈現在詩人的頭腦中。因此，在詩人或讀者心靈的審美滿足方面，這種已經不同於原來形象的意象就能得到比真實自然的臨摹更多的藝術美感。

　　造形和創造是想像力的第二種功能，論述的是想像力如何把形象變成

審美意象的過程。華茲華斯指出「想像力最擅長的是把眾多合為單一，以
及把單一分為眾多」。[6] 在華茲華斯引為例子的彌爾頓的詩句裡，我們看出
他講的「把眾多合為單一」是指想像力對具體形象的高度概括性和典型化
問題。具體的形象是多個的，但是想像力可以把具體的多個形象合併成單
一的形象。同時，想像力還可以把單一的形象分解為眾多的形象。在他引
證的彌爾頓（John Milton）《失樂園》（*Paradise Lost, 1667*）的那節詩裡，他
首先把一支密集的艦隊作為單一的形象理解，繼而又通過商人們把它分解
為眾多的形象進行分析。艦隊是眾多船隻的抽象，它是單一，而商人們即
無數船隻是艦隊的具體化，是眾多。這種從具體到抽象、從個別到一般或
是從抽象到具體、從一般到個別的審美活動最後由詩人的心靈統一起來，
變成一定的審美形式。他說，這種活動過程「是以靈魂莊嚴地意識到自己
強大的和幾乎神聖的力量為前提，而且是被這種莊嚴的意識所制約的。」[7]
華茲華斯用詩人的心靈把想像力的形象思維過程統一起來，指出想像力的
造形和創造過程是詩人的一種心靈活動和思維活動的過程，想像力是由詩
人的心靈掌管的。華茲華斯強調想像力的造形和創造的主觀性，強調詩人
的心靈在形象思維過程中的支配作用，這對於浪漫主義文學後來在理論和
實踐上的發展起了十分重要的作用。

　　想像力的第三種功能是「加重、聯合、喚起和合併的能力」。[8] 華茲
華斯認為幻想也具有這種功能，因此他特別細緻地論述了想像同幻想的異
同。華茲華斯認為雖然想像和幻想都是詩歌創作中經常使用的形象思維方
式，但是二者所喚起和合併的素材不同，或者二者依據不同的規律和為了
不同的目的把素材聚集在一起。他指出想像和幻想的一系列區別：幻想使
用的素材並不由於它的處理而改變其性質，即使有所改變也是輕微的、有

限的和暫時的，而想像則恰恰和幻想相反，具有改變素材性質的能力。幻想在於激發和娛樂我們天性的暫時部分，而想像在於激發和支援我們天性的永久部分。幻想依靠快速和繁多來傳播它的思想和意象，相信思想和意象的繁多以它們結合的巧妙能彌補個別價值的需要，即能以新奇的精妙和成功的匠心發現潛在的相似，並不在於依靠它的很不穩定和短暫的影響。而想像力形成的比喻，其相似在於依靠辭句和意味，而不在於依靠外觀和特性；在於依靠固有的內在的特性，而不在於依靠偶然的突出的特性。因此，華茲華斯指出想像和幻想是詩人形象思維過程中的一對孿生兄弟，幻想和想像一樣，也是一種活躍的創造能力，在詩人的創作思維過程中起著十分重要的作用。

華茲華斯關於想像和幻想的觀點同他的朋友柯勒律治的觀點是矛盾的。柯勒律治認為想像力是造成和改造形象的能力，幻想力是拼合和聯繫的能力。他反對華茲華斯的觀點，否認想像力也具有拼合和聯繫的能力。他推斷華茲華斯在想像單獨活動時因想像和幻想同時出現而把他們誤解了。他舉例說：「一個人完全可以同時使用兩種完全不同的工具工作；它們在工作中起著各自的作用，但工具各自不同的影響是明顯的、不同的。」他認為：「幻想其實無非就是從時間和空間的秩序裡解放出來的一種記憶。……只能從聯想的規律所產生的現成資料裡獲取素材。」[9] 華茲華斯和柯勒律治的分歧主要在於，華茲華斯堅持認為想像和幻想是共有某些功能的不同的創造力，它們有相似之處，並充分肯定幻想在創作中的重要作用。而柯勒律治則認為幻想只是一種記憶形式，它只起拼合和聯繫作用，只搬弄些死的、固定的東西，因此它在創作中的作用遠遠不及想像力。實際上，他們分歧的焦點主要在於想像和幻想是不是共有某些特徵，以及幻

想在形象思維過程中的作用問題。

關於想像和幻想的藝術思維問題，馬克思在《〈政治經濟學批判〉導言》中早已指出：「任何神話都是用想像和借助想像以征服自然力，支配自然力，把自然力加以形象化。」他還進一步指出：「希臘藝術的前提是希臘神話，也就是通過人民的幻想用一種不自覺的藝術方式加工過的自然和社會形式本身。」他要求藝術家具備「一種與神話無關的幻想。」[10] 馬克思用同樣意思的兩種不同的表達方式說明了想像和幻想的作用和意義。馬克思認為想像和幻想的內涵是基本相同的，華茲華斯也是如此。他認為想像和幻想是很難分開的，因為它們有著共同的現實基礎，即都是藝術家的經驗，以概括、思想、觀念為基礎的。所以華茲華斯說：「要發現想像如何區別於形象的清晰回憶，都是不容易的，因為二者都不過是一種記憶形式。」[11] 但二者又不完全等同，所以華茲華斯在《抒情歌謠集》的序言中對想像和幻想的一些主要特徵進行了分析，既指出想像和幻想的細微差別，又指出它們相互交織，往往同時出現，指出「幻想怎樣野心勃勃地力求和想像互爭短長，而想像又怎樣屈身來處理幻想的素材」，[12] 華茲華斯探討了他那個時代藝術家和文藝理論家都還沒有深入探討的形象思維問題，並且達到了相當高的理論深度，這是難能可貴的。

華茲華斯不僅對想像和幻想進行了理論上的深入探討，而且還在創作上進行了成功的實踐。他後來對自己寫作的詩進行了重新編排，把其中許多詩按「幻想的詩」和「想像的詩」分類。當然，正如作者在 1815 年寫的序言中所說，這種分類不是嚴格的，想像多於幻想的詩就放置在想像的名下，意思是說，「想像的詩」中有幻想，「幻想的詩」中有想像，只不過或是想像的成份多些或是幻想的成份多些而已。

在想像的詩裡，詩人認為「無須去裝飾自然或增高自然」，[13] 完全憑著想像或幻想得來的文字，寫出意境雋永的美妙詩篇。詩人聽見杜鵑的啼鳴，於是產生聯想，把杜鵑想像為「一個飄蕩的聲音」（「a wondering voice」，《致杜鵑》）；看見捉水蛭的老人，詩人便把老人想像成「一塊巨石」、「一隻海獸」、「一片浮雲」（「a huge stone」、「a sea-beast」、「a cloud」，《決心與獨立》）；看見天上飛翔的雲雀，詩人便把雲雀想像成「太空的歌手，雲天的香客」（「Ethereal minstrel! pilgrim of the sky!」，《致雲雀》）；看見林中的野鹿，詩人便把野鹿想像為「一個夢」、「一隻船」（「a dream」、「a ship」，《賴爾石的白色雌鹿》）；等等。在這些形象裡，杜鵑同聲音，雲雀同詩人、香客，老人同巨石、海獸、白雲等，詩人都借助於想像加上或抽出了一些額外的特性，使它們形成了新的藝術形象。借助想像，詩人從一道彩虹就能得到「兒童是成人之父」的啟示（《彩虹》），從蝴蝶的飛舞就能回憶起歡樂的兒童時代（《致蝴蝶》），從一個自然的景象就能想像出未來的景象（《丁登寺旁》）。這些通過想像得來的形象沒有牽強附會和矯揉造作之感，使人感到真實自然，表現了事物的本質特徵。因為，用飄蕩的聲音表現杜鵑的虛無飄渺，用巨石、海獸和白雲表現老人的剛毅和孤獨，用歌手和香客表現雲雀高鳴長空等，這比用其他藝術手段更能表現事物內在的、難以言傳的特徵，比用其他修辭方法更能獲得獨特而美妙的藝術效果。

在《幻想的詩》裡，華茲華斯駕著幻想的翅膀，進入到一個新的奇麗的境界。例如在《雛菊》裡，詩人浮想聯翩，似乎被幻化成了一個精靈在和雛菊娓娓交談，傾訴衷腸。在《橡樹和金雀花》裡，詩人幻想出一塊一直遭受著暴風雨襲擊的岩石，岩石頂端長出了橡樹，岩石腳下長出了金雀花，描繪出一幅大自然的奇特的圖畫。在《致雲雀》裡，詩人進入到一個

更高的精神境界，抒發出詩人想借著雲雀的翅膀飛升到奇麗的幻想境界的
主觀理想。這首幻想的詩十分優美動人，意境開闊宏偉，比其他詩篇更強
烈地寫出了詩人高昂激越的思想感情，而這種境界又只有借助於幻想才能
達到。在華茲華斯「想像的詩」和「幻想的詩」中，可以發現想像和幻想
往往同時出現並巧妙地交織在一起的特點，如「想像的詩」中的《阿爾梅
恩溪谷》。這是一首想像融合幻想的美麗的詩。在詩人想像中的寂靜的阿
爾梅恩溪谷，一條小溪在幽僻靜謐的峽谷中流動，喃喃低語，似乎是蘇格
蘭傳說中的詩人奧賽安在那兒吟唱激烈的戰鬥和死亡。詩人描繪的是一幅
帶著歷史意味的山水畫，詩中想像和幻想水乳交融，構成耐人尋味的優美
意境。在「幻想的詩」中，詩人在《致雲雀》裡寫下了「帶我飛騰！帶我
飛騰！直入雲霄」的幻想詩句，同時也寫下了「此刻我也有了仙子翅膀，
能夠向你那兒飛翔，……飛向你在雲天設宴的地方」等幻想加想像的詩
句，寫了詩人那種海闊天空任翱翔的恢廓氣度和激情橫溢的浪漫主義情懷。

　　義大利詩人馬佐尼說：「詩歌由虛構和想像的東西組成，因為它是以
想像力為根據的。」[14] 詩歌創作離不開想像，也離不開幻想。詩人把想像
和幻想結合在一起，就創作出美妙的詩。在華茲華斯寫作的詩篇裡，無論
長篇短句，寫景寫人，寫鳥寫蟲，寫花寫草，寓物詠志，敘事抒情，無處
不見想像的風帆、幻想的翅膀。他能夠借助想像和幻想把一朵花、一棵草、
一隻鳥、獸或人，都幻化成新奇美麗的形象，藉以傳達自己豐富的情感。
他正是借了想像和幻想的力量，才使自己豐富的感情實現藝術昇華，變成
偉大的詩，才能在英國詩歌寶庫中給我們留下一筆偉大的藝術財富。

　　　　　　　　　　　　（原文載於《外國文學研究》1997 年，第四期）

注釋

1　　華茲華斯：《〈抒情歌謠集〉一八一五年版序言》，劉若端編：《十九世紀英國詩人論詩》，北京：人民文學出版社 1984 年，第 36 頁。

2　　華茲華斯：《〈抒情歌謠集〉一八一五年版序言》，劉若端編：《十九世紀英國詩人論詩》，北京：人民文學出版社 1984 年，第 41 頁。

3　　華茲華斯：《〈抒情歌謠集〉一八一五年版序言》，劉若端編：《十九世紀英國詩人論詩》，北京：人民文學出版社 1984 年，第 42 頁。

4　　華茲華斯：《〈抒情歌謠集〉一八一五年版序言》，劉若端編：《十九世紀英國詩人論詩》，人民文學出版社 1984 年，第 14 頁。

5　　華茲華斯：《〈抒情歌謠集〉一八一五年版序言》，劉若端編：《十九世紀英國詩人論詩》，人民文學出版社 1984 年，第 45 頁。

6　　華茲華斯：《〈抒情歌謠集〉一八一五年版序言》，劉若端編：《十九世紀英國詩人論詩》，人民文學出版社 1984 年，第 46 頁。

7　　The Poetical Works of Wordsworth, edited by Thomas Hutchinson, 1946, p.956.

8　　華茲華斯：《〈抒情歌謠集〉一八一五年版序言》，劉若端編：《十九世紀英國詩人論詩》，人民文學出版社 1984 年，第 49 頁。

9　　參見 Samuel Taylor Coleridge, *Biographical Literaria*, 1947, p.139, 140.

10　《馬克思恩格斯選集》，第二卷，北京：人民出版社 1972 年，第 113 頁。

11　The Poetical Works of Wordsworth, edited by Thomas Hutchinson, 1946, p.55.

12　華茲華斯：《〈抒情歌謠集〉一八一五年版序言》，劉若端編：《十九世紀英國詩人論詩》，人民文學出版社 1984 年，第 50 頁。

13　華茲華斯：《〈抒情歌謠集〉一八一五年版序言》，劉若端編：《十九世紀英國詩人論詩》，人民文學出版社 1984 年，第 14 頁。

14　《外國理論家、作家論形象思維》，北京：中國社會科學出版社 1979 年，第 12 頁。

二、論華茲華斯的詩

（一）

在英國文學史上，18、19 世紀之交是繼文藝復興和啟蒙運動之後又一個具有歷史意義的轉捩點，開始了浪漫主義文學的新時期，產生了一大批傑出的浪漫主義詩人。彭斯（Robert Burns, 1759-1796）、布萊克（William Blake, 1757-1827）、華茲華斯（William Wordsworth, 1770-1850）、柯勒律治（Samuel Taylor Coleridge, 1772-1834）、司各特（Walter Scott, 1771-1832）、拜倫（Lord George Gorden Byron, 1788-1824）、雪萊（Percy Bysshe Shelley, 1794-1822）、濟慈（John Keats, 1795-1821）都誕生在這個時代，並分別以自己的創作奠定了在文學史上的不朽地位，為英國文學史譜寫了一段大約 40 年的輝煌歷史。

在英國浪漫主義詩人中，湖畔派詩人華茲華斯以其獨特的藝術個性和創作理論開一代詩風，深刻影響了他同時代的以及後來的詩人。華茲華斯以一個詩歌開創者的身份出現於詩壇，是英國後世詩人所推崇的浪漫主義文學的先驅。在華茲華斯生前死後的一百餘年歷史裡，他得過榮譽的桂冠，也受過詆毀的羞辱，雖歷經滄桑，但盛名不衰，備受推崇。他是一個詩歌改革家，以其嶄新的詩風橫掃新古典主義的腐朽詩風，從而把英國詩歌引入浪漫主義的新階段。

　　1798 年華茲華斯和柯勒律治合寫的詩集《抒情歌謠集》的出版，標誌著新一代詩人的出現和文學新潮流的開始。在這本詩集裡，華茲華斯一反十八世紀的陳舊詩風，從下層人民中間擷取生活題材和詩歌語言，以普通勞動人民為描寫對象，創作出大量的優秀詩篇，從而使詩歌貧乏的內容得到充實，活力煥發，格調為之一新。兩年後詩集再版，華茲華斯為詩集作序，公然張揚起浪漫主義的大旗，從理論上擂響了反叛壟斷英國詩壇的新古典派美學標準的戰鼓。《抒情歌謠集》是英國文學史上文藝復興以來第一部浪漫主義的重要作品，它同華茲華斯為歌集寫的序言一起標誌著新一代詩風的出現，引起了一場詩歌內容和形式的革命，從理論和實踐上為英國浪漫主義文學潮流奠定了基礎。

　　華茲華斯是一位獨創的革命的浪漫主義詩人，他的創作較之他的前輩作家更加接近人民，藝術上富有表現力和打動人心。他繼承和發揚了羅伯特・彭斯的民歌詩風的人民性特點，把詩歌創作變成表現勞動人民生活的藝術。他描寫了大量的勞動人民的形象，廣泛地反映了下層社會的生活內容，表現了英國社會中勞動人民在資本主義和封建主義衝突中所經歷的悲慘命運的主題。在《邁克爾》(“Michael, A Pastoral Poem”) 這首被作者稱為「一首田園詩」的詩中，牧羊人的普通生活成了華茲華斯藉以表現重大主題的藝術素材。這首詩描寫心地善良的老牧人邁克爾為了償還罰金，讓心愛的獨子魯克前往城中求助於一個富有的商人親戚，結果不僅沒有得到急需的幫助，而且連兒子也在充滿罪惡的城市生活中墮落了。詩中寫道：

　　……魯克

　　他的來信日漸稀少；終於，

> 在邪惡的城市裡，他學會了
> 罪惡的生活：一身恥辱
> 滿懷羞愧，後來只好
> 逃往海外，找個地方藏身。

　　詩人滿懷同情地描寫了邁克爾的期待和失望，孤獨和淒涼，悲傷和痛苦：

> 有時候看見，他在羊欄的旁邊
> 孤獨地坐著，帶著忠實的狗，
> 後來狗也老了，躺在他的腳邊。
> 整整七個年頭，他不時地，
> 修築著這個動了工的羊欄，
> 死時也沒有把工作做完。

　　他的妻子最後也憂傷地死去了，房產落入別人的手中，只剩下沒有完工的羊欄。作者描寫了資產階級社會對魯克的引誘、腐蝕而給老牧人帶來的無限悲苦，全詩瀰漫著悲劇的氣氛，憂鬱沉痛，讀來令人神傷。

　　《最後一隻羊》（“The Last of the Flock”）是另一首描寫牧羊人痛苦生活的作品。在饑荒的打擊下，老牧人賒貸無門，只好把最後一隻羊賣掉，換回麵包，餵養孩子。牧羊人一生辛苦飼養的羊群即將賣完，不知以後的生活怎麼辦，只好抱著最後一隻羊悲傷痛哭。這首詩悲戚哀惋，揭露了資本主義對窮苦牧羊人的壓榨：

> 這是一條止不住的血管，
>
> 如同血珠從心底流出。

　　詩人對牧羊人無限同情，並借牧羊人之口憤怒指出「這是一個罪惡的時代」，對資本主義社會進行譴責和抨擊。

　　《坎布蘭的老乞丐》（*"The Old Cumberland Beggar"*）也是一首描寫窮苦人民悲苦生活的好詩。詩人漫步時看見一個老乞丐孤獨地坐在山腳下的石凳上，衣衫襤褸，骨瘦如柴，一點一點地從布袋中掏出村婦們施捨的麵包慢慢吞嚥。目睹這淒慘的情景，詩人心中充滿深沉的苦悶和巨大的同情。詩人呼籲社會同情和憐愛這些不幸的人，為老乞丐大聲疾呼，爭取生存的權力：

> 只要他還能漫遊，就讓他呼吸
>
> 山谷的新鮮空氣：讓他的熱血
>
> 同冬日的寒風和白雪搏鬥。

　　在華茲華斯的詩歌裡，不乏這類描寫普通下層人民悲苦命運的詩篇。《愛麗絲‧費爾或貧窮》（*"Alice Fell; or, Poverty"*）通過主人公僅有的一件外套被郵車碾碎的細小事件，從側面反映了當時英國下層人民的貧困狀況；《瑪格麗特的憂傷》（*"The Affliction of Margaret"*）描寫母親對流入城市的獨子的懷念，寫出了慈母的悲傷、淒涼和溺子的懊悔；《決心與獨立》（*"Resolution and Independence"*）歌頌了一位捉水蛭的老人的形象，表現了窮苦人民與生活搏鬥的決心和意志。長詩《漫遊》（*"I wandered lonely as a cloud"*）也是如此。詩人在詩中通過自己在旅行中耳聞目睹的社會現實表現人間的辛酸和

自己心中的惆悵，並通過孤獨者的形象反映當時冷酷的農村世界和窮苦人民的淒涼悲苦。其他諸如《孤獨的收割者》（"The Solitary Reaper"）、《露茜》（"Lucy Poems"）、《她的眼睛已瘋狂》（"Her eyes are Wild"）、《流浪漢》（"The Wanderer"）、《羅莎》（"To Rotha Q"）、《抱怨》（"A Complaint"）等，都從不同方面反映了勞動者的苦難和不幸，並對他們寄予真摯的同情。

（二）

華茲華斯從廣大的勞動人民的生活中擷取創作素材，以豐富的想像和酣暢的筆墨描寫小人物的命運，並以樸實無華的文字渲染出濃郁的抒情氣氛，流露出人道主義的同情。華茲華斯在以窮苦人民的悲慘生活為內容的詩篇裡，傾吐自己深沉的苦悶和低徊的感傷，在浪漫的遐想和激動的詩情之間，流露出纏綿悱惻的情愫。在這類詩歌裡，我們特別感到情感的力量，而抒發和描寫情感又是華茲華斯詩歌的另一個特徵。

浪漫主義作家認為，情感是詩歌的靈魂。柯勒律治稱詩是「人的全部思想、熱情、情緒和語言的花朵和芳香」[1]。華茲華斯認為「一切好詩都是強烈情感的自然流露」[2]。在華茲華斯的筆下，我們能強烈地感受到他那紛紜複雜的感情、強烈的心靈感受和抒情意境。雖然他並未完全摒棄譏笑、嘲諷和說教的傳統藝術手段，但他真正重視的卻是情感在人類生活中所起的作用，以及情感如何打動讀者和引起讀者的共鳴。

華茲華斯在《抒情歌謠集》的序言中認為，有價值的詩的產生是因為詩人「具有非同一般的固有敏感性，而且又經過了很久的沉思」[3]。正由於他具有像感傷主義作家一樣的敏感性，他才能以詩人所特有的敏銳觀察

英國的農村社會，捕捉那些最易於打動人的情感的普通人和事。在《孤獨的收割者》中，他描寫一個孤獨的高地少女，獨自一人在田間收穫，在她的悲傷、孤獨、寂寞、失望和痛苦中，也有少女的歡樂、愉悅、遐思和嚮往，能讓人洞悉到她純潔美麗而又複雜紛紜的感情。在《小貓和落葉》("The Kitten and Falling Leaves")中，詩人給我們描繪了另一種別有意趣的場面：小貓在牆邊捕捉蕭蕭飄零的落葉，嬉戲玩耍。然而詩人透過這歡樂的表面，寫出了小貓在人的情感上引起的反應：

> 美麗的小貓！因為你的嬉戲，──
> 把一種這樣的生活情趣，
> 擴展到我的小露娜的臉上；
> 是的，這情景如此有趣迷人，
> 孩子，你在我懷裡發出笑聲，
> 笑聲完全使我陰鬱沉悶，
> 你們不能讓我愉悅歡欣，
> 因為我度日艱辛，不像你們，
> 你們這一對太過天真！

在天真浪漫、無憂無慮的小貓和小女孩背後，我們感受到了當父親所承受的生活重擔和在生活重壓下的內心苦悶。華茲華斯在詩中揭示了兩種相互對照的歡樂和愁煩的情感，含蓄深沉，意味無窮。

華茲華斯在詩歌中用滿蘸感情的藝術之筆抒寫平凡的人物和平凡的事件，善於描寫複雜的心理活動和探察隱蔽的內心世界。他往往能透過普通

的小事洞悉人物的內心深處，抓住細膩微妙的情感，把詩的意境寫得更深刻，把內容寫得更含蓄。如《我們是七個》（*"We are Seven"*）、《可憐的蘇珊的冥想》（*"The Reverie of Poor Susan"*）、《彼得‧貝爾》（*"Peter Bell, A Tale"*）等。在這些詩裡，處處顯示出詩人對於人世間的不幸和苦難的高度敏感，滲透著詩人的不安和痛苦，同時又激蕩著對於美好未來的憧憬和追求。在這些詩中，濃重的抒情氣氛中又往往交織著一種淡淡的憂鬱和感傷，這正是詩人的敏感的心靈對社會現實的回應。

（三）

華茲華斯不僅是一個人民的詩人，而且也是一個大自然的歌手。他生活在一個大動盪的時代，英國的政治動盪和法國革命的興衰，導致社會矛盾日趨尖銳複雜。他在法國經歷過大革命的風暴，目睹了舊秩序的瓦解。詩人對法國革命滿懷熱情，嚮往新的民主生活，但隨之而來的「恐怖時期」粉碎了詩人的美好理想。他厭惡城市生活和現代文明，為了擺脫內心的沉悶和尋找精神上的慰藉，他在盧梭「回到大自然」的口號的影響下，來到湖區，投入大自然的懷抱裡。在五彩繽紛的大自然裡，詩人找到了暫時的平靜。山水風景，花草樹木，飛禽走獸，溪流瀑布，大自然的美吸引著華茲華斯。他盡其詩才熱情地歌頌，抒發自己的理想、思考和憧憬。詩人在大自然中獲得了新的生命。他在《丁登寺旁》（*"Lines Composed A Few Miles above Tintern Abbey"*）裡寫道：

……那愉悅的心緒，

裡面載負著神祕，

還有這個深奧的世界，

所有討厭的重壓，

減輕了；……

　　在大自然裡，華茲華斯同大自然的美達到了和諧，心靈的重壓減輕了，一種甜美的感覺在血液中流淌，進入純潔的腦海，恢復了平靜。華茲華斯在這種所謂心靈平靜的狀態下創作的詩歌，是詩人從描寫社會現實轉而寄情山水的藝術結晶。這些詩裡既流露出隱逸山水的閒情，對大自然的熱愛和歌頌，也包含著感情上幽冷孤獨的自我傾訴和對現實社會的世態炎涼的悲歡。因此，有的詩寄興幽婉，有的詩激情奔放，有的詩低沉傷感，有的詩曠達樂觀，表現出詩人複雜的思想感情。

　　在詩人早期創作的《傍晚漫步》（"An Evening Walk"）和《描寫小調》（"Descriptive Sketches"）裡，華茲華斯是以一個天真爛漫和歡樂的田園詩人的形象出現的。《傍晚漫步》是一首格調清雅的山水田園詩，其間透發著濃郁的牧歌情調：正午時分，明亮的小山腳下一條溪流緩緩流動，一片片雲朵遮蔽著天空，石壁上灑下一塊塊太陽的光點，溪流注入湖泊，牛群站在水流中間，牧童伸開四肢躺在草地上，農人牧羊，天鵝戲水……。全詩造意清新，高雅閒淡，富有詩情畫意，是華茲華斯描寫大自然的傑作。《描寫小調》也是一首同樣優美的山水田園詩。這首詩寫詩人在幽林深處的湖畔漫步，目睹大自然無限的美，心潮翻湧，情感得到陶冶，然而在歡樂中又流露出一種惆悵迷茫和孤寂空虛的情緒。《傍晚漫步》和《描寫小調》

是華茲華斯早期寫作的兩首詩，我們能從中看到詩人澎湃激昂的熱情，對理想的渴望和追求，看到他在詩中借「希望的歡樂的雲雀，你沉默的歌聲又重新唱起」的詩句抒發詩人渴望擷取「一朵希望的鮮花」的願望。

　　在華茲華斯描寫大自然的詩裡，其間山水人物、飛禽走獸、樹木花卉往往融為一體，使讀者宛如置身於詩人所描寫的風景中，領略到大自然的美景，心曠神怡，陶醉其中，如《丁登寺旁》、《漫遊》等詩。這類詩篇是華茲華斯描繪大自然的全景畫。但是，華茲華斯還有另一類描寫大自然的詩。詩人好像一個專門擷取特寫鏡頭的攝影師，呈現在他鏡頭中的或只是鳴禽飛蟲，或只是花卉林木，或只是溪流瀑布。它們是描寫大自然的特寫畫，與詩人描寫大自然的全景畫交相輝映，使表現更豐富、更生動。

　　在華茲華斯描寫大自然的特寫畫裡，《致杜鵑》（ *"To the Cuckoo"* ）、《致雲雀》（ *"To a Skylark"* ）、《致蝴蝶》（ *"To a Butterfly"* ）、《致雛菊》（ *"To the Daisy"* ）、《夜鶯》（ *"O Nightingale!"* ）、《水仙花》（ *"The Daffodils"* ）、《水杉樹》（ *"Yew-Trees"* ）等，都是一些優秀詩篇。《致杜鵑》是一首格調清越的詩。詩人用藝術家的目光觀察和理解大自然，巧妙地捕捉適合於表達自己思想感情的各種自然現象，創造出獨特的詩的意境。在陽光照耀、花枝掩映的春天，詩人躺在青草地上諦聽著樹林中隱約飄來的杜鵑的叫聲，頓時魂魄飛越，遐想馳騁。詩人從變幻不定的綽約朦朧的鳥鳴中神思遐邇，緬懷起自己學童時代聽見杜鵑的叫聲，穿過樹林和草地向天空、林間、草叢尋找杜鵑的情景。詩人彷彿又回到了童年，去追尋那誘人的鳥鳴。但此刻詩人追尋的不再是一種希望、一種愛情，而似乎是一種美妙虛幻的理想。在這首意境深遠的詩裡，素樸的敘述，幽婉的抒情和奇麗的想像交織在一起，感情奔放，色彩斑斕，充分表現出浪漫主義的情致。

華茲華斯在《抒情歌謠集》序言中認為，「人與自然根本互相適應，人的心靈能照映出自然中最美最有趣味的東西」[4]。因此，他的描寫大自然的詩篇，不只是寄物言志，抒發情懷，同時也探索自然以及自然與人的關係。詩人無論寫景寫物，都注重表現詩人對大自然的心靈感受。在《致杜鵑》裡，詩人一面描寫春天的鳥鳴，一面抒發自己的心聲，杜鵑的鳴聲和詩人的心聲融匯成歡樂和諧的樂曲。在《水仙花》裡，水仙花婆娑歡舞，迎風搖曳，它們的歡樂化成了詩人的歡樂，孤獨的詩人的心中感到了幸福和喜悅。在詩人筆下，自然的美景和人的情感緊密交織，融為一體。這就是柯勒律治所說的「同化於自然」[5]。

華茲華斯認為，大自然同人的心靈是相通的，大自然給人以無盡的美感：杜鵑引發幻想，雲雀激發理想，蝴蝶喚起回憶，彩虹給人啟示，水仙給人喜悅。同時，大自然又把人帶入深沉的哲學思考中。小鳥歌唱，羊羔跳躍，瀑布轟鳴和大自然的各種景象，都能使詩人消除憂愁，感受到新的愉悅和榮耀。詩人把這歸功於大自然，認為大自然也「長有一顆母親的心」，大自然的美是不會消失的，它永遠和人類心靈相通，賜予人民以快樂，因為「最卑微的小花也能傳達思想」。所以有人指出，儘管「鮮花的榮耀，青草的光彩消失了，但是它們現在充滿了一種更光榮、更崇高的美和力量；因為它們同愛和情感緊密相連，不是同自然而是同人的生命緊密相連」[6]。這就是詩人在探索中得到的哲理答案。

在華茲華斯的長詩《序曲》中，詩人總結了他對自然的探索。在這首幾乎有如《唐璜》（*Don Juan*）一樣偉大的自傳體長詩裡，詩人回憶了他童年時代、學校生活、劍橋的教育、倫敦和法國的居住，描寫了對各種事件的觀感，對藝術、哲學等的看法。在《序曲》第八章《回憶——從自然之

愛到人類之愛》裡，生活中逝去的歲月又開始重現，呈現出孩提時代的情景，詩人的感覺似乎是「中午睡去，傍晚醒來」，從對大自然的愛發展到對人類的愛，從對大自然的情感發展到對人生善德惡行的剖析，這既是詩人一生探索的歷程，也是詩人一生探索的歸宿。

華茲華斯厭惡城市生活和現代文明，因而逃避到英國的南部湖區。但他不是一個完全脫離社會現實和遁入大自然的隱士，而是在歌詠美好的大自然時又同現實保持緊密聯繫的社會觀察家和速寫畫家。他在湖區沒有把自己同社會隔絕開來而沉溺於浪漫主義的幻想。他一生踏遍了英格蘭、蘇格蘭的土地，漫遊了法國、義大利、瑞士和德國。他於 1799 年在英國南部地區的格拉斯湖定居以後，也出訪過法國，遊覽過蘇格蘭、卡拉伊斯等地。事實上，華茲華斯定居湖區以後，通過對社會現實的觀察同樣寫出了許多反映現實並富有深刻社會思考的優秀詩篇。

華茲華斯作為湖畔派詩人的代表，作為人民的詩人，作為大自然的歌手，創作了大量的反映英國下層人民生活以及描畫美麗的大自然的作品。他把自己對人民、對大自然的深厚感情化作動人的文字，編織成優美的詩篇。他在藝術理論和創作實踐上對詩歌做出了多方面的貢獻，為拜倫、雪萊的出現創造了條件，為英國詩壇增添了光彩。華茲華斯已經逝世了將近兩個世紀，然而他的詩歌仍然保持著旺盛的生命力，這表明偉大的詩人是不朽的。

（原文載於《中南民族學院學報》1998 年第 1 期）

注釋

1　中國社會科學院外國文學研究所：《歐美古典作家論現實主義和浪漫主義》，中國社
　　會科學出版社，1980 年，第 278 頁。

2　中國社會科學院外國文學研究所：《歐美古典作家論現實主義和浪漫主義》，中國社
　　會科學出版社，1980 年，第 261 頁。

3　Hutchinson, Thomas. Ed. *The Poetic Works of Wordsworth*. Oxford University Press, 1946, P.935.

4　中國社會科學院外國文學研究所：《歐美古典作家論現實主義和浪漫主義》，中國社
　　會科學出版社，1980 年，第 265 頁。

5　中國社會科學院外國文學研究所：《歐美古典作家論現實主義和浪漫主義》，中國社
　　會科學出版社，1980 年，第 280 頁。

6　C. H. Herford. *Wordsworth*. London: George Routledge & Sons Ltd, 1930. p.160.

三、論英語詩歌的重音與重讀

對詩歌的韻律分析（scansion）首先是對詩歌的讀音的分析，並在讀音分析的基礎上確定詩歌的節奏類型和韻律結構。韻步的劃分、韻律的確定、押韻格式的分析等，都不能離開讀音的分析。因此，重音和重讀是分析詩歌韻律的基礎。但是，重音和重讀的概念在學術界和實際運用中一直存在著混亂，長期以來沒有真正從學術上得到解決。本文結合語音學、語義學的理解，從韻律學的角度，對重音和重讀重新進行定義，把重音作為語音學的術語分析，而把重讀作為詩學的術語分析，試圖從理論上闡述重音和重讀各自的特點與區別，解決詩學中對這兩個概念的理解問題。

（一）重音與重讀的定義

重音[1]（accent）是指在朗讀一個音節時對該音節的強調。雖然重音和重讀兩個概念常常可以交換使用，一些語言學家和韻律學家有時候也把重音等同於重讀，但是，韻律學家通常認為重音與語言用法有關，而重讀則與韻律有關。也有一些人認為，重音是由多種語音成份構成的，而重讀只是這些成份中的一個。還有人認為，重音和重讀是兩個完全不同的語音學

概念和術語，有其不同的內在涵義。因此，重音在學術界是一個十分複雜的問題，其中許多學術問題並沒有真正得到解決。儘管如此，當我們從韻律學的角度去分析、認識重音和重讀（stress）時，我們會發現無論它們之間有什麼不同，它們都與詩歌的節奏和韻律有關。

　　實際上，重音和重讀的概念在學術界和實際運用中一直存在著混亂。例如，D. Crystal 堅持認為，重讀就是短語中的單詞重讀（word-stress），重音就是句子中的強調。他認為「重讀屬於詞彙，重音屬於語句」。不過也有許多人和他相反，認為重讀屬於語句，使用「語句重讀」（sentence stress）的術語。強調音調的 D.L. Bolinger 在《英語的形式》（*Form of English*，1965）一書中，對有關單詞的重讀、重讀音節上的重音（即音調）以及屬於句子中的音調變化作了區別。在語言學領域，現代技術可以對音節的發音進行技術上的分析，精確地確定音調的高低、頻率的快慢、音程的長短。但即使這樣，也不能完全解決學術上對重音和重讀的意見分歧。也有人認為，在強調的意義上說，重音是一個比較普通的術語，而重讀則是一個比較精確的術語。同音調和長度相比，重讀可以表現朗讀中某些音節的強度。英語作為一種語言，是一種重讀的語言，正如 Derek Attridge 教授所說：「英語像其他日爾曼語言一樣，是重音在話語節奏中發揮主導作用的一種語言。」[2]

　　重讀和重音的區別在於，重讀是在朗讀時對某個音節的強調，因此重讀是語義上的一種要求，即在朗讀時增加某個音節的力度或長度，以表現這個音節同其他音節的區別，進而使這個音節增加語義上的內容。而就重音而論，則主要是對某個被重讀的音節的稱呼。因此與重音相對應的是輕音或弱音，與重讀相對應的是輕讀或弱讀。也可以說，被重讀的那個音節就稱為重音，沒有被重讀的那個音節就稱為輕音。

重讀同其他重音因素緊密聯繫在一起，不可能從其他的因素中分離出來，而且重讀自身是不是一個獨立存在的實體，或者只是主要由音調和發音的持續時間所引起的一種可以觀察到的突出特點，都是還沒有徹底研究清楚的問題。不過，我們還是傾向於把它看成是由音調和發音的持續時間引起的一種必然結果。

重音和重讀是韻律學中一個十分複雜的問題，長期以來一直沒有真正從學術上得到解決。從科學的角度看，它們是同聲學聯繫在一起的。隨著科學技術的發展，聲音完全可以進行精確的科學分析，因此重音或重讀無論是作為語言學中的問題，還是作為韻律學中的問題，已經可以把它們作為技術問題加以解決。但是它們作為語言學和韻律學中的重要問題，又不純粹是技術問題，因而也不是完全可以通過科學技術能夠加以解決的。

無論是在語音學領域還是在韻律學領域，重音與重讀這兩個術語常常是交替使用，要把它們完全分別開來實際上是非常困難的。對於某些語音學家和韻律學家，他們有時是把它們分開使用的，但有時又是把它們區別開來使用的。有人使用重音，但指的就是重讀；有的使用重讀，但指的卻是重音。因此，在目前學術界無法得到統一的情況下，我們無意去展開有關重音和重讀區別的精細研究，而只是就它們同詩歌之間的關係展開討論。

從韻律學的讀音特點說，把重音和重讀區別開來還是有必要的。詩歌作為一種朗讀的藝術，它同語音學的關係十分密切，而詩歌的朗誦也同語音的重音和重讀有關。但是，詩歌的重音同語音學意義上的重音是有區別的，這就是詩歌的重音有其主觀性，即在詩歌裡，有些重讀的音節雖然可以被稱為重音，但是它們在語音學上有可能是不被當成重音的。例如詩歌在某些母音的讀音上重讀而形成的重音，就可能出現有悖於語音學意義上

的讀音，即語音規則上不屬於重音的但有可能在詩歌的朗讀中成為重讀。這種在詩歌的朗讀藝術中作為重讀出現的不合語音規則的重音是詩歌朗讀中重要的藝術特點之一，決定了詩歌的重音不同於語音學上的重音。

　　因此，為了便於對詩歌的韻律進行分析，我們需要把詩歌中的重音作為專門的學術問題加以研究，也需要對重音和重讀的不同問題加以討論，從而建立我們討論詩歌韻律的基礎。

　　儘管重音的問題極其複雜，徹底弄清這個問題十分不易，但是我們可以只從語音學和韻律學的角度去研究它，闡述它們之間的不同與聯繫。因此，我們將重音和重讀的問題同客觀的語言與詩歌的藝術語言結合起來加以討論，研究它們的不同之處。

　　有學者指出：「英語口語的節奏建立在音節和重讀的基礎之上。」[3] 在語音學上，重音是在人們的生活中自然形成的，人們為了相互交際的需要，也就是為了相互理解說話的意義的需要，因此講話時的發音規則是約定俗成的，即哪些音是重音，哪些音是輕音，都是預先規定的，即使某些方言，也必然有這些規定，不然人們是無法進行交流的。由此可見，語言有一個預先規定的輕重音的讀音規則，而這個規則又是大家所認同和遵守的，這就是說，從語音學上看，語音的輕讀或重讀的音節是客觀的，有相對的穩定性。即使人們在說話時對某些詞句加以強調，一般也不能改變語音學上的讀音規則。

　　但就詩歌而言，語音學上的讀音規則有可能在詩歌的創作和朗讀藝術中被改變。因為在詩歌的創作和朗讀中，創作和朗讀詩歌的人為了符合韻律的要求和表達感情，往往需要改變詩行中的某些讀音。同語音學的讀音規則相比，詩歌的讀音帶有很大的主觀性。在一些詩行中，語音學上的讀

音規則有可能改變，即在語音學上被重讀的音節而在詩歌中有可能不被重讀，而在語音學上被輕讀的音節也有可能在詩歌中被重讀。因此，詩歌有符合自己藝術要求的讀音規則，而這個規則在某些方面又是與普通的語音學讀音規則不同的。

詩歌是一門語言藝術，它的審美效果往往要通過朗讀實現，因此它與其他文學作品如小說、戲劇、散文等相比有更高的讀音方面的要求。正是由於這個特點，詩歌的韻律特點就建立在詩歌的語音基礎上，是由不同的輕重讀組合構成的。而要研究詩歌的韻律上的特點，也就必須首先從詩歌的讀音特點開始。為了表述的方便，也為了有利於重音和重讀的區別，我們根據語言學讀音的客觀性特點，把語言學上的重讀音節稱為重音，根據詩歌讀音上的主觀性把詩歌的重讀音節稱為重讀。也就是說，我們把重音作為語音學的術語分析，而把重讀作為詩學的術語分析。

（二）重音的度與位置

重讀和重音的區別在於，重讀是在朗讀時對某個音節的強調，因此重讀是語音意義上的一種要求，即在朗讀時增加某個音節的力度或長度，以表現這個音節同其他音節的區別，進而使這個音節增加語義上的內容。但是就重音而論，則主要是對某個被重讀的音節的稱呼。因此與重音相對應的是輕音或弱音，與重讀相對應的是輕讀或弱讀。也可以說，被重讀的那個音節就稱為重音，沒有被重讀的那個音節就稱為輕音。

音節在發音時有強弱的區別，也就是說，重音在發音時有度的區別。關於重讀的度如何產生、如何分析的問題，現在仍然還存在爭論。承襲古

希臘語法學家觀點的中世紀拉丁語法學家，以及後來接受了拉丁語法學家觀點的文藝復興時期的語法學家，認為重讀的度有三種，他們稱之為「銳音」、「長音」和「鈍音」，並分別用三種符號來表示。銳音用 ✓ 表示。✓ 被稱為銳音符或銳重音（acute accent），它是標在母音上方的變音符號，如 café 一詞中 e 上方的 ✓。長音符（circumflex accent）用 ^ 表示，是標在法文或其他文字母音字母上方以表示如何發音的符號，如 tête。鈍音符（grave accent）用 ＼ 表示，它是標在母音上方的語音符號，如法語中的 mère。

　　單音節和較短的多音節，尤其是名詞，通常都帶有重讀，這種重讀屬於單詞重讀。由較短的單詞、首碼和尾碼組成的複合詞，其音節數目較多，但是在這些音節中仍然只有一個音節是重讀的，而其他的音節是非重讀音節，或者是次重讀音節或第二重讀音節。因此，英語單詞的不同重音是由對其不同的強調決定的。

　　20 世紀中期結構主義語言學家的出現打破了關於重讀的傳統觀念，對音節重讀的度的區分更為細緻。他們認為重讀的度有四種，即第一重讀、第二重讀、第三重讀、弱重讀，分別表示為 1-2-3-4。例如在名詞片語 elevator operator 中，其重讀就被表示為 1-4-3-4 2-4-3-4。這方面的代表人物是 Trager-Smith。他增加的一個度主要在句子中運用，被稱為句子重讀，同 Chomsky 和 Halle 的核心音節相同，但是就單詞而論，它們的度仍然只有三個。

　　核心音節又稱為主音節，它同生成語音體系中的核心重讀的概念相似。與此相關的重讀劃分原則被稱為核心重讀原則。例如在「the lady saw the tramp」這行詩中，最後的一個詞就是核心詞，也就是重讀詞。在一個音調單位裡，核心音調是一種最突出的音高的運動。在英語裡，各種音調的變化用一些音標符號在音節的上方或前面標示出來。標音符號有五種：升調符

號、降調符號、升降調符號、降升調符號、平聲符號。多音節單詞的結構裡，也包括短語的結構，總是有一個在發音上能夠對其他單詞起支配作用的單詞。在句子中也是如此。這種支配的過程，以及形成重讀等級的過程，是普遍存在的。在任何主要的句法結構之內，核心重讀原則決定了最右邊的主要重讀是第一重讀，而左邊所有音節則都是弱讀音節。在多音節的單詞的構成中和片語的音節的構成中，有一個在所有音節中起支配作用的重讀音節，在句子中也是如此，這種支配過程及形成重讀等級的過程並不是個別現象。

單詞的重讀一般都在字典中按照音韻學（phonological）和詞法學（morphological）的規則用重讀符號標示出來，因此在字典中都可以找到單詞重讀的正確音節。但是就片語和句子來說，由於重讀既要顧及句法和語法規則，又要顧及上下文的語義以及說話人自己根據語義而企圖進行的強調，因而重讀的位置並不是固定的。單詞重讀決定是否能夠重讀的音節，但是在讀片語和句子時，語義學傾向和其他一些因素又決定了這個音節會不會重讀。這種重讀在傳統上被稱為「修辭學重音」（rhetorical accent）。修辭學重音可以因說話者自己的願望而加以變化，並因重讀的不同而產生審美感受上的差別，強調不同的事物。

就單詞而言，重讀的不同可以改變單詞的性質，例如，próject 是名詞，而 projéct 則是動詞。說話的人還可以根據改變重讀以表示不同的事物，如在「I never said I loved you」一句中重讀 loved，則意思是說「I may have said I *liked* you but never said I *loved* you」，或者重讀第一個 I，則意思是說「I said Peter loved you」，如果 you 重讀，則是說「I said I loved Rose, not you, Jane.」

一般而論，「在詩歌裡，重讀音節和非重讀音節常常是交替出現的，並且正常情況下是規則的。」[4] 重讀位置的變化可以改變句子的意義，以

及對某些部分表示強調和突出。這種重讀被稱為對比重讀，是詩歌創作中一種重要的技巧。莎士比亞在十四行詩中使用過這種重讀，鄧恩（John Donne）也在他的詩歌創作中經常使用對比重音。再如本‧瓊生（Ben Jonson）的一行詩「love me with thine eyes」，如果我們重讀 love 這個詞，我們的意思就是說不要用仇恨的眼光愛我；如果重讀 me，則意思是說只愛我一個人，而不愛其他任何人；重讀 eyes，則意思是說不要用除了眼睛而外的身體的其他部分愛我。因此可以從中看出，「重讀總是同意義結合在一起」，[5] 人們對不同重讀的意義是從語義學的角度加以理解的。

根據古代的可靠資料和現代學者的研究，古代希臘語中的重音是由音高（pitch）決定的。雖然古代語法學家認為在古典語言中有重音存在，但是他們常常把重音看成一種音高，而不是看成一種聲音的強度或者聲音的響度。其實在古典詩歌裡，把音節整理成有序的韻律形式的語音特點既不是音高，也不是強度，而是以音節發音的持續時間為基礎的長短的對照。

重音是因為音節在朗讀時被強調而產生的，而音節由於被強調的程度不同，所以重音的強度也就不同。幾乎所有由兩個或兩個以上的音節組成的英語單詞，都至少有一個重讀音節。在雙音節或多音節裡，重音往往不只一個，但它們的強度是不一樣的，其中總有一個最強的音。因此，這個最強的重讀音節被稱為主重音或第一重音，較弱的重音被稱為次重音或第二重音。如果是多音節，也有可能出現弱重音或第三重音。

重音研究的是語音學的內容，然而它也是詩歌重讀的語音學基礎。重音建立在語音學基礎上的讀音規則，大多是詩歌的重讀需要遵守的規則，即使詩歌的重讀違背了語音學的讀音規則，改變了這些語音學上約定俗成的重音結構，重音也是詩歌重讀的重要讀音參照。尤其是語音度的劃分，

它不僅是語音學上重音內部結構的一種分析，而且也是確定詩歌的節奏和韻律的基礎。

（三）重音與重讀的規則

　　詩歌分析中關於重讀或重音使用什麼符號以及符號所處的位置，目前還沒有統一的規範，不同的符號都在詩歌的分析中被使用，而且這些符號的位置也很少加以討論。一般說來，在對詩歌的韻律分析中往往較多地使用兩種標音符號：ヽ╱和 x ´。為了分析的方便，我們使用符號 x 表示輕讀音節，使用符號 ´ 表示重讀音節。選擇 x 和 ´ 這兩個符號的原因是它們對於輕重讀有較強的指示性，同時用它們作標音符號也相對容易些。

　　對於詩歌分析而言，使用什麼樣的輕重音符號是一個問題，而輕重音符號應該放置於什麼位置上是另一個問題。關於輕重音符號應該放置於什麼位置，這仍然是一個還在討論的話題，目前還沒有建立起大家都認同的統一標準。為了便於分析和討論，我們認為把輕重音符號放置在音節中相應的母音位置上比較好些。這一方面使詩歌的輕重讀音節在劃分位置上同語音音節的劃分保持了一致，另一方面也有利於詩歌的節奏的劃分，如韻步和韻律的確定。

　　分析英語詩歌的韻律主要以語音學的規則為基礎。由於英語的讀音和它的拼寫並不是一致的，所以在對詩歌進行分析時既要考慮它的讀音也要考慮它的拼寫形式。如果分析詩歌的韻步，由於韻步是以音節為前提的，因此對詩行的音節的劃分主要是根據它們的拼寫形式，同時也要兼顧它的讀音。尤其是在分析英語詩歌的韻律如節奏和韻步時，詩行讀音遠比拼寫

形式重要，也就是說，詩行中要重讀的音是十分重要的。

　　詩歌的節奏和韻律是由重音決定的，而重音的基礎則是音節。就詩歌的重音而言，它主要有兩個方面，一個是詞重音，一個是朗讀重音。在語音學的意義上說，詞重音是在多音節的比較中產生的。由多音節構成的單詞，必定有一個音是重讀的，而對於單音節來說，它的重音並不是由讀音規則確定，而是由它的詞性確定，並且單音節的詞只有在同其他的單音節的片語合在一起時，才會出現哪一個單音節的詞屬於重讀的問題。一般來說，實詞屬於需要重讀的詞，虛詞屬於輕讀的詞。在詩歌的韻律分析中，重讀的規則要複雜得多。但是無論是詩歌的韻律分析還是一般語言重音的確定，它們都是以音節為基礎的。朗讀重音則是在朗讀過程中朗讀者根據表達的需要而確定的重音，因此它同詞重音相比帶有較大的主觀性。

　　在語音學裡，當我們對一個單詞的音節進行語音分析時，會發現這些單詞的讀音特點是十分複雜的。一般來說，被稱為重音（accent）的音節在發音時被強調或突出，主要由三個最基本的並且緊密結合在一起的成份組成：音調（pitch）、重讀（stress）和音長（duration）。無論是語音學的分析還是韻律學的分析，這三個成份都同樣重要。對於詩歌的重讀而言，上述三個成份是對詩歌從音韻上進行分析的基礎。

（四）重音的類型

　　就古希臘和拉丁語詩歌而言，韻律只是對音節進行排列的技巧，因而構成古代希臘語和拉丁語詩歌韻律基礎的不是重讀，而是音節音量，即音節在發聲過程中所佔用的時間。古希臘詩歌的這種韻律形式被稱為音量韻

律（quantitative meter）。音量韻律與重讀音節詩歌中的重讀不同，其基礎是長音和短音的音位對照（phonemic contrast）。用韻律學家艾倫的術語說，就是輕與重的對照，它是由單個音節的語音結構決定的。如果一個母音是短音而以這個母音結束的音節在韻律上就是短音；如果一個母音是長母音或是複合母音，以這種母音結束的音節在韻律上就是長音。雖然最古老的希臘詩歌表明還有其他兩種韻律原則，但是古希臘和拉丁詩歌韻律的最基本特點是長音和短音的有序排列，是一種長音和短音相對照的二元對立。在古代希臘和拉丁詩學裡，往往用（—）表示一個長音節，用（--）表示短音節，一個長音節佔用的時間在長度上等於兩個短音節。其他語言如拉丁語、希伯萊語也都使用音量韻律。

在詩學領域，音量韻律向節奏韻律的轉變是同人類社會歷史的發展聯繫在一起的。隨著羅馬帝國的衰落，對希臘羅馬詩歌韻律中音節長短原則的理解逐漸發生改變，建立在音節長短基礎上的中世紀拉丁語韻律型詩歌逐漸被建立在重音基礎上的節奏型詩歌所取代。

重讀和音量不同，重讀在重音系統中一直發揮著重要作用。單詞和片語通常是由一個重讀音節同與單詞和片語結合在一起的一個或數個非重讀音節組成的。在詩歌中，更重要的和具有決定作用的因素是韻律。韻律按照一定的固定形式規定了重讀的位置，並在重讀的基礎上建立詩歌的韻律形式。因此，對詩歌進行分析的基礎是在重音基礎上的重讀。

詩歌是同其他的散文作品不同的藝術，其不同就在於詩歌的欣賞往往要依靠朗誦，而朗誦產生的感情上的藝術效果就在於重讀。這個特點說明，對詩歌的藝術朗誦實質上是對詩歌的再創造或再加工。詩歌在朗誦的時候，其藝術上的效果主要通過節奏加以體現，而節奏的產生則是通過對

一個音節的強調，即通過重讀實現的。根據朗誦者的理解和表達情感的需要，朗誦者對一些音節的強調既可以通過提高或降低音調實現，也可以通過增加發的持續時間實現。例如在講話中，重讀音節的音調通常要高一些，其發音的持續時間也要長一些。

在詩學的理論上，對於重音本質、特徵的不同觀點久已有之。例如：一個屬於重讀的音節同一個非重讀的音節相比，它的音高是否更高，它持續的時間是否更長，它的聲音是否更大，它是否有其獨特的音色和特點，它強調的特點是否同某種不可用音高、音長、音量和音質等概念加以描述的神祕能量或衝動（energy or impulsion）結合在一起，關於這些問題，幾乎沒有一致的看法。但是在詩歌的朗讀中，即使感覺最為遲鈍的人，也能夠感覺出在詩行中交替出現的重讀和非重讀的音節。實際上，由於朗誦者的不同，如男人、女人、老人、小孩等性別或年齡的不同，他們朗誦詩歌的情感效果是不一樣的。還有更重要的一個因素是，由於朗誦者對詩歌的理解不同，他們朗誦詩歌的情感也是不同的。音節在被重讀時，其被重讀的程度是千差萬別的，因此從重讀中產生的重音也就必然有不同。

詩體學家為了認識這些差別和便於分析韻律，他們按照對音節的強調程度的不同，通常把重音分為三種：主重音（primary accent）、次重音（second accent）、弱重音（weak accent）。重音也可以按照種類被分為三類：詞源重音或語法重音（etymological or grammatical accent）；修辭重音或邏輯重音（rhetorical or logical accent）；韻律重音（metrical accent）。「在盎格魯—撒克遜詩歌裡，第一重讀、第二重讀以及非重讀音節是公認的類型。在現代詩歌裡，讀者可能會盡力把所有音節減少為重讀和非重讀兩種。」[6] 因此在詩歌分析中，儘管對英語音節的強調在程度上至少可能有三種區別，但

是在具體分析時實際上只有重讀和非重讀兩種。

語源學重音有時又稱為語法重音、詞彙重音或單詞重音。它是對一個單詞的一個音節或多個音節的強調，是由單詞的傳統發音、詞源、首碼和尾碼同詞根的關係形成的。詞源重音或語法重音指的也是詩行中某些需要重讀的語法成份，是單詞約定俗成的重讀形式，其讀音是按照單詞的首碼和首碼同詞根的關係確定的。這種重音是按語言習慣自然重讀的音節，大都是按照平時的語言規律確定，不帶特別強調的色彩，重音的位置比較固定。修辭重音有時稱邏輯或感覺重音。這種重音是根據一行詩的上下文的內容對有關重要的音節的強調而形成的。修辭重音也可以根據所指的意義而發生變化，因此它是一種可變的不固定的重音。但相對修辭重音說，邏輯重音一般則隱含對比。在詩行中，由於某一個詞帶有含蓄的意義或言外之意需要在整行詩中加以突出，於是這個詞就成為重讀的詞，被稱為邏輯重音。在具體的朗讀中，由於其他音節都被輕讀而需要強調的詞得到了突出，因此邏輯重音的音節並不需要特別加強。韻律重音有時稱為重讀，是傳統詩行中重複出現的一種強調，屬於抽象的形式。在比較傳統的詩歌中，它按照讀音輕重的不同有規則地出現在一行詩中。如果韻律重音對自身的力度超過語言學重音，就被稱之為重音變音（wrenched accent）。重音變音是民歌和模仿民歌風格的詩經常使用的一種技巧，如柯勒律治（Samuel Taylor Coleridge）的詩：「He loves to take to mariners / That come from a far countree.」大多數現代詩體學理論家認為，韻律重音總是一直服從於修辭重音，這種情形只有在特意規定的變異重音中才有例外，如 Sir Patrick Spence 著名的民歌：

And I fear, I fear, my master dear!

We shall have a deadly storm.

（Ballad of Sir Patrick Spence）

　　韻律重音的目的是為了滿足詩歌在韻律上的要求，因此韻律重音追求的是詩歌在朗讀中出現的輕重交替的語音美感。英語詩行的韻律主要是通過輕重音節的交替出現來表示的，如詩行 I wondered lonely as a cloud（William Wordsworth）。韻律的輕重交替是一種規律性運動，在詩歌中這種規律不能被破壞或改變。為了滿足韻律上的要求，詩行中儘管某些次要的詞本身也有重音，但是這些詞的重音由於韻律的需要而失去了。相比之下，詩行中某些在一般情況下需要輕讀的詞，也由於韻律的需要而變成了重讀。儘管如此，無論按照什麼樣的原則確定詩行中的重音，無論給重音下什麼樣的定義，它的詩體學的韻律基礎都是以重音和重讀音節為基本特徵的。

　　　　　　　　　　　（原文載於《浙江師範大學學報》2007 年第 2 期）

注釋

[1] 關於重音和重讀的問題，可參考以下文獻：1.Alex Preminger and T.V.F. Brogan. *The New Princeton Encyclopedia of Poetry and Poetics*. Princeton: Princeton University Press, 1993; 2. Jack Myers and Michael Simms. *The Longman Dictionary of Poetic Terms*. Longman, New York and London, 1989.

[2] Attridge, Derek. *Poetic Rhythm: An Introduction*. Cambridge University Press, 1995, P.26.

[3] Attridge, Derek. *Poetic Rhythm: An Introduction*. Cambridge University Press, 1995, P.35.

[4] Hubbell, Jay and John O. Beaty. *An Introduction to Poetry*. New York: The Macmillan Company, 1936. P.59.

[5] Fenton, James. *An Introduction to English Poetry*. Penguin Group, 2002, P.36.

[6] Macdonald, Alden Raymond(ed.). *English verse specimens illustrating its principles and history*. New York: Henry Holt and Company, 1929, P.5.

第四編

文學遊記

一、莎士比亞故鄉紀行

　　在英國眾多的名勝之中，斯特拉福鎮也許是最著名的地方，因為它是世界著名的戲劇家威廉‧莎士比亞的故鄉。斯特拉福鎮位於地處英格蘭中部的瓦立克郡的南部，是一座人口不足三萬的小城。小城附近有茂密的森林和綠色的草地，平整的莊稼地和嫩綠的牧場。那片古老的亞登森林，就是傳說中的綠林好漢羅賓漢和他的夥伴們出沒的地方。美麗的艾汶河緩緩地從城邊流過，岸邊綠樹成蔭，垂柳如拂。河中不時有彩色的遊船悄然而過，與戲水的天鵝、野鴨相映成趣。斯特拉福鎮是一座古老的城鎮，風景優美宜人，富有詩情畫意。莎士比亞在《仲夏夜之夢》（*A Midsummer Night's Dream*）裡對斯特拉福鎮的自然美景作過描寫：

> 我知道一處茴香盛開的水灘，
> 長滿著櫻草和盈盈的紫羅蘭，
> 馥郁的金銀花，薜澤的野薔薇，
> 漫天張起了一幅芬芳的錦帷。

　　從瓦立克的首府考文垂驅車前往斯特拉福鎮，不要一個小時就可到達斯特拉福鎮的旅遊資訊服務中心。在這兒可以免費得到一些介紹斯特拉福

鎮的小冊子和諮詢服務，然後就可以乘坐市內的敞蓬遊覽車一覽美麗的市
容，或乘坐遊艇在艾汶河裡欣賞兩岸的大自然美景，或手持從問詢處得來
的遊覽地圖，到小街深巷中去探古尋幽。

　　斯特拉福鎮最著名的景點是莎士比亞故居。那兒是莎士比亞誕生的地
方，位於北部鬧市區的亨利街上。它是一座古老的半木結構房屋，典型的
伊莉莎白時代的建築風格，雖歷經滄桑，但仍然保存完好。樓房旁邊是幾
株枝葉繁茂的古樹，後面是一個大花園。園內種植著各類花草，緊靠圍牆
處的一顆參天大樹似一把撐開的綠色巨傘，遮蔽了小半個花園。故居的左
邊是莎士比亞中心和莎士比亞學會所在地，它是 1964 年莎士比亞誕生 400
週年時修建的一座現代化建築。這兒也是參觀莎士比亞故居的入口。我在
瓦立克大學文學系溫尼弗里斯（Tom Winnifrith）教授陪同下，購票進入中
心的展廳。展廳裡陳列著反映莎士比亞時代的有關文物，以便參觀者瞭解
莎士比亞時代的社會風貌。一樓的一角擺放著簽名簿，我用中文寫下自己
的名字，用英文注明我來自中國。我崇拜莎士比亞，同時也為自己是一名
炎黃子孫感到自豪。

　　出了中心的後門，穿過花園，就可進入莎士比亞的故居。莎士比亞於
1564 年 4 月 23 日在這兒降生，父親約翰・莎士比亞（John Shakespeare）是
一個手套商人，後來被推舉為斯特拉福鎮的鎮長。莎士比亞的童年和少年
時代就生活在這裡，直到 1585 年離開斯特拉福鎮前往倫敦時為止。莎士比
亞故居內的起居室、廚房、臥室等依然維持著原樣，以盡量再現這個中產
階級家庭的歷史風貌。房屋內還陳列有與莎士比亞家族相關的一些文物，
參觀者從廚房的烤爐、烹煮食物的吊罐、莎士比亞兒時睡過的搖籃以及一
些日常生活的用品，可以想像到這個手套商並後來當上了斯特拉福鎮鎮長

的家庭的生活情景。

　　在亨利街上，莎士比亞中心圖書館是另一處吸引人的地方。圖書館是中心的組成部分，是在莎士比亞故居基金和皇家莎士比亞劇院藏書的基礎上建立的。圖書館有近三萬冊圖書，內容包括莎士比亞的生平、作品、時代等各個方面。在這兒可以看到 1623 年至 1685 年出版的莎士比亞劇作的四開本和對開本的原始版本，1640 年出版的莎士比亞的詩歌。18 世紀羅伊（Nicholas Rowe）、蒲伯（Alexander Pope）和約翰森（Samuel Johnson）編輯的莎士比亞作品的版本同大多數 19 世紀和當代出版的莎士比亞的作品及有關莎士比亞的出版物保存在一起。圖書館的藏書涉及到對莎士比亞作品所進行的有關文學、文本和社會等方面的研究。圖書館最珍貴的藏書是約翰·古爾的《懺悔錄》，它是英國最早印刷出版的圖書中的一本。這兒還收集著有關莎士比亞戲劇史和英國戲劇發展史方面的著作，現代戲劇的文本和研究資料，以及與莎士比亞有關的剪報，莎劇演出的音樂、舞臺設計、劇照、音像資料等。18 世紀和 19 世紀莎劇演出的舞臺資料如海報、演員用的提詞腳本、節目單等也可以在這兒找到。在收藏的多種文字出版的莎士比亞作品中，也可以看到中國出版的莎士比亞作品的中文譯本。在圖書館開放時間內，每天都有一些來自世界各地的研究莎士比亞的學者到此查找資料。

　　在斯特拉福鎮外，還有兩處與莎士比亞有關的重要歷史遺跡：瑪麗·亞登（Mary Arden）的住宅和安妮·哈索維（Anne Hathaway）的茅屋。瑪麗·亞登是韋爾蒙科特的貴族地主羅伯特·亞登（Robert Arden）的第八個女兒，她後來成了莎士比亞的母親。瑪麗·亞登的住宅離斯特拉福鎮約 3 英里，是在 16 世紀用本地的木頭和石頭建造的。住宅外面還有一些當初

的建築，如花園、圍牆、穀倉、牛舍等。其中最引人注目的是一個當年用
石頭建造的鴿房，它帶有 600 個供鴿子棲息的孔洞。這處住宅和後來重建
的 Glebe 農場作了莎士比亞鄉村博物館。住宅用來再現當時的農場和田園
生活，農場裡農舍內部的物品用則來再現維多利亞和愛德華時代的家庭生
活。從農場看去，綠草如茵，羊群似雪；倦牛憑欄，白鵝踏青；老藤枯樹，
雀鳥依林；再現的是四個世紀以來莎士比亞故鄉的田園美景。安妮‧哈索
維的茅屋是莎士比亞的妻子安妮‧哈索維出嫁前的住宅，它位於離斯特拉
福鎮中心僅 1.3 英里的近郊。這是一處典型的自耕農家庭的住宅，共有 18
個房間。室內的廚房、開放式壁爐、麵包烤爐依然保存完好。屋前的大花
園格調古樸，左邊的蘋果園韻味清麗。這就是莎士比亞時代的農家特徵。

　　1582 年 11 月 27 日，18 歲的莎士比亞同 26 歲的安妮在教堂結婚。安
妮結婚後為莎士比亞生下了三個子女，兒子哈姆萊特（Hamnet）在 11 歲
時不幸夭折，小女兒朱麗絲（Judith）直到 32 歲時才出嫁，大女兒蘇珊
娜（Susanna）在 1607 年嫁給了斯特拉福鎮的外科醫生約翰‧霍爾（John
Hall）。霍爾的住宅位於老城區，是一座都鐸王朝時期的房屋建築。室內除
了一些與莎士比亞和蘇珊娜有關的文物而外，還保存有一些精美的圖畫、
伊莉莎白和雅各賓時代的傢俱，以及霍爾醫生使用過的藥房和一些外科
器械。

　　1587 年夏天，莎士比亞離開斯特拉福鎮去倫敦尋求新的生活，逐漸走
上了戲劇創作的道路。關於莎士比亞的出走歷來有許多猜測，最富有浪漫
色彩的是所謂莎士比亞到托瑪斯‧路西爵士（Sir Thomas Lucy）獵苑偷獵的
說法。托瑪斯‧路西爵士的莊園離斯特拉福鎮約 4 英里遠近，在林邊的田
野裡可以看見一群群馴鹿，不時聽見呦呦的鹿鳴。據說莎士比亞偷獵被抓

後，他是害怕懲罰而逃到倫敦的。其實這種說法並不可靠，因為這不僅缺乏證據，而且當時到禁獵區獵鹿也並不犯法。莎士比亞最初在倫敦的工作是在戲院為看戲的達官貴人看馬，當過劇團的臨時演員，後來才成為「王家供奉」劇團的一員，開始學習寫作戲劇。莎士比亞雖然只上過斯特拉福鎮的語文學校，但是他到倫敦幾年後就顯露出在戲劇方面的才能。莎士比亞最初寫作的歷史劇和喜劇取得了成功，但是他的成功卻招來了一些所謂「大學才子」戲劇家的嫉妒。當時的劇作家羅伯特・格林（Robert Greene）稱莎士比亞是一隻「用別人的羽毛裝飾起來的烏鴉」、「一個剽竊大學才子作品的人」。但是莎士比亞對自己的才能和未來充滿信心，獨自一人在倫敦奮鬥，不辭辛苦地登臺演出和通宵達旦地在燈下寫作。莎士比亞從 1587 年到達倫敦至 1613 年離開倫敦為止的 26 年間，大約一共創作了 10 部歷史劇、12 部喜劇、10 部悲劇、2 部悲喜劇、3 部傳奇劇。除此而外，他還創作了 2 部長詩和 154 首十四行詩。莎士比亞的戲劇以其豐富的想像力、生動的故事性、詩意的描繪把歷史和現實結合在一起，真實地再現他所處的歷史時代，並通過對愛情、婚姻、友誼等主題的揭示反映了文藝復興時期的社會面貌，從而奠定了他在世界戲劇史上的不朽地位。

　　莎士比亞在倫敦經過 26 年的奮鬥，為自己掙得他那個時代最偉大的戲劇家的稱號，也依靠自己的勤奮掙得大筆財富，成為斯特拉福鎮最富有的人之一，他還依靠自己的藝術才能和聲譽躋身於上流社會，獲得了他一心追求的貴族頭銜。在莎士比亞的努力下，紋章局於 1599 年為莎士比亞的父親頒發了擁有貴族紋章的證書。盾形紋章的對角為一支長槍，上方的花環上雄鷹兀立，鷹爪緊握長槍。莎士比亞在紋章裡用長槍隱喻了自己的家族。

　　1597 年，莎士比亞在 Guild 禮拜堂對面的禮拜街購買了一處新的住宅。莎士比亞從倫敦返回斯特拉福鎮後在這兒一直住到他死去。這處新宅後來被燒毀了，但它的遺址被保存下來，成為人們憑弔莎士比亞的一處紀念地。1616 年 4 月 23 日是莎士比亞 52 歲生日，但這是一個令人悲痛的日子。就在這一天，偉大的戲劇家和詩人莎士比亞去世了。莎士比亞死後被葬在位於磨坊巷附近的聖三一教堂裡，後人為他雕刻了一座略顯肥胖的半身胸像，上面刻著兩句碑文：「看在耶穌份上，朋友，切莫掘開此處土壤。莫碰石頭，自有福佑；動我屍骨，永受詛咒。」1623 年，莎士比亞的朋友約‧赫明（John Heminges）和亨利‧康德爾（Henry Condell）編輯出版了第一部對開本的莎士比亞全集，卷首印有莎士比亞的肖像和本‧瓊生（Ben Jonson）的著名題詞：他不屬於一個時代，而屬於所有的時代。本‧瓊生的評價是十分精當的。莎士比亞從事戲劇創作四百年來，其聲譽一直不衰。莎士比亞已經不只是斯特拉福鎮人的驕傲，也是整個世界的驕傲。他的作品被翻譯成許多種文字出版，經常在許多國家的舞臺上演出。他的作品已成為世界人民的共同財富。莎士比亞的作品魅力長存，莎士比亞因而永垂不朽。

（原文載於《神州學人》1997 年第 11 期）

二、勃朗特姐妹故鄉行

陽春三月，英格蘭天氣逐漸轉暖，樹木的枝頭初露簇簇嫩葉，野外的枯草又添片片新綠，長青的草地綴滿朵朵鮮花。這是英國人踏青遊春的季節。在溫尼弗里斯博士（Dr. Winnifrith）的盛情邀請下，我們決定前往霍華斯鎮去參觀勃朗特姐妹的故居。溫尼弗里斯博士 58 歲，是沃韋克大學英國文學系教授，英國著名的勃朗特姐妹（the Brontë Sisters）研究專家。他出版了好幾本有關三姐妹的專著，也無數次到霍華斯訪問。我這次是和一位著名專家一同去參觀三位著名姐妹作家的故鄉，不免心情激動。上午 9 點，我們乘坐長途汽車從校園出發。

霍華斯是勃朗特姐妹的故鄉，位於布拉福德的西北部。這是一個普通的鄉村小鎮，世界各地許多遊客慕名而來，只是為了親眼看看三姐妹生活過的地方。我懷著同樣的心情，一下汽車，就在溫尼弗里斯博士的陪同下去參觀博物館。

勃朗特博物館全名叫霍華斯勃朗特故居博物館，實際上，它是由三姐妹的牧師父親派翠克・勃朗特（Patrick Brontë）先生的住宅建成的。住所內的房間經過整修，但盡可能地保持了舊有風貌。

這是一座於 1778 年喬治王朝時期建成的石頭住宅，分上下兩層，一共九個房間。樓下右邊第一個房間是勃朗特牧師的書齋，也是他當年佈

道和進餐的地方。壁爐前有一張不大的書桌，上面擺放著他當牧師時使用過的讚美詩和放大鏡。左邊靠牆處是一架小型立式鋼琴，不過除了安妮（Anne）有時彈奏而外，牧師自己從未使用過。書齋對面是餐廳，它基本上按當年原樣佈置。廳內只有一張飯桌，一張轉椅，一個沙發，牆壁上懸掛著勃朗特牧師的複製像。往裡的兩個房間是廚房和尼科爾斯（Arthur Bell Nicholls）先生的書齋。尼科爾斯是夏洛蒂（Charlotte Brontë）父親的副牧師。夏洛蒂在拒絕了四個人的求婚之後，於 1854 年同他結婚。但是夏洛蒂沒有充分享受到婚姻的快樂，婚後僅八個月就因病去世了，終年 39 歲。

參觀完樓下部分，就可沿著樓梯去參觀樓上的五個房間。樓梯的拐角處擺放著當年的一架祖父鐘。勃朗特牧師生前，每到晚上 9 點，他就會去鎖上前門，然後到餐廳關照孩子們不要睡得太晚。祖父鐘上方掛著一幅三姐妹的畫像，不過它只是夏洛蒂的弟弟布蘭韋爾（Branwell Brontë）著名作品的複製品，原作保存在國家肖像美術館內。

樓上第一個房間是女傭塔布莎的臥室，隔壁便是夏洛蒂的臥室，我懷著崇敬的心情步入室內，瞻仰偉大作家當年的居室和舊物。在室內正中的玻璃櫃內，擺放著夏洛蒂當年穿過的一件古典長裙，白底的布面上印製著紅蘭紫等各色小花，素淨、大方、典雅。夏洛蒂生前纖腰細胸，身材瘦小，這從長裙上就可以看出來。房內還擺放著作家當年使用過的手飾匣、木頭套鞋、嗅鹽、戴過的帽子和用過的一柄小扇。這就是偉大作家夏洛蒂的住房。就是在這裡，夏洛蒂創作了《教師》（The Professor）、《簡·愛》（Jane Eyre）、《雪麗》（Shirley）、《維萊蒂》（Villette）四部小說和一些詩歌，以及一部沒有寫完的小說《愛瑪》的兩章。在世界著名的小說《簡·愛》裡，她塑造了一個相貌平凡但熱情奔放的知識女性的形象。夏洛蒂幽

居於偏僻的鄉村小鎮，遠離塵囂，一生很少同外界交往。在她生前，她只到過兩次倫敦，遊覽過一次湖區，以及兩次到布魯塞爾學習和任教。她後兩次旅行對她的生活和感情影響甚大。她在布魯塞爾學習期間，對老師赫格（Constantin Héger）產生了愛情。她給老師寫了四封信，委婉地表達了自己傾心於他的真摯感情。這是一次具有悲劇色彩的初戀，她的感情沒有得到赫格的回應。我們不難想像到一位純真少女的美好願望遭到幻滅、強烈感情被人忽略的痛苦心情。於是夏洛蒂帶著失望和苦痛回到了故鄉，將自己的全部感情傾注進文學創作中，將自己的喜怒哀樂、願望理想編織進偉大的故事裡，在藝術想像中尋求慰藉，在文學創作中探索人生。夏洛蒂沒有享受到為人所愛的喜悅，但是她讓自己創作的人物形象實現了自己的願望。她自己無法消除世俗偏見和實現愛情的理想，但她讓簡·愛為自己完成了這一偉大的夙願。夏洛蒂早已離我們而去，然而她卻把自己融進了簡·愛的形象中，使自己永遠不朽。

夏洛蒂臥室隔壁是艾米莉（Emily Brontë）的房間，以前是兒童遊戲室。在這個房間裡，三姐妹曾在一起嬉戲玩耍，習字讀書，編造冒險故事，度過了兒童時代的愉快時光。但是她們的成年生活遠不如兒時的生活幸福，都沒有充分享受人生的美好。艾米莉發表《呼嘯山莊》（Wuthering Heights）後不到一年，就匆匆離開了人世，死時年僅 30 歲。安妮生前給我們留下兩部小說：《阿格尼斯·格雷》和《懷德費爾莊園的佃戶》。她還沒有把自己的藝術才能充分顯示出來就告別了人生，一生只經歷了 29 個春秋。

艾米莉房間隔壁是勃朗特牧師的臥房。房內一張古典木頭大床上掛著帷帳，床前擺放著他的兩口破舊皮箱，以及衣櫥茶具等物。從室內遺留物品上，不難想像到這位牧師守舊平庸的風貌。

　　樓上經過布蘭韋爾的畫室，就進入一間較大的展廳。這是後來增加的建築，內置有關勃朗特一家歷史的說明文字，以及一些有關文物。在這裡，你可以看到夏洛蒂獲得的一枚銀質獎章、使用過的書桌和文具盒、羽筆、墨水以及繪畫用的一應物品。這兒還可見到三姐妹當年用於女紅的針線等物。參觀完這個展廳，就可下樓進入圖書館。館內備有三姐妹的作品和有關她們的研究著作、紀念品等，供遊人選購。樓下的門廳處安置著兩塊為艾米莉的小說《呼嘯山莊》中的男女主人公刻製的石碑。一塊鐫刻的文字是：艾德嘉・林敦（Edgar Linton）愛妻凱薩琳・肖恩・林敦（Catherine Earnshaw Linton）之墓——逝於 1784 年 3 月 20 日；另一塊鐫刻的文字是：希剌克厲夫（Heathcliff）之墓——安妮・多米尼 1802 年立。我站在石碑前，無限情思油然而生，眼前彷彿正在演出這對多情愛侶的悲劇。在溫尼弗里斯博士的催促下，我才留戀不捨地走出博物館大門，準備前去憑弔呼嘯山莊遺址。

　　這處遺址據說是艾米莉寫作《呼嘯山莊》的原型，離霍華斯大約四英里，鄉間道路不許車輛通行，因而還有很長一段路要走。約克郡地處英國北部，氣溫比南部低得多。南部早已春意盎然，而這裡卻似乎還是一片晚冬的景色。此刻夕陽已被烏雲掩去，大地一片昏暗，陣陣寒風呼嘯而來，不禁使人生出無限淒涼的感覺。我們經過半個多小時的跋涉，終於來到遺址面前。

　　艾米莉筆下的山莊當年是一座石頭建築，現在只剩下斷垣殘壁。它坐落在接近山頂的位置，四周是一望無際的荒原，使人格外感到它的空曠、孤獨、淒涼。這兒是約克郡特有的荒原景色，枯黃的草原上點綴著一片片綠色的矮小灌木。附近沒有村莊農舍，沒有行人往來，沒有雀鳥啼鳴。幾

隻黑頭綿羊在草地上悠閒地覓食，偶爾抬起頭來看看我們，發出幾聲親切的叫聲，這才使人意識到生命在這兒依然存在。就是在這兒，艾米莉為我們編造了一個激動人心的美妙故事。她筆下的希剌克厲夫曾經在這片荒原上孤獨地漫遊，徒勞地追尋，無望地企盼，暗暗地悲傷，瘋狂地報復。他愛之切，因而才恨之深。他的痛苦太多，所以才冷酷無情。艾米莉以她傑出的藝術才能、強烈的內心激情和偉大的悲劇意識，為我們描繪了一個感情受到傷害而又得不到慰藉的卑微的靈魂，真實地揭示了一個悲劇人物愛恨交織的複雜感情和精神世界。艾米莉的筆觸細膩，描寫真實感人。然而，只有當你站在丘頂之上，在廣漠荒原的烘托下，通過這處遺址的聯想，才能真正感受到希剌克厲夫孤獨淒涼而又無所寄託的情感，才能理解他何以瘋狂地報復別人而又折磨自己，才能理解人和自然融為一體的美，理解希剌克厲夫的複雜性格，理解作品深刻的內涵。

此景此情，引人深思，然而天色已晚，我們不得不收起沉重的思緒，懷著無限留戀，告別這處遺址。汽車緩緩地離開了霍華斯，但是心情久久不能平靜下來。三姐妹筆下的人物彷彿一起湧向我的腦際，爭相向我傾訴他們不朽的故事。

（原文載於《神州學人》1996 年第 11 期）

三、哈代和多塞特

　　英國偉大的小說家和詩人托瑪斯・哈代於 1840 年 6 月 2 日生於英國多塞特郡的上博克漢普屯，一生中大部分時間都在其故鄉多塞特度過。在哈代誕辰到來之際，沃韋克大學（University of Warwick）文學系溫里弗尼斯博士建議我前往多塞特遊覽偉大作家的故鄉。溫里弗尼斯博士不僅是勃朗特姐妹的研究專家，而且對哈代也有深入研究。他在倫敦以《哈代和簡・奧斯丁》（Hardy and Jane Austin）為題所作的演講，就以其新穎的觀點和縝密的分析給我留下了深刻印象。溫里弗尼斯博士熱情地表示要為我導遊，於是我欣然應允，由他驅車載我前往哈代的故鄉。

　　經過三個小時的旅行，我們到達了哈代故居附近的夏佛茨伯利鎮。在拜訪了住在這兒的哈代學會的主席傑弗利・塔伯爾博士之後，我們在松康林地下車，沿著林地中間一條彎曲的小道緩步向上，前去參觀哈代的故居。在這片古樸幽深的林地裡，高大的橡樹、榛子樹、山毛櫸枝椏交錯，藤蔓纏繞。樹下長滿茂密的灌木和野草，輕掩著一些粗大古老的樹樁。濃蔭蔽日，林深徑幽；野花卉草，蝶舞鳥鳴。幽寂空寞的林地充滿了活力和生命。這是哈代最為熟悉的林地。作家幼年時，就沿著我們腳下的小道，前往下博克漢普屯茱麗葉・馬丁（Julia Martin）夫人開辦的鄉村小學接受教育。哈代熱愛大自然，小時候常常跟隨父親走進荒原，領略大自然的美。

正是在這樣一個富有浪漫情調的自然環境裡，哈代培養了自己對大自然的特殊感受，真正領悟了大自然的神祕、恐懼、詩意和美感。在哈代早期小說《綠蔭下》裡，松康林地是主人公活動的主要場所之一。《綠蔭下》是一部風格素樸、詩情濃郁的作品，維吉尼亞‧伍爾夫（Virginia Woolf）稱它「媚嫵動人，帶有田園風味」。哈代在對鄉村風光和習俗的描繪中，敘述了年輕農民狄克和鄉村女教師芳茜‧黛的愛情故事。哈代按四季變化冬春夏秋來表現主人公的愛情進程，其構思正是來自他對松康林地的觀察和感受。

　　哈代的故居是一幢磚木結構的兩層草屋，坐落在松康林地深處。草屋仍保持著哈代當年的原貌，映掩在林木之中，襯以鮮花綠草的裝點，自然古樸，寧靜美好。哈代在 16 歲時曾寫過描寫這幢草屋的詩句：「高大彎曲的山毛櫸，用低垂的樹枝織成幃幔，輕拂著屋頂……。」在小說《綠蔭下》裡，這幢草屋是主人公住屋的原型。哈代真實地描寫了它的外貌：「這是一幢低矮的長方形草屋，帶脊的屋頂是用秸稈蓋成的，樓上的窗子破壞了屋簷，中間的煙囪高高地突出於屋脊之上，還有兩個煙囪聳立在草屋兩端。」屋內，右邊的房間還保留著當年的麵包烤爐；左邊房間的地面鋪著石板，天花板中間架著一條石頭桁條，上面懸掛著槲寄生。樓下的壁爐還在，兒時的哈代常坐爐前，出神地傾聽祖母為他講述迷人的鄉下故事。樓上哈代當年的臥室還保持著原樣，少年哈代喜歡獨坐窗前，悄悄地對著花園沉思。哈代出身貧寒，草屋平凡普通，室內裝飾簡陋。然而偉大出於平凡，正是在這幢平凡的草屋裡，誕生了一位天才作家，為英國文壇增添了光采。

　　在草屋背後東北方向，是一片廣袤空寂和起伏不平的高地，這就是哈代在小說《還鄉》中描寫的愛敦荒原（Egdon Heath）。荒原一望無際，上

面點綴著一簇簇石南和荊豆，其間夾雜著一些長滿冬青和荊豆類植物的土坑。在哈代筆下，愛敦荒原似乎是一個時值暮年的老人，神情寂寥，面容寡歡。天上懸著灰白的帳幕，地上鋪著蒼鬱的灌莽，一到傍晚，它就呈現出一片朦朧迷離、陰沉昏瞶、空曠蒼茫而又威嚴堂皇的景象。哈代正是以這片荒原為背景，為我們敘述了一個熱血青年企圖改造它而給自己造成的悲劇。哈代筆下的荒原神祕可怖，帶有強烈的悲劇氣氛。然而從日麗風清的午後看去，荒原上山巒起伏，青草綠樹，鬱鬱蔥蔥，倒是一片美麗的田園風光。

　　哈代的小說描寫的基本上都是他所熟悉的故鄉，小說中描寫的地點大都有其所本。今天，這些地點都變成了文化名勝，成了人們探古尋幽的所在。從哈代的故居下山，向南便是下博克漢普屯，向西則是斯頓斯福特教堂。這都是哈代在《綠蔭下》裡描寫過的地方。斯頓斯福特教堂不僅是哈代幼年常去遊玩的地方，而且哈代的家人死後都埋在這座教堂的墓地。哈代死後，人們尊重他希望把自己葬於家族墓地的願望，又照顧到各界人士希望把他葬在威斯敏斯特教堂詩人角的要求，於是將哈代屍體解剖，將心臟葬於斯頓斯福特教堂，將骨灰安放在威斯敏斯特教堂的詩人角。這種解剖屍體分葬兩地的做法，成了英國文壇上絕無僅有的一件趣事。

　　在上博克漢普屯西北方向不遠處是坡道爾小鎮，它是哈代小說《遠離塵囂》（*The Withered Arm*）中韋瑟伯利農場的原型。再向東是哈代在小說中描寫過的另一處名勝伯爾金斯。它是著名小說《德伯家的苔絲》中苔絲祖先老屋的舊址。就是在這座屋子裡，安機・克萊殘酷地拋棄了苔絲，從而造成苔絲的巨大傷痛和悲劇。在多塞特，還有許多與小說《德伯家的苔絲》有關的地點，如小說開頭描寫苔絲父親從夏佛茨伯利前往曼霍爾途中所提

到的美酒酒店，苔絲住過的小屋，苔絲被捕的地點等。

　　1883 年，哈代搬遷到多塞特的首府多賈斯特居住。多賈斯特就是哈代小說《卡斯特橋市長》（*Mayor of Casterbridge*）中的卡斯特橋。哈代以它為背景，敘述了打草人亨察爾從落泊、發跡到毀滅的悲劇故事。卡斯特橋是繼韋瑟伯利農場和愛敦荒原之後哈代描寫的又一個典型環境。在小說中，卡斯特橋不是一座現代意義上的城市，而只是一片集中在一起的村莊。哈代在小說中曾這樣描寫過：「農家的孩子可以坐在大麥草垛下，把一塊石子扔進市府職員辦公室的窗子裡去；割麥子的人一邊幹活兒，一邊可以向站在街道拐角上的人點頭打招呼；穿紅袍的法官審問偷羊賊的時候，可以在羊的叫聲中宣讀他的判決；……」而如今，多賈斯特已發展成為一個中等城市，再難找到卡斯特橋當日的影子。在市中心，亨察爾當年的住房還在，上面釘有一塊「亨察爾住宅」的牌子。離亨察爾住宅不遠，便是哈代的塑像。塑像按照哈代生前最喜歡的一張照片設計：身穿夾克，手持禮帽，小腿打著綁腿。這是英國農民的裝束。哈代借此表明，他是英國農民的忠實兒子。在哈代塑像下方不遠處是哈代在小說中描寫過的國王旅館。當初被亨察爾以五個基尼的價格賣掉的妻子蘇珊回來尋找丈夫，就住在這家旅店，並從旅店樓上的窗子裡，看見亨察爾已經發跡，當上了市長，正在市政大廳裡宴請賓客。在多賈斯特，還有一些與哈代有關的地方，如亨察爾情人露賽姐的住屋，《遠離塵囂》（*Far from the Madding Crowd*）中加布里埃爾‧奧克尋找工作的坎道爾斯市場，短篇小說《枯萎的手臂》（*The Withered Arm*）描寫的漢曼小屋等。

　　在多賈斯特東南一英里處的艾靈頓大道，便是哈代自己設計建造的住宅：馬克斯門。這是一座維多尼亞風格的紅磚建築，左邊是一片茂密的樹

林，右邊是一個綠草如茵的花園，帶有哈代小說的田園風味。哈代自 1885 年搬進這座住宅以後，一直住到去世為止。哈代在這裡寫作了《林地居民》、《德伯家的苔絲》、《無名的裘德》等重要作品，然後，他就成了馬克斯門的著名詩人。中國著名詩人徐志摩，曾在這兒拜見過哈代。

哈代一共發表 14 部長篇小說、4 本短篇小說集、8 卷詩、2 部詩劇。就哈代的整個小說創作來說，可以分為三個階段。第一個階段的小說是抒發田園理想的頌歌，帶有浪漫主義風格，主要有《綠蔭下》、《遠離塵囂》等。第二個階段的作品描寫威塞克斯社會的悲劇，主要有《還鄉》、《卡斯特橋市長》等。第三個階段的作品描寫威塞克斯破產農民的前途和命運，主要有《德伯家的苔絲》、《無名的裘德》等。哈代的小說以優秀的藝術形象記述了 19 世紀英國南部農村宗法制社會毀滅的歷史，表現了英國農村社會的歷史變遷。因此，哈代在出版了最後一部小說《心愛的人》（The Well-Beloved）以後，就在主題上完成了描寫英國農村社會盛衰歷史的使命而不再創作小說，卻以 20 世紀詩人的嶄新面孔出現在文壇上，用詩歌抒發情感，探索哲學，回顧歷史。哈代在詩歌創作中也同樣取得了矚目成就。晚年，哈代創作了兩部詩體悲劇《列王》（The Dynasts）和《康沃爾皇后的悲劇》，（The Famous Tragedy of the Queen of Cornwall at Tintagel in Lyonnesse）從而把他的詩歌創作推到了頂峰，使他成為 20 世紀英國最著名的詩人之一。

20 世紀初，哈代成了英國當時最著名的作家，受到普遍的尊敬。1909 年，他被聘請為多賈斯特希臘拉丁文專修學校的學監。當年 6 月，他又出任英國作家協會主席。1912 年，同他結婚 38 年的妻子愛瑪病逝，哈代十分悲傷，寫了一百多首詩悼念她。1914 年，哈代同兒童作家佛洛倫斯‧愛米麗‧達格代爾結婚。哈代一生沒有上過大學，但是在他晚年，英國最著

名的牛津、劍橋、愛伯丁、聖安諾、布里斯托五所大學，紛紛授予哈代榮譽博士學位。他的許多作品被改編成戲劇和電影，影響遍及歐美。哈代是在田園生活的環境中孕育而成的小說家和詩人，他的創作和生活同多塞特緊密地聯繫在一起。在多塞特這塊恬靜優美、古樸寂寥的鄉村土地上，哈代培養了自己酷愛自然、心懷遠古的思想氣度。他把環境優美、古樸清幽的故鄉看成自己的理想世界，極盡筆墨描繪家鄉美景，謳歌風俗淳美、人情厚樸的農村社會，同時又對外部世界對他理想中的田園生活的破壞感到悲痛。哈代是多塞特人民的忠實兒子，多塞特賦予他作家的天才，並為他提供創作的土壤。多塞特因哈代而著名，哈代也因多塞特而不朽。

（原文載於《神州學人》1997 年第 4 期）

四、道德文章共馨香　老驥伏櫪顯風流
——祝賀恩師王忠祥教授 80 大壽

　　在我的求學路上，我是幸運的，因為在我學路彷徨而不知所往的時候，是王忠祥教授為我撥開雲霧，傳授為學之道，引領我在學術的道路上探索前行，終於窺見到學術真理的曙光。

　　1976 年，我從華中師範大學英語系畢業留校任教。那時的我混沌未開，根本不知道怎麼做學問和為什麼要做學問。偶爾讀到一些學術文章和評論文字，看到作者能夠從一首詩、一齣戲、一部小說中說出那麼多道理來，自是感到無比驚訝，心中充滿欽羨。同時，心中也生出一絲遐想，希望有朝一日，能夠寫出自己的文字。現在回想起來，當時的一些想法儘管朦朧，似乎離現實十分遙遠，但後來卻成為自己奮鬥的目標和前進的動力。

　　在我受教於王忠祥先生之前，我應該提到兩位引領我進入學術之門的人物，一位是上海譯文出版社的方平先生，一位是華中師範大學中文系汪文漢先生。在我 1984 年同方平先生見面之前，他一直是我的無名之師。我同方平先生的淵源，始於 1977 年我在圖書館偶然讀到的一本書，那是方平先生在 1954 年出版的《威尼斯商人》的譯注本。由於當時這本書籍不能外借，我用了兩天時間才在圖書館把這本書讀完。書中大量詳盡的注解，讓我第一次領悟到做學問的門徑。1984 年我見到了方平先生，同他談到當時讀這本書的感受，方平先生給我傳授了如何為學之道。雖然我當時未

能完全適應方平先生的上海口音，但是他強調仔細閱讀，詳加考證和認真思考的方法，卻讓我受用終生。正是受到《威尼斯商人》譯注本的啟發，1978 年春，我從外語系資料室借來亞歷克斯 • 哈里（Alex Haley）的《根》（Roots）細加閱讀。《根》在美國出版不久即成為風靡全球的暢銷書，剛剛介紹到中國，還沒有翻譯成中文出版。我邊讀邊做筆記，讀完後在摸索中寫成一篇論述文字。當時外語系雖然同中文系近在咫尺，但我同中文系的老師卻少有交往，因此只好請給外語系講授寫作課的汪文漢先生指點這篇粗淺的文字。汪文漢先生精於寫作理論和中國文學的研究，對我第一次寫成的這篇文章細加點評，並提出要把我推薦給王忠祥先生。

不久，汪文漢先生把我領進了王忠祥先生的書房兼臥室的房間。在那個大約 15 平方的房間裡，我見到了後來成為我導師的王忠祥先生。在我的記憶裡，當時的王忠祥先生給我留下的形象是一位滿面紅光、一臉慈祥的長者。王老師熱情地請我坐下，然後拿出我那篇文章，從選題、立論、結構和文字，細細解說。經過王老師的一番點評，我終於發現，做學問遠不是我想像的那樣容易，我意識到自己離學問二字還多麼遙遠。同時，王老師的一番鼓勵，又讓我如沐春風，增添了信心。王老師告訴我，如我學習上有什麼問題，隨時都可以去找他。後來我又向王老師請教過幾次，每次總有茅塞頓開的感覺。由於王老師的鼓勵，我這篇最早寫成的文字，後來被改寫成兩篇文章發表。現在想來，我這樣早就能夠得到王老師的指導，真是夠幸運的了。

在外國文學領域，我系統學習外國文學是從進入碩士研究生階段在王老師指導下才真正開始的。1979 年，華中師範大學中文系由王忠祥先生領銜的碩士生指導小組開始招收外國文學專業歐洲文學史研究方向的研究生，我毫不猶豫地報名並參加了考試，有幸同朱憲生、于勝民、魯萌、李

東輝、郭珊寶一起被錄取為這個專業的第一屆碩士研究生，成為王忠祥先生的開門弟子，開始了三年的學習與研究生活。在三年的研究生學習中，王老師同周樂群老師相互配合，共同為我們講授歐洲文學史、西方美學史等課程。周樂群老師比王老師年輕幾歲，對王老師十分尊重，他謙虛地把王老師稱作自己的老師。正是通過三年的研究生學習階段，我們系統地學習了碩士研究生的全部課程，完成了碩士論文，為今後的學術研究奠定了堅實的基礎。

在中國教育改革的歷史上，我們是幸運的，我們是中國改革開放開始時王老師招收的首屆研究生，因此十分珍惜來之不易的學習機會。對於這些重新進入學校學習的學生們，王老師在我們身上傾注了大量心血。王老師對我們細心指導，嚴格要求，希望我們能夠像他一樣心無旁騖，專心致志做學問。為了讓我們能夠儘快進入研究的境界，一進校門，王老師就發給我們一份閱讀書目。這是一份王老師認為作為碩士研究生必須閱讀的書目，其中既有從古至今的西方文學經典作品，也有古今中外的文學理論著作。這份閱讀書目對於我們系統閱讀必須的文學作品和理論著作發揮了重要作用。為了讓我們儘快進入研究階段，進校不久王老師就讓我們選擇了研究課題。我當時選擇了哈代研究，師兄朱憲生選擇了屠格涅夫（Ivan Sergeevich Turgenev）研究，于勝民選擇了勃洛克（Block）研究，師姐魯萌選擇了哈姆萊特研究，李東輝選擇了萊蒙托夫（Lermontov）研究，師妹郭珊寶選擇了狄更斯研究。較早確定研究方向，確實有利於深入研究課題，也有利於掌握正確的研究方法。

我現在還保留著當時的課堂筆記，第一次課是王老師講授的歐洲文學史課程「緒論」。在課堂上，王老師詳細講解了歐洲文學史的定義、歐洲

文學同哲學、美學、藝術等之間的關係、課程的意義、學習的主要內容以及學習方法。王老師的授課全面系統，理論概括同作家作品範例緊密結合，深入淺出，發人深思。尤其是王老師講的學習方法，使我開始懂得了如何做學問。王老師教導我們學習要有秩序，不能好高騖遠，而要循序漸進；要做到四勤：口勤、眼勤、耳勤、思想勤；學習態度要嚴謹、踏實，要重實證而不空談，重分析而不守成規，重吸收而不囿已見，要重條理而避雜亂。這些都是做學問的至理名言，不僅是我後來在研究道路上遵循的綱領，也是我教導學生的思想指南。

王老師學貫中西，文學功底深厚，他無論是給我們講授課程還是自己做學問，都有自己的獨具特點的講學之道、為學之道。他授課深入淺出，系統全面，旁徵博引，縱橫捭闔，中外作家作品，信手拈來，都能說明深奧的文學道理。王老師對一些重點作家作品的講解，讓我們領悟到文學的真諦，學習到研究文學的方法。王老師專事西方文學的研究，從古代希臘文學一直到 20 世紀的文學，都有自己的深刻見解，尤其精於莎士比亞、狄更斯和巴爾扎克（Balzac）的研究。他對莎士比亞戲劇思想的深刻分析、對莎劇藝術的歸納總結、對莎士比亞詩歌真善美主題的闡釋，讓我們懂得了莎士比亞。他對狄更斯小說的人道主義思想挖掘，對巴爾扎克小說的辯證考論，都讓我們深受啟發。他發表的關於這些作家的研究論文，具有重要的學術價值。王老師不僅精於古典文學的研究，對當時剛剛傳入中國的現代派作品，他也有自己獨特的看法和新的觀點。例如他對當時剛剛傳入中國的美國女作家奧茨（Joyce Carol Oates）的研究，就用心理現實主義作了恰當的概括，讓我們能夠更好理解那些迥異於傳統文學的作品。王老師老老實實做學問、一絲不苟寫文章的學風，敢於開拓創新的研究精神，

深刻地影響了我們，在我們後來的工作和研究中，都留下了王老師的思想印跡。

按照當時的標準，我們的學習條件應該是相當好的。我同師兄朱憲生、于勝民三個人同住一間宿舍，就是現在文學院門前那棟宿舍樓二樓最東頭北邊的房間。朱于二位師兄比我年長，他們閱讀廣泛，基礎厚實，是研究生中的佼佼者。魯萌師姐是詩人曾卓的女兒，能歌善舞，集詩人與哲人的特點於一身。東輝為人穩重，善於思考，每當討論作品，她都有高論發表。珊寶年齡最小，風風火火，充滿朝氣。憲生師兄多才多藝，不僅寫得一手好文章，而且歌聲迷人，棋藝精湛。每當他興致來了一展歌喉的時候，你準能體會到荷馬在《奧德賽》中描寫的塞任（Siren）歌聲的美妙，被他的歌聲迷倒。他的棋藝水準很高，理所當然成了我們這些棋盲的教練。圍棋真是魅力無窮，當朱兄將我們領進圍棋之門以後，我們就沉陷其中而無力自拔了。在方寸之間，我們這些剛入門的新手，有的捉對相互廝殺，有的吶喊助威，有時甚至通宵鏖戰。除了我和勝民師兄，超級棋迷還有古文獻學的周國林和經濟學的曹雲兩位師弟。在當時緊張的學習中，圍棋調劑豐富了我們的學習和生活。

當春天來臨，王老師也會接受我們的邀請，同我們一起走出校門春遊。在東湖的草地，我們一起欣賞魯萌師姐曼妙的舞姿、憲生師兄深情的歌聲。東湖園內，新綠之中，簇簇桃紅，片片嫩黃，到處都是春的氣息。踏青湖畔，只見湖水如鏡，倒映著碧藍如洗的天空；蒼穹之中，有幾片縹緲的薄雲；突然雲天深處，幾隻翱翔的水鳥，飛入我們的眼簾，激起我們的無限遐想。湖邊排排垂柳，隨風婆娑，親吻著粼波蕩漾的湖面。湖中的畫舫小舟，隨著湖中的波濤搖曳。欣喜之餘，我們發現了湖邊的水仙，姿

態各異的水仙，莖葉嫩綠，托著淡黃的花朵，淡雅而不乏嬌豔，在微風之中輕輕舞動，是那樣地婀娜多姿。此時，王老師在課堂中講解的詩人華茲華斯，宛若出現在我們面前，輕聲吟誦著那首不會讓人忘記的《吟水仙》（*The Daffodils*）：

> 我是一朵四處飄蕩的孤雲，
> 飄浮在山谷之間，山巔之上
> 突然我看見一大片鮮花，
> 那是盛開的金色水仙；
> 它們在湖畔和樹下綻放，
> 在微風吹拂中婀娜舞動，
> ……

王老師雖然很少在山水間遊玩，但他在斗室之中，通過閱讀華茲華斯的詩歌，同詩人進行心靈的溝通和交流，從華茲華斯寄情山水的詩歌裡，領略和欣賞山水的美。正是因為王老師喜歡詩歌，尤其是喜歡充滿浪漫激情的山水詩歌，他才能永遠保持一顆年輕的心。

王老師的道德文章，一直被我們奉為的典範。當然，王老師也有我們並不忌諱說道的兩大缺點，一是從不鍛煉身體，二是不喜遊覽。在我們的記憶裡，沒有人能夠在運動場、乒乓室發現王老師的身影，也很少能夠看到他在馬路上悠閒地散步。每當我們深夜在影院看完電影或遊玩回來從王老師樓前經過，我們都能發現他居住的那個房間裡還亮著燈光，遠遠看見有一個正在伏案工作的背影。在我們的心裡，那兒似乎居住著一位隱士一

樣的人物，正忘我地沉迷於自己的研究。我們知道，那斗室就是孕育知識的土壤，那燈光就是啟迪思想的智慧之光，那位隱士就是我們敬仰的導師。他就好像那位專事研究事業的浮士德博士（Doctor Faust），外面的山水無論多麼美妙，似乎都不足以使王老師動心，引誘他放下書本，走出書齋，去享受外部世界的精彩。

1983年初夏，全國西方浪漫主義文學討論會在安徽屯溪市舉行，屯溪就在黃山腳下。在王老師帶領下，我與邵旭東師弟和張唯師妹陪同王老師前往參加會議。開完會議，王老師不願隨同我們登黃山，堅決要獨自在留在山下細讀英國浪漫主義詩人的詩篇。我們只好讓王老師留下，然後結伴攀登黃山。上午七點，我們備下必須的乾糧和飲水，披一件在路邊買的用塑膠薄膜製作的雨衣，拾級而上。黃山的天氣變幻不斷，時而陽光燦爛，時而細雨紛飛，為我們登山增添了幾分浪漫色彩。在細雨紛飛之中，我們沿著山間小道蜿蜒而上，路旁山花點綴，身邊薄霧繚繞，宛若置身於世外的仙境。半山之中，放眼眺望，只見峰高峭麗，山巒疊嶂，陡壁青幽之中，盡是奇松怪石，美不勝收。到了山頂，拂曉觀黃山日出，細雨薄霧中，只見一輪紅日冉冉升起，把滿目山巒染成了五彩的錦緞。轉眼之間，又見白色濃霧奔湧而來，把整個黃山淹沒在萬頃波濤之中。晨霧似海，幾座高峰時隱時現，猶如漂浮的海島。到了傍晚，登峰看黃山日落，晚霞漸淡，天色慢慢暗淡下來，看此時的黃山，彷彿是一幅濃墨重彩的山水畫卷。此時此刻，天地相接，渾然一體，我們自覺變成了畫中的人物，融入了山巒之中。面對如此動人的黃山美景，有誰能夠抵住誘惑？但確實有，這就是王忠祥先生。當我們身披塑膠雨衣登山而上的時候，他卻在山下旅店的房間裡讀書。當我們夜宿黃山峰頂，清晨觀日出傍晚看日落時，他卻在房間裡

低聲輕吟華茲華斯的詩篇。在我的記憶裡，任何風景名勝，都無法撼動王老師閉門讀書的意志。他的意志甚至超越了浮士德博士，因為無論我們如何動員或引誘，他都不為所動。

　　學術苦旅的艱辛，如同艾略特荒原裡的水果般能變成真理的甘甜，所以儘管在斗室之中，王老師也能感受到快樂。但是，我仍然把這看成是一種遺憾，心中想像著有一天王老師能夠登上高高的峰頂，能夠領略在書本中無法領略的真實美景。2007 年 5 月，李定清師弟終於幫助我們完成了讓王老師登上武當山頂的夙願。定清曾跟隨王老師研究易卜生的戲劇，在易卜生研究上得到王老師的真傳，深得王老師的賞識。他對王老師感情深厚，邀請王老師遊覽武當山，這也是他多年的心願。當我同定清談到此事，定清也早有意，於是一拍即合，決心儘早實施王老師的登山計畫。

　　陪王老師游武當山，還帶有象徵的意義，即為王老師祈福。武當山是中國著名的道教聖地，景色奇特絢麗，被譽為「亙古無雙勝境，天下第一仙山」。武當山峰高壑深，地勢險要，極難徒步攀登。好在當時已經修了空中索道，我們只須陪同王老師乘坐空中纜車上山。從纜車上看武當，沒有王老師所期望的山巒起伏、秀麗平緩的華茲華斯式山景，而是司各特（Scott）在《湖上夫人》（*The Lady of the Lake*）中描畫的那種大氣磅礴的高山深谷。坐在纜車裡，王老師似乎在尋找華茲華斯筆下的詩行：

　　　　我躺在草地聽你歡叫，

　　　　空谷震盪，回應頻頻，

　　　　山山傳遍，處處瀰漫，

　　　　一聲悠遠，一聲貼近。

陽光灑滿，鮮花燦爛，

你對著山谷呼喚陣陣，

我被帶到神話的世界，

我被送往虛幻的夢境。

但是，呈現在我們面前的似乎只是司各特在《湖上夫人》中描寫的山景：

岩巒下蒼老的樺樹、白楊

迎風晃動垂下了枝梗，

高處挺拔的梣木、橡樹

在岩石縫裡錯節盤根據地

山梁上有枯松倒掛絕壁，

殘幹朽枝顫抖不停，

巍巍峭壁刺破青天，

搖晃的松枝橫絕煙雲。

當時，沒有傳來由遠及近隱約朦朧的布穀鳥的啼鳴，倒似乎有幾聲響徹雲霄的雲雀叫聲。乘坐纜車緩緩上升，放眼望去，只見峰高谷深，山勢險峻，眼前似乎浮現出雪萊（Shelley）筆下的詩行：

你從大地一躍而起，

往上飛翔又飛翔，

有如一團火雲，在藍天

平展著你的翅膀，

你不歇地邊唱邊飛，邊飛邊唱。

在攀登武當山頂時，王老師表現出無比的堅毅與虔誠，他一步一步地在蜿蜒曲折的山路上前進。這時候，我想起了華茲華斯在《致雲雀》（*To A Sky Lark*）中歌唱的詩行：「天上的香客，太空的詩人。」詩中的香客和詩人，這不就是現實中王老師的形象：

隨我飛翔！隨我飛上雲天！

雲雀啊，你的歌聲有多麼嘹亮；

隨我飛翔！隨我飛上雲天！

放聲歌唱，放聲歌唱，

在雲天裡播撒你的歌聲，

鼓舞著我，引領著我尋找

你一心嚮往的地方！

下了纜車，弟子們攙扶著王老師緩緩登上了武當山的主峰天柱峰的頂端，到達了此行的最終目的地金殿。武當山金殿俗稱金頂，是一處銅鑄鎏金的仿木構建築。金殿以蓮花柱座為基，上面按十二地支排列著十二根圓柱。殿身斗拱簷椽，翼角飛翹，疊脊之上，飾以仙人禽獸，形象生動逼真。殿中供奉著真武帝君，身邊伴以銅鑄的神像、几案、禮器等。從正面望去，帝君披髮跣足，丰姿魁偉。金童玉女，環侍兩側，素雅俊逸，拘謹恭順。「水火」二將，列立兩廂，威嚴勇猛。在這巔峰之上，遠眺環峙群峰，蒼翠如

屏；俯瞰太和、南岩、五龍諸宮，層疊有致，美不勝收。伴著祈福的鐘聲，我們焚香燒紙，頂禮膜拜，為王老師祈福祈壽。金殿香煙繚繞，山下薄霧縹緲。王老師坐在石凳上，滿臉笑容，仰望一覽無餘的雲天，遠眺廣袤無垠的群山，是那樣的寧靜安詳。此時此刻，王老師恰似一位得道者，精神得到了新的昇華，人生又進入了一個新的境界，得到了最大的滿足和幸福。

王老師獻身於外國文學學術事業，是我們學習的楷模。改革開放伊始，王老師就與華中師範大學的同行們成立了外國文學領域的第一個學會湖北省外國文學學會，創辦了外國文學領域第一份雜誌《外國文學研究》（ *Foreign Literature Studies* ），遍邀中國外國文學界的名流前來傳道講學，並最先在中國開展西方現代派文學的討論。王老師也是中國外國文學界的活動家，長期擔任中國外國文學學會副會長，國家社科基金外國文學學科專家組成員，為中國外國文學教學及研究事業做出了卓越的貢獻。為了建設《外國文學研究》雜誌，王老師無私奉獻，殫精竭慮，是我們後來者學習的楷模。即使他從主編位置上退了下來，也仍然時刻關心雜誌的發展，為雜誌出謀獻策，發揮自己的重要作用。

2001 年 8 月，全國大學外國文學教研會在南京召開年會。那幾個晚上，我同王老師共居一室，談論的話題始終沒有離開《外國文學研究》。正是在那次會議期間，我同王老師在以前相互討論的基礎上繼續探討，共同作出雜誌成立國際性編委會和雜誌理事會的決定，決心對雜誌的版面、格式、欄目等進行全面改革。也正是在那次會議期間，在我們心裡，雜誌的發展目標也逐漸清晰起來，這就是雜誌必須走出國門，走向國際，進入 ISI 雜誌國際俱樂部。我們相信，一份雜誌僅僅被國內同行承認是遠遠不夠的，它應該得到國際同行的共同承認，這才是一份重要雜誌應有的地位。

後來，《外國文學研究》雜誌在成立理事會時確立了進入 A&HCI 陣營的發展戰略，最初就萌芽於南京會議期間我同王老師的探討。那時的王老師已近古稀之年，卻能夠站在國際的高度進行思考，充分表現出一代學人的眼光與膽識。弟子們在談論如何實現這一戰略的 5 年規劃時，都無不對王老師表示欽佩。經過 5 年的努力，《外國文學研究》於 2005 年被 A&HCI 收錄，實現了中國大陸人文科學學術期刊在國際核心資料庫中零的突破。《外國文學研究》雜誌取得的這一成就，與王老師的支持、鼓勵和幫助是分不開的。

「老驥伏櫪，志在千里。」王老師年事漸高，但是胸中仍然激蕩著高昂的學術豪情，從事學術研究的勃勃雄心永不消沉，對宏偉學術理想的追求永不停止。他有一顆年輕的心，一生樂觀奮發，自強不息。武當歸來，王老師出版了《王忠祥自選集》、《聖經故事新編》、《莎士比亞戲劇精縮與鑑賞》等著作，發表了「構建多維視野下的新世紀外國文學史——關於編寫中國特色外國文學史的幾點理論思考」、「19 世紀挪威文學與北歐文化巨人」、「人類是多麼美麗！——《暴風雨》的主題思想與象徵意義」、「建構崇高的道德倫理烏托邦——莎士比亞戲劇的審美意義」等重要論文。王老師堅持在學術田園裡耕耘，獲得了豐碩的成果。正如王老師所說：「我讀、我思、我寫故我在。」

王老師今年 80 歲了，但是在我們心中，他依然年輕，充滿學術活力。王老師正是用自己的學術實踐，使自己永保學術青春不老。他為我們做出了榜樣，是我們前進的動力。在王老師身邊，他當年指導過的研究生還有蘇暉、楊建、劉淵。儘管他們都在各自的領域做出了成就，成了教學和科研骨幹，但王老師仍然十分關心他們的成長，對他們的學術研究給予指

導。弟子們也虛心向王老師學習，時刻記住王老師的恩情，在生活上無微不至地照顧王老師。在王老師的言談之中，我們都能感受到王老師對大家的愛，對弟子們取得成功的喜悅。王老師不僅對身邊的弟子十分關愛，而且心中也時刻記掛著散佈於國內外的弟子們，時常同我們談到對他們的思念與情感。王老師的晚年是快樂的、幸福的、滿足的。

　　王老師學貫中西，博古通今，集教育家、學者於一身，堪稱一代宗師。王老師勤耕不輟，厚積薄發，佳作迭出，璀璨斐然。王老師學品人品，令人敬仰；一生教書育人，為人師表。王老師為中國外國文學的教學與研究做出了突出貢獻，是我們所有學生的驕傲。道德文章共馨香，老驥伏櫪顯風流。在王老師80大壽到來之際，我代表王老師的全體學生，向王老師表達最美好的祝願，祝王老師健康長壽，青春不老！

第五編

其他

一、查理斯・伯恩斯坦教授訪談錄
（Interview with Charles Bernstein）

Nie Zhenzhao: With the magazine L=A=N=G=U=A=G=E, your essays and your poems, you are generally considered the leading representative poet and theoretician of what is called Language Poetry, so I would like to begin my questions here. Language Poetry was first introduced to Chinese readers in 1993 when an anthology entitled The Selected Poems from Language Poets was published by Sichuan Arts & Literature Publishing House, China, with a circulation of around 2000 copies. Since then there have been few publications on Language Poetry in China. As a result, this work is still unfamiliar to most Chinese scholars and students. Would you please make a brief introduction to the occurrence, the development and the status quo of this school of poetry?

Charles Bernstein: Language Poetry is a term that has come to stand for a rather raucous period in American poetry, from the mid-70s onward, in which a group of writers, mostly in New York, San Francisco, and Washington, D.C., engaged in a large-scale collective effort to champion poetic invention both in our own work and the work of other English language poets of the 20th century. Because most of the established magazines, presses, and poetry organizations favored a different approach to poetry, we relied on our own resources, as far as publishing and presenting our work in performance. This was collective action without dogma, perhaps brought together as much by we didn't like as what we shared stylistically. And while from time to time someone would try to impose order or a neat history on our unruly and diffident practice, many of us took those interventions as an opportunity to define ourselves

　　聶：因為 *L=A=N=G=U=A=G=E*（語言）這本雜誌和眾多論文與詩歌，您被大家視為所謂語言詩派的代表詩人和理論家，我的問題也由此開始。語言詩最早被中國讀者所知是在 1993 年，當時四川文藝出版社出版了一部題為《語言詩派詩人作品選》的詩集，但是僅發行了 2000 冊，此後中國國內有關語言詩歌的文章或書籍仍然寥寥無幾，因此大多數中國學者和學生對這個流派並不知曉。可否請您簡要介紹語言詩的產生、發展及現狀？

　　伯恩斯坦：語言詩這一名稱從 20 世紀 70 年代中期開始用來代表一個喧囂的美國詩歌時期，其間一些主要來自紐約、洛杉磯和華盛頓的作家們投身於一場大規模的、以宣導詩歌創新為目的的運動，這種創新在我們自己的詩歌以及其他 20 世紀的英語詩歌當中都有體現。由於大多數知名的雜誌、出版社和詩歌組織所推崇的對於詩歌的理解與我們的不同，我們不得不在出版與表演作品等方面依靠自己的資源。這是沒有任何教條的集體行動，大家能走到一起，既因為我們共同反對的事物，也因為我們文體上的相似。一直以來就有人試圖為我們這樣一種既無章法又缺乏自信的實踐活動強加上秩序或納入歷史的規範，而我們中的許多人以此為契機，在反抗標識與分類中定義自己。我們這裡沒有唯一的歷史、唯一的詩學。

against just such labeling and schooling. There is no one history here and no one poetics.

In 1978, Bruce Andrews and I started L=A=N=G=U=A=G=E, a forum for poetics and discussion, something we felt was crucial and also lacking, both in the mainstream and in the alternative poetry scenes, in which there was an antipathy to critical thinking bordering on anti-intellectualism. The poets of L=A=N=G=U=A=G=E, and there were dozens of us, were interested in both a historical and an ideological approach to poetics and aesthetics and also a stand of dissent, both to prevailing poetry norms but also to U.S. government policies. We questioned all the "given" features of poetry, from voice and expression to clarity and exposition; and in the process, came up with many different, indeed contradictory, approaches to poetry and poetics. Our desire to link our poetry and poetics with the contemporary critical, philosophical, speculative, and political thinking—with a visceral connection to the civil rights movement, feminism, and the antiwar movement—has become a significant mark of our work, and one that has perhaps given rise to our various collective names, which have been both praised and condemned.

Nie: In China some people think that the poetry associated with L=A=N=G=U=A=G=E is the outcome of the influence of structuralism, post-structuralism, and postmodernism. How do you think of that?

CB: That's a common view based on the fact that many people are more familiar with these cultural developments than they are with what was going on in poetry. In truth, you can say that our work was contemporary with those other developments but not derived from them. Although, in the long view, mutual interactions and cross-connections will be more apparent. The poets of L=A=N=G=U=A=G=E often offered a very sharp critique of structuralism, post-structuralism and postmodernism; certainly, that was a significant part of my critical writing of the period. But all of us shared much, if contrasted with technorationality, religious fundamentalism, and market suprematism.

　　布魯斯・安德魯斯和我在 1978 年創辦了 L=A=N=G=U=A=G=E，一個詩學的論壇。在我們看來，這樣的討論很關鍵，但無論是在主流還是另類詩壇上又都十分缺乏，因為那時的詩壇存在著一種與反知識思潮一脈相承的對於批判性思維的抵觸情緒。L=A=N=G=U=A=G=E 的詩人，總共數十人之眾，致力於從歷史和意識形態的角度探討詩學和美學、表現其對主流詩歌規範和美國政府政策的不認同。我們質疑一切「既定」的詩歌特點，從聲音和表達到明晰和闡釋；並在此過程中產生出許多不同的、實際上是相互矛盾的用於探討詩歌和詩學的方法。我們希望把我們的詩歌與詩學和當時批判的、哲學的、玄想的以及政治的思潮相聯繫，並與人權運動、女權運動、反戰運動建立內在的聯繫，這種願望成為我們作品的一個重要標誌，也是我們獲得那些或被讚揚或被批評的多種集體稱謂的原因，

　　聶：在中國一些人認為與 L=A=N=G=U=A=G=E 有關的詩歌是結構主義、後結構主義以及後現代主義的產物。你對此有何解釋？

　　伯恩斯坦：這是一個普遍的說法，其原因在於許多人並不十分瞭解詩歌的發展，而相對更熟悉這些文化現象。事實上，你可以說我們的詩歌與這些運動是平行的，而並非它們的產物，儘管從長遠來看，它們之間的相互作用和交叉聯繫會更明顯。語言詩派的詩人常常對結構主義、後結構主義以及後現代主義提出尖銳的批評；可以肯定的是，那是我在那個時期批評文章的重要內容。但我們與這些文化運動在與科技理性化、宗教本質主義和市場至上主義的對立這一方面是相同的。

　　聶：有些人提出，「語言詩與其說是一場運動，但不如說是一種由當代北美詩歌的後現代主義傾向中衍生出的、受理論指導的詩歌寫作方法。」作為語言詩的理論家，您可否對該理論及背景做出評價？

Nie: Some people say, "Language Poetry is not so much a movement as a theory-generated method of poetic composition that emerged from the post-modernist tendency in contemporary North American poetry." As a theorist of Language Poetry, would you please make a comment on its theory and its background?

CB: Well I am not so much a theorist as a practitioner who reflects on his practice. Much of my poetics is pragmatic; none of it is systematic. This distinction between poetics and theory, though, would fall on deaf ears to those who are against "thinking" or against critical reflection, favoring instead what they claim to be unmediated personal expression. I won't get into a chicken-or-egg debate here about which comes first; poetics and poetry are mutually informing. But those who wish to deny the conceptual basis of their writing in favor of unmediated expression risk falling into a dogmatic rigidity about writing. I am especially interested in extreme forms of poetry, odd and eccentric forms, constructed procedures and procedural constructions. I never assume that the words I use represent a given world; I make the work anew with each word. Poetry is as much a product of delusion as illumination, illusion as reality.

Nie: How about the aesthetic principles and writing rules of this school?

CB: You are asking the wrong person or should I say the wronged person. Each poem can set forth its own rules and my primary aesthetic principle is to intensify the experience of the aesthetic. I left school as soon as I was able. I am working on my own now.

Nie: OK, but are there any rules or defining qualities of Language Poetry?

CB: Dominique Fourcade proposes: *be ready but not prepared.* I guess I could say also *be prepared but not ready.* Discrepancy is the key. I want a poetry that makes up its own rules and then doesn't follow those either.

Nie: Well then, in terms of practice, what are the most distinctive artistic features/techniques of the poets associated with L=A=N=G=U=A=G=E?

CB: You'd certainly notice some strong stylistic tendencies in work from around 1980: lots of disjunction (one phrase or line or sentence having no obvious logical

　　伯恩斯坦：與其稱我為理論家，不如說我是一個對自己的作品進行反思的實踐者。我的詩學大部分是實用性的；完全不成體系。那些反對「思想」、反對批評性的反思、而推崇他們所謂的無仲介的個人表達的人是不可能理解詩學與理論之間這種區別的。我不會對詩學和詩歌做一番孰先孰後的辯論，它們之間應是相互影響的關係。但那些試圖否認他們創作的基礎概念而偏好無仲介的表達的人實際上是陷入了寫作的極端教條。我特別感興趣的是詩歌的極端表達形式、希奇古怪的形式、建構過程以及過程的建構。我從來不認為我使用的言語再現了某一特定的世界；我用言語更新世界。詩歌是闡釋也是錯覺，是現實也是幻覺。

　　聶：那麼語言詩派的美學原則和寫作規則又如何呢？

　　伯恩斯坦：你問錯了對象，或許我該說你問的是一個被錯誤理解的對象。每首詩有它自身的規則；而我主要的美學原則是加強審美的體驗。我儘快離開了流派，正致力於自己的美學理念。

　　聶：那麼，語言詩有沒有規則或者起界定作用的特徵？

　　伯恩斯坦：Dominique Fourcade 的提議是「沒有準備好也可以用」，我想我也可以說「準備好的未必能用」。關鍵是差異性。我理想中的詩歌能創造自己的規則而又不被這些規則束縛。

　　聶：談到詩歌創作實踐，語言詩詩人的創作有哪些與眾不同的藝術特徵和藝術技巧？

　　伯恩斯坦：你一定注意到了，大約從 1980 年以來，語言詩作品的風格有一種很明顯的趨勢：詩中有很多斷裂（即一個短語、一行詩或一句話與詩中的其他部分沒有明顯的邏輯聯繫），而沒有純粹的抒情表達以表現詩人的情感和主觀感受；語言詩的結構新穎，形式創新，詩的形式具有構築

connection to the next), an absence of simple lyric expression purporting to be the poet's feeling or expressing her or his subjective experience, structural and formal novelty (invented forms), a feeling of the constructedness of the poem's form, an exploration of discrepancies between word and object, metaphor and representation, truth and logic. But none of those things would be defining except maybe to say, paradoxically, that the lack of assumption about what defines a poem as a poem is perhaps defining.

Nie: Some people believe that Language Poetry is deeply involved politically from the very beginning, with a clear agreement with Neo-Marxism and New Leftism in America. But others thought that Language Poetry is detached from the real life. These two opinions seem sharply opposite to each other. As far as you are concerned, which do you think is true? And what do you think is the cause of such a difference?

CB: That's a useful problem to contemplate. Within a kind of hyper-empirical American approach to reality, ideas, ideologies, theories, philosophies, psychic structures, psychoanalytic or economic or linguistic structures, indeed the imaginary, are all debunked as removed from "real life." I try to stay out of the way of people who have this view of the real, because, in the end, for them what's real is a fist in the face of a gun against the temple. I prefer my imaginary life.

Nie: How do you think of the relationship between politics and poetry in general?

CB: The problem for politics, as much as for poetry, is how you define the real, how you describe the state of things. We see reality through metaphors and respond to those metaphors. No writing is innocent. Poetry marks the end of innocence for writing and the beginning of the imaginary.

Nie: L=A=N=G=U=A=G=E is generally regarded as a renegade brand, but in what way it is rebellious while to what extent it has connections with English poetic traditions?

CB: The English poetic tradition—just as the European and North and South American traditions—has a long line of renegade poets. Let's just say：renegades

感，同時語言詩探究詞語與客觀對應物之間、隱喻與表現之間、事實與邏輯之間的不一致性；但是這中間沒有任何一項可以界定語言詩的本質。也許我們可以說缺乏對詩之所以為詩的界定本身就是語言詩的本質。這可能聽起來有點是似是而非。

聶：有人認為語言詩一開始就是和政治緊密相連的，是與美國的新馬克思主義和新左派是一致的。但是也有人認為語言詩是脫離現實生活的。這兩種觀點看上去是完全對立的，您認為那種觀點是正確的呢？您認為是什麼因素導致了這種對語言詩的不同理解？

伯恩斯坦：這是一個值得去思考的問題。在這種過於經驗主義的美國式的認識現實的方法中，觀點、意識、理論、哲學、心理結構、心理分析結構、經濟結構和語言結構，甚至虛構都被認為是錯誤的，是脫離現實的。我試著不捲入到這些追求「真實」的人當中，因為對於他們而言，要得到「真實」就像是要用拳頭抵擋向廟宇開火的槍一樣。我更傾向於我想像中的生活。

聶：總的來說，您怎麼認識政治和詩的關係？

伯恩斯坦：和詩歌一樣，政治的問題也是如何定義真實、如何描述事物的存在狀態。我們從隱喻中認識真實並對隱喻做出反應。寫作都不是真實的，詩歌標誌著真實寫作的終結和想像的開端。

聶：語言詩被認為是一種反叛。那麼它對英語詩歌傳統的反叛表現在什麼方面？它與英語詩歌傳統又在何種程度上有關聯？

伯恩斯坦：正如歐洲、南北美洲的傳統一樣，英語詩歌傳統中反叛的詩人不勝枚舉。我們不妨這麼說：反叛是為了維護個體經驗的獨特性；是為了反對正統語言的一致性，這種一致性把既定的秩序強加在發展變化的思想上；反叛是為了反對道德和宗教體系，它們不必要地對個人行為和表

for the particularity of individual human experience and *against* both the uniformity of "correct language" that imposes preformed orders on live thinking and also against moral and religious laws that unnecessarily regulate individual behavior and expression. Dissident thought is valuable just because it is dissident. The wildness of the imagination is the greatest guarantor not only of freedom, but also of reality.

Nie: What is the relationship between L=A=N=G=U=A=G=E and other post-modern poetic schools such as New Formalism?

CB: There is an incredible variety of poetry being written in the US at this time, from highly conventional to astonishingly inventive, from professional to amateur, from rural to urban to post-urban, from spiritual to erotic, from materialist to post-materialist. It would probably make more sense to assume that these different approaches to poetry have little or nothing in common than to think of them as part of the same activity, which tends to level some of the most interesting differences. New Formalism is one among these many contemporary manifestations of American poetry, as is "Language Poetry," and perhaps they are most easily understood as opposites: one emphasizing the invention of new forms, the other emphasizing the use of traditional forms, but that would make it seem almost like the old line between "free verse" and metrical verse. Most American poetry is now written in free verse formats, including much that is fairly straight forward at the level of form. I've always been interested in fractured, demented, asymmetrical, incongruous textures, and indeed what I call "dysprosody"—the prosody of distressed sounds.

Nie: Chinese poetry has influenced, in a unique way, modernist American poets such as Pound, but do you think it has any influence on contemporary American poetry? If yes, how?

CB: At present, the exchange between contemporary Chinese and American poets has not been thick enough to allow for the kind of mutual cross-pollination that we have with, well most obviously, French poetry. Though in saying that, I leave aside the emergence of poets whose parents or grand- or great-grandparents have

達進行約束。不同的見解的價值就在於它的不同。毫無約束的想像不僅是實現自由也是實現真實的最強有力的保證。

聶：語言詩與新形式主義等其他後現代詩派關係如何？

伯恩斯坦：當代美國詩壇流派眾多，有的非常傳統，有的很有創新；有的很專業，有的很業餘；有的很有鄉土氣息，有的很城市化甚至後城市化；有的追求精神，有的很淫穢，有的追求物質主義，有的後物質主義。有一點是很有意義的，即我們認為所有這些作詩法彼此差異很大，而不是同一活動的一部分，否則就會抹平那些最具特色的東西。新形式主義和語言詩都是當代美國詩壇的表現，這兩種詩也常被人們看成是詩風相反的兩派：一個強調創造新形式，一個強調繼承使用舊形式。這種二元對立的看法類似於對自由詩和韻律詩之間的看法。大多數美國詩使用自由詩形式，包括很重視在形式層面的詩歌。我一直感興趣的是詩歌的破碎、錯亂、不對稱、不和諧的結構，也就是我說的言語聲律障礙，即運用破損聲音的作詩法。

聶：中國詩以很獨特的方式影響了現代派美國詩人，比如說龐德。但你認為中國詩對當代美國詩歌有影響嗎？

伯恩斯坦：現在，中美詩人交流相互影響遠不如我們與法國詩歌的交流。即便如此，我得談談一些詩人，他們父輩或祖輩從中國來到美國，這些詩人也是美國當代詩壇的一支主流，他們與中國文化和中國詩歌的聯繫也許與歐洲裔美國詩人是不同的。

眾所周知，自 19 世紀以來，中國古典詩歌與哲學對美國詩歌的影響深刻。但是我們這些不懂中文的美國人在多大程度上真正瞭解中國古典詩是值得商榷的。而像黃運特似的學者卻懂。我不僅在考慮黃運特對龐德的闡

come to America from China, since these poets are now a major presence in American poetry and their own connection to Chinese culture and Chinese poetry is likely to be different than that of European-Americans.

As is well known, the influence of classical Chinese poetry and philosophy has been profound for American poetry from the 19th century onward. But how well we — Americans who don't know Chinese - really understand Chinese classical poetry is to be questioned, and has been, by scholars such as Yunte Huang. I am thinking not only of Huang's illuminating study of Pound, but more particularly his work *SHI: A Radical Reading of Chinese Poetry* (New York：Roof Books, 1997), where he breaks the translation down character for character, so one gets a very different, and indeed more montage/disjunctive feel for the poetry, that aesthetically and semantically reopens the classical poetry in an compelling way. Then there is the whole question of the presentation of the poetry, especially in terms of calligraphy. I am devoted habitué of every show in New York of Chinese calligraphy and poetry/painting and have been affected by every aspect of the work, from the performative aspect of the making of the calligraphy, to the exhilarating visuality of the approach to writing, to the interaction of word and image, to the mind-expanding horizontally (especially but also, of course, verticality) of the writing space of the scrolls. I think all of us interested in poet/artist collaborations and books, and I have done a number, mostly with my wife, the painter Susan Bee, but also with Richard Tuttle and Mimi Gross, are very affected by the Chinese examples. In a related note, I have also been very taken with the work of Xue Bing.

Nie: Generally speaking, the poetry you focused on in L=A=N=G=U=A=G=E puts more emphasis on the written (visual) dimension of poetry than on the spoken (oral) dimension. Maybe this partly accounts for why you have collaborated with visual artists. However, in Close Listening：Poetry and the Performed Word, *which you edited, you emphasize the sound of poetry. Does this reflect a shift in your own approach?*

發式研究，而更重要的是他的專著：《詩：對中國詩歌的批評式閱讀》。書中他一字一字譯詩，使人獲得完全不同的對詩歌的蒙太奇式或分裂式的理解，所以在美學上和語義上，重新開啟了詩歌創作的令人矚目的方式。還有關於詩歌表現的問題，特別是書寫方面。在紐約，我是對中國書法、詩歌、繪畫展覽非常癡迷的人，而且在多方面受到這些展覽的影響，從書法的書寫方面，從寫作使人視覺愉悅的方法上，在字與畫的相互作用方面，在字、畫卷軸書寫空間思維的橫向（當然，還特別是縱向）拓展上等方面。我想我們都對詩人、畫家的結合及其結合的書作感興趣，我也實踐了很多這樣的方式，尤其是與我太太蘇珊‧碧一道，還與理查‧圖特爾（Richard Tuttle）、米米‧格羅斯（Mimi Gross）一道。我們都受到中國例子的影響。還應提一下，我對薛兵的作品很感興趣。

　　聶：通常說，你在《語言詩》雜誌中表述的詩學觀更強調詩歌書寫（視覺）之維而不是口頭維度。也許這也是你為什麼與視覺藝術家合作的部分原因。但是在你編輯的《近聽：詩歌與具有表現力的語言》一書中，你強調了詩歌聽覺上的特徵。這反映了你在方法上的轉變嗎？

　　伯恩斯坦：我想，當我開始越來越多地朗誦自己的作品時，特別是當我組織越來越多的閱讀和詩歌活動時，我開始覺得我對我所從事的詩歌的表演性維度和聲音維度追求不夠。我對聲音產生興趣不是把它作為書寫文字的自然延伸，而是視之為一個不同的因素，視之為詩學作品這一複雜體的另外一層。我最近 2 年的一個主要工作就是與 Al Filreis 一道對詩歌朗誦進行數位錄音並作一個大檔。這在 Pennsound（http://writing.upenn.edu/pennsound）可以免費聽。

　　聶：那麼你認為詩歌與其他藝術形式之間關係如何？

CB: I think as I began to perform my work more and more, and also as I organized more and more readings and poetry events, I began to feel that I had not sufficiently addressed the performative and sound dimensions of the poetry with which I was most engaged. Also I became interested in sound not as a natural extension of the written word but as a discrepant element, another layer of the complex that is the poetics work. And my major project of the last two years, working with Al Filreis, has been to develop a large archive of digital recordings of poetry readings, available for free at PennSound (writing.upenn.edu/pennsound).

Nie: Then how do you think of the relationship between poetry and other forms of art?

CB: I remain a die-hard formalist. I think there are things specific to poetry that can only be done in poetry.

Nie: In your "30-second lecture" called "What Makes a Poem a Poem?" you reply to the question in your title by saying: "It's not rhyming words at the end of a line. It's not form. It's not structure. It's not loneliness. It's not location. It's not the sky. It's not love. It's not the color. It's not the feeling. It's not the meter. It's not the place. It's not the intention. It's not the desire. It's not the weather. It's not the hope. It's not the subject matter. It's not the death. It's not the birth. It's not the trees. It's not the words. It's not the things between the words…"

CB: The piece ends, at precisely 30 seconds, with the punch line "It's the timing!", which is also the punch line of a famous remark about comedy: *it's not the joke it's the timing.* …

Nie: But what is, really, a poem? Would you mind giving a definition to poetry?

CB: Verbal art? David Antin has a marvelous answer to your question, relying on the American adolescent sexual metaphor of going to first base, second base, and so on. He says, poetry is kind of writing that goes *all the way.*

I would say what makes a poem a poem is the context; that we choose, or are cued, to read or hear a work a verbal construct as poem. It's not an honorific term that distinguishes verbal art from something lesser. Bad and boring poems are still poems; song lyrics, great or terrible, meant to be heard as part of a song, are not.

伯恩斯坦：我依然是一個頑固的形式主義者。我想詩歌中有些特別的東西，它們只能用於詩歌中。

聶：你在一個標題為「什麼使詩成為詩？」的「30 秒講座」中，用標題回復到「不是每行結尾就押韻。不是形式。不是結構。不是單一。不是位置。不是天空。不是愛。不是顏色。不是感覺。不是音步。不是地點。不是意圖。不是慾望。不是天氣。不是希望。不是主題。不是死亡。不是誕生。不是樹木。不是詞彙。不是詞與詞之間的東西……」

伯恩斯坦：演講結束，剛剛 30 秒，加了一個強調行「是時間的設定」。這也是某喜劇中著名的一句話：「它不是玩笑是時間的設定。」

聶：但到底什麼是詩？能給一個定義嗎？

伯恩斯坦：言語的藝術？大衛·安廷（David Antin）對你的問題有個很好的回答。這個回答依賴於美國青年在性上的一個隱喻：跑到第一壘，第二壘，等等。他說，詩就是「一直跑下去」的那種書寫。

我可以說，使詩成為詩的就是語境，我們選擇或者暗示要讀或者要聽的一個由言語組成的作品。它不是一個令人肅然起敬的用來區分言語藝術與其他不及它的東西的術語。因為糟糕的令人生厭的詩依然是詩；而歌詞無論好壞，都只是歌的一部分，不是詩。

聶：你的詩集《現實共和國 1975-1995》中，作為你在 1975 年寫的書《分解》中的第一部分的《句子》一詩中，每一行都用「they」（他們），「I」（我），「you」（你，你們）「it」（它）或者「was」等詞開頭。你為什麼每行有意選擇相同的詞開頭並用相同的語法結構？在傳統的詩行結構中，詩人竭力迴避同一詩節中重複使用相同的詞。這是為了閱讀的審美變化。那麼，你為什麼有意選擇相同的詞開始一行詩，或寫一節詩，比如說包含「語

Nie: In "Sentences," the first section of Parsing, *your 1975 book that is collected in* Republics of Reality 1975-1995, *you start each line of each poem with "they," "I," "you," "it," or "was." Why do you deliberately choose the same word to start a line and to adopt such grammatical structure? In the conventional structure of the poetic line, poets try to avoid recurrence of a word in the beginning of all lines in a stanza for the aesthetic variance of reading. So why do you intentionally use the same word to start a line, or to compose a stanza, for example, the stanza consisting of "contextual disruption," which could be, to me, a feature of your poems?*

CB: *Parsing* is one of my earliest works. The title refers to breaking sentences or phrases into their syntactic parts, itself a form of contextual disruption. In *Parsing* all the words being with a pronoun, some of which can operate as "shifters," that is they take on different references depending on the context. There are two sources for "Sentences," both oral histories：*Working* by Studs Terkel and *Yessir, I've Been Here a Long Time: Faces and Words of Americans* by George Mitchell. I lifted and arranged lots of those "I" and "You" sentences from these vernacular speech transcriptions, and placed them amidst mostly sentences I generated myself. The final poem, numbered 1 & 2 is all first lines of Emily Dickinson's poems.

In this work I was interested in repetition as a form of reiteration, insistence in Gertrude Stein's sense. There is also a relation to the minimalist music of Steve Reich and also his own interest in repetitive and highly rhythmical chanting. One of Ron Silliman's most influential early essays, "The New Sentence" discusses the non-syllogistic logic of this kind of sentence organization. In "Sentences" I was interested in getting to a basic unit of speech and then using that to make rhythmic compositions. Much of the content of the sentences is plaintive, so that is part of the pull for me. A kind of collective *plaint* of despair or melancholy or disappointment or separation, which is something that threads through my work and connects it, perhaps unexpectedly, to *fado*, blues, mourning prayers, or other forms of lament that also use repetition.

境斷裂」的詩節？就我看這是你的詩風之一。

伯恩斯坦：《分解》是我早期的作品。標題就表明將句子與片語分裂成其句法部件，標題本身就是「語境斷裂」。在《分解》中，所有的詞與代詞相連，其中一部分作為「轉換器」，即它們在不同語境中轉化為不同的所指。《句子》有兩個來源，都是口頭故事，即：斯塔茲・特克爾（Studs Terkel）的《工作》（Working）和喬治・米契（George Mitchell）的《是的先生，我在這兒很久了：美國人的臉和話》。我從俗語句子中挑出許多含「我」和「你」的句子，然後將它們放置到我創造的主要句子中。最後一首詩標明 1&2 的都是艾米麗・狄金森詩歌的首行。

在此作品中，我喜歡把重複當作反覆說的一種方式，在格特魯德・斯泰因（Gertrude Stein）看來，是「堅持」。與賴奇（Steve Reich）的極簡主義音樂主張和他對反覆的吟唱和高度節奏感的歌唱有關。羅恩・希里曼（Ron Silliman）最有影響力的一篇文章《新句子》探討了這類句子構成的非演繹推理邏輯。在「句子」中，我很想獲得基本的句子單位，然後使用這些單位造出有韻律的詩句。句子當中很多內容平實，那也是吸引我的部分原因。集體失望的悲歎、憂鬱、不滿或分離，貫穿於我的作品中，這也許出乎人們預料，它將作品與葡萄牙的思鄉曲、布魯斯、哀悼辭連接起來，或與其他使用反覆手法表示悲傷的形式聯繫起來。

聶：從《分解》中的《空間與詩》以及其他許多詩中，我們可以看出：你把一些詞語重新排列，以此組合成為詩行，但這是一些不合文法的句子，通過這種方式你就把本身散漫的語言粉碎了，就好像把一個句子先分解成若干部分，然後再進行重新組合。以《空間與詩》的詩句為例：「空間與詩／窒息和扭曲著語言，在／任意之中，標點消失／意義和語言／都

Nie: In "Space and Poetry" in Parsing, *and in many other poems, we can conclude that you fracture discursive language by rearranging phrases into lines that together produce non-grammatical sentences. It seems that you divide a sentence in parts and then reconfigure these parts. Here is a sentence in "Space and Poetry" as example, "space, and poetry / dying and transforming words, before / arbitrary, period locked / with meaning and which / preposterousness," which you divide it into 5 lines. I wonder how to understand their special poetic quality of this fractured sentence. Could you give me some hints?*

CB: This is phase two of *Parsing*, after "Sentences." You could see it as a kind of analytic cubism. Apparently prior sentences (no original set of sentences is provided) are divided (cut-up) into component parts and these are opened up into a field layout (not flush left, spread over the whole page). The lines form a kind of music of changing or shifting parts that cannot be parsed on a linear level. This opens the page out to something that is not a two-dimensional Euclidean space but a curved space, a space with n-dimensionality. Let me now reinsert the space you deliberately subtracted for your question, so you can feel the torque:

Space, and poetry
dying and transforming words, before
arbitrary, period locked
with meaning and which
preposterousness. Still

*Nie: In some poems such as "Roseland"(*Parsing), *"Of course … " and "St. McC." (*Shade),*"Some nights" and "Type" (*Stigma*), you intentionally omit punctuation marks just like James Joyce did in* Ulysses *to express for expression of stream-of-consciousness. Of course, there are many poems composed by other poets without punctuation marks, but their grammatical structure is clear for us to read and interpret. Compared with them, it seems*

成荒謬」，你把這個句子分解成五行。我想知道怎樣理解這個斷裂句構成元素的詩歌特點。你能指點一二嗎？

　　伯恩斯坦：這是《分解》中的第二首，緊接「句子」之後。你可以把它看成是解析性立體主義。顯然，前面的句子（根本就沒有原句）被分解（或粉碎）為構成元素，這些構成元素鋪散開來形成原野版面（沒有左對齊，只是散佈在整個頁面上）。詩行因構成元素的變化或位移而產生出一種節奏、旋律。這些構成元素是不可能進行線形分解的。這樣就使詩歌頁面上形成一種曲線空間，一種多維度的空間，而不是一種二維的歐幾里得幾何空間。現在，我恢復你因提問而故意所作的刪減壓縮，以便你能體會到其轉化效果：

　　　　空間，與詩
　　　　窒息和扭曲著語言，在
　　　　任意之間，標點消失
　　　　意義和語言
　　　　都成荒謬。停滯

　　聶：就像詹姆士・喬伊絲在《尤利西斯》中為了表達意識流而省略標點符號一樣，你在《分解》的「羅仕蘭」、《幽靈》的「當然……」和「聖・麥克」以及《烙印》的「夜晚」和「典型」這樣一些詩歌中也故意省略了標點符號。當然，也有許多其他詩人創作的沒有標點符號詩歌存在，但是，他們詩歌中的語法結構讀起來還是清楚明白。和他們比起來，似乎你粉碎規則的語法結構寫詩是為了表達新意，但它們對讀者來說卻難以理解。你

that you fracture the regular grammatical structure to compose lines to create new meaning, which could be difficult for readers to get. What is your <u>aesthetic purpose</u> to use this technique to compose poems? How can we get your exact meaning of a poem without punctuation marks?

CB：There is no exact meaning，no prior meaning which I transform into verse, no single or paraphrasable meaning for the reading to grasp. A structure, or perhaps better to say an environment is created for the reader to respond, to *interenact*. This is frustrating if you are reading to try to extract a meaning, pleasurable if you are comfortable trolling within meanings.

By the way, "Roseland" has as its source some phrases from David Antin's "the sociology of art" from *talking at the boundaries,* so it's cut-up from Antin's transcription of his original "spoken" talk. That's a very specific example of the kind of <u>speech/ writing tension or disjunction</u> I was interested in for *Parsing.*

Nie: From some of your poems I realize that you admire irregular arrangement of lines or like to fracture sentences to form stanzas and poems. For example, you break the sentences in the poems such as "The Hand Gets Scald but the Heart Grows Colder" in Controlling Interests *and "The Puritan Ethic and the Spirit of Capitalization" in* Rough Trades *into many parts and then organize them into a new poetic form. Do you have rules when you fracture a sentence and rearrange the fractured sentence? What kind of poetic art do you strive for?*

CB: Mostly I work intuitively, arranging the words on the page so as to maximize the ping and pong of word against word, phrase against phrase, to intensify the visceral verbal sensation, to find sense, indeed *make* sense with what is at hand. Many of the poems that may seem to be rearrangements of prior texts - cut-ups -are actually freely composed, though sometimes they have gone through a series of erasures and rewritings and rearrangements of my own original seed text. The formal prototype for the poems you mention is "Asylums" (*Islets/Irritations*), which is one of my first poems, from 1974. In that poem I cut out snippets from a source text, Erving Goffman's *Asylum,* mostly focusing on the words just before and after the period, in

以此技巧寫詩的美學意圖是什麼呢？沒有標點符號讀者怎麼能夠確切地理解一首詩的意義呢？

伯恩斯坦：本來就沒有什麼確切的意義，沒有什麼先在的意義我要轉化到詩歌中，沒有什麼需要閱讀以掌握的可以解釋的意義。也許詩歌所形成的一種結構，或者最好說成是一種詩境，才是讀者需要去回應和互動的。讀者讀詩以獲取意義是會失望的，愉快地逗留於意義之中才會感到滿意。

順便提一下，《羅仕蘭》這首詩裡有幾個詞語是從大衛・安廷《邊界談話》的「藝術社會學」中分解而來，所以它也是他原始口語抄本的分解部分。這就是《分解》中我感興趣的口語和書面語之間的張力或分裂的典型例子。

聶：從你的一些詩歌中我瞭解到：你喜歡對詩行進行不規則排列，或者分解句子以組成詩節或詩章。例如，詩集《興趣控制》中的《手灼傷心卻更冷》和詩集《野蠻貿易》中的《清教倫理與資本化》裡，你把句子分解成許多部分然後再以新的詩歌形式組合起來。你分解句子並且重新組合被分解的句子有規則嗎？你追求什麼樣的詩歌藝術呢？

伯恩斯坦：我主要憑直覺在紙頁上排列詞語，以最大化詞語與詞語、短語與短語之間的對立與張力，從而加強語言內在的魅力，這樣來探索意義，甚至實際上由此而創造意義。我的許多詩，看起來似乎是以前文本或剪輯的重新排列，實際上都是自由創作的，儘管它們有時確實是原文本經歷了一系列的塗抹、改寫和重新排列而成。你所提到的詩的形式原形是「精神病院」（孤島或疏導處），哪是我最早的詩作之一，寫於 1974 年吧。在那首詩中，我從歐文・高夫曼的《精神病院》中分解摘錄，主要專注於停頓之前或之後的詞彙，也就是說專注於文本間隙之間的內驅力，專注於前一個句子到後一個句子之間過渡的文字排列。我要說的另外一個考察方式就

other words the interstitial dynamics of the text, the literal place of transition from one sentence to the next. Another way to look at it would be to say I took a prior text and erased most it, or that the only parts "left" are the nodal points around the sentences. So then the process resembles sculpting from a slab of stone, creating the work by means of chiseling away at the surface of the rock. These poems, then, appear to have gone through a process of textual erosion. "The Puritan Ethic and the Spirit of Capitalization" is the most eroded of these works. The title comes from Max Weber's turn-of-the-20th century sociological study *The Protestant Ethic and the Spirit of Capitalism*, which emphasized the connection between accumulation, capitalism, and the Protestant ethic. The poem enacts an erosion of accumulated meanings or perhaps simply a turn away from a semiotics of accumulated meaning. "The Hand Gets Scald but the Heart Grows Colder" is somewhat more typical of my work from *Controlling Interests* and the period immediately following, which has a mix of eroded (or erased) textual fragments, aphorism, lists, metacommentaries, lyric strains, instructions, found language, commands; in other words a collage of various elements, which are fused together through thematic, rhythmic, associational, and structural dynamics, most of which are come upon - that is, just made up - in the process of writing the poem.

Nie: Generally speaking, to understand a poem is to understand its meaning, therefore the title is significant as the guide for understanding, or the topic of the poem. However, some titles of your poems are different from those we read from conventional way. I can take your poem "Mao Tse Tung Wore Khakis" as example. From the conventional reading, we should understand this poem first from understanding of its title but the title seems to have nothing to do with the content of the poem. How do you think of this question? What is the function of "Mao Tse Tung Wore Khakis" as the title of the poem? There are several other names mentioned in the poem. Are Paul McCartney and Bob Dylan the well-known American singers and songwriters? And is Perry Como one of the most American popular vocalists? What significance of their names is mentioned in the poem? What is your intent of

是，我拿來原文本，塗去一大半，唯一剩下的部分就是句子與句子之間的連結點。因此，這個過程有點像用鑿子雕刻石頭，通過一點一點打磨其表面以完成作品。那麼，那些詩似乎也經歷了一個文本「打磨」的過程。《清教倫理和資本化精神》那些詩中「打磨」得最很的。其標題來自馬克斯・韋伯二十世紀之交的社會研究鉅著《新教倫理與資本主義精神》，這本書強調資本積累、資本主義和新教倫理之間的聯繫。這首詩就是對傳統語義積累的「打磨」，或者說是對傳統語義符號學的拒絕。《手灼傷心卻更冷》似乎是我《興趣控制》中創作的典型手法。停頓之後緊接著的就是塗塗抹抹的文本碎片、格言警語、清單、元評論、抒情短詩、指導說明、殘存語言以及命令指揮等；也就是一張按一定主題、一定節奏、一定聯想或一定結構而由各種各樣成分組成的拼貼畫，大多數是在寫作過程中臨時想起或臨時組成的。

聶：一般說來，理解一首詩就是理解這首的意義。因為標題是詩的指南、是詩的主題，所以它很重要。然而，你的一些詩的標題和我們以傳統方式讀解的詩歌標題很不一樣。以你「毛澤東穿哢嘰布」這首詩為例，從傳統的讀解方式來讀，我們首先應該理解標題以便理解詩，但詩的標題似乎與詩的內容無關。你是怎麼考慮的呢？「毛澤東穿卡其布」做詩的標題起什麼作用呢？詩中還提到幾個別的名字。保羅・麥考利和鮑勃・狄蘭都是美國著名的歌手和詞曲作者嗎？佩里・科摩是美國最受歡迎的聲樂家嗎？詩中提到的名字的意義是什麼呢？詩提到中的雷鳥和《獅子》的意圖是什麼呢？詩中有些詩行是黑體，有些詩行是大寫，有些詩行是斜體。你這樣做的目的是什麼？你能從總體上幫助讀者理解一下這首詩的意義嗎？

Thunderbirds and THE LIONS in the poem? In this poem, some lines are printed in black, some in capital letters, and some in italic. What do you mean by acting like this? In general, could you help to show us the meaning of this poem?

CB: The difficulty of this poem for you is probably more related to its local (American) cultural references than to the kind of aesthetic and formal issues we have been talking about. Although I do often like titles whose relation to the poem is oblique, oblique more than dissociated. In this case, the poem refers to a set of ads by the Gap clothing story chain, a brand of closing that emphasizes "informal" styles, denim jeans being the quintessential example. The ads featured blow-up photos of all kinds of hip artists and intellectuals, including Allen Ginsberg, Miles Davis, and Jack Kerouac, with the tag line "Wore Khakis." Needless to say, Chairman Mao was not included in the ads, though didn't he wear khakis, too? The references to Bob Dylan are a bit obscure even for the entertainment news junky of 2007; at the time the poem was written, Dylan chose to go to more commercial Woodstock 25th anniversary concert in Saugerties, New York, rather than the "alternative" celebration at the site of the original festival. Perry Como, a decidedly square singer of an earlier generation, is compared to the presumably hip McCartney.

The poem is a sonnet and there are some procedural interruptions including a warning message from the then current, now hopeless outmoded, e-mail system of the time. The Thunderbird was a *cool* car (and now also an e-mail program, but not *then*) . The lions are still on the loose.

Nie: I am confused about the style of some of the works in Poetic Justice (*collected in* Republics of Reality): *"Palukaville," "Lo Disfruto," "electric," "Azoot D'Puund," "Out of This Inside," "Hotel Empire," "Lift off," "Appropriation," "Faculty Politics," and "The Taste is What Counts." Could you tell me whether they are essays or poems or what kind of other style we should call them?*

CB: They are poems but in a prose format, though as you can see many different approaches to the "prose" format, to such an extent that prose becomes, rather than

　　伯恩斯坦：對你來說，這首詩的困難不在我們談論的審美和形式上，而可能在它本土（美國）的文化指涉上。儘管我確實喜歡一些與詩間接相關的標題，但與詩間接相關卻不是與詩無關。在這例子中，詩歌指涉的是蓋普服裝連鎖店的一系列廣告，一種強調便裝、粗斜紋棉布牛仔時尚為終結的典型形象。廣告上是一些各種各樣頹廢藝術家和知識份子的特寫，有艾倫‧金斯堡、邁爾斯‧德維斯和傑克‧凱路亞克，結語為「穿上卡其布」。不用說，毛主席沒有出現在廣告上，儘管——他不穿卡其布嗎？提到鮑勃‧狄蘭這個人，即使對 2007 年的娛樂新聞迷們可能也有點模糊。本詩創作的時候，狄蘭正準備去參加紐約索傑提斯舉行的商業性更濃厚的伍德斯托克第二十五屆週年紀念音樂節（每年 8 月在紐約州東南部 Woodstock 舉行的搖滾音樂節），而不是參加音樂原創地的慶典。上一輩的廣場歌手佩里‧科摩和可能有點時髦的麥克卡利相提並論。

　　這是一首十四行詩，詩中而且存在一些規律性的中斷，其中包括一條當時流行現在卻完全過時的網路郵件警告資訊。雷鳥是一輛漂亮的轎車（現在也是一個網路郵件程式，但當時不是）。獅子仍然在外逍遙。

　　聶：您在《理想的賞罰》（收錄在《現實共和國》一書中）裡，有些作品的風格令人困惑，如《帕盧卡維爾》、《洛‧迪斯弗魯托》、《電的》、《阿祖特‧德朋得》、《此內以外》、《賓館帝國》、《起飛》、《挪用》、《學科政治》、《要緊的是味道》等就是這樣。您認為這些是論文還是詩歌還是其他文類？

　　伯恩斯坦：它們是詩，是散文體的詩，不過這種「散文」形式是有多種方式促成的，以致於它已經不再是某種中性的非色彩的東西，而是具有了視覺上的確定性，瑪喬瑞‧帕洛夫最近稱之為「具象散文」（想到了 Haroldo de Campos 的 *Galaxias*）。《理想的賞罰》是配合《陰影》出的一本集

something neutral, something visually specific, what Marjorie Perloff recently calls "Concrete Prose" (thinking of Haroldo de Campos's *Galaxias*). *Poetic Justice* is the companion collection to *Shade*, which had mostly very thin poems; the poems in *Poetic Justice* are so thick as to exceed the margins. A few of these are serial sentences prose, what Ron Silliman dubbed "the new sentence": a quick succession of complete sentences, juxtaposed one to the next, without logical connectives (paratactic). Ron's *Sunset Debris* is a prose poem made up of all questions. "Palukaville" (names after Joe Palooka the cartoon boxer, in the sense of "punch drunk") is made up of all answers, responding to the questions of *Sunset Debris*. "The Taste Is What Counts" and "Lo Disfruto" are imploded syntax prose, made up of periods not sentences, where phrase is grafted on to phrase to make intricately recombinant rhythmic patterns. "electric," and "Out of this Inside" are more closely related to free-associative, diaristic/journal writing, though with some visual overlays (the expressive use of capital letters in the middle of words) and other structural elements added to create more traction/tension. "Azoot D'Puund" is written with entirely invented words, so it's a sound poem, but again in a prose format. "Lift Off," in contrast, appears to be something of a visual poem, though it looks like prose, it is actually lineated. It is based on the series of letters on the "lift off" or correction tape of an IBM Selectric II typewriter. I originally published this book as an offset edition, typing the pages myself on my Selectric. So the right margin is ragged, but mostly the lines go to the end of the page. Still, those versions of the work were ambiguous as to whether they were prose or verse lines. But for *Republics of Reality*, we set most of the pieces as prose, meaning we did not respect line endings. Still, as you noticed, there are many different paragraph and line arrangement: the visual space of the "prose" is plural. The prose is arose.

Nie: I can see that you use a number of different formats for your poems. As you have discussed, some are written in prose but you also have some with a mixture of prose poems and free verse. Although you don't work with traditional metrical forms, I believe that you

子：《陰影》裡多數詩都很細長，而《理想的賞罰》多數詩則很粗大厚實，版面排列得滿滿當當。其中有些是是由一系列句子組成的散文，讓・希里曼稱之為「新句子」，即一連串的完整句子並置，全然沒有邏輯上的（並列）連接詞。讓的《殘陽碎片》就是一首完全由問句構成的散文詩，我的《帕盧卡維爾》（根據卡通片中的拳擊手喬・帕盧卡命名，有「老拳醉鬼」之意）則全是由回答，是對《殘陽碎片》的回應。《要緊的是味道》和《洛・迪斯弗魯托》則是內爆句式散文，由無句點句子組成，短語與短語嫁接，形成一種因雜亂地重組起來的節奏模式。《電的》和《此內以外》則與自由聯想式的、日記體寫作的聯繫更為密切，只是偶爾加上一些視覺覆蓋物（處於表意目的將詞的中間字母大寫）和結構元素來增強引力和張力。《阿祖特・德朋得》則全是用生造詞寫成，所以它只能是一首聲音詩，但同樣是散文體詩。《起飛》則相反，看起來更像是一首圖像詩，雖然看起來像散文，其實它是線性的，是基於一款 IBM 電動打字機改正帶上的一連串字母寫成。這本書最早是平版印刷的，我自己在 IBM 電動打字機上一頁頁打出來的，所以右邊距沒有對齊，但是多數詩行都頂格了。說回來，這首詩的那些版本到底是散文還是詩歌，這是個模稜兩可的問題。可是就《現實共和國》而言，大部分作品按照散文排列，這意味著我們並不看重詩行的結尾。不但如此，而且，正如你所注意到的，段落結構和詩行的排列形式也多種多樣：「散文」的視覺空間豐富多彩。這種散文「立起來了」。

　　聶：看得出您的詩歌中運用了多種不同的文體形式。正如您所說的，有些是以散文體寫作的，有些則是詩與散文的混合體。雖然您沒有以傳統的格律形式寫作，我相信您有自己的作詩法，因為我仍然可以感覺到詩中強烈的節奏。這是一種直覺，不知道是否正確。您能談談您的詩歌中的格

have your own prosodic rules because I can feel strong rhythms in the poem, which I can't describe conclusively. I don't know if my intuition is right or not. Can you say anything about meter and rhythm of your poetry?

CB: Metricality is an ideal system that is independent of performance and，to some degree，independent of pronunciation (the articulation and duration of syllables). In contrast, rhythm is something heard. <u>Metrical verse emphasizes symmetry and uniformity.</u> My own impulses are toward asymmetry and syncopation：the off-balance, the slant, the microtonal, but still with a pulse. <u>It's possible to create a strong acoustic rhythm with dissonance (clashing sounds and clashing sound patterns).</u> Patterns don't have to be linear they can be fractal. I use all kinds of forms and also count in a variety of ways. If you look under the hood, from time to time, you will see patterns in the words per line or lines per stanza, syllable counting that is ametrical, and many passages with traditional metric but right up against ones that are not. Poems whose rhythm is driven primarily by alliteration. And when I perform the poems the sonic shapes are all important, but I want that shape to stretch, bend, snap, break down into a virtually acoustic vocable noise, lapse into song by day, lullaby by night, interrupted by the whirring and wailing of the fire engines I hear outside my window.

Nie: You mentioned that in "Lift Off" you used signs like @, #, *, $, ¢, •, and =. Why do you choose to emphasize such signs? You mention in an essay or interview that you are influenced, in your poems, by modern computer technology. In what way?

CB: My poetry reflects the language environment that I am in and the verbal material that I use. Sometimes I am interested in making these means of verbal reproduction visible, and indeed audible. Much of my work takes language activity that is normally left to the background and brings it to the foreground. It's that reversal that is at the heart of the poetic function.

Nie: William Wordsworth says that "all good poetry is the spontaneous overflow of powerful feelings." In fact, feelings have been always made much of in poetry from the ancient

律和節奏嗎？

伯恩斯坦：格律是一種理想的系統，獨立於表演之外，在某種程度上，也獨立於發音之外（包括音節的清晰度和持續時間）。相反，節奏時可以聽到的東西。格律詩強調對稱與統一，而我則傾向於不對稱和切分法：即不平衡、傾斜、微音程，但仍然具有律動。用不諧和音（如碰撞聲音和碰撞聲音模式）創造出強烈的聲音節奏是可能的。模式不一定都是線性的，也可以是不規則的碎片式的。我就使用了各種的形式和多樣的方法。你若是仔細看，就會不時地發現每一行的詞語中或者每一節的詩行中都有特定的模式，你會看到音節數量的安排並不符合格律，你也會看到許多符合傳統格律的詩節之後是完全不符合傳統格律的詩節，你會讀到一些主要靠頭韻推動節奏的詩歌。當我朗誦詩歌的時候，聲音的造型最為重要，但是我希望這種造型通過拉伸、彎曲、猛折、分解而變成事實上沒有意義的噪音，成為白天的歌晚上的催眠曲，不時地被窗外救火車的呼嘯聲和哀叫聲打斷。

聶：您在《起飛》一詩中使用了 @，#，*，$，¢，‥ 之類的符號。您為什麼會強調這些符號的使用呢？記得您在一篇文章還是訪談中說到您的詩歌受到了現代電腦技術的影響，那是怎樣的影響呢？

伯恩斯坦：我的詩歌反映了我所處的語言環境和我所使用的言語材料。有時候我樂於將這種言語再生的方式以視覺地——事實上也是聽覺地——呈現出來。我的許多詩都是語言活動，這種語言活動通常被置於後臺，而我則是將它帶到了前臺。這種顛倒正是詩歌功能的核心所在。

聶：華茲華斯說「一切好詩都是強烈情感的自然流露」，事實上，從古希臘詩人到當前，情感都是詩歌表現的重要內容。您認為情感在詩歌中的作用如何？

Greek poets to nowadays. What would you say about the role of feeling in poetry?

CB: I am more interested in sensation than feeling, if feeling is understood in a narrow sense as the expression of a limited set of predefined emotions: happiness, sadness, grief, etc. I don't have a feeling that I, the poet behind the words, wants to convey to you the reader. <u>The feelings emerge in the process of the poem, both in writing it and reading it.</u> Turbulence, uncertainty, ambivalence, exhilaration, fear, loss, groundlessness, falling, guilt, error… these are a few of the overlaid feeling tones I explore.

Nie: I have some small questions. Why do you number the 1st stanza as the 3rd and the ending stanza as the 788th while there are factually only 13 stanzas in "The Manufacture of Negative Experience" in With Strings? *"The Order of a Room" is the most particular poem in its form, I suppose. It seems that you borrowed techniques from concrete poems somewhat, but I am not sure. How to read this poem composed in irregular alignment of words with figures? And how to understand this kind of poems? Could you give some advice?*

CB: The many stanzas that are left blank in "The Manufacture of Negative Experience" leave room for thought; they are the blank spots of a negative dialectics, writ large. "The Order of Room" uses many different sources to contemplate what we have been discussing throughout this interview: what makes for order? Can you have nonlinear order? Is order something fixed and controlling, as in "law and order" or do our imposed orders make us dead and blind to other, harder to perceive orders, orders of the universe, but also of our souls?

伯恩斯坦：我更感興趣的是感覺而不是情感，如果情感只是從狹義上被理解為一套預先確定的情緒的表達：喜悅、悲哀、沮喪等等。作為文字背後的詩人，我沒有想要傳達給你，即讀者，的感情。情感在整個詩歌過程都會湧現，無論是寫詩還是讀詩。騷動、無常、矛盾心理、喜樂、恐懼、茫然、無助、失落、負罪、錯誤……這都是一些相互交織的情感色調，也正是我要探尋的。

聶：我還有幾個小問題。在您的詩集《帶著弦樂》中有一首詩《否定性經驗的製造》，這首詩共 13 節，您卻把第 1 節標注為第 3 節，而第 13 節標注為第 788 節，這是為什麼？《房子裡的秩序》是一首形式非常獨特的詩，您好像借用了具象詩的一些技巧。您在這首詩中將詞語按照圖形排列，該如何解讀？您能給一些建議嗎？

伯恩斯坦：《否定性經驗的製造》中許多詩節都是空白，可以給思想留出空間，很明顯，這些空白詩節都是否定辯證法的空白點。《房子裡的秩序》運用了許多資料來思考我們這次訪談所探討的問題：什麼構成了秩序？你能不能有非線性的秩序？到底秩序是一種固定的控制性的東西——就像「法律與秩序」中秩序那樣，還是因為我們已經被強加在頭上的秩序窒息，無法看到其他秩序，更難感知秩序，那些宇宙的秩序、心靈的秩序？

二、關於比較文學
——約書亞・司哥德爾教授訪談

Nie Zhenzhao (Nie for short hereafter): Now there is still a controversy among Chinese scholars over the definition of "Comparative Literature." As an expert in Comparative Literature, what do you think Comparative Literature is?

Joshua Scodel (Scodel for short hereafter): The question of what Comparative Literature remains vital and vexed for all comparatists! It is very much an evolving field, ever open to new conceptions and practices. My own working definition is that Comparative Literature is the study of literature beyond national and linguistic boundaries. Such study includes both the historical investigation of the relations among different literary traditions and theoretical investigations concerning literary phenomena (their commonalities and/or their differences) across literary traditions with little or without historical connections. Such studies in turn can include the exploration, again across national and linguistic boundaries, of literature's relation to other arts (e.g., the visual arts), to other forms of discourses (e.g., philosophy), to social formations (e.g., modernization), and indeed to anything that is not "literature." Let me quickly add that what we mean by "literature" is itself a question for comparative study, since the category and range of texts considered as "literature" and its rough equivalents in other languages differ greatly in different cultures and periods.

Let me give you a few concrete examples of comparative topics that might interest Chinese scholars: the translation and influence of classical Chinese texts in eighteenth-century Britain, the literary anthology as a literary phenomenon in European and

Asian cultures, the shifting boundaries between prose and poetry in different literary traditions (the modern prose poem, the Chinese fu), the relationship of the short story to modernization in different cultures. Your last issue of *Foreign Literature Studies* focused on ecocriticism. This is of course a topic of global concern that necessarily transcends national and linguistic boundaries and therefore calls for a comparative approach.

Nie: Could you give a brief description of Comparative Literature in the United States and how you see the field evolving in the years ahead?

Scodel: Comparative Literature in the United States is an extremely lively but relatively small field in terms of numbers of departments (especially compared to departments of English and American Literature). As I've already suggested, it encompasses a wide diversity of approaches. One can get a very good idea of the evolution and controversies within the discipline in the United States over the last 30 years by looking at the American Comparative Literature Association's 1975 "Report on Professional Standards" (the so-called "Greene report") and the two essay anthologies sponsored by the Association on the state of Comparative Literature as a discipline, the 1994 book *Comparative Literature in the Age of Multiculturalism* edited by Charles Bernheimer, and the 2006 book *Comparative Literature in the Age of Globalization*, edited by Haun Saussy. The Greene report and Bernheimer's and Saussy's introductory essays are currently available on the web.

I would say two of the most important recent trends involve: first, the exploration of the transformations of the theory and practice of literature in light of technological developments such as the internet; and, second, the globalization of Comparative Literature, which has traditionally had a strong Western European emphasis, to encompass Eastern European, Latin American, Asian, and African traditions. Franco Moretti's studies of the novel as an international phenomenon would be a prime example of this. In 2003 I co-edited with Katie Trumpener and Richard Maxwell an issue of the journal *Modern Philology* devoted to the various ways of conceptualizing and studying "world literature;" in the same appeared David Damrosch's important book, *What Is World Literature?* One crucial debate for comparatists is to what extent we should preserve our traditional emphasis upon studying and teaching literary texts in the original languages versus reading and teaching works of "world literature" in translation (as advocated particularly by Damrosch). Another major issue is what texts should be categorized to "world literature" and why. Both Damrosch's book and the journal issue I co-edited allude to the controversy about Western influences upon, and the Western reception of the poetry of Bei Dao and modern and contemporary Chinese poetry more generally as an example of how certain works of literature appeal to audiences beyond their home countries and thus become recognized as part of "world literature."

As a Renaissance historical scholar, however, I would stress that comparatists should not lose historical perspective in studies, say, of literature and technological innovation or of literature and cross-cultural contact. For one example of this historical dimension, let me mention the work by my colleague Michael Murrin. His 1994 book *History and Warfare in Renaissance Epic* analyzed how Renaissance poets transformed the epic genre in response to the early modern European revolution in military technology. He is currently writing a book concerning how medieval and Renaissance epics and romances respond to European contact with Asia.

Nie: How do you see the relationship between Comparative Literature as a discipline and literary theory?

Scodel: There has always been a very close relationship between Comparative Literature and literary theory for the simple reason that insofar as theory seeks to summarized literary phenomena, and its frame of reference cannot be limited to national literature study. Historically speaking, since World War II Comparative Literature has been a major source in the United States for the theorizing about literature. René Wellek, a Czechoslovakian émigré who taught Comparative Literature at Yale University after the war, coauthored the *Theory of Literature* in 1949. The book judiciously analyzed the range of current methods in literary study. More importantly, it offered the most comprehensive justification for making the so-called "new criticism," based on close reading of literary texts, the major focus of literary studies. In the 1970s and 1980s, Comparative Literature departments led developments in the theory and practice of phenomenological criticism, structuralist poetics, and post-structuralism (Foucauldian analysis, deconstruction).

One legitimate criticism of such comparative theorizing was that theorists were not always comparative enough insofar as they based their theories upon a fairly small body of literary works (usually, widely recognized 18th to 20th century European masterpieces). Our sense of what texts are worth studying as literature has now greatly expanded, and so literary theory needs to take account of a much greater diversity of texts. In addition, today many literary studies in the United States, influenced by the new historicism and cultural studies, seek to situate literary texts within their specific historical and cultural contexts of production or reception through the examination of a vast array of both literary and non-literary materials. Comparative Literature has a vital role to play in summarizing and theorizing the connections among such historical and cultural particulars.

Nie: Could you introduce some American scholars whose scholarship should be known to Chinese scholars in Comparative Literature?

Scodel: There are so many important scholars that I'm very reluctant to name some at the expense of others! All the comparatists that I've mentioned above are very much worth reading and those who are still active give a good sense of the work currently being done under the rubric of "Comparative Literature." For a longer historical perspective, I would probably start with Erich Auerbach, the German-Jewish émigré to America who taught in Yale's Comparative Literature Department after

World War II alongside Wellek. He remains a vital figure for comparatists, especially his major work, *Mimesis* (1946), which traces the diverse modes of representing reality in Western literature and remains an inspiring example of comparatist scholarship. Auerbach's 1952 essay on "world literature" also speaks very much to concerns about the fate of literature in an age of globalization (as Saussy's book puts it). From the next generation, I would select among many great scholars Geoffrey Hartman, whose essays in such books as *Beyond Formalism* (1970) and *The Fate of Reading* (1975) remain to my mind among the most important for the theory and practice of European comparative literature, and Lawrence Lipking, whose *Life of the Poet: Beginning and Ending Poetic Careers* (1981) and *Abandoned Women and Poetic Tradition* (1988) are highly original studies in comparative poetics. *The Abandoned Women*, by the way, explores Chinese as well as European examples of the literary figures of the abandoned women.

Let me give you a representative idea of current comparatist projects with a few examples from my own departmental colleagues. My emeritus colleague Tony Yu contributed to a 2002 volume entitled *Early China /Ancient Greece: Thinking Through Comparisons* edited by Steven Shankman and Stephen W. Durrant. This volume contains many prominent comparitists exploring what we might learn through comparison about two ancient cultures' literature and thought that we would not know simply by studying them separately. Loren Kruger works on modern drama in Europe, the Americas, and Africa; her 2004 book *Post-Imperial Brecht*, winner of a Comparative Literature prize, explores the productions, reception, and influence upon later dramatists of Bertold Brecht's plays in East Germany and South Africa. Her book is a deeply learned and fascinating study of the new meanings literature takes on in new political and cultural contexts as well as an attempt to think about literary production in regions of the world relatively neglected by comparatists. Robert von Hallberg's recent book *Lyric Powers* is a study of the power of lyric poetry that draws upon a diverse body of poets and theorists; he examines such issues as poets' claims to "universality," and how such claims have affected the reception of, say, a Polish or German poet in America.

Nie: Your department is one of the earliest of its kind in America and has an international reputation. As the Chair of the department, could you say something about your department in terms of undergraduate and graduate studies?

Scodel: Yes, a program in Comparative Literature at Chicago was founded in 1926. Our graduate program is small and very selective. The curriculum includes two required courses that introduce students to the historical and theoretical issues of Comparative Literature. On the other hand, students design their own programs, either studying several national literatures (with a primary emphasis on one) or exploring the relationship between literature and another discipline or art. Our students work not only with departmental faculty, but also with other professors from the department of our university that best complement their interests. Students' interests are extremely diverse. Dissertations of the last 10 years have focused, for example, on Renaissance translations of classical epic, Kant's and Wordsworth's responses to Rousseau, cold war poetics in the United States and Germany, and crime fiction in England and China. We currently have students completing dissertations on symbolist poetry's relation to the history of psychology, the poetics of pleasure in modern European and American poetry, and (of particular interest to Chinese scholars) Li Zhi and Montaigne as essayists writing in response to changes in their society and a burgeoning global economy, the rhetoric of friendship in Jesuit missionary writings about China, and Yu Dafu's relation to European Romanticism.

We have an undergraduate program with about 10 to 12 students graduating per year. Students have a lot of freedom to devise their own program of courses in consultation with the undergraduate chair; they all write a senior essay of about 30 pages in a comparative topic of their choice. These essays have ranged from Plato to contemporary Mexican-American writing and have included essays on medieval lyric poetry, theories of the avant-garde, contemporary American and French Jewish novelists, and Ezra Pound's Chinese translations.

Nie: I know one major area of interest for you is English Renaissance literature. Could you give us some indication of trends in the study of Renaissance literature and how we should approach this material from a comparatist perspective? For example, how should we study Shakespeare or Milton from a comparatist perspective?

Scodel: The Renaissance is a fascinating and in many ways disturbing period of cross-cultural encounter. Renaissance humanists sought to revive the texts and values of what they thought of as a lost ancient (Graeco-Roman) culture, and the rediscovery, translation, and imitation of classical works was integral to the creation of Renaissance literature and art. The Renaissance was also very much a trans-European phenomenon. It is therefore natural to study the English Renaissance in relation to both the classical world and to the European Renaissance of which it was a part. The Renaissance also was a major period of European imperial expansion. Many comparatists have examined in recent years on how Renaissance literature sought to celebrate, question, and sometimes condemn, imperial conquest.

One of Auerbach's greatest students, Thomas M. Greene, who was my own teacher, focused on the European Renaissance with learned, sensitive, and beautifully written books on the European epic tradition from Homer to John Milton and on the Renaissance practice of imitating classical texts. His many prominent students, including Margaret Ferguson, Constance Jordan, Victoria Kahn, David Quint, and Wayne Rebhorn, have continued to study Renaissance literature from a broad comparatist perspective, focusing on such issues as epic's relationship to empire, literature's representations of gender, and Renaissance women's writings.

My own work has focused on the English Renaissance in relation to both the Graeco Roman past and the continental European Renaissance. My 2001 book, *Excess and the Mean in Early Modern English Literature*, examines how English Renaissance authors adapted and transformed the concept of the "golden mean" or virtuous mean between evil extremes found in Aristotle and other Greek and Roman authors. My forthcoming edition (co-edited with Janel Mueller) of Elizabeth I's translations examines how Elizabeth translated classical Latin, 16th-century French, and sixteenth-century Italian works from the time she was a princess to her old age as queen. My co-editor and I argue that Elizabeth used translation of texts which she believed to be full of wisdom as a means of thinking through the ethical, political, and spiritual challenges that beset her as a princess and queen. We also include her book of sententiae or aphorisms, a collection of Latin quotations on political matters from her favorite classical, medieval, and Renaissance authors, in which Elizabeth explicitly draws upon authorities from the past for guidance as a ruler. We explore in various ways how Elizabeth's status not only as a monarch but also as a woman inflects her translations and aphorisms.

As for Shakespeare, he was very much indebted for ideas and plots to both classical and Renaissance European authors, and even his language was sometimes drawn from translations of foreign texts. Comparatists have studied Shakespeare's transformations of ancient Roman comedies of Plautus and Terence, of the Roman author Seneca's Roman tragedies, of the Greek historian and biographer Plutarch's *Lives* (by way of Thomas North's Renaissance English translation), of the love poetry tradition initiated by the great Renaissance Italian poet Francesco Petrarch. They have explored how his representation of Caliban in *The Tempest* is related to European discourses on the "primitive" indigenous peoples of America, such as Michelde Montaigne's complex, ambivalent essay "On Cannibals," which Shakespeare read in John Florio's 1603 translation and echoes in his play.

Shakespeare also undoubtedly has worldwide influence, and the exploration of his impact in diverse cultures (including China) is a rich field of study. There are extremely revealing studies of, for example, the place of Shakespeare in European Romanticism, or the Russian poet Boris Pasternak's translations of Shakespeare. The pages of your journal have examined Fang Ping's translation of Shakespeare into Chinese, and I am sure there is much more to be learned about Shakespeare in China. Broader studies of tragedy or subgenres like revenge tragedy across literary traditions and overbroad periods of time have also always included *Hamlet* as a major example of the genre or subgenre that includes some of Shakespeare's deepest reflections upon tragedy as a form and revenge as an ethical, religious, and political issue.

You asked about Milton. He was an immensely learned, multilingual poet, who even wrote in Latin and Italian as well as in English. The study of Milton naturally must take into account his engagement with Greek, Roman, and Italian poetry and thoughts. Some scholars have also argued over his deep knowledge of Hebrew traditions. In my 2001 book I emphasized how Milton, whose beliefs were often seen in terms of his so-called Puritanism, was profoundly influenced by ancient Greek and Roman ethics. As a winner of revolution and republican liberty he was also a very influential figure in modern Europe and America, as numerous scholars have shown. I would love to know more about the reception of Milton in modern China, which is a great subject for comparative study!

（原文載於《外國文學研究》2009 年第 1 期）

三、問題研究、比較文學與辯證法

　　現在學術界十分重視對學術「問題」的討論，這正是學術研究繁榮的特徵。就討論問題而言，中國古代最早的具有代表性的書籍是《周易》。《周易》是占卜的書，它通過陰陽八卦的組合進行提問和解答，在玄學思想體系中體現了樸素的唯物主義和辯證法思想。中國古代的思想家，他們的智慧無一不是同對問題的研究結合在一起的，如記述孔子與其弟子對話的文集《論語》，就是一部有關問題研究和討論的學術著作。「論語」二字儘管歷來的解釋不盡相同，但「論難」與「答述」的基本含義卻是大家認同的。孔子同他的弟子之間的對話，實際上是孔子對弟子們提出的問題給予解答。在孔子同他的弟子的關係中，孔子是學者的形象，對他的弟子們來說，他主要是以「誨人不倦」的態度為弟子們提出的問題「答疑解惑」。因此就問題而言，則是問和答的結合，而就問題的研究而言，則是提出問題，解答問題，追求答案。

　　古往今來的學者們大都有提問的習慣，對學術問題的討論一般是先提問或立論，因此提問是學術研究和討論的前提。提問和解答的關係是辯證的，提出的問題經過解答而得到解決，同時又產生新的問題，尋求新的解答，周而復始，逐漸接近真理。中國歷史上有眾多善於提問的例子，如孔孟的弟子、屈原等。屈原的提問建立在自己對真理追求的意願上，因此他的問題意境高遠，後人少有企及。如在《天問》中，屈原就自然、歷史、

社會提出了一連串 172 個問題，天文地理、博物神話、人物歷史無不涉及。作者還對古代史跡和人物提出許多疑問，真可謂是一篇曠古奇文，被魯迅贊為「懷疑自遂古之初，直至百物之瑣末，放言無憚，為前人所不敢言」（魯迅《摩羅詩力說》）。屈原說：「路漫漫其修遠兮，吾將上下而求索。」在《天問》裡，即使對當時已經有了現存答案的問題，屈原也提出嚴厲的追問，試圖尋找新的答案，表明了屈原鍥而不捨的探索精神。

有人提問就需要有人解答，在古代，解答問題不是誰都能做到的，因此需要有專門解答問題的人，而專門解答問題的人則是最早的學者和專家。同時，提問和解答的相互需要又促生了古代教育，如中國的孔子和希臘的柏拉圖等創辦學園招收弟子講學，就是出於有人登門造訪、質疑問難的需要。學園的創立推動了學術研究，學園成了當時的最高學府，學者可以一心在這裡專門研究學問，著書立說，授徒講學。因此，學者也就變成了專家，致力於某些問題的專門研究。我們可以發現，學者的專門研究是以對某些問題的研究為基礎的，如古代希臘的柏拉圖和亞里斯多德等。柏拉圖的著名學術著作《理想國》（The Republic），根據問題建立體系，展開研究。他在書中系統地討論了當時諸多重要問題，如宗教問題、道德問題、文藝問題、教育問題（包括托兒所、幼稚園、小學、中學、大學、研究院以及工、農、航海、醫學等職業教育）、專政問題、獨裁問題、共產問題、民主問題、家庭解體問題、婚姻自由問題、獨身問題、優生學問題、節育問題、男女平權、男女參政、男女參軍等等問題。柏拉圖對於問題的研究，在方法上為西方學術研究提供了可供借鑒的模式和範例。

由於學術和學問的根本目的就是研究問題、解釋問題、給出答案、獲取知識和追求真理，因此自古以來學術研究的專門化特徵是十分明顯的。

由於古代的學科分類不像現在精細，所以古代的專家往往又是百科全書式的巨人，如柏拉圖、亞里斯多德、拉伯雷（Francois Rabelais）、歌德、馬克思、恩格斯等。但到了 20 世紀，出現古代百科全書式的人物已越來越不可能，而更多的是出現了分科更為細緻的專家，自然科學如此，社會科學亦然。

　　我們今天要走柏拉圖、亞里斯多德、黑格爾、馬克思的治學道路顯然已不可能，但是我們發現有一條道路可以使我們更容易到達前輩們追求的目標，這就是比較文學。古代的中國和西方國家，許多學者們一生探討的問題涉及自然科學和人文科學兩大領域，這其中已經包含了比較文學的因素。例如在古代希臘，柏拉圖、亞里斯多德等在許多門學問的研究上下了功夫，研究的內容涉及天體、物理、政治、哲學、文學，就某一門學問來說是專門化的研究，就整體而言則又有了現代比較文學的特點。也正由於他們對某一門學問進行了深入的研究，是這一門學問的專家，因而他們才能提出自己的獨特見解，並在他們已經解決的問題的基礎上又提出新的問題供自己和他人研究。如在自然科學方面，亞里斯多德提出的「物質」、「空間」、「時間」、「運動」等一系列最基本的概念，至今仍然是自然科學領域中被研究的問題。他提出「力」的抽象概念，創立了力與運動關係的「運動定律」，後者是後來伽利略的「慣性定律」的基礎。可以說，後來牛頓著名的「力學三定律」、宏觀力學理論的成熟，以量子力學為代表的微觀力學的誕生，都是由亞里斯多德的力學問題深化發展而來的。因此從古人的研究看，屬於今天跨學科的比較文學研究，沒有堅實的專門研究基礎是不行的，比較文學的研究必須建立在專門性的研究基礎之上。

　　古代無論東方或西方的學者大多具有我們現在稱之為比較文學方面的素養、方法和知識，孔、孟、老、莊和柏拉圖、亞里斯多德等就是這一類

人物，他們在比較文學的研究方面給我們提供了範例。就詩學而言，亞里斯多德的研究可以說至今還少有比肩者。他是最早用比較方法專門研究了悲劇、喜劇和史詩的學者，儘管他論喜劇的部分已失傳，但這並不影響他的《詩學》的比較性質。我們可以從《詩學》中發現亞里斯多德的研究特點，這首先就是他把文本作為研究的基礎並提出問題。他在《詩學》裡論述了文藝理論中文藝與現實的關係和文藝的社會功用，提出了一系列有關文藝學的問題，還第一次給悲劇下了定義。他的研究說明，任何重要的問題和高深的理論都是不能脫離文本的，離開了作家和作品，就無所謂文學的研究。亞里斯多德無論是對史詩還是戲劇，其熟悉的程度和研究的深度都是可以稱之為專家的。其次，他通過不同藝術形式的比較來闡釋問題。他在《詩學》中不僅研究了悲劇、喜劇、史詩，還研究了抒情詩、音樂、舞蹈、表演技巧等。因此，《詩學》從姊妹藝術的角度，不僅通過比較的方法完成了對希臘戲劇的重大研究，還通過對戲劇和詩歌的研究闡釋和解決了文學中的一些根本問題。第三，《詩學》的研究有其明確的目的性，即研究的中心問題。無論亞里斯多德在《詩學》中涉及到多少其他的藝術種類或文藝問題，但研究的主要目的是為了解剖悲劇，並對悲劇給以理論的說明。就《詩學》而言，它對我們今天比較文學脫離作家與作品的基礎而致力於理論研究的傾向是有很大啟示的。

就比較文學而言，其本質不外乎以比較的方法從不同的事物或方面闡釋文學問題，因此無論是柏拉圖、亞里斯多德，還是孔子、孟子，他們研究問題的方法至今仍有重要的參考價值。古代研究問題運用的基本方法是辯證法。孔子堅持「叩其兩端而竭焉」的討論原則，提倡「君子和而不同，小人同而不和」以及「君子周而不比，小人比而不周」等辯證思想，

從正與反、終與始、本與末兩個方面對問題進行考察，在提問和對話中獲取知識和尋求真理，他所憑藉的是辯證的工具。孔子正是憑藉這種辯證的研究方法和可貴的探索精神，才創立了對百家爭鳴起了極大推動作用的儒學。自孔子以來，辯證法是中國研究學術問題的基本方法。孔子之後的孟子，在繼承孔子的政治思想和教育思想的基礎上，也主要以闡釋問題的方式形成了自己的政治和學術思想。他以對話形式切入論題，闡述自己的觀點，言辭犀利，論辯縱橫捭闔，表現出提出問題和分析問題的高超能力和技巧。他的「生於憂患，死於安樂」的名句包含有很深的辯證思想。在老莊的學說裡，對問題的研究別有洞天。如老子提出的「物生於有，有生於無」(《道德經》第 40 章)，莊子提出的「安危相易，禍福相生，緩急相爭，聚散以成」(《莊子・則陽》)、「臭腐復化為神奇，神奇復化為臭腐」(《莊子・遊》) 等，對於我們在文學研究中如何遵循客觀規律和辯證地分析事物，都是值得借鑒的重要思想。正是辯證法的普遍運用，中國古代的學術研究才以問題為先導繁榮起來，形成諸子著書立說和百家爭鳴的局面。就西方的學術研究而言，辯證法更是被學者們如柏拉圖、亞里斯多德、黑格爾、馬克思等運用於各個學科。亞里斯多德不僅善於運用辯證的方法，而且還對辯證法進行研究，寫出了《工具篇》、《邏輯學》、《物理學》、《修辭學》、《形而上學》等有關方法論的學術專著。黑格爾研究成果的取得在根本上有賴於他的辯證方法，而他的辯證法後來也為馬克思所吸收，成為馬克思哲學的組成部分。

　　就比較文學而言，我認為比較的方法從本質上說是辯證法在文學研究中的運用與發展。辯證法的最大特點就是避免片面性，並在兩相對照中更深入和更透徹地認識事物。比較文學的方法也是如此，是為了避免囿於一

種文學而導致淺陋與偏見。辯證離不開比較，比較包含有辯證，因此辯證法有助於推動比較文學的研究。

（原文載於《外國文學研究》，2003 年第 1 期）

四、論非虛構小說

　　小說是 19 世紀以來最主要的文學體裁，其歷史可以追溯到古羅馬該尤斯・綏通紐斯・特朗奎魯斯（Gaius Suetonius Tranquillus）的《薩蒂里卡》和魯齊烏斯・阿普列尤斯（Lucius Apuleius）的《變形記》（又名《金驢記》）（Metamorphoses（or The Golden Ass））。在批判現實主義小說產生之前，小說歷史上曾出現過賽凡提斯（Miguel de Cervantes）的《堂吉訶德》（Don Quixote），薄伽丘（Glovanni Boccaccio）的《十日談》（Decameron）、笛福（Daniel Defoe）的《魯濱遜飄流記》（Robinson Crusoe）等偉大作品，但是作為一種非正規的文學體裁，小說只能屈從於詩、屈從於戲劇，並未獲得獨立的地位。這種狀況沒有繼續太久。在 18 世紀啟蒙主義的浪潮中，由於英國小說家菲爾丁（Henry Fielding）的出現，小說在文學形式中的地位終於得到確立。

　　菲爾丁在《約瑟・安德傳》（The History of the Adventures of Joseph Andrews and of his Friend Mr. Abraham Adams）的序言中，給小說下了定義，把小說同文學中的高級體裁史詩相提並論，稱之為「散文滑稽史詩」，認為它有著小說的一切特徵：「故事、情節、人物、感想和文體」。菲爾丁最早制定了現實主義的小說理論，為 19 世紀歐美現實主義小說的大發展奠定了基礎。可以說，從 19 世紀的批判現實主義小說開始，小說已佔據了文學的主導

地位。各種流派、不同體裁、風格迥異的形形色色小說，充斥於世，使人目不暇接。

關於小說，法國文學批評家謝活利曾說：「小說是用散文寫成的某種長度的虛構故事。」小說理論家佛斯特（E.M. Foster）在談到小說時更為簡略，認為「任何超過五萬字的散文虛構作品」，即被稱為小說。[1] 但是，小說創作不是任何理論家和理論可以制約的，它往往打破俗規，拋棄傳統，標新立異，從而使小說理論豐富多采，同時又促使新的小說品種應運而生。

在 19 世紀後半期，法國自然主義文學流派的理論家左拉（Zola）就向現實主義的小說創作發動進攻，認為小說應該是「直接地觀察、精確地解剖、對存在事物的接受和描寫。作家和科學家的任務是一直相同的。雙方都須以具體的代替抽象的，以嚴格的分析代替單憑經驗所得的公式。」[2] 認為只有這樣，小說中才「不再是抽象的人物，不再是謊言式的發明，不再是絕對的事物，而只有真正歷史上的真實人物和日常生活中的相對事物。」[3] 在自然主義理論指導下，左拉開始寫作實驗小說，並提出創作小說「我們只須取材於生活中一個人或一群人的故事，忠實地記載他們的行為。」[4]

左拉把科學方法引進小說創作，反對作家對普遍的生活進行典型概括，主張排除虛構的成份，追求絕對的生活真實。顯然，他的這些主張是對小說創作的一種革命，對後來的小說創作發生了巨大的影響，導致了一大批實驗小說家的出現。20 世紀享有世界聲譽的小說家伍爾夫（Virginia Woolf）就主張藝術家可以自由地實驗探索，不拘一格地尋找合適的藝術形式、表現技巧和創作題材。她認為傳統的文學形式和體裁的範圍已經被現代作家擴大了，把小說稱為「輓歌」、「心理學的詩篇」、「傳記」、「戲劇詩」、「隨筆小說」等。他們的創作理論是反傳統的，不過他們的創作還沒

有走得太遠，仍然是在傳統上的革命。他們並沒有在創作中完全實現自己的理論。儘管如此，他們的理論和創作對 20 世紀未來的小說作了預言，代表了未來小說的發展趨向。

在 20 世紀的美國文學中，小說仍然是主要的文學形式，在繼承傳統的同時，探索和革命幾乎已成為大多數作家的自覺使命。左拉的自然主義在美國文學中復活，非虛構小說可以看成是實驗小說在 20 世紀的變種。

非虛構小說的概念是美國小說家杜魯門·卡波特（Truman Capote）在 60 年代中期提出的。在此之前，美國著名猶太作家菲利浦·羅思（Philip Roth）在他的著名論文《寫作美國小說》中，提出來一種「事實與虛構混淆不清」的理論，這種理論後來成為非虛構小說的理論基礎。羅思在論文中列舉了一個他親身經歷的兩個少女被殺的事件，用以說明：「在 20 世紀，美國作家要做的，是對美國大部分現實先理解、再描繪，然後使它變得真實可信。這種現實使人目瞪口呆，噁心、作嘔、惱怒、憤恨，最後還使人的貧乏的想像力無法忍受。事實不斷超越了我們的天賦，文化幾乎每天都拋出一些使任何小說家感到羨慕的人物形象。」[5] 在羅思這種理論的影響下，一些小說家向傳統的文學形式挑戰，認為美國的現實生活光怪陸離，無奇不有，認為如果他們用小說手法描繪現實生活中的真人真事，用文學的語言真實記錄具有典型意義的社會事件，說不定會收到出其不意的效果。在這種思潮推動下，非虛構小說應運而生，從此流行起來。

非虛構小說並沒有一個嚴格的文學上的定義，總的來說，它屬於紀實小說。記錄小說、傳記小說、歷史紀實小說、報告文學、新新聞報導等一切以事實為基礎以非虛構為主要創作原則的小說，都屬於非虛構小說的範疇。在較小的意義上說，非虛構小說就是新新聞報導。

　　新新聞報導的代表作家湯姆・沃爾夫（Tom Wolfe）是非虛構小說理論的代表作家。沃爾夫是一個著名的新聞記者，在60年代出版過3部報告文學，從而為他的非虛構小說理論打下了基礎。1973年，沃爾夫把諾曼・梅勒（Norman Mailer）、薩里・夢森（Sally Benson）、蓋伊・塔里斯、瓊・狄台翁等著名作家的有關作品收集成冊，出版了一本名叫《新新聞報導》（The New Journalism）的文集。在文集序言中他雖然闡發的是「新新聞報導」的內容、藝術方法和發展歷史等，但實際上闡發的是非虛構小說的理論。

　　沃爾夫在文集中認為，當代嚴肅的純文學的小說家的創造力已經枯竭，無法繼續寫作出「偉大的美國小說」，一些卓有才華的小說家不得不放棄小說創作的最肥沃的土壤：社會、社會生活、社會道德風貌，即安東尼・特羅洛普所說的「我們現在的生活方式」，而讓位於寫作「新新聞報導」的作家。沃爾夫認為，這些作家將用菲爾丁、巴爾扎克（Honore de Balzac）、果戈理（Nikolai Vasilievich Gogol）所有的現實主義的文學技巧，表現整個美國社會生活中各個真實的事例。他把他們的藝術方法概括為四點：1、一個場景緊接一個場景的結構，以生動的形象反映事實；2、以「第三者的觀點」觀察人物的思想感情，深入人物的內心世界，跟人物一道體驗在現場的思想感情。報導者不僅要仔細觀察行為，還要理解和解釋動機，也就是說要有人物的心理描寫；3、精闢的對話；4、像巴爾扎克一樣匠心獨運的細節描寫。沃爾夫強調，「新新聞報導」以真人真事為基礎，但允許作者採用各種象徵手法，允許作者虛構某些細節，寫入作者自己的觀察和想像，在藝術上打破虛構與非虛構的界限。因此，新新聞報導作品雖然有人稱它們為小說，但評論家都把它們看成是非虛構的小說。

　　非虛構小說的產生是與作家對傳統的現實主義和反傳統的現代主義的絕望聯繫在一起的。寫作《草葛的液汁》（1969）的亨利・范戴克（Henry van Dyke），寫作《假髮》（1966）的查理斯・賴特（Charles Wright），寫作《通宵來客》（*All-Night Visitor*）（1969）的克拉倫斯・梅傑（Clarence Major）就認為，小說就像杜撰的歷史一樣，「在世界的這個時刻已經智窮力竭了」，因此他們的小說是一種徹底堅持其本身的無稽虛構、堅持其本身解構的非真實特徵的小說，它們結果成為「模仿小說的形式（好像它們是由模仿的作家寫成的）……模仿作者的作用的小說。」[6] 於是，作家從憑空虛構轉而去尋找和發掘真實存在的事件，並用小說的藝術形式加以表現。他們不像傳統作家那樣通過想像對生活素材提煉加工，進行再構思、再創造，也不像現代派作家那樣歪曲生活現象，剖析人的靈魂，尋找事物的深層意義，而是把生活中真實存在的典型事件進行藝術處理，賦予它們以文學性，把它們變成一種類似小說的獨特的作品。

　　一般說來，非虛構小說的歷史不僅僅起於 20 世紀 60 年代，早在它正名以前的一個多世紀裡，甚至上溯到更久遠的歷史，都可以找到具有非虛構小說特徵的作品。20 世紀 60 年代以來是非虛構小說蓬勃發展的時期，兒乎所有出版的非虛構小說都是暢銷書，這不僅為出版商和作家帶來了巨大的經濟利益，更重要的是壯大了非虛構小說的聲勢，證明了它在純文學中有著不可忽視的地位。非虛構小說擁有大量的讀者，它的紀實性質使它比純文學更受讀者歡迎。就非虛構小說而言，雖然它經常以各種形式出現，但從其題材來說，可以分三種主要類型：歷史紀實小說、傳記小說和社會紀實小說。

　　歷史紀實小說是非虛構小說中最基本的類型，美國歷史為這類小說的發展提供了肥沃的土壤。美國的歷史雖然不長，但豐富多彩，到 19 紀末，

它已有一段可以引以自豪的歷史。

美國歷史有著史詩般的英雄氣概,有著可歌可泣的英雄事蹟,裡面有眾所周知的事實,也有不為人知的神祕。但就大量描寫美國歷史的著作而言,它們共同的本質特徵是真實。肆意篡改和歪曲都是絕對不允許的,歷史的記錄必須同客觀事實相符。歷史是一門極其嚴肅的科學,一般都是由歷史家來寫。然而,文學家、小說家也開始向歷史這塊一直屬於歷史家的領地進攻了,他們要用文學的語言更真實、生動地再現歷史,發掘歷史的豐富內涵,尋找留給人們的啟示。因此,大量的歷史小說應運而生。

但是在描寫歷史的處理上,作家的認識是不盡相同的。大多數描寫歷史的小說家主要把歷史作為背景來描寫,在真實的歷史背景中虛構人物、事件和情節。這類小說的歷史背景是真實的,敘述的歷史人物和歷史事件往往也確有其事,但是大量的生活細節、情節、人物的經歷、甚至事件,都很少同歷史相符。這類小說是虛構的歷史小說。美國最早的歷史小說是庫柏(James Fenimore Cooper)以獨立戰爭為背景的長篇革命歷史小說《間諜》(*The Spy: A Tale of the Neutral Ground*),它從歷史的意義上描寫了華盛頓的英雄形象。其他如斯托夫人(Harriet Beecher Stowe)的《德雷德,陰暗的大沼地的故事》(*Dred, A tale of the Great Dismal Swamp*)(1856),馬克‧吐溫(Mark Twain)的《冉‧達克》(*Personal Recollections of Joan Arc*)(1896),卡洛琳‧戈登(Caroline Gordon)的《綠色的世紀》(*Green Centuries*)(1941),霍華特‧法斯特(Howard Fast)的《兩條山谷》(*Two Valleys*)(1933),詹姆斯‧米切納(James Michener)的《夏威夷》(*Hawaii*)(1959),瑪格麗特‧沃克(Margaret Walker)的《黑人歡歌》(*Jubilee*)(1966),麥金利‧坎特(MacKinlay Kantor)的《囚犯》(*The Jaybird*)(1932)、《永遠記著》(*Long*

Remember）（1934）等，都是以虛構為主的歷史小說。這些歷史小說大多同瓦爾特·司各特的歷史小說近似，主要以虛構的手段在真實的歷史背景下描寫事件和刻畫人物。小說中的事件和人物雖然往往確有其人，確有其事，但在小說中已被作者的想像大加修改了，事件往往也變得面目全非。不過，由於它們用文學的語言把過去的歷史生動地再現在讀者面前，這類小說對讀者有著強大的藝術魅力。

真正非虛構的歷史小說是那些紀實的歷史小說，主要特徵是它的非虛構性，即紀實性。亞歷克斯·哈利（Alexander Haley）的《根》（*Roots: The Saga of an American Family*）（1976）就是這種小說的代表作品。這種歷史紀實小說完全憑藉博物館、檔案館、圖書館的歷史文件寫成，作品中的人物、事件、時間、地點大都可以通過文件加以確認。小說的材料是非虛構的，能夠同歷史事實真正相符，在藝術上採用小說形式，使用了小說的各種藝術方法，故事真實可信，富有趣味性、吸引力。

《根》是一本反映黑人怎樣來到美國以及怎樣在美國繁衍生息的歷史小說，被稱為「超級暢銷書」和「一份強有力的文獻」。這部紀實的歷史小說是作者哈利根據自己祖先口頭流傳下來的歷史寫成的，小說副標題叫《一個美國家族的歷史》。早在作者讀大學二年級應徵到美國海岸警衛隊服兵役期間，哈利就萌生了寫一部尋根作品的想法。60 年代初期，哈利的祖母為他講述的他們家族的美國支系的傳說，再一次激起了他想弄清祖先是怎樣來到美國和在美國生存下來的熱望，企圖尋找他這個家族的真正的根，並決心把它寫出來。為了寫這本書，哈利出入於華盛頓國家檔案館、國會圖書館、美國革命兒女圖書館搜尋資料。據作者所說：《根》是他「從 3 大洲 50 多家圖書館、檔案處和其他博物館中，多年深入研究的結果。」

　　在藝術上，《根》採用了非虛構小說的形式。作者用文學的語言和形式再現歷史，獲得了比純虛構小說更大的真實性。當有人問起作者在這本書裡有多少是事實多少是虛構時，哈利回答說：「我是盡我所知並且盡我所能地使《根》這部書中關於每一代人的敘述，都能在我的非洲家族或美國家族保存得很好的口述歷史中找到根據，其中很大一部分我都可以用文件加以確證。」他還說：「由於大部分故事發生時我還沒有出生，因此絕大部分對話和情節，都必然只能是我所知道的發生過的事，和根據我的研究使我感到可能發生過的事，《根》是兩者的一種小說化的混合物。」因此，許多評論家認為，《根》是一部非常成功的非虛構小說。

　　在歷史紀實小說方面，有許多是描寫戰爭題材的。兩次世界大戰雖然已經過去，然而它們給人類留下的創傷是無法抹去的，無論是經歷過戰爭或未經歷過戰爭的人，都對戰爭懷有特殊的感情和興趣。因此，彼德・威登（Peter Wyden）的《廣島悲劇》（*One day: Before Hiroshima and After*），傑拉德・格林（Gerald Green）的《大屠殺》（*Holocaust*），約翰・托蘭（John Toland）的《日本帝國的衰亡》（*The Rising Sun: the decline and fall of the Japanese empire, 1936-1945*）等描寫兩次大戰歷史的非虛構小說，顯然要比那些描寫兩次大戰的純虛構文學更受讀者歡迎。

　　《日本帝國的衰亡》是 1970 年美國的暢銷書，記敘第二次世界大戰中日本帝國主義於 1936-1945 年和希特勒勾結，在東部開闢戰場，發動侵略戰爭，侵略中國，繼而發動太平洋戰爭，偷襲珍珠港等重大歷史事件。作者為了寫作這本小說，進行了大量、廣泛的調查，許多史料來自當時美日兩國的戰時檔案館，也有不少史料來自日本天皇以前的公卿貴族，軍政要員和參戰人員。除此而外，作者還收集到一些曾被隱匿或散失多年的寶貴

材料，諸如御前會議和大本營政府聯絡會議的記錄，被焚毀的近衛文麿的部分日記，擔任日軍陸軍參謀總長的杉山元帥寫下的近千頁筆記。作者在前言中說：「為了準確起見，他們以及每一個與作者交談過的，其經歷被寫入本書的人，都閱讀了有關自己的段落，而且往往還添加了說明問題的評論。書中對話並非虛構。這些對話出自許許多多的談話記錄、檔案材料、速記記錄和當事人的回憶。」作者根據搜集到的史料，按照事情的本來面貌如實寫照那些被捲入人類最大規模戰爭的人，盡最大努力讓事實本身說話，形象地再現了一段可怕的歷史，從而使人們通過歷史事實認識過去，認識侵略戰爭給全人類帶來的巨大災難。

傑拉德‧格林為了「紀念六百人，劫後餘生的人，以及那些奮起反抗的人」而寫作的《大屠殺》，也是一本優秀的歷史紀實小說。實際上，這是一本用第一人稱為魯迪‧魏斯寫的一部家史。小說交叉運用「魯迪‧魏斯自述」與「埃里克‧多爾夫日記」的藝術形式，娓娓道來，使讀者感同身受。為了寫這部遭受戰爭劫難的家史，作者兩度訪問歐洲，和許多經歷過戰爭的人通信，調查了 20 個集中營裡的倖存者，收集到一部黨衛隊員的日記。作品所有的細節直接引自文獻資料，小說中大多數情節、人物、事件都能得到確認。小說真實地記錄了人類歷史上一場最可恥的大屠殺，揭露了納粹德國對猶太人的殘酷殺害，用藝術形象再現了令人髮指的罪惡歷史。

歷史紀實小說在藝術上採用小說形式，在內容上記敘歷史事實，並按照統一的結構組織真實的事件、人物，藝術上顯得完美。歷史紀實小說的基本特點在於它的非虛構原則，在於它用對事實的記敘取代傳統小說中的想像。但是它又不同於歷史，而是小說。它允許在真實材料的基礎上進行

有限的虛構，用文學而非科學的語言描寫人物，敘述故事，具有小說的藝術特點。

除了歷史紀實小說外，傳記小說也是非虛構小說的一個重要類別。傳記小說在藝術上接近小說，在真實上接近歷史，同傳統的傳記文學又有所區別。

就一般傳記作品而言，它的歷史可以追溯到西元前五世紀希俄斯島的希臘詩人伊翁為同時代的培里克里斯和索福克勒斯寫的傳略。在古代的希臘，傳記文學已十分發達，但流傳下來的甚少。在古羅馬，傳記文學繼續得到發展，西元初羅馬作家普魯塔克（Lucius Plutarch）寫作的《希臘羅馬名人傳》（*Parallel Lives*），該尤斯・特朗奎魯斯的《名人傳》（*De Viris Illustribus*）、《十二凱撒傳》（*De Vita Caesarum*），都是最早的著名傳記作品。可以說，迄今以來，文學傳記的寫作從來就沒有間斷過，每一個時期都有著名的傳記作品流傳下來。在中世紀，有伊德默的《昂塞爾姆傳》、艾因哈德（Einhard）的《查理曼傳》（*Vita Karoli Magni*）。文藝復興時期，托瑪斯・莫爾（Tomas More）的《理查三世史》（*History of King Richard III*）、威廉・羅拍的《偉大美德的明鏡——托瑪斯・莫爾傳》、喬治・卡文迪什的《沃爾西大主教傳》等，開創了文學傳記的里程碑，被看成現代文學傳記的先驅。在 17、18 世紀，有瑪格麗特・卡文迪什的《封有親王、侯爵和紐卡斯爾伯爵：高貴的威廉・卡文迪什傳》以及職業傳記作家以撒・華爾頓寫的傳記作品。在 19 世紀，大量的文學家加入到寫作傳記的行列，如柯勒律治（Samuel Coleridge）、騷塞（Robert Southey）、海斯利特（William Hazlitt）、蓋斯凱爾夫人（Elizabeth Gaskell）、梅瑞狄斯（George Meredith）等，使傳記更富有文學性，同時也為傳記小說的寫作奠定了基礎。

　　傳記小說顯然是在一批小說家的推動和參與下，在小說和科學的影響下發展起來的。在 20 世紀，熱衷於文學改革的作家把改革的範圍擴大到各個方面，置一切文學的傳統規則不顧，進行大膽的實驗。這種反傳統的文學思潮認為，傳記作家無須把自己禁錮在材料的真實性上面，而應該重視傳記作品的文學性，寫作時允許適當地虛構，超越歷史的真實，達到藝術的真實。這種將真實和虛構結合起來的作品，就其真實性來說，它是非虛構的，是傳記，但就其某些虛構來說（這些虛構主要是作者在大量真實材料上通過想像得來的），它是想像的，是小說。這種傳記小說基本上是真實的，不同於因缺乏材料而用傳記體或自傳體寫成的小說。而用傳記體寫成的小說基本上是假借傳記之名虛構，人物是真實的，事蹟是想像的，如羅伯特‧拉夫為羅馬皇帝克勞迪奧斯寫的自傳體小說《克勞迪奧斯自述》和《克勞迪奧斯和他的皇后梅莎麗娜》，格拉夫用傳記體寫作的《貝利薩利厄斯伯爵》，薩姆塞特‧毛姆（William Maugham）用傳記體虛構的《月亮和六便士》（*The Moon and Sixpence*）（寫高更（Gauguin））和《大吃大喝》（*Cakes and Ale*）（寫托瑪斯‧哈代）等。這類小說與其說是傳記體小說，不如說是用傳記的藝術形式寫作的虛構小說，與真正的非虛構傳記小說是很不相同的。

　　非虛構的傳記小說是在對原始性資料研究的基礎上，以某個偉大人物為主角展開情節、敘述故事的。它以記敘歷史事實為主要原則，但又允許杜撰材料，憑想像虛構場景和對話，把小說的故事性和傳記的真實性揉和在一起。在傳記小說方面，歐文‧斯通（Irving Stone）是最著名的代表作家，寫有一系列典範的作品，如《渴望生活》（*Lust for Love*, based on the life of Vincent van Gogh）（寫梵谷）、《痛苦與狂喜》（*The Agony and the Ecstasy*, based on the life of Michelangelo）（寫米開朗基羅）、《受鍾愛的人們》（*Those*

Who Love, based on the life of Abigail Adams）（寫阿比蓋爾‧亞當斯）、《心靈的激情》（*The Passions of the Mind*, based on the life of Sigmund Freud）（寫西格蒙德‧弗洛伊德）等。

　　歐文‧斯通在寫傳記小說時雖然允許有限度的虛構，但對整個作品來說仍是非虛構的。他用有控制的想像填補某些間隙，但絕不改變歷史。他像麥考萊一樣，為了一件事實的準確性而不惜旅行兩千英里，考察研究。他認為合理地使用一些想像會使人物更豐滿，更富有人性。為了寫作《教堂裡的敵手》（*Adversary in the House*），他同 50 個人談過話，為了寫作《愛是永恆的》（*Immortal Wife*），他翻閱了大量的報紙，以查明瑪麗‧陶德在少女時代走過的肯塔基州利克辛頓市的一條街當時是什麼樣子。為了給林肯夫婦寫傳記小說，他廣泛徵集回憶錄、信件、報紙及其他原始材料，甚至弄清了林肯夫婦佈置二樓的詳細計畫，如隔牆被移動過，改變了面貌，安裝了新設備，林肯去世的客廳的大小和外貌等，其詳細的程度甚至連當時負責設計的工程師也自歎弗如。正是由於斯通這種孜孜不倦的努力和嚴肅認真的態度，使他能把藝術性和真實性融為一體，準確地藝術地再現人物一生的歷程，再現人物的性格和揭示生活中的真實。

　　在文學家筆下，傳記小說往往更加小說化，羅伯特斯‧派克特的《年輕的女教師》就是這樣的作品。小說是根據主人公的口述寫成的，記敘的是一個真實的故事。作者在當編輯時，他所認識的小說中的女主人公安妮‧何柏斯‧玻向他講述了自己曲折的經歷，從而使他產生出要用文學形式把安妮的故事再現出來的念頭。為此，他沿著安妮當年的足跡，多次深入阿拉斯加採訪，會見了書中多數主要人物。小說以生動的筆觸，敘述了安妮充滿鬥爭和歡樂的一生經歷，讚揚了她對種族偏見和傳統勢力進行鬥爭的精神和

忠貞不渝的愛情。小說寫的是真人真事，作者在按語中說：他儘量使全書緊扣著實際的情節與事蹟，只有在明顯的需要時，才予以增添和更動。儘管如此，這部傳記小說的小說成份是很濃厚的，富有小說的藝術特點。

在寫作人物傳記的當代作家中，兒乎是一種百家爭鳴、百花齊放的局面，藝術手法上也是日新月異。美國著名體育記者大衛·沃爾夫（David Wolfe）的《犯規》就是採用「新聞文學」藝術手法寫成的一部傳記小說，記敘了美國黑人籃球明星康尼·霍金斯（Connie Hawkins）的故事。作者廣泛收集資料，深入採訪調查，以事實為根據，真實地描繪了康尼·霍金斯前半生的遭遇。在作者筆下，霍金斯的性格得到了充分表現，心理特徵也得到很好揭示。而且，這部傳記小說在藝術上有著新聞性的特徵，作者在記敘人物時，新聞報導式地反映美國社會各階層的生活，證明體育在現代資本主義社會中的商業性質。由於小說是在真實材料的基礎上寫成的，表現手法、寫作技巧、藝術形式都受到新聞小說的影響，所以這種具有新聞報導性質的傳記小說是異軍突起，深受讀者歡迎。

在非虛構小說中，傳記小說的題材和形式受到作家重視，但不是其中的主體，社會紀實小說才是其中影響最大、最重要的基本類型。這類小說的主要的特徵是它的新聞性質。它採用小說形式，新聞報導式地反映社會上發生的重要事件、最能迎合公眾關心社會和企圖瞭解社會的心理。社會紀實小說涉足政治，暴露黑幕，揭發醜聞，研究社會，報導事件，在爭取讀者、吸引公眾興趣方面甚至比新聞報導更有優勢，因此，這種小說被沃爾夫稱為「新新聞報導」。杜魯門·卡波特、諾曼·梅勒、薩里·薩森、蓋伊·塔里斯、瓊·狄台翁、湯姆·沃爾夫等，都是社會紀實小說的代表作家。

杜魯門‧卡波特是美國一位影響較大的作家，他受到以霍桑和詹姆斯為代表的 19 世紀美國文學傳統的根深蒂固的影響，象霍桑一樣集中描寫善與惡、光明與黑暗的主題，如《草豎琴》（*The Grass Harp*）、《在蒂芙妮的早餐》（*Breakfast at Tiffany's*）、《別的聲音、別的房間》（*Other Voices, Other Rooms*）。他的上述早期作品繼承了南方文學傳統，類似寫夢境與現實、怪誕與恐懼的南方哥特式小說。但是他後來的作品模式和風格發生巨大變化，從純虛構小說的創作轉而寫作非虛構小說。

卡波特的第一部非虛構小說是《繆斯們受人傾聽》（*The Muses are Heard*），小說採用新聞報導的方式，記述美國國務院支援的美國民間歌舞團訪蘇的情況，讀來真實可信，趣味盎然。卡波特最成功的非虛構小說是《兇殺》（*In Cold Blood*）（1966），主要寫兩個匪徒出獄後在堪薩斯州無故殘殺一家四口的經過。犯人後來被捕，於 1965 年被處以絞刑。案件發生後，作者一直注視著它的發展，用了整整六年時間，進行了大量的實地調查、無數次採訪，採訪對象有被害者的親友、街坊鄰居、警察當局、甚至還有罪犯。作者寫了大量筆記，錄製了大量磁帶，收集到大量原始資料。最後作者用小說體裁描寫了整個案件發生、發展和審訊的過程，寫成了一部以真實事件為基礎的非虛構小說。小說在《紐約客》（*The New Yorker*）雜誌上分四期連載，卷首冠有編者的話：「文中的所有引語若不是直接引自官方記錄，就是作者與有關人物談話的實錄」。小說出版後成了暢銷書，非虛構的社會紀實小說成了流行體裁，被許多人仿效，從而進一步促進了社會紀實小說的發展。

社會紀實小說的另一個代表作家是諾曼‧梅勒。他是一個在當代美國文學中風格獨特的小說家，寫作了四部「新新聞報導」，即非虛構小說。

梅勒在開始文學創作時就表現出反傳統和探索文學新路的傾向，在梅勒創作的後期，他的反傳統傾向更為明顯。他力圖尋找一個既能進行藝術虛構，又能真實記錄重大社會事件和政治形勢的藝術形式，最後他決定寫作新新聞報導，也就是非虛構小說。

《黑夜大軍》（*Armies of the Night*）（1968）是他採用文學新形式進行創作的最初嘗試。《黑夜大軍》的副標題叫做「作為小說的歷史，作為歷史的小說」。梅勒把虛構和歷史混在一起，用第三人稱描寫一次美國群眾反對五角大樓侵越戰爭的遊行示威。小說記敘的是一次真實事件，作者自己成了主人公，詩人洛威爾也是書中人物。梅勒另外幾部小說也都記錄了重大的社會事件。《月球上的火焰》（*Of a Fire on the Moon*）（1971）描寫美國宇航員第一次登月以及這事件在人們心理上造成的影響。1979 年出版的《劊子手之歌》（*The Executioner's Song*）是梅勒非虛構小說的代表作品，作者稱之為「生活實錄小說」，曾獲得美國普利策獎。這部小說是作者根據猶他州殺人兇手加里‧吉爾摩一生的經歷寫成，探討了一個出入監獄 22 次，就刑時年僅 36 歲的罪犯犯罪的心理原因和社會原因。為了寫作這部小說，梅勒進行了一百多次採訪，把法庭記錄、主人公的來往書信以及採訪錄音等進行藝術加工、提煉，寫成一千餘頁的新聞報進體長篇小說。作者認為，社會上某些真實事件在他心目中跟他作為小說家所能想像和虛構的事件同樣富於戲劇性和諷刺意味，因此通過對典型的真人真事的解剖，就可以把美國生活真實地展現在讀者面前。通過對真實事件盡可能詳細地描繪，就能正確說明用虛構形式表現出來的生活本身與小說多麼相似。所以作者認為，《劊子手之歌》雖是赤裸裸地描寫現實的書，但它從內容到形式都稱得上是一部小說。梅勒從新聞報導的角度觀察、搜集和分析發生的社會事

件，同時又打破新聞報導的傳統模式，在不違背真實的原則下，充分發揮小說家豐富的想像力，進行某些虛構，使客觀描寫真人真事的新聞報導具有了文學性，具有了虛構小說的特徵。

綜上所述，我們可以看出，非虛構小說的概念雖然在 60 年代才被明確提出，但這種紀實性的文學類別古已有之，其淵源可以追溯到遠古的歷史，涉及到歷史紀實小說、傳記小說、社會生活紀實小說、報告文學等諸多文學形式。在藝術上，非虛構小說具有小說的形式，幾乎具有小說的一切優點，同時又可以避免小說的某些缺點。它雖然在虛構上不如小說完全自由，但由於它在內容上嚴格尊重客觀事實，具有新聞報導的性質，因此其真實性是任何現實主義小說不能比擬的。

非虛構小說把小說和新聞報導兩種形式融合在一起，取長補短，在文學中獨樹一幟。它同純虛構小說相比，更能把存在於生活中的眾所周知的問題揭示出來，更真實、更客觀地反映社會歷史和社會現實，像新聞報導一樣吸引讀者的注意和關心。正如卡波特認為的那樣，非虛構小說具有「把事實的可靠性、影片的直接性、小說的深刻性和自由性以及詩歌的精密性」揉和在一起的優點。同時，它比新聞報導有更多的文學性，文字優美，描寫細膩，結構完整，人物突出，有事件有情節，內容十分豐富。由於採用了小說採用的一切手法，因而它不僅記錄了人物和事件，而且還能發掘人物內心深處，揭示人物心理，刻劃人物性格，使小說超越真人真事自身的意義，從而獲樣更廣泛更深刻的社會內涵。

非虛構小說是帶有美國歷史、社會和美學特徵的一種新的紀實文學，自 60 年代明確提出以來，迄今已有 20 餘年的歷史，出現了一批寫作非虛構小說的作家和重要作品，在文學界產生了很大影響。許多在文壇上享有

盛譽的作家也嘗試寫作非虛構小說，使這種以描寫真人真事為基本原則的小說樣式得到作家和批評家的重視。非虛構小說出版後大多成為暢銷書和獲獎作品，對讀者的吸引力往往超過純虛構小說，這說明了非虛構小說的社會價值。當然，非虛構小說也有其自身的缺點，但總的來說，它仍不失為一種在文學界有著一定影響和擁有廣泛讀者的文學形式，將會得到進一步發展。

（原文載於《中南民族學院學報》，1989 年第 6 期）

注釋

1　佛斯特：《小說面面觀》，廣州：花城出版社 1983 年 10 月版，第 3 頁。

234　左拉：《戲劇上的自然主義》，《西方文論選》下卷，上海：上海譯文出版社 1979 年版，第 246 頁，第 217 頁，第 248 頁。

5　菲利浦・羅思：《讀自己的作品及其他》，紐約：矮腳雞叢書 1977 年，第 110 頁。

6　約翰・巴思：《枯竭的文學》，《大西洋》1967 年 8 月，第 32-33 頁。

五、天才作家的痛苦
——歐洲作家命運散論

　　在歐洲文學的歷史長河中有許多偉大的作家，他們用文字為自己建造了一座座閃光的紀念碑，鐫刻上自己平凡的名字，從而使他們得以永垂不朽。這些深受人們崇敬的文壇巨匠死後極盡榮光，然而生前的命運卻值得我們思索探討。他們有些是出身窮苦的無名之輩，如狄更斯（Charles Dickens）、勃朗特姐妹（The Brontë Sisters）、哈代（Thomas Hardy）、勞倫斯（D.H. Lawrence），有些是出身豪門貴族的高貴人物，如但丁（Dante Alighieri）、司各特（Sir Walter Scott）、拜倫（George Gordon Byron）、雪萊（Percy Bysshe Shelley）、喬治・桑（George Sand），還有一些是出生在殷實人家的幸運者，如薩克雷（Thackeray）、莫里哀（Molière）、巴爾扎克（Honoré de Balzac）等。他們雖然出生在不同的家庭，生活在不同的時代，但他們的生活道路和人生遭遇似乎有一點是相同的，即他們都遭受過巨大的痛苦。他們都是在逆境中逐漸成長起來的天才作家，他們的命途多舛、世路艱難，但是他們都敢於同命運抗爭，經受著痛苦生活的考驗，在滿布荊棘的道路上開拓出一條通道，經過艱苦的拼搏終於到達成功的頂點。

（一）

　　縱觀古往今來的一切鴻篇巨製、不朽佳作，我們會發現它們都是經過生活磨難的冶煉而成的。因此尼采（Friedrich Wilhelm Nietzsche）在評價希臘藝術時一反傳統，認為希臘的偉大作品不是緣於希臘人內心的和諧，而是緣於他們內心的痛苦和衝突。只有經歷和體驗過人生的痛苦，天才作家才能看清人生的悲劇性質，打開藝術靈感的閘門，產生出藝術創作的衝動，創作出真正偉大的藝術作品。雖然幸福平靜的人生也能產生出一些文學作品，然而在痛苦中孕育的作品更成熟、更深刻、更富有感情、更能打動人心。如：但丁的《神曲》、拜倫的詩篇、莫里哀的戲劇、巴爾扎克的小說等，這些凝聚著作家悲憤苦痛和一生苦難歷程的作品，讀來就真正叫人浮想聯翩、心潮激動。

　　許多文學家都是在貧窮中誕生的。由於貧窮，他們對家庭生活以及貧窮所引起的一切煩惱、悲傷和不幸有著極其深刻的感受。他們一方面承受著貧窮帶給他們的痛苦，另一方面又滋生出改變貧窮環境的渴望。由於他們很早就受到貧窮生活的磨難，因此，他們對生活比那些生活優裕的人有著更深刻的認識，對人生有著更敏銳、更準確的理解。他們要改變自身環境的慾望更強烈，意志更堅定，志向更遠大，更能經受挫折、失敗的打擊。這些作家剛強的性格特徵、奮發向上的精神、一往無前的勇氣、百折不回的毅力都是在艱苦的環境中培養起來的。貧窮沒有損害他們文學家的天賦，相反，他們的天賦在貧窮的生活中得到更大的拓展。他們依靠個人的努力和艱苦的奮鬥，歷經苦難的歷程而最終獲得事業的成功。

　　狄更斯、彭斯（Robert Burns）、勃朗特姐妹就是在痛苦和屈辱的生活
環境中成長起來的偉大作家的代表。狄更斯自幼生活在一個艱苦的家庭
裡。山於家境貧寒，從 11 歲起他就開始洗盤子、刷靴子。12 歲那年，父
親因還不起債被關進監獄，全家也入獄同住。這使他意識到生活的殘酷，
在他幼小的心靈裡留下了一道深深的傷痕。為家境所迫，他當童工，為每
天一先令的工資而終日忙碌，曾受到被放進商店櫥窗當活廣告的侮辱。從
15 歲開始，狄更斯就正式踏入社會，獨立謀生。狄更斯少年時代生活在社
會的底層，但他人窮志不短，沒有因為貧窮而自甘墜落，妄自菲薄，而是
積極進取，發憤努力，自學成才。他對周圍骯髒的環境、人民的窮困、社
會的不公，都有著切身的感受，少年時代痛苦的經歷深深地留在記憶裡，
積蓄起悲憤之情，成為他後來創作的源泉。在自傳體小說《大衛‧考坡
菲》（David Copperfield）裡，他就把自己對貧窮的體味、生活中所受的挫折
和屈辱寫進了這部作品。在他的另外一些小說裡，我們也能看得狄更斯早
年生活對創作的明顯影響。如果說沒有他早年貧窮的家庭環境、當童工的
屈辱、當小職員的辛酸，那麼就沒有偉大的作家狄更斯和他的不朽作品。
農民詩人彭斯出生在一個佃農家庭，家境十分清貧。但他對文學有著天然
的熱情，經過不懈的努力，使他終於從極端貧困的境遇中跨進了文學的大
門，並成長為一個偉大的詩人。他的詩歌都是在艱苦的勞作中創作出來
的。他最後在貧病交加中淒慘地死去。這位早逝的天才有著美麗的生活理
想、傑出的藝術才能和堅強的毅力，一生慘遭不幸，只活了 37 歲，然而
給我們留下的大量的詩歌珍品依然被後人傳頌著。他的詩歌是他自己的生
活和情感的記錄。他的成就是貧困催人奮發的證明。勃朗特姐妹出生在邊
遠的農村，山於家庭貧困，幼年就被父母送進了生活條件極端惡劣、教規

森嚴的慈善學校。她們在那兒經常挨打受罰，精神上受到折磨摧殘，兩個姐姐就是在那兒染上傷寒死去的。因此，她們的記憶總是同疾病和災難連在一起。窮困磨煉了她們的意志，使她們發奮努力，勤學成才，成為英國北部偏僻的約克郡山區裡的三顆明星，至今仍在放射著光彩。

以上，我們所列舉的這幾位出身貧苦而獲成功的作家表明：貧苦和逆境也是成功的動力，不幸的生活能夠造就偉大的作家和詩人，孕育出留芳百世的藝術精品。

另外，還有一些出身於顯貴或富裕家庭的作家視富貴如糞土，甘願投身於生活不幸的人們中，品嚐貧窮的滋味。詩人斯賓塞（Edmund Spenser）出身於富裕的布商，卻慘死在貧病交迫中。他被後人稱之為「詩人中的詩人」，他創造的「斯賓塞詩體」成為後輩詩人學習技巧的典型範例。本‧瓊生（Ben Johnson）曾記敘過當時的慘境：「斯賓塞死於王家街中，無隔夜之糧，但當艾塞克斯伯爵派人送給他二十塊金幣的時候，他拒絕接受，並囑為其轉告伯爵，說他已無福消受了。」其他作家如拜倫、雪萊、普魯斯特（Marcel Proust）、卡夫卡（Franz Kafka）等文學大師，都無不受到過貧苦生活的磨煉，能夠理解貧窮給人帶來的痛苦。從他們的生活經歷也可以看出，貧窮的痛苦並不是貧窮者所獨有的。

歐洲作家無論出身貴賤，大都受到過貧苦生活的考驗。他們的經歷表明，作為描寫生活和人類感情的藝術家，不經過貧苦生活的磨煉，不感受窮困的苦痛，他們的感情就不完滿，體會就失之膚淺。他們從困苦的生活中獲取經驗和生活的真理，獲取創作的熱情和靈感。不經歷貧困的痛苦就不能理解苦難的人生，就難以創作出真正反映現實的作品。窮困和富有，苦難和幸福，痛苦和歡樂，它們都是作家認識生活不可缺少的情感體驗。

事實證明，情感不豐富、體驗不完全的人是難以成為偉大作家的。

（二）

作家在激情的推動下創作，而最偉大的作品則離不開理想和愛情。義大利詩人但丁的著名詩篇大多來自他對貝雅特里奇的愛情，薄伽丘（Giovanni Boccaccio）也在他對瑪麗亞的愛情激勵下寫出了許多作品。英國詩人拜倫和雪萊都是為了愛情而寫作的詩人。作家把自己的理想和感情注入愛情，作家的愛情就是生活中的作品。愛情使人痛苦，也使人幸福。人類最複雜的感情都是通過愛情而得到體現，作家的成長永遠離不開愛情。

在一切作家的生活中，我們都可以看到女性的影響。在一切偉大的作品中，我們都可以看到作家自身愛情的影子。歌德（Johann Wolfgang von Goethe）在少女身上找回了自己已逝的青春和激情。巴爾扎克的偉大力量來源於他所鍾愛的韓斯卡夫人。拜倫、雪萊、喬治・桑、勞倫斯等作家的靈感也莫不來源於他們對愛情的追求。在他們的作品裡，包含有作家美麗的憧憬，熱情的煎熬，無望的呼喚，交織著作家編織的朦朧的幻夢，深沉的悔恨，幸福的滿足，也反映著作家失常的心理，分裂的意識，矛盾的感情。

如果說貧窮給作家帶來痛苦，那麼愛情給作家帶來的痛苦更大，因為痛苦來自人的內心深處。天才作家比別人更渴望愛情，更需要愛情。他們把愛情視為藝術和生命，不斷追求尋覓，並從中產生出激情和靈感，產生出作品。沒有誰追求愛情比他們更狂熱，更堅定，然而命運往往又注定了他們愛情的不幸。他們要麼永遠得不到愛情而陷於痛苦，要麼把到手的愛情輕易地拋棄，然後再重新尋找。但丁和彼特拉克（Francesco Petrarch）就是前

一種人。但丁在 9 歲那年見到了貝雅特里奇，從而開始了他單戀這位女子的痛苦歷史。但丁對貝雅特里奇的戀愛給他帶來極度痛苦，並圍繞這場不幸的愛情創造了許多美妙的詩篇。他的大部分涉及到單戀的詩歌，結局痛苦，情調悲哀，思想深沉。這些由痛苦的感情凝結而成的詩篇，其藝術魅力是其他作品不可比擬的。桂冠詩人彼特拉克的經歷同但丁有些相似。他以豐富的想像力、真摯的感情、清麗的詩句描寫了他對少女蘿拉的愛情。詩人從夜鶯悲涼淒切的啼聲中聯想到自己不幸的愛情，感歎「塵世既沒有歡樂，也沒有永恆」的不幸，抒發自己孤獨、彷徨、鬱悶和痛苦的心情。因此，拜倫在《唐璜》（*Don Juan*）中說：「假如蘿拉做了彼特拉克的妻子，想一想吧，他會終生寫作十四行詩？」夏綠蒂・勃朗特（Charlotte Brontë）也是這種作家的典型。她在布魯塞爾海格先生開辦的學校學習法語和經典文學著作，並愛上了已有妻子的老師海格先生。當時這位純樸的姑娘把自己全部的愛心傾注在海格身上，但是這種愛情是不會有結果的，因而不得不承擔這種無望愛情的巨大痛苦。她一共給海格先生寫了四封感人至深的情書，向他表達自己的愛情，乞求對她施捨一點兒愛情。她的痛苦感情後來被她化作了創作的靈感，一場悲戀變成了她未來創作的素材。在《簡愛》（*Jane Eyre*）和《維萊蒂》（*Villette*）中，她細膩地描寫了她對愛情的強烈渴望和愛情所導致的憂鬱、苦悶和悲傷，從而為她的小說增添了打動人心的力量。

在歐洲作家中，拜倫是個在對完美愛情的痛苦追求中不斷完善自己的人。他出身貴族，10 歲喪父，母親性格乖戾。他很早就開始談戀愛，曾因跛腳而遭受失戀的悲痛。他有過多次愛情史，但是不能獲取美麗的愛情。他給自己製造痛苦，也把痛苦帶給別人。在拜倫的創作道路中，他的命運基本上是由女人掌握的，他的作品也是在他同女人的戀愛中誕生的。作品

中透露出來的憂鬱、孤獨、熱情、期待、失望、悲苦，基本上都是他的自我情感的再現。在他還不諳世事的時代，他深愛的瑪麗‧查沃思嫁給了別人而使他痛苦不堪，並使他的性格得到改變。他對女人失望了，美和愛的理想破滅了，他陷入了孤獨，感到心情憂鬱、百無聊賴。他在《夢》中這樣寫道：「奇特的人生，這兩個生靈的厄運／竟被描繪得如此逼真——／一個將在癲狂中了結一生——／兩個都陷入悲慘的絕境。」他初戀的夢想被粉碎了，拜倫陷入了痛苦，但是卻打開了創作的閘門。後來他又追求過無數女人，沒有得到他渴望的愛情，但是卻為我們留下了輝煌的詩篇。

濟慈（John Keats）是一個短命的天才，同范妮‧布朗有過一場悲戀。他的《無情的貴婦》（*"La Belle Dame sans Merci"*）就是為她寫的，借描寫騎士的不幸訴說自己的悲苦命運。濟慈最著名的兩首詩《夜鶯頌》（*"Ode to a Nightingale"*）和《希臘古甕頌》（*"Ode to a Grecian Urn"*）都是獻給她的。在濟慈其他一些詩篇和十四行詩中，也可以看到范妮的影子。他對范妮的愛情真摯純潔，帶有浪漫的色彩。他在寫給范妮的信中說：「愛情是我的宗教，我可以為愛而死；我可以為你而死。」他給范妮寫了許多封情書，並在他對范妮感情的影響下寫了許多詩篇，傾瀉自己熱戀的痛苦。他那些感人的情書和詩篇是一個愛情無望和感情受到傷害的人的痛苦記錄。他在同范妮的戀愛中沒有得到太多的幸福，唯一的安慰就是通過寫詩來減輕痛苦。然而正是這些心靈的無限憂愁和哀痛，孕育了他那些優美的詩篇。

喬治‧桑嫁給凱西米爾‧杜德望男爵時，曾抱著少女的天真幻想，以為從丈夫那兒得到了自己揭望的愛情，但不久就因丈夫的自私和庸俗感到了失望，陷入極度的痛苦中。為了自由和愛情，她離開丈夫來到巴黎，在同於勒‧桑多的交往中使受傷的心得到慰藉。她同桑多的戀愛，使自己成

為一個著名的女作家，但很快又發現桑多不是自己理想中的愛人，重新在矛盾和痛苦中開始新的追求。為了真正的愛情，喬治・桑讓不同的男性像走馬燈似的在她的生活中出沒，在桑多之後又同詩人謬塞、音樂家蕭邦有過浪漫的愛情。他們都是感受敏銳、感情豐富的藝術家，他們之間的悲歡離合都對各自的創作產生了影響，並都在愛情的激勵下產生了一些重要作品。

愛情為藝術家創造出半真半幻的心境，誘發出巨大的創作潛能。藝術家對愛情的追求也是對藝術的追求。對藝術家來說，女人在他們眼中往往失去了女人的特質，被賦予了理想的色彩，從世俗的人變成了藝術的典型。藝術家欣賞女人往往採用藝術的眼光，把女人作為藝術品來欣賞，始終帶著一種崇高神聖的感情。他們永遠追求，永不滿足，永遠痛苦，因此藝術靈感就永不枯竭。所以巴爾扎克說：「我只有兩種熱情：榮譽和愛情，都得不到滿足，也永遠不會滿足。」正是他們對愛情的不滿足，才產生理想和追求、渴望和痛苦，才產生偉大的詩人，傳世的作品。

（三）

如果說愛情自身誘發出作家的創作激情，繼而產生出偉大的作品，那麼，政治抱負的波折則從社會和政治環境方面說明了作家的不幸命運。對於大多數作家來說，他們都是天才的叛逆，敢於向社會挑戰。他們能從當時人們所認同的社會秩序、所接受的宗教信仰、所遵從的倫理道德方面發現其中的弊端和醜惡，對時代和民族的命運倍加關注。他們以藝術家所特有的敏感，不願因循守舊，而要力圖打破傳統的束縛，實現自己的意志。

他們的思想和創作超越了他們的時代，政治觀點和主張得不到目光短淺的人的理解，因而他們就必然要被視為離經叛道的人，被當成了危害社會的魔鬼，從而遭受不幸的命運。

雪萊就是這種離經叛道的作家的典型。早在大學時代，他就從哲學家威廉‧葛德漢（William Godwin）的《政治正義》中獲得新的思想，嚮往著一個美好的未來。在牛津大學學習期間，他在外貌、習慣和思想上都是一個無政府主義者，形成了無神論思想，寫出了《論無神論的必要性》（The Necessity of Atheism）的論文，造成被學校開除、繼承權被剝奪的嚴重後果。為了維護自己的正確思想和信仰自由，雪萊付出了沉重的代價，在經濟上遭到父親斷絕供給的懲罰。儘管如此，雪萊沒有放棄自己的政治主張。在愛爾蘭，他投身於當地人民的解放鬥爭，寫作了《告愛爾蘭人民書》。愛爾蘭人不理解他的政治主張，他只好開始了連續十年的歐洲漂泊生涯。他渴望「消滅一切陽光下的壓迫」，「推翻暴君」，揭露一切。他想把整個人類從暴虐中解放出來，建立一個沒有侵略、沒有仇恨、沒有罪惡、沒有專制、沒有饑餓和爭鬥的世界。他正是在這種政治理想的推動下，寫出了《解放了的普羅米修士》（Prometheus Unbound）、《伊斯蘭的起義》（"The Revolt of Islam"）、《西風頌》（"Ode to the West Wind"）等著名詩篇。雪萊由於他的叛逆性格、激進思想，他在生活中遭受到種種迫害，只好沉醉在自己的幻想世界裡，從而忘卻自己的痛苦，在藝術中擺脫自己的厄運。

拜倫是另一個社會的叛逆典型。他有著激奮的情緒，暴烈的性格，強烈的渴望。他熱愛自由，支持正義，渴望用放蕩的行為和光輝的思想震驚社會，結果被社會視為惡魔，被社會敵視，遭社會拋棄。我們從拜倫式英雄身上可以看到他自身的情緒：思想矛盾、心情憂鬱、極度痛苦、無比絕

望。在《唐璜》和《恰爾德‧哈羅爾德遊記》（*Childe Harold's Pilgrimage*）中，主人公的痛苦就是拜倫的痛苦。自從被放逐以來，他生活的哲學已經發生了很大變化，《曼弗里德》（*Manfred*）就是他最後爆發的反抗，是從他內心迸發出來的最後吶喊。在拜倫的後期作品裡，那種革命的激情和痛苦的沉思就來自環境對他的壓抑和社會對他的迫害。他的命運是不幸的，但不幸的命運卻孕育了偉大的作品。

　　但丁也是一個在現實鬥爭中成長起來的詩人。他的政治理想失敗之後，財產被沒收，遭到黑黨放逐，終生未能再回佛羅倫斯。他從一個深得民心的政治家淪為四處泊漂的浪人，從一個富有的貴族變成了一個寄人籬下的食客，其憂憤痛苦的心情是可以想像的。然而但丁並未因此自甘沉淪，他憤而作《神曲》，把自己的政治理想、愛憎感情寫進作品。在《地獄篇》裡，但丁細膩地描寫了各種罪人受到懲罰的情景。貪官污吏、宗教騙子、黨魁權貴，都在但丁筆下遭到嚴懲，再現了當時社會的真實面貌。由此看出，但丁對黑暗的現實社會多麼憤恨。地獄就是現實社會，罪人就是現實中的人。但丁借助象徵的藝術手法，把他在政治鬥爭中的深刻體驗、悲憤的感情寫進作品。因此，《神曲》的偉大藝術魅力不僅來自但丁高超的藝術技巧，而且也來自他對現實社會的真實感情。

　　喬治‧桑被稱為法國「浪漫主義的母獅」，早在 19 世紀切年代初期，她就受到社會主義思想和政治主張的影響。她的格言是：「不是戰鬥，就是死亡，不是血戰，就是毀滅。」1848 年巴黎爆發了二月革命，儘管那時婦女不能參政，但她仍以各種方式投身其中，為共和國撰寫了許多文稿，被稱為共和國的繆斯。在革命陷入低潮期間，她又成了救苦救難的聖母，想方設法拯救遭到政治迫害的同志。在喬治‧桑的許多小說裡，我們都能

看見她的政治意識以及她在政治生活中形成的進步觀點。

　　一切文學既是社會的反映，也是作家自我感受和內在情感的記錄，社會的變動，政治的動盪，情感的波折，人生的痛苦，最適宜於文學的生長。在經歷了大災難和大憂患之後，作家才能成熟起來。他們從生活中汲取營養，在社會動盪和生活波折的刺激下產生創作的靈感和慾望，繼而形成藝術作品。凡是瞭解、熟悉和懂得生活的人，才能接近和認識真理，創作出偉大的作品。作家的社會經驗越豐富、痛苦越深沉、追求越執著，他們的見解就越深刻，精神視野就越廣。只有飽受人生痛苦的天才，才能用睿智的筆寫出複雜的人生，展示生活中的真理。歐洲眾多的天才作家，無論詩人、戲劇家、還是小說家，無不是時代的產兒。他們生活在一個痛苦的時代，時代的命運也就成了作家自身的命運。他們有的經歷過貧苦生活的磨煉，有的經受過痛苦情感的考驗，有的遭受到政治鬥爭的打擊。他們熟悉一切現象、一切感情，在他們的內心生活中，各種不同的複雜感情交織在一起，彙集成一股巨大的創作泉流，撞擊出靈感的火花。在他們的作品裡，既有歡樂、成功、憧憬、幸福，也有憂鬱、失望、悲傷、痛苦，而這些往往又同作家的個人生活聯繫在一起。

　　作家天性敏感，因而能感受到憂鬱和痛苦中的偉大和崇高，感受到其中的美。因此，痛苦的人生道路對於作家就像是一條充滿恐怖和快感的險路，引誘著作家去進行美的歷險，而作品就是他們人生歷險的結晶。歐洲作家的命運是痛苦的，探索是艱難的，成功是偉大的。他們是在痛苦中孕育而成的天才，他們的命運是不幸的，然而成功使他們永垂不朽。

（原文載於《中南民族學院學報（哲學社會科學版）》1993 年第 5 期）

六、學術期刊與世界文學的研究與交流

（一）中國期刊的歷史回顧

　　期刊又稱「雜誌」或者「刊物」，指有別於圖書和其他讀物的出版物。期刊在中文裡是一個綜合性名詞，大體與英文「periodical」、「magazine」、「journal」三個詞相對應。英語裡 periodical 涵義較廣，通常包括報紙（newspaper）與雜誌，而在中文表述裡，報紙不包括在期刊之內。

　　從形式上看，期刊是一種有固定名稱、每期版式基本相同、定時出版發行的連續出版物。期刊出版時需要標明卷、期或年、月的順序編號。每一份期刊都有一個自己的專門刊號，即國際標準期刊代碼，簡稱為 ISSN（International Standard Serial Number），它是一種類似於國際標準書號的期刊出版物代碼。由於期刊出版物名稱和內容的不定性，所以相對國際標準書號來說，國際標準連續出版物號只是一串單一的數位集，不像國際標準書號那樣包含了出版社和出版地等一系列資訊。為了保證期刊出版的合法性和嚴肅性，國際標準期刊代碼由各國國際標準期刊代碼中心統一發放管理。國際標準期刊代碼在中國的管理機構是國家新聞出版總署。為了便於期刊的管理，在中國出版發行的期刊必須申請中國刊號。期刊根據自己出刊週期的不同，又分為週刊、雙週刊、半月刊、旬刊、月刊、雙月刊、季刊、半年刊、年刊等不同類型。

從內容上看，期刊可以分為消費者雜誌（Consumer Magazine）、行業性雜誌（Business-to-Business Magazine）、組織機構雜誌（Organization Magazine）等幾個大類，但是大多數期刊的內容一般都與某一學科、某一主題、某一具體研究對象有關。大多數期刊都有自己的辦刊宗旨和方針，發表的文章來自多位作者，並且有自己的編排格式以及篇幅等方面的要求。

期刊的歷史源遠流長。最早的期刊是 1665 年 1 月法國人薩羅（Denys de Sallo）在阿姆斯特丹出版的《學者雜誌》（Le Journal des Savants）。從 17 世紀 60 年代開始，期刊開始在西方迅速發展起來。但是，期刊在中國的出現卻要晚得多。

期刊在中國的發展是借西學東漸之風發展起來的。也可以說，西學東漸之風不僅把近代西方學術思想傳入中國，也把期刊的形式傳入中國。中國的早期期刊主要是西方傳教士創辦的，而且主要是教會期刊。最早的中文期刊是英國耶穌會教士馬禮遜（Robert Morrison）和米憐（William Milne）於 1815 年在麻六甲共同創立的《察世俗每月統記傳》（Chinese Monthly Magazine）。在中國本土最早出版的期刊大概是荷蘭教士郭士立（Gtzlaff, Karl Friedrich August）於 1833 年在廣州創辦的《東西洋考每月統記傳》（The Eastern Western Monthly Magazine），介紹西方文化、新聞、文學等。此後數十年間，西方傳教士創辦了不少期刊，但大多延續時間不長，發行量和影響力也都較小。

1853 年，理雅各（James Legge）和麥華陀（Sir Walter Henry Medhurst）在香港創辦《遐爾貫珍》（Chinese Serial）；1854 年，美國傳教士瑪高溫（Daniel Jerome MacGowan）在寧波創辦《中外新報》（Chinese and Foreign Gazette）；1857 年，英國傳教士麥都思（Walter Henry Medhurst）通過 1843

年在上海成立的墨海書館出版中文期刊《六合叢談》（*Shanghai Serial*）；1862 年，英國耶穌會士在上海創辦《中西雜述》；1868 年美國教士林樂知（Young John Allen）創辦《中國教會新報》，後於 1874 改名《萬國公報》（*Wan Kwoh Kung Pao*），廣泛介紹西方各種知識，其延續時間長，發行量大，是晚清傳播西學重要的媒介。1872 年，京都施醫院在北京創辦《中國聞見錄》。此外，1876 年由英國人傅蘭雅（原名 John Fryer）在上海創辦的《格致彙編》（*Chinese Scientific Magazine*），是中國的第一部科學期刊，對西方科學知識的傳入具有重大影響力。1895 年甲午戰爭以後，中國一批進步人士開始自己創辦期刊，以宣傳西方的政治思想，其影響超過早期的教會期刊，如康有為 1895 年創辦的《萬國公報》（與林樂知所創期刊同名）、1896 年創辦的《強學報》、同年梁啟超創辦的《時務報》等。

從文學的角度看，荷蘭教士郭士立 1833 年在中國廣州創辦的期刊《東西洋考每月統記傳》，已經有了介紹文學的內容。但是，中國最早的文學期刊當屬晚清四大小說雜誌：《新小說》、《繡像小說》、《月月小說》、《小說林》。《新小說》於 1902 年在日本橫濱創刊，次年在上海刊行，梁啟超主編。該刊雖然於 1906 年元月停刊，但是它連載過吳趼人的小說《二十年目睹之怪現狀》和《痛史》，促進了晚清小說的繁榮。半月刊《繡像小說》於 1903 年 5 月創刊於上海，1906 年 4 月停辦，主編為李伯元，共出 72 期，刊載過劉鶚的《老殘遊記》和李伯元的《文明小史》等重要小說，宣傳了資產階級改良主義思想。月刊《月月小說》於 1906 年 9 月創刊於上海，是一份以刊登短篇小說為主的雜誌，開創了鴛鴦蝴蝶派的先河。《小說林》於 1907 年 2 月創刊，它以刊載翻譯小說和小說評論為主，可以說是一份緊跟時代並著眼於中外文學交流的期刊。辛亥革命成功後，陳獨秀 1915 年在

上海創辦《新青年》，用以推動新文化運動，宣傳宣導科學、民主和新文學。以《新青年》為代表的新期刊，對於民國時期西方思想的傳入產生了重大影響。

期刊是人類文明進步的產物。在人類社會發展的過程中，政治和經濟變革的進程，思想和文化的進步，都不同程度地受到文學期刊的促進與推動。文學期刊以其特殊的形式，為人類文明的進步發揮了特殊的作用。英國從事期刊編輯工作的著名編輯家威廉・迪克斯說：「從 17 世紀開始，定期期刊是報導新發明和傳播新理論的重要工具。我甚至說，假若沒有定期期刊，現代科學將會以另一種途徑和緩慢得多的速度向前發展」[1]。就藝術和人文學科而言，更是如此。

與學術專著相比較，學術期刊的意義是不言而喻的。社會的發展需要對一系列問題進行研究，尋求解決的辦法和途徑。在現代社會裡，學術研究是服務於全人類社會的，因此研究產生的論文就需要發表，發表就需要期刊，但是我們不能僅僅把期刊理解為是因為學術研究而存在的。學術期刊需要服務於學術研究，它的基本功用就是發表論文，而發表論文的本質卻是為了學術研究成果的相互交流和推動學術研究向前發展。在現代社會裡，通過學術期刊使學術研究得到交流，促進學術研究發展和社會進步，已經成為現代社會科學研究的基本特徵。

對於現代的學術研究而言，絕大多數學術論文都是通過期刊發表的。期刊發表學術論文同學術專著的出版相比較而言，有其突出的優勢。學術著作的出版不僅需要更高的成本，而且需要更多的時間。對於大多數讀者而言，購買圖書的花費要比購買期刊的花費大得多。由於期刊的出版週期比圖書的出版週期短得多，因此它不僅能夠及時為讀者提供新的資訊，而

且隨著新的一期出版而使資訊得到及時更新。從當代學術研究論文的引用書目中可以看出，大量的文獻資料來自期刊。據統計，2005-2006 年，中國被 CSSCI 確定為來源期刊的雜誌兩年間共發表論文 9464 篇，引用文獻 92334 篇次。[2] 從趙憲章教授提供的資料可以看出，在引用文獻方面，中文文獻占所有引用文獻的 85%。整個外文文獻共 3285 篇次，占全部引用文獻的 0.036%，其中譯文占引用文獻的比例較大，達到 0.10%。期刊的引用文獻在整個學術期刊與世界文學的研究與交流引文總量中達到 20%。由此可見，學術期刊在學術研究中具有不可替代的作用。

（二）文學期刊與學術交流

在文學研究中，期刊是發表和交流研究成果的重要平臺或載體，其影響力直接關係到學術成果的傳播與影響。對於大多數研究成果而言，一份有影響的學術期刊無疑會擴大其所發表的學術論文的影響，使論文的學術價值得到充分體現。一份學術期刊的影響力會對學術研究論文的交流、傳播與社會評價發生重要作用。

文學期刊可分為兩類：一類是以發表作品包括翻譯作品為主的期刊，一類是專門發表研究文學作品的學術論文的期刊。這兩種期刊之間有著密切聯繫，但又有著區別。但無論如何，發表作品的文學期刊仍然是學術期刊的基礎，因為學術期刊研究的主要對象就是作品。這裡所說的文學期刊，主要指發表研究論文的學術期刊，同時也涉及發表作品的文學期刊。本文正是要通過對文學期刊的討論來說明期刊對於世界文學的研究與交流的意義。

　　一般來說，世界文學的交流、研究以及刊載研究成果的學術期刊三者之間構成相互依存關係。世界文學的交流指的是一國文學在國際間的流傳與接受，因此從學術的角度說，就是揭示這種文學在國際間如何流傳與接受，闡釋這種流傳與接受的價值與意義，這可以看作比較文學研究的範疇。而對某一具體文學何以能夠在國際間流傳或被接受的價值研究，即對文學自身的價值評價，則屬於一般的學術研究。但是，這種一般的學術研究是比較文學研究的基礎，沒有這種基礎，比較文學的研究則不能存在。但無論是一般性學術研究還是比較文學的研究，其成果大都要通過期刊發表和交流。即使在高度發達的現代資訊社會裡，期刊仍然是其他資訊媒體無法取代的。雖然現在電子期刊發展迅速，但它仍然是期刊的電子化，並沒有從根本上拋棄期刊的形式。因此，目前期刊是承載世界文學交流最基本的媒介，無論是學術論文的發表還是從事學術研究對文獻的需要，大多數來自學術期刊。可以說，世界文學的傳播、研究與接受，期刊功不可沒。

　　但是也要看到，學術期刊只是一個載體，它的價值在於承載和傳播，因此學術期刊存在的價值是以文學作品和學術研究為前提的。世界文學的價值首先就體現在被人閱讀，能夠被人閱讀的前提往往又在於學術研究對其閱讀價值的發現，只有當讀者認識到文學作品的價值的時候才會閱讀作品。對文學進行研究的目的就是為了認識文學的價值以促進交流，學術期刊就擔負著傳播任務。我們將一部外國文字的文學作品翻譯成中文，其目的就是為了使這部作品能夠在中國傳播與接受，而有關這部作品的研究如學術論文、書評、出版序言等，其目的是為了讓讀者能夠對這部作品的價值有所瞭解，引導讀者去閱讀。因此，文學在國際間的傳播與接受，對文學的研究與交流都離不開學術研究。

文學史證明，文學遺產都應該為全人類所共有，它的基礎就是文學的普世價值。例如，希臘的史詩、悲劇，莎士比亞的戲劇，這些文學經典之所以能夠被全世界的讀者所喜愛並且經久不衰，就在於這些作品的普世價值。但是，具有普世價值的文學作品首先是區域性或國別性的作品，其普世價值隨著傳播與接受的擴大而擴大。然而，文學作品的流傳與接受必然以對這部作品的學術認識、理解與評價為前提。一部作品能夠被人閱讀，這是被讀者選擇的結果，這種選擇以對這部作品的價值判斷為前提，而價值判斷在一定程度上屬於學術研究。例如，莎士比亞的戲劇能夠在中國廣為傳播，擁有廣大的讀者，這首先得益於朱生豪先生的翻譯。在朱生豪翻譯的莎士比亞的全集出版之前，中國已經有莎士比亞的作品被翻譯成中文出版，但莎士比亞的全集的翻譯出版，則功在朱生豪。而朱生豪翻譯莎士比亞的全集，又在於他對莎士比亞戲劇的學術判斷，即學術研究。朱生豪曾經寫道：

> 於世界文學中，足以籠罩一世，凌越千古，卓然為詞壇之宗匠，詩人之冠冕者，其唯希臘之荷馬、義大利之但丁、英之莎士比亞、德之歌德乎，此四子者，各於其不同之時代及環境中，發為不朽之歌聲。然荷馬史詩中之英雄，既與吾人之現實生活相去太遠；但丁之天堂地獄，又與近代思想諸多抵牾；歌德距吾人較近，實為近代精神之卓越的代表。但以超脫時空限制一點而論，則莎士比亞之成就，實遠在三子之上。蓋莎翁筆下之人物，雖多為古代之貴族階級，然其所發掘者，實為古今中外貴賤貧富人人所同具之人性。故雖經三百餘年以後，不僅其書為全世界文學之士所耽讀，其劇本且

在各國舞臺與銀幕上歷久搬演而不衰。孟由其作品中具有永久性與
普遍性，故能深入人心如此耳。[3]

　　朱生豪翻譯莎士比亞，前提是他對莎士比亞的戲劇進行的學術研究與
價值判斷，即莎士比亞的作品「具有永久性與普遍性」的價值。因此可以
說，文學作品在國際間的傳播與接受，正是學術研究產生的結果。從這個
角度看，學術研究的目的就是為了促使有價值的文學作品流傳和接受，使
它們成為經典，或者讓缺乏思想和藝術價值的作品逐漸退出流傳，變為歷
史的陳跡。

　　因此，學術研究是文學傳播和接受的前提，而學術研究的成果需要進
行交流，並通過交流以相互借鑒、去偽存真，從而超越個人的偏見，達到
共識。在學術期刊出現之前，學術研究成果主要通過出版書籍進行傳播，
而自有學術期刊以來，學術研究的成果往往是通過期刊進行交流。因此，
文學期刊不僅是文學的主要陣地，它更是文學傳播、交流與接受的媒介。
20 世紀以來，由於期刊具有的特殊優點，大量的文學資訊都是讀者通過閱
讀期刊獲取的，期刊發表的學術研究論文往往也在最大程度上影響著讀者
的價值判斷，古今中外，概莫能外。例如，在中國，讀者通過早期的期刊
及時地發現了魯迅、胡適、郭沫若等作家的價值。改革開放以來，讀者又
通過期刊發現了余華、蘇童、莫言、王朔等作家的價值。對於外國作家也
是如此。自有文學期刊以來，作家創作的文學作品一般也是首先通過期刊
為人所知，並通過期刊被人閱讀。例如 19 世紀的英國小說家哈代，他創
作的小說幾乎都是首先在期刊上分期連載，然後再編輯成書出版。社會發
展到今天，文學的傳播與接受，學術研究的交流與借鑒，無論是作家、讀

者還是學者，越來越離不開期刊了。尤其是現在的文學期刊能夠借助互聯網的高科技優勢，這就更加鞏固了文學期刊在文學研究和交流過程中的地位。文學期刊交流學術成果，進行文學評價，遴選文學精品，引領文學潮流等方面的作用，是任何其他媒介不可替代的。

（三）中國文學期刊的國際化

　　人類社會發展到 20 世紀，世界文學越來越成為可能，而文學期刊則是文學變為世界文學的助推器。例如，當有可能成為世界文學的作家或作品在西方出現的時候，就會借助期刊很快傳到東方，傳到中國，傳遍世界。當有可能成為世界文學的中國文學被發現的時候也同樣如此，會借助期刊很快傳到西方，傳遍世界。這就是說，偉大的文學首先是通過期刊，也包括其他媒介尤其是電子媒介，在世界範圍內接受和傳播的。這種接受和傳播與學術研究結合在一起，期刊是最基本、最重要的接受和傳播方式。

　　但是我們也看到另一種文學現實，這就是更多的西方文學往往借助期刊即時地傳到中國，甚至可以說在逐步地演化為中國文學的一部分。與此相比，中國偉大的文學沒有借助期刊即時地傳到西方。這除了與當代中國文學創作現狀有關以外，更重要的是與我們能夠把偉大的文學介紹給世界的期刊數量不多有關。在中國，讀者通過大學圖書館和電子資源，一般都能及時閱讀到西方的學術期刊，即時地瞭解西方的學術資訊。這有助於幫助中國讀者對西方偉大的文學做出價值判斷。然而在西方，讀者獲得有關中國文學以及中國學術資訊的管道是很少的。作為最重要管道的中國期刊，大多數西方讀者都很難在圖書館中找到，加上語言上障礙，即使這些

讀者能夠得到中國的學術期刊，也會因為不懂中文而無法閱讀。因此，中國期刊國際化的落後造成了世界文學研究和交流的不平衡，即中國文學及其研究還未能很好地進入世界文學的研究和交流通道，還沒有形成穩定的交流平臺，還沒有同世界文學融為一體，而西方文學卻已經建立了支撐這種研究和交流的平臺，能順暢地進入世界文學的研究和交流通道，能順暢地進入中國。

就中國的文學研究而論，從新文學運動開始，學術期刊已經在世界文學的研究與交流方面發揮重要作用，其基本特點是外國文學的輸入。以1928年至1934年期間的中國期刊為例，中國左翼文學的生成與發展，最重要的外部因素就是這一時期的期刊對俄蘇文學和文論的翻譯和介紹。根據資料統計，在此期間中國創辦各類文學類期刊共計71種。這些期刊的存在時間雖然有長有短，但是它們在翻譯介紹俄蘇文學方面發揮了重要作用。自1928年1月至1934年7月，中國的期刊共發表俄蘇作家的小說、詩歌、散文243篇，文論等方面的文章231篇，與文學背景有關的文章如文壇動態與政論等文章192篇，共計666篇。[4] 在這一時期，左翼期刊及同人期刊大量譯介蘇聯文學作品、無產階級文論和蘇聯文壇消息，翻譯介紹以及研究普列漢諾夫、盧那察爾斯基、弗里契、高爾基、托爾斯泰、萊蒙托夫等文藝理論家和作家及其作品。俄蘇文學廣泛影響了中國的作家與創作，尤其是蘇聯無產階級文論被大量介紹到中國，擴大了無產階級文學和馬列主義文藝思想在中國的影響，促成了中國左翼作家聯盟的誕生。在俄蘇的文學、文論與思想的影響下，中國不僅產生了魯迅、周揚、瞿秋白、胡風、馮雪峰等左翼主流文藝理論家，而且還湧現出一大批進步作家與作品，如魯迅的《故事新編》、茅盾的《子夜》、《林家鋪子》、《春蠶》、蔣光

慈的《咆哮了的土地》、丁玲、張天翼、葉紫等人的小說，田漢、洪深、夏衍等人的劇作等，還產生了沙汀、艾蕪、葉紫、周文、蔣牧良、艾青、蒲風、聶紺弩、徐懋庸等一批文學新人。這一時期中國新文學取得的成就，顯然是世界文學交流的結果，而交流的主要媒介與管道則是文學期刊。

　　自新中國成立至今，中國十分重視世界文學的研究與交流，不僅創辦了一些專門發表外國作品的期刊如《譯文》、《世界文學》、《外國文藝》、《譯林》等，還創辦了一些研究外國文學的學術期刊如《外國文學評論》、《外國文學研究》、《外國文學》、《國外文學》、《當代外國文學》等。除此而外，中國大多數文學期刊和學術期刊，也都發表外國文學作品和研究外國文學的學術論文。因此，中國的文學期刊一直在中外文學交流和世界文學研究方面發揮著重要作用。

　　但是，中國文學期刊也存在需要我們認真思考的問題，這就是中國期刊如何國際化。不容置疑，中國的文學期刊在介紹、翻譯和研究外國文學方面做出了重要貢獻，但是目前還無法做到有關外國文學的資訊及時更新，在介紹和研究外國文學方面，除了少量作家和作品（如諾貝爾文學獎及其他重要獎項得主）外，無法做到國際間的同步，在學術研究方面無法真正實現對等交流。

　　就外國文學領域而言，文學期刊的基本功能就是及時地把有關外國文學以及學術研究的資訊提供給中國的讀者，讓中國瞭解國外文學的發展動態、研究現狀，從而對外國文學做出價值判斷，為進一步選擇提供條件。在這方面，外國文學研究所主辦的《外國文學動態》做了很好的工作，另外一些刊載外國文學作品的期刊如《世界文學》、《譯林》等也做出了貢獻，但是對於中國大量文學期刊而言仍然是不夠的。中國讀者應該瞭解的

具有代表性的外國作家，尤其是 20 世紀 50 年代以來的重要作家還不為我們所知，或缺少介紹和研究。例如，我曾請斯坦福大學文學院教授、美國現代語言學術前主席 Marjorie Perloff 推薦 5 位 50 年代以來的最重要的詩人和 5 位最重要的詩評家。[5] 她的推薦是：瑞・阿曼特勞特（Rae Armantrout, 1947-）、彼特・吉滋（Peter Gizzi, 1959-）、蘇珊・豪（Susan Howe, 1937-）、克利斯蒂安・伯克（Christian Bök, 1966-）、查理斯・伯恩斯坦（Charles Bernstein, 1950-）等五位詩人，蘇珊・斯圖爾特（Susan Stewart, 1952-）、傑漢・拉馬扎尼（Jahan RamazanI, 1960-）、克雷格・德沃金（Craig Dworkin）、海倫・範德勒（Helen Vendler, 1933-）、邁克・大衛森（Michael Davidson, 1944-）等 5 位詩評家。正如 Marjorie Perloff 所說，西方最重要的詩人和詩論家遠遠不止這些，但是他們無疑是最重要的代表人物，是值得介紹和研究的人物。然而在他們之中，為我們所熟悉的人並不多。這表明，在介紹和研究外國文學方面中國的文學期刊還有大量的工作要做。

中國的學術期刊在國際學術領域中不能實現對等的學術交流，這一狀況非常突出。就學術研究的理想而言，無論中國的文學研究還是外國的文學研究，無論西方的文學研究還是東方的文學研究，都需要在世界文學的平臺上相互交流，相互借鑒，相互推動。這個平臺首先是由文學期刊而不是學術專著構成的。中國期刊要實現這一目標，就需要融入世界學術並成為其中的一部分。但是在研究世界文學的學術成果以及學術資訊的相互交流方面，中國的文學期刊要構成國際學術界的有機組成部分，還有大量的工作要做。例如，在以期刊為核心進行資訊交流的世界性學術平臺和資源庫方面，就缺少了中國學術期刊的參與。資訊技術的高度發達促進了世界文學的交流，尤其是世界性的資源庫的建立，為各國的文學與學術研究

相互接近、交流與融合提供了可能。科技的發展已經為真正的世界文學的到來奠定了基礎，但是，中國的文學期刊似乎還沒有做好準備。正如有學者指出中國中西文論的研究「最缺乏的就是超越意識」[6]一樣，中國的學術期刊同樣缺乏超越意識。中國學術期刊在同國際接軌方面存在相當大的差距，這可以從美國科學情報研究所編制的「藝術與人文科學引文索引」（A&HCI）收錄的期刊目錄中明顯看出來。A&HCI 是世界上目前最重要的學術資源庫，它始終堅持收錄「全世界最具影響力的藝術與人文科學學術期刊」，在世界範圍內為作家和學者提供詳細的最重要的資訊索引，在國際學術界得到了高度認同。在文學領域，它收錄了 387 份期刊並提供它們發表論文的標題、提要、作者及地區等有關資訊。文學期刊發表的論文一旦被 A&HCI 收錄，它們就會成為世界學術整體中的一部分，就能方便地在世界範圍內被讀者或同行專家檢索和查閱，從而實現交流和相互借鑒。然而到目前為止，中國的文學期刊僅有《外國文學研究》雜誌被收錄其中。也就是說，在目前最重要的世界性資源庫中，還只能檢索到《外國文學研究》雜誌發表的學術論文。另外在美國現代語言學會編制的 MLA International Bibliography 和英國的 ABELL（Annual Bibliography of English Language & Literature）中，收錄的中國文學期刊數量也很少。中國有很多優秀的文學期刊，我們期待著更多期刊能成為世界性公共資訊資源中的一部分。

目前，全世界究竟出版有多少與文學有關的學術期刊，我們不得而知。但是目前世界範圍內被廣泛查閱和引用的與文學有關的學術期刊仍然是有限的。根據美國 ISI 資訊研究所 A&HCI 收錄的目錄，經過同行專家評議而得到該研究所確認的具有世界影響的期刊共有 387 份，如果加上藝術、古典學、歷史、哲學等領域中與文學有關的期刊，被 A&HCI 收錄的期刊僅有

400 份左右。這在全世界的文學期刊中依然只是相當小的一個數量。然而在這數量不多的國際學術期刊中,大陸被收錄的中文核心期刊僅有《外國文學研究》一份期刊,僅占被 A&HCI 收錄的全部期刊的 400 分之一。這表明,中國期刊要成為一份得到國際認同的學術期刊,仍然還有較長的路要走。

在中國大陸,有功能與 SSCI 和 A&HCI 類似的中文社會科學引文索引(CSSCI),在臺灣地區也有類似的臺灣社會科學引文索引(TSSCI)。然而,這兩者雖然在對重要學術期刊的遴選與論文索引方面發揮了重要作用,但是同 ISI 的三大科學引文索引相比,仍然存在需要改進的缺陷,這就是它們沒有將社會科學同藝術與人文學科區別開來。由於藝術與人文科學同社會科學與自然科學有著明顯的學科特點,ISI 根據西方的學科分類將引文索引分為科學索引、社會科學引文索引以及藝術與人文科學引文索引三大類型,並採用不同的評價標準和遴選標準,其最大的不同就是:前兩種期刊主要採用了影響因子的評價體系,而後者則採用同行專家評議。正是 ISI 根據不同的學科特點將全部索引分為三大科學引文索引,它才得到普遍的國際承認,具有權威性和強大的影響力。與之相比,無論是中文社會科學引文索引(CSSCI),還是臺灣社會科學引文索引(TSSCI),由於沒有把藝術與人文學科同社會科學區別開來,一律都採用影響因子的評價體系遴選社會科學和藝術人文這兩個不同學科的期刊,顯然存在缺陷。這種缺陷的根源是由於中國在學科分類方面同西方不同造成的。我相信,中國這兩個索引在不久的將來會得到改進。

在文學領域,學術期刊的目標就是要促進世界文學的研究和交流。就中國的文學期刊而言,我提出以下建議:1、期刊專業化。總體而言,中國文學領域的期刊目前的狀況是綜合性期刊較多,專業化期刊較少。因此,

我們應該在辦好綜合性期刊的同時，加強更加專業化期刊的建設，從專業的角度把文學研究推向深入。2、期刊優秀化。中國現有文學類期刊超過800份，學術期刊也有數十份，但作為優秀期刊而被 CSSCI 收錄的外國文學類期刊只有 10 份，中國文學期刊也只有 20 份。對於中國這個文學大國而言，優秀的學術期刊數量實在是太少了，與中國從事文學研究的龐大學術隊伍相比很不相稱。中國不缺少期刊，但缺少優秀期刊，在一定程度上表明學術研究落後。因此，我們需要通過優秀學術期刊建設中國學術發展和繁榮的基礎。3、期刊國際化。中國從改革開放到現在已經過去了 30 年，在科學、技術、經濟、政治、文化等各個領域，國際化取得了顯著成就。然而在文學領域，作為學術研究國際化基礎的期刊，國際化程度顯然是不協調的。但是，我相信通過中外學者的共同努力，中國優秀的學術期刊會越來越多，國際程度會越來越高。隨著中國學術期刊的發展，必然進一步促進世界文學的研究和交流，為人類共同的文明進步做出貢獻。

（原文載於《外國文學研究》2009 年第 5 期）

注釋

1　周汝忠、楊小玲：《期刊在西方科學技術發展中的作用》，《編輯學刊》1988 年第 4 期。

2　趙憲章：《2005-2006 年中國文學影響力報告》，《文藝爭鳴》2008 年第 8 期。

3　朱生豪：《莎士比亞戲劇經典：哈姆萊特》，北京：中國國際廣播出版社，2001 年。

4　孫霞，陳國恩：《1928 年至 1934 年文學論爭與俄蘇文學文論傳播中的期刊》，《湘潭大學學報》2008 年第三期。

5　聶珍釗：《關於建設 20 世紀西方文學史教材的研究》，《浙江大學學報》2009 年第 4 期。

6　高玉：《論中西比較詩學的「超越」意識》《浙江大學學報》2005 年第 4 期。

七、關於建設 20 世紀西方文學史教材的研究

　　早在 1930 年，在清華大學西語系任教的美國人 R·D·詹姆森（Jameson, Raymond De Loy）就出版了《歐洲文學簡史》（*A Short History of European Literature*）。後來楊周翰教授主編《歐洲文學史》，就參考和借鑒過這部書。如果中國外國文學課程的教材建設從詹姆森的《歐洲文學簡史》算起，至今已近八十年。改革開放以來，外國文學課程在中國大學進一步得到重視。中國大學的外國文學課程在外語系（或英語系）和中文系實際上分屬兩個不同的體系，在外語系或英語系是語言課程重於文學，而在中文系則是以文學課為主。因此，外語系或英語系的外國文學課程往往按語言分為英國文學、美國文學、法國文學、俄國文學、德國文學等國別文學，而中文系則往往把不同國家的文學綜合為外國文學、西方文學或歐美文學的綜合性課程。實際上，中文系開設的外國文學課程就是比較文學課程，而現在大多數學校開設的比較文學課程只是文學理論課程。中文系是以文學課程為主的系，外國文學課程得到較高重視，是中國大學中文系七大基礎課程之一，因此，與之相關的外國文學教材的建設也就得到了迅速發展。在外國文學教材建設中，西方文學是其中的主體，而西方文學中的 20 世紀文學由於數量巨大，成就斐然，因而又成為我們關注和研究的重點。

（一）教材的定義

在我們討論 20 世紀西方文學教材建設的時候，首先不能不討論什麼是教材的問題。教材在中文表達裡稱課本或教科書，而在英文中稱 textbook。教材是為學生達到一定的學習目標而編寫的書，它是學生學習某一課程的學習用書。教材不是為教師講授課程而編寫的書。如果是用來幫助教師講授某一課程而編寫的書，則為教師參考書，或為教學指導書。但教材是教師授課的依據，它可能是既定的書，也可能是教師根據課程要求指定的書。教師講授課程時不需要講授教材的全部內容或完全按照教材照本宣科，他需要根據課程要求在教材的基礎上確定講授的體系和重點，編寫講義，組織課堂教學。編寫教材的目的主要是供學生閱讀，為教師授課提供參考。因此，教材可分為兩部分：核心課本和參考材料。核心課本也可以理解為目前中國大學使用的教材，參考材料則是為學生學習某一課程而指定的一系列參考用書或資料。為闡述問題的方便，本文仍把核心課本稱為教材，然而實際上教材只是整個教材系統中的核心部分，是學生學習某一課程的基礎。除了教材，學生還必須閱讀支撐核心課本即教材的有關資料才能實現預定的目標。教材有三大功用，一是供學生閱讀，二是供學生查閱，三是供教師授課參考。教材既是供學生閱讀學習的課本，也是供學生查閱有關資訊的參考書，同時還是教師用於編寫講義和準備教學材料的依據。因此，教材一般要求內容豐富，知識系統，信息量大。

關於教材的定義是複雜的，一般有狹義和廣義兩種理解。我們把供學生學習和閱讀的核心課本稱為教材，這是對教材的狹義理解。在廣義上，教材

則是核心課本與參考材料的有機結合。因此,從廣義上講,與教學活動有關的一切文字材料都可以稱之為教材,除了核心課本外,它還包括課程確定的閱讀資料或教師指定的閱讀資料。隨著現代科學的發展,教材還包括非文字的視聽材料,如教學影片、錄影磁帶、PPT 課件、唱片、錄音、幻燈片、照片、圖表、卡片、教學實物等等。美國有學者指出,「教材有許多種類,包括綜合類參考手冊、短期課程參考手冊、專門的文集、音訊資料、說明書、研究論文」等[1]。儘管如此,廣義上文學史教材的主體部分仍然是核心課本,所有其他閱讀材料都是為了學習、理解和掌握核心課本服務的。

在中國教育史上,教材從儒家典籍到新課本編寫有一個發展演進的過程。中國古代的正規教育始於西周,以禮、樂、射、御、書、數即「六藝」為基本教育內容。春秋戰國時期的孔子繼承了周朝的教育傳統,自「而立」之年即以《詩》、《書》、《禮》、《樂》為教,因此,孔子用於教學的最早的教材至少有經他編訂的《詩經》、《禮經》、《樂經》、《尚書》和《春秋》五部。《周易》的《傳》解釋卦辭、爻辭,七種文字共十篇,傳說為孔子所作,因此,也是孔子用來教學的教材。孔子編訂的是周朝時代的人編輯的教學用書,因此,在他編訂之前,這些書實際上是在教學實踐中已經使用的教材。自孔子以後,「四書」和「五經」(「樂經」失傳)共九部書就成為在中國教育中長期使用的教材。四書中的《論語》成書於孔子之後,是孔子學生寫的「回憶錄」,即「孔子語錄」,主要記載孔子講學的言行思想,因此,《論語》可以看成中國教育史上最早的一部講義。但是中國的儒學到了清代,由於官場腐敗,科場舞弊,學風敗落,於是「儒學浸衰」,「官學積漸廢弛」[2],封建學校的教育一片蕭條。但在中國大部分地區,封建教育模式一直持續到 20 世紀初,甚至新中國成立後的一段時間內,私塾仍然

存在。鴉片戰爭前後，在西方文化和槍炮的雙重進攻下，中國的有識之士開始提倡改革舊教育，學習西學，進行語言革命，廢除科舉制度。中國教育模式在西方教育的影響下開始發生變革，新的教材開始進入新式學堂。

西方最早的教學活動始於古代希臘。早在西元前 8 世紀，赫西俄德（Hesiod，740-670 B.C.）出於道德說教目的而寫作的《工作與時日》（*Works and Days*），可以在廣義上看成是歐洲最早的教材。從希臘的古典時期開始，希臘的教育開始發展起來，《荷馬史詩》（*Homeric Epic*）、《伊索寓言》（*Aesop Fables*）、赫西俄德的著作等當時已經成書的作品都被用作教材。西元前 6 世紀左右，薩福（Sappho，約前 630 或者 612～約前 592 或者 560）在萊斯沃斯島上創辦女子學校，教授詩歌、音樂、儀態等，雖然歷史上沒有記載她使用什麼教材，但她既然教授詩歌，那就少不了要閱讀荷馬和赫西俄德的著作。在奴隸制繁榮時期，一些著名的思想家如柏拉圖在西元前 386 年創辦了「阿加德米」（Academy）學園，亞里斯多德在西元前 335 年創辦了「呂克昂」（Lyceum）哲學學校。柏拉圖在長達 40 年的執教生涯中，以對話體形式寫作的重要著作《理想國》（*Republic*）、《會飲》（*Symposium*）、《斐得若》（*Phaedrus*）、《費多》（*Phaedo*）等，實際上也都是他為教學撰寫的講義。從這些著作中可以看出，柏拉圖在講學中使用了從荷馬到悲劇作家的作品作為學生閱讀的教材。一直到 19 世紀，用於西方文學的教材仍然是歷史上的經典性作品以及文學選集。

從教材的發展歷史可以看出，無論是中國還是西方，教材最初只是教師指定的供學生學習某門課程的閱讀材料，可以獲得某一課程的專門知識，從而實現教學目標。文學課程的教材也是如此，最初都是閱讀和學習文學作品，教師的授課就是講解文學作品。即使在今天的西方學校，文學

課程中學生學習的主要文本材料仍然是文學作品。

　　就西方文學而論，歷史的沉澱形成了大量的文學經典。時至今日，文學歷史上的作家和作品已經不計其數，並在歷史長河中形成了為數眾多的經典。就教育而言，20世紀以來的文學已經與古代文學完全不同。例如在古代希臘，老師指定給學生閱讀和學習的文學作品的數量十分有限，即使到了中世紀或者是文藝復興時代，學生需要閱讀的文學作品數量並沒有超越學生的閱讀能力。但是到了20世紀，情況則完全不同。我們不僅無法讀完歷史上所有重要的經典作品，而且在浩如煙海的文學作品中，我們甚至難以判斷出哪些是我們應該閱讀和學習的作品，因此，編寫20世紀西方文學史就起到了其他書籍不能替代的導引作用。

　　由於學者視角的不同或企圖對某一方面加以強調，20世紀西方文學史的名稱實際上是不同的。在已經出版的文學史中，除了使用20世紀西方文學史或20世紀西方文學外，還使用20世紀歐美文學史、20世紀外國文學史、20世紀世界文學史、20世紀歐洲文學史、20世紀英美文學史等。雖然上述文學史大多是從人文地理的概念出發，強調了不同的文學史內容，但它們的主體內容無一例外都是西方文學。這一特點由20世紀西方文學的現實決定，與文化霸權或政治霸權關係不大。時至今日，雖然東方文學的發展迅速，但仍然不能擺脫西方文學的影響，其成就仍然不能同西方文學相比，在未來一個相當長的時間內，西方文學依然會是文學的主流。所以，外國文學史或世界文學史在地理概念上雖已超越了西方，但在內容上仍然主要講授西方文學。同時，由於20世紀西方文學涉及的國家眾多，文學成就巨大，因此，即使是20世紀西方文學史也無法做到把所有西方國家的文學都包括在一本著作裡，而只能選擇把最有代表性的作家和作品寫進文學史。

（二）文學史的類型與功能

簡而言之，文學史即文學的歷史。與文學史相關的是文學研究，它指的是有關文學的理論、特徵、評價等。文學史和文學研究是相輔相成的兩個方面。寫作文學史離不開對文學的研究，而研究有關文學則是為了寫好文學史。因此，從教材的角度說，20 世紀西方文學史只是關於 20 世紀西方文學史的教材，它與 20 世紀西方文學是不同的。文學史重在通過對文學的研究和總結以敘述歷史，而文學則主要指客觀存在的文學作品。

文學史的寫作受到不同時間、不同地域、不同國家、不同語言、不同文類、不同思潮等因素的制約，被劃分成不同的文學史類型，如按時代劃分的古代文學史、中世紀文學史、現代文學史、當代文學史；按年代劃分的 20 世紀文學史、19 世紀文學史、18 世紀文學史、17 世紀文學史；按地域劃分的東方文學史、西方文學史、歐洲文學史、拉丁美洲文學史；按國家劃分的中國文學史、美國文學史、英國文學史、日本文學史；按語言劃分的英美文學史、英語文學史、德語國家文學史；按不同文類劃分的小說發展史、詩歌發展史、戲劇發展史；按不同思潮劃分的浪漫主義文學、唯美主義文學、自然主義文學、現代主義文學等等。我們在這裡討論的 20 世紀西方文學史，指的是由 20 世紀西方文學構成的歷史，即 20 世紀西方文學存在的歷史事實。

寫作文學史的基礎是對文學進行研究。因此，要科學地寫好 20 世紀西方文學史，需要對這一時間範圍內的作家作品進行研究，並在此基礎上對文學發展的過程及其規律進行分析和總結，客觀地闡述特定歷史時期內的各種文學內容、文學形式和藝術特點，分析不同文學思潮、文學流派產

生、發展和演化過程，對文學的歷史傳承和沿革嬗變過程進行梳理，並揭示文學在產生與發展過程中的各種時代因素、社會因素，如政治、經濟、軍事、哲學、宗教、道德、藝術等。文學史從史的角度總結和記錄存在的文學事實，對構成文學史的作家和作品進行研究，對作家及其作品的思想價值、歷史和現實意義、藝術特點等進行評述，從而達到對已成歷史的文學的認識和理解、闡釋和評價、借鑒和傳播。

一般來說，「教材的類型是由教材的功能決定的」[3]。文學史不同於對某一個作家或某一部作品抑或某一類作品、作家的專門研究，它是對文學的整個歷史發展過程進行研究。文學史不僅具有其他學術著作如作家作品研究或思潮研究等所缺少的學術史價值，也具有其他著作所缺少的可以用作教科書的實用價值。因此，文學史具有不同於其他學術著作的功能。

第一，文學史以史的形式保存文學精華。通過對已經存在的文學進行分析研究、甄別梳理，從而達到去偽存真、去粗取精的目的，最後以史的形式將文學的精華固定下來。也就是說，文學史的目的就是以史書的形式編寫一份文學精華目錄，開列一份需要學習、研究和保留、繼承的文學清單，並對其作出必要的解釋與說明。以美國文學為例，在 19 世紀共有 140 名重要作家，但是到了 20 世紀，重要作家則多達六百餘人，其數量已是 19 世紀作家的 4 倍以上。如何閱讀和研究這些作家，文學史就需要進行研究、分析和甄別的工作，對不同類型、不同層次和不同價值的作家作出評價，列出一份最有價值的文學清單。因此，對於數量無比龐大的 20 世紀西方文學而言，文學史的意義也就日益顯露出來了。

第二，文學史可以為研究者提供參考。在人類社會發展史上，以不同形式、不同文字出版的各種文學作品以積累的形式不斷增加，作家的數量

越多，作品的數量也就越多。文學發展到今天，文學作品已是海量。不過幸運的是，早在文學的數量不如今天龐大的時候，文學的研究就開始了，如古希臘的柏拉圖和亞里斯多德等對文學的研究。文學研究就是對文學進行評價，把重要的文學確定下來。這種研究是一種文學的經典化過程，而這個過程往往通過文學史的形式表現出來。文學史是對文學進行總體研究的一種，它既有整體性，也有階段性，既繼承前人的研究成果，又為後人的研究提供借鑒和參考。因為有了文學史，我們後人的研究實際上是對前人研究的繼承和發揚。如果沒有前人的研究作為參考，後人對文學的甄別、認識、理解和評價將是無比困難的。當面對海量的文學資訊而感到無所適從的時候，我們得感謝文學史為我們提供的指引。有了文學史，我們才容易瞭解文學歷史上曾經有過哪些文學，才便於認識文學的歷史成就和發展軌跡，從而為我們進行新的研究奠定基礎。因此，文學史是我們研究過去和現在的文學不可缺少的參考書。

第三，文學史是我們學習文學的指南。對於我們今天的大學課堂而言，文學史是最基本的學習指南。當我們面對大量文學資訊的時候，文學史為我們提供了必要的基本資訊。對於從古到今的文學，我們在有限的時間內根本無法閱讀無限的作品，無法通過大量的閱讀來辨別哪些作品是值得閱讀的，哪些作品只是需要瞭解的，哪些作品是需要淘汰的。而文學史可以告訴我們文學歷史上那些最有價值的作品，為我們應該閱讀哪些作品提供指引。例如，當我們面對 20 世紀美國六百餘位作家數千部作品的時候，我們無法完全依靠自身的閱讀經歷去認識哪些才是最有價值的作品。因此，我們首先只能依靠文學史。整個文學的發展歷程，我們無法完全靠自身的經驗去認識。即使我們窮盡一生，也只能閱讀現存文學中的極小一部分，而僅靠我們閱讀

的這一小部分作品，我們無法判斷哪些是歷史上最有價值的經典文學。歷史發展到今天，文學在數量上已經遠非一個世紀以前的文學可以相比了。在圖書館的書庫中，20世紀以來的圖書排滿了書架，讓我們目不暇接，因此，只有借助文學史，我們才能找到那些我們需要瞭解、閱讀和研究的作品。

第四，文學史是文學教材的核心構成。當我們面對數量極其龐大的20世紀西方文學的時候，文學史就是整個文學教材的核心構成，其作用就是幫助我們挑選、閱讀和學習那些最有價值的文學文本。在20世紀，西方文學發展的歷史也比以往任何時候都要複雜，並形成不同的發展階段和不同的文學流派。由於文學作品的數量龐大，需要作為文本閱讀的數量也就相應增加，由此帶來的問題是我們如何從數量龐大的文學作品中確定哪些是需要閱讀的文學文本。對於學習20世紀西方文學這門課程的學生來說，僅僅依靠自己盲目地閱讀是不能解決問題的，這就需要借助文學史幫助我們確定某一發展階段或某一流派的經典性作品。從這個意義上說，文學史就是教我們如何選擇、確定和閱讀教學材料的課本，是學習西方文學不可缺少的入門書。

（三）20世紀西方文學史的寫作原則

20世紀西方文學同以往的文學相比，不僅數量龐大、流派紛呈、內容複雜，而且其主題和藝術也顯示出和以往不同的特點。從20世紀80年代初開始，中國學者開始介紹和研究20世紀西方文學，發表了大量的研究論文，出版了大量的學術專著，取得了矚目的成就。改革開放三十年來，中國學者從史的角度對20世紀西方文學進行的研究，對於我們瞭解、認識和接受20世紀西方文學具有重要意義。正是由於大量不同風格文學史的出版，20世紀西

方文學才真正走進中國的大學課堂，並成為中國大學文學課程的重要內容。

自 20 世紀 60 年代楊周翰主編《歐洲文學史》以來，中國有關外國文學課程的不同類型的教材已不下數百種。僅就 20 世紀西方文學而言，自 20 世紀 90 年代以來，中國已出版的文學史類著作如果不計國別史，大約有三十餘種，形成了不同體系、不同風格的西方文學教材的現狀。21 世紀初，中國又有一批優秀的 20 世紀西方文學史著作面世，其中具有代表性的有：吳元邁主編的《20 世紀外國文學史》五卷本（鳳凰出版社、譯林出版社 2004 年版）、李賦寧主編的《歐洲文學史》（第 3 卷）（上下）（商務印書館 2004 年版）、李明濱主編的《20 世紀歐美文學史》四卷本（北京大學出版社 1999 年版）、聶珍釗主編的《20 世紀西方文學》（華中師範大學出版社 2001 年版）、鄭克魯主編的《20 世紀外國文學史》（復旦大學出版社 2007 年版）、劉建軍主編的《20 世紀西方文學》（高等教育出版社 2000 年版）、蔣承勇主編的《20 世紀歐美文學史》（武漢大學出版社 2007 年版）。除了上述列舉的文學史外，還有大量的西方文學史、外國文學史、歐美文學史等通史類著作，尤其是多卷本著作，其中也都涉及有 20 世紀西方文學。上述 20 世紀文學史著作儘管還存在這樣或那樣的缺憾，限於篇幅，不便在此作過多評價，但總體來說大多體例新穎，內容豐富，吸收了中國有關 20 世紀西方文學研究的最新成果，每一種著作都有自己的特色，可以說代表了中國目前 20 世紀文學史研究的水準。

如何寫作文學史，歷來是仁者見仁，智者見智，似乎沒有通行的規則，但是「一本好的教科書非但要滿足課程的目際及學生的需要，並且要能提供清楚而毫不含糊的資訊和使人一讀為快」[4]。作為教材使用的 20 世紀西方文學史的編寫，筆者覺得有一些問題需要提出來供大家討論。

　　首先，改變 20 世紀西方文學史等於 20 世紀西方文學的觀念。寫作用於教材的 20 世紀西方文學史同 20 世紀西方文學課程的講授以及學生的學習要區分開來，轉變文學史就是教師講授和學生學習 20 世紀西方文學課程的課本的固有觀念。雖然三者之間有聯繫，但本質上並不相同。作為教材的 20 世紀西方文學史，它只是教師講授和學生學習 20 世紀西方文學這門課程的專用參考書，它既不是教師的授課講義，也不是學生閱讀的全部學習材料。我們需要改變文學史就是學生學習文學課程的唯一教材的觀念，改變作為教材使用的文學史同文學作品和參考資料是兩個獨立部分的慣常看法，而要把教材看成是由文學史及其相關學習資料結合在一起構成的。文學史是為學生學習文學而編寫的，它雖然不能把文學史的敘述同作品的閱讀分割開來，但它重在闡釋文學的歷史，而不是對具體的文學進行深入研究。對於學生而言，學習 20 世紀西方文學課程則是指對具體的文學作品的學習，並不是指對文學史的學習。因此，文學史只是學生用於學習文學的指導書或入門書。對教師而言，他需要按照用於教材的文學史的指引，組織供學生學習的全部文學材料，開列供學生從圖書館借閱或從書店購買的作品目錄。為了幫助學生學習這門課程，教師需要在文學史的基礎上結合實際進行取捨，重新組織和安排對文學作品的講授。文學史是固定的，但教學環境是不同的。例如課程設置，20 世紀西方文學史在大多數學校並不是一門獨立的課程，而只是外國文學課程的一個組成部分。然而由於 20 世紀文學的重要性，有的學校則把它設置為一門獨立的課程或專題課程，即 20 世紀西方文學。一些學校還開設有專門針對 20 世紀西方文學的專題課或選修課，如 20 世紀文學思潮、文學流派或作家研究，作為對 20 世紀西方文學這門主導課程的補充和深化。再如課時分配，如果 20 世紀西方文

學史只是外國文學史的一部分，那麼它只能在總課時中分配，總課時越多，它可能分配的課時也就會相應增多，反之則減少。如果作為一門獨立的課程或專題課，則會分配專門的課時。這在各個學校是不同的。例如在華中師範大學文學院，主幹課程外國文學史分 4 個學期講授，共 144 課時，20 世紀西方文學史講授 1 個學期，共 36 課時。除了外國文學史，還安排有 20 世紀西方文學的專題課和選修課，供希望繼續深入研究的學生選修。

因此，無論我們怎樣編寫 20 世紀西方文學史，都不可能滿足教師教學和學生學習的全部需要，正是這個基本事實要求我們轉變觀念，把編寫 20 世紀西方文學史看成是編寫供教師授課和學生學習的參考書或指南，看成是供學生深入學習 20 世紀西方文學的初步入門書，而不能看成是為教師授課編寫的講義或供學生學習的文學文本。實際上，最重要的教材應該是供學生學習的文學作品，即告訴學習者什麼是文學的作品，如詩歌、小說、戲劇等經典性文本範文。例如我們講授象徵主義文學，艾略特（T. S. Eliot）的《荒原》（The Wasteland）、瓦雷里（Paul Valery）的《海邊墓園》（Le Cimetière Marin）才是學生學習的最重要的教材，而文學史和教師的講義中有關《荒原》和《海邊墓園》的內容，只是幫助學生學習這兩個文學範本的學習指南和參考材料。所以，我們需要轉變文學史就是教師授課和學生學習的課本的觀念。

其次，改變文學史的講義式寫作模式。就中國大學目前使用的 20 世紀西方文學史教材而論，其結構體例大多採用「三一模式」，即一個概述，一個代表作家，一部代表作品。我們經常聽到主張這種教材體例的理由是既可以突出重點、縮小篇幅，又可以方便教師講授。還有一種看法是，西方 20 世紀文學史作為一本教材不可能面面俱到，應該擷取最有代表性的作家作品列入文學史。這看起來似乎是一個不錯的想法，但什麼樣的作家才

是最有代表性的作家作品，用什麼標準去確定最有代表性的作家作品，確定多少有代表性的作家和作品才能構成完整的文學史，這仍然是一個難以解決的問題。於是，「三一模式」就成了解決這個問題的主要方法，在「三一模式」的影響下，一些教材往往被寫成類似於講義或講稿的東西。可以說，目前大多數文學史採用的就是這種寫作模式。這種寫作模式的最大不足是把複雜的文學史現象簡化為由幾個作家來代表，文學史變成了是由幾個代表作家構成的文學史。這顯然是不合適的。

我們認為這種寫作模式完全違背了文學史的規律，是將豐富的、複雜的、多樣性的文學簡單化。為了避免面面俱到，選擇少數所謂有代表性的作家作品，其結果是我們難以窺見文學的全貌，並容易割裂文學的歷史，導致學習者無法真正獲得文學史知識，無法從整體上理解文學的發展過程，無法正確認識文學的特點及規律。但這並不是說，對於重點作家的介紹和重點作品的講解不重要，相反，筆者認為重點作家的介紹與重點作品的講解十分重要，因為對重點作家的介紹和重點作品的講解有助於學生通過具有代表性的作家和作品範例去理解某一時期、某一類型的作品。但這不是文學史的任務。因為文學史的寫作者無論怎樣努力，他都不可能將所有具有代表性的作家和作品加以介紹，而且更重要的是，由於寫作者自身認識和理解的偏限，他所發表的見解有可能並不為其他人所認同和接受。

因此，對那些需要重點分析和介紹的作家和作品，是講授文學課程的教師的責任，是教師在教學的實施過程中對講授文學課程目標的實現。而文學史的任務則應該在介紹有代表性作家作品的同時，儘量做到面面俱到，以便讓學習者能夠從文學史中瞭解整個文學的全貌。文學史的寫作不應該剝奪授課教師根據教學目標群組織教學的權力，而應該給教師留

下自由發揮的空間。對於文學史上的重點作家和作品，教師講授課程時會根據文學史組織材料，即組織有關重點作家和作品的資料，以供自己講授和學生學習，讓學習者瞭解歷史上有關這些作家和作品的不同認識、不同理解、不同觀點，並在此基礎上獲得自己的理解和認識。文學史對重點作家及其作品的介紹是為了讓學習者瞭解文學史上那些最有價值的作家和作品，引導學生去閱讀完整的作品。教師在學生閱讀作品的基礎上組織教學，在教與學的互動中實現學習的目標。事實告訴我們，缺少了教師科學的、系統的教學組織，我們無法實現學習目標，即使我們在文學史中儘量把重點作品分析得十分詳盡，那也是一家之說，並不能作為文本的最終解釋。

再次，20 世紀西方文學史作為教材的寫作，應該遵循豐富、客觀、系統和適用四個原則。20 世紀西方文學作家眾多，流派紛呈。作為教材，20 世紀西方文學史應該全面反映整個世紀的文學，儘量為學生提供豐富的文學史知識，提供他們需要瞭解和獲得的文學史資訊，保障文學史的資訊豐富性和多樣性。教材與研究性學術著作有所不同，應該保證敘述的客觀性。它應該對 20 世紀西方文學的文學史實準確地加以梳理，如實地加以評說；對文學思潮和流派的起源、發展、特點與影響清楚地加以介紹；對文學事實歷史地、客觀地加以描述，避免個人偏見或個人好惡情感影響對文學的客觀評價。文學史還應該強調知識的系統性。20 世紀西方文學雖然涉及眾多國家和地區，文學思潮和文學流派異常複雜，但西方文學仍然是一個整體，有其內在的相互聯繫和發展邏輯。因此，對於那些不同流派、不同思潮的文學，文學史既要單獨介紹清楚，又要注意到它們之間的聯繫。文學史不能割裂它們的內在聯繫，不能把西方不同國家和地區的文學看成孤立現象，而應該看成是整個西方文學系統中的一部分。

　　同時，我們還要注意作為教材使用的 20 世紀西方文學史的簡潔適用。在 20 世紀西方文學的百年歷史中，作家和作品不計其數，因此，教材需要對這些作家進行分析甄別，選擇最有價值的作家予以介紹，使之簡潔適用。由於教材是供學生閱讀和學習的書，因此要結構合理，系統全面，文字通俗，概念清楚，表述準確。同時，教材還應該與歷史保持同步，把最新的文學現象和文學歷史寫進教材。隨著時間的流逝，眾多的文學不斷變為歷史，這就要求我們不斷對教材進行更新和補充，隨時將新的學術發現和確認的文學事實寫進教材，做到與時俱進。

（四）西方文學課程的借鑒

　　隨著中國教育的改革開放，中國大學的文學課程設置和教材選用已經不再只是侷限於從中國大學的立場思考，而是被放在國際教育的整體結構中加以考察。中國某些新興學科是從西方借鑒而來的，某些課程是參考西方大學的課程而設置的，某些課程甚至直接引入西方大學的教材，甚至中國大學整個體制，也正在努力從西方的大學獲取經驗。正是在這一前提下，中國才提出創建世界一流大學的教育目標。就中國 20 世紀西方文學史教材的編寫而言，對西方有關 20 世紀文學課程的設置進行一些分析，對於我們編寫 20 世紀西方文學教材是有借鑒意義的。

　　在西方大學，20 世紀西方文學沒有類似國內這種專門的教材供教師和學生使用，這說明目前中國有關文學的教學觀念同西方存在很大差別。從總體上說，西方大學開設的文學類課程都是化整為零講授的，因此，也就沒有與中國大學相對應的外國文學或 20 世紀西方文學課程。下面對芝加

哥大學英語系的本科生課程設置進行一些分析。

芝加哥大學是世界著名大學之一，該大學的文學學科在世界上處於前列，它的文學課程的設置在西方大學裡具有代表性。我們對這個大學英語系設置的文學課程進行分析，也許對中國大學的文學課程的改革有所啟發。由於西方大學的文學課程都是以專題課程為主，沒有中國大學中的通史類課程，因此，無論是深度還是廣度，中國大學的文學類課程是不如西方的。以莎士比亞為例，在中國的大學課堂只是外國文學史中的一章或一節，課時的安排從 4 個課時到 6 個課時不等，講授內容一般是對莎士比亞的生平和創作的介紹，然後再重點講解悲劇《哈姆萊特》或者再加上喜劇《威尼斯商人》。但是在芝加哥大學裡，莎士比亞是由 7 門課程組成的一個系列，見表 1：

表 1　芝加哥大學有關莎士比亞的課程設置

課程代號	課程名稱
16500	Shakespeare I: Histories and Comedies
16600	Shakespeare II: Tragedies and Romances
16704	The Young Shakespeare and the Drama that He Knew
16706	Shakespeare at the Opera
16705	Amorous Play in Shakespeare, Marlowe, and Chapman
16905	Theater and Five Senses in the Age of Shakespeare
17001	Shakespeare's Sonnets

芝加哥大學不設置與中國大學 20 世紀西方文學史類似的課程，而是在 20 世紀的時間範圍內設置各種不同的文學課程，即用許多種富有特點的較小的課程來構建整個 20 世紀文學史。這些課程主要有三類：

第一類是類似中國斷代史的課程，如 Modern British Literature, Black Women Writers of the 1940s & 1950s, British and American Theater Post 1945, Postwar U.S. Literature, Twentieth-Century Irish Poetry, American Poetry from 1945 to Present 等。第二類類似中國的專題課程，如 The Modernist Long Poem, Poetry Now, The Harlem Renaissance, U.S./Third World Feminisms, Facts in Fiction: Late 20th Century Literature and Knowledge, The Bestseller in 20th Century America, 20th Century Fictions: The Novel and Its Others, Realism and Social Reality in American Fiction 1861-1941 等。第三類是作家作品研究課程，如 William Faulkner, Virginia Woolf, Henry James: the Fiction of Crisis, D.H.Lawrence, Wallace Stevens and After, Ulysses 等。

在芝加哥大學英語系，文學課程的設置在觀念上與中國文學史課程強調總體性、系統性、概括性、理論性有很大不同，它們不強調對文學歷史的描述、研究與總結，基本上沒有與中國大學設置的 20 世紀歐洲文學史、20 世紀歐美文學史、20 世紀英美文學史、20 世紀西方文學史等類似的課程，開設的文學課程強調文學問題和個案研究，強調文學的總體課程與具體的文學問題研究、作家和作品研究相結合。

從中美兩國的課程設置可以看出，兩國表現出各自的課程設置理念與特點：芝加哥大學的文學課程具體而注重感性認識，中國的文學史課程則抽象和注重理性總結。雖然目前我們不能簡單地通過這種比較就認為哪一種課程的設置更合理，但通過比較和分析我們可以發現，芝加哥大學根據自己的實際情況設置大量的文學課程供學生選擇，按時期或類別對 20 世紀文學史進行分解，強調對作家作品的研究，這對於學生深入理解文學是有利的。芝加哥大學英語系的課程通過對不同類型的文學研究，不同階段文學的講解，重點作家作品的分析，使學生理解文學史，形成文學史的概念。實際上，這是

一種不同的教學觀念，即通過對個別文學的理解，對 20 世紀不同階段的文學的講解，以及對具體的作家和作品的分析，從而建立起 20 世紀文學史的整體觀念。顯然，這與中國大學從文學史的角度去講解文學是不同的。由於中國大學強調從文學史的規律、特點以及從社會、歷史、文化等方面理解文學，因此首先需要建構起文學史的概念，然後在整個文學史的過程中理解文學。中國學者往往會把個別的文學看成是文學史特點或規律的體現，或認為文學的歷史決定了個別的文學的特點；而西方學者則把個別的文學看成是文學史特點或規律的構成，即文學史的特點及規則是由個別的文學決定的。這是兩種不同的文學史觀，也決定了不同的文學課程設置。

中國大學的文學課程設置應該考慮自己的實際而不能照搬西方的課程，同時，我們也必須看到西方大學設置的文學課程也有其優越性和科學性。中國大學從整體上設置西方 20 世紀文學史課程，儘管可以讓學生獲得有關 20 世紀文學史的整體觀念，但企圖用一門文學史課程反映豐富多彩的 20 世紀文學，這顯然是做不到的。因此，這就不僅僅是文學史的編寫問題了，而且也涉及了課程設置改革的問題。鑑於中國大學的實際，目前或將來我們都無法設置與西方大學一樣的課程，但我們可以考慮在可能的情況下，儘量讓 20 世紀文學史包含更多的內容，在一門文學史課程中獲得西方大學講授的文學知識或資訊。這一點應該是目前編寫 20 世紀西方文學史應予考慮的一個重要問題。無論如何，在編寫 20 世紀西方文學史的時候，參考芝加哥大學以及美國、英國及其他主要西方國家著名大學英語系的文學課程設置，對我們編寫好一本有特點的、實用的 20 世紀西方文學史是有幫助的。

總之，目前中國大學需要加強 20 世紀西方文學史教材的建設。由於國情不同，我們不需要照搬西方大學的課程，但應結合中國大學的實際，重

點考慮如何編寫一本科學、合理、適用、學術水準高、特色鮮明的 20 世紀
西方文學史教材。達成這一目標需要大學教師、出版社和作者共同努力。20
世紀西方文學內容龐大，編寫教材時不能因為篇幅、容量、價格等因素而減
少教材的內容，讓教材縮水，而應該讓內容決定教材的篇幅和容量，儘量
做到教材能夠系統全面地反映文學歷史的全貌，把一切有重要價值的文學現
象、作家和作品寫進教材。我們要把編寫 20 世紀西方文學史教材作為一項
系統工程加以建設。20 世紀西方文學極其豐富，文學史只能為教師授課和
學生學習提供指引，因此，我們還應該考慮與之配套的教學參考書，如參考
手冊、文學辭典、資料彙編、各種指南（文學史指南、文類指南、作家指南、
作品指南、學術問題指南等），各種研究入門書等（如詩歌研究入門、小說
研究入門、戲劇研究入門、作家研究入門）。還可以考慮建立網路平臺，將
大量的文本資料發佈到網上，供學生閱讀參考。由於教材編寫的問題是一個
異常複雜的問題，而且仁者見仁，智者見智，見解各有不同。我們相信，通
過大家相互討論和推動，一定可以編寫出高品質的 20 世紀西方文學史。

（原文載於《浙江大學學報（人文社會科學版）》2009 年第 4 期）

注釋

1   Zaboly & S. Gary (ed.), *(Re)Visioning Composition Textbooks: Conflicts of Culture, Ideology &*
Pedagogy, Albany, N.Y.: State University of New York Press, 1999, p.16.

2   趙爾巽等：《清史稿》卷一〇六，北京：中華書局 1976 年版，第 3111-3116 頁。

3   Grlach, Manfred, *Text Types and the History of English*, Berlin: Walter de Gruyter, 2004, p.202.

4   [美]G·P·雷代伊著，季綠琴譯：《選擇大學教科書的注意要點》，見楊達壽主編：
《高等學校教材建設管理研究論文集》，蘭州：西北工業大學出版社 1989 年版，第
207-216 頁。

後記

  聶珍釗教授這部文集《文學倫理學批評及其他》就要收入《秀威文哲叢書》出版了，作為聶老師的弟子，我們感到無比高興。

  聶珍釗教授是海內外享有盛譽的外國文學研究專家，擔任中國外國文學學會副會長、中美詩歌詩學協會副會長、國際文學倫理學批評研究會副會長、湖北省外國文學學會會長、國家哲學社會科學規劃（基金）外國文學學科評委，為中國外國文學學術事業的繁榮與發展付出了辛勤的勞動，作出了傑出的貢獻。尤其值得提及的是，聶珍釗教授 1999 年擔任《外國文學研究》主編，發揚了前任主編王忠祥教授務實而又勇於開拓的學術傳統，堅持雜誌同國際接軌的發展道路，為雜誌的發展傾注了自己的全部心血。在他的推動下，2000 年外國文學研究雜誌理事會正式成立。聶珍釗教授在理事會上提出把《外國文學研究》辦成一份國際性學術期刊的目標，制定了爭取雜誌被 A&HCI 收錄的五年發展規劃，得到理事會同仁一致贊同和高度支援。在他的帶領下，雜誌質量得到快速提升，國內外影響越來越大。2005 年，《外國文學研究》被 A&HCI 收錄，實現了中國大陸人文類學術期刊在國際核心資料庫中零的突破。由他擔任副會長的國際學術組織 Chinese / American Association for Poetry and Poetics 也成為中外學術交流的橋樑，不僅成功舉辦了數次大型國際學術會議，而且還進行了一系列國內外

學術交流訪問活動，出版了《讓我們共同面對災難——世界詩人同祭四川大地震》（漢英雙語版）、《查理斯・伯恩斯坦詩選》等著作，贏得了國際學術界的普遍讚譽。

在學術研究上，聶珍釗教授勤於思考，筆耕不輟，努力奉獻，在英國小說、英語詩歌研究等方面均有突出建樹。他撰寫的學術專著《托瑪斯・哈代小說研究》和《英語詩歌形式導論》，分別榮獲首屆和第五屆教育部人文社會科學研究優秀成果獎二等獎。儘管如此，聶珍釗教授對中國學術的最大貢獻卻在於他對文學倫理學批評的研究。因此，聶珍釗教授的這本文集著重收錄的都是有關文學倫理學批評的內容。

聶珍釗教授於 2004 年發表《文學倫理學批評——文學批評方法新探索》一文，提出自己有關文學批評方法創新的思考，並從理論和實踐兩個方面進行了系統闡釋，是中國文學倫理學批評的創立者。聶珍釗教授針對當前中國文學批評接受西方影響而缺乏自我建樹的理論失語現狀，在借鑒中國道德批評和西方倫理批評傳統的基礎上，創造性地建構了具有中國特色的文學倫理學批評體系。文學倫理學批評有著自己嚴謹的理論體系和批評術語，不僅對傳統的觀點和理論提出質疑，而且運用新的辦法對不同形式的文學作品進行解讀，力求獲得全新的學術觀點。

文學倫理學批評同時也具有很強的實用性，往往能夠幫助我們對已經形成定論的文學文本做出新的解讀、得到新的認知。為了幫助廣大讀者認識理解文學倫理學批評，文集的第一編《文學倫理學批評》主要收錄了聶珍釗教授在文學倫理學批評理論與實踐方面的代表性論文。在這組論文中，既有對文學倫理學批評的基本觀點和理論術語的深刻闡述，也有運用文學倫理學批評方法分析世界名著的經典範例。目前，文學倫理學批評已

經成為學界廣泛運用的批評方法，在文學批評中發揮越來越大的作用。聶教授主持的國家社科基金項目「文學倫理學批評導論」不僅被列入國家「十二五」重點圖書出版規劃，而且還入選國家社科基金優秀成果文庫，即將由北京大學出版社出版。他作為首席專家申請的國家社科基金重大項目《文學倫理學批評：理論建構與批評實踐》，已經獲准立項。我們相信，聶教授將有更多的相關研究成果問世。

　　文集第二編《哈代研究》收錄了聶老師 20 世紀 80 年代至今的哈代研究論文。哈代研究是聶珍釗教授最早涉足的研究領域。20 世紀七、八十年代，哈代在我國還是一個頗具爭議的作家，甚至被貼上了悲觀主義和宿命論的標籤。而此時尚在攻讀碩士學位的聶珍釗教授便獨具慧眼，將哈代選作自己的研究對象，其代表性成果《悲戚而剛毅的藝術家：托瑪斯‧哈代小說研究》不僅獲得了 1995 年全國高等學校人文社會科學研究優秀成果獎二等獎，而且引起了國際學術界的高度關注，國際哈代學會副主席 F.B. Pinion 博士在哈代研究會官方刊物《哈代研究雜誌》上撰文，稱該書為遠東地區研究哈代的精品。

　　文集第三編《英語詩歌研究》收錄了聶老師英語詩歌研究方面的論文。英語詩歌研究是聶珍釗教授長期關注的學術領域。在哈代研究取得階段性成就之後，聶珍釗教授的研究重心開始向英語詩歌傾斜，並於 1999 年承擔了「國家社科基金專案」英美詩歌的形式、技巧和批評理論研究冶的研究工作。聶珍釗教授在英語詩歌的研究方面有很深的造詣，對英語詩歌感興趣的人可以閱讀他的研究專著《英語詩歌形式導論》。在這部專著中，聶珍釗教授通過對大量詩歌實例的分析，對英語詩歌韻律形式中的幾乎所有基本理論問題進行了深刻的剖析和獨到的闡述，可以說是深入研究英語

詩歌韻律不可不讀的參考書。

　　文集的第四編收錄了聶珍釗教授撰寫的四篇散文。前三篇是他在訪問英國時所寫，相信閱讀之後會對莎士比亞、勃朗特姐妹和哈代的著作有更深的理解。第四篇是聶老師為紀念王忠祥教授 80 壽辰而寫，字裏行間無不流露出他對自己導師的一片深情。第五編是聶珍釗教授晚近發表的一些論文，內容涵蓋作家作品分析、外國文學教材建設、學術期刊建設、比較文學以及學術規範等諸多方面，反映了聶珍釗教授淵博的學識和廣泛的治學領域。同時，只要讀者稍加留心便不難發現，這組論文雖然沒有一以貫之的主題，但仍然通過敏銳的問題意識和嚴謹的論述風格體現出聶珍釗教授的鮮明的治學特點。或許您並非以外國文學為業，但治學之道卻是共通的，相信任何一名從事文學教學與研究的讀者都能從聶教授的治學方法中獲益。

　　這本文集的編審校讀人員大都和聶老師有著師生之誼。在閱讀文稿的時候，我們彷彿又重新置身於熟悉的課堂，聆聽恩師的教誨，感受到了學習的快樂。今天，聶老師的學生大多已經成長為各大學外國文學學科的教學和研究骨幹。弟子的成長離不開恩師的教導與關懷，而在聶老師門下求學的經歷更是我們人生中最寶貴的一筆財富，這使我們有理由相信廣大讀者一定能從這本文集中受益良多，同時也更有理由期待聶老師在自己的學術生涯中鑄就更多的輝煌！

　　這本文集的編輯工作是由大家合力完成的。在這項工作完成之際，聶老師一再叮囑我代表他向所有參與編輯工作的諸位同門表達感謝，我在此把他們的名字著錄於後（以姓氏筆劃為序）：

王樹福、王群、王曉蘭、申利鋒、李綱、劉曉燕、朱黎航、劉霞、張一鳴、何慶機、張連橋、張甜、閔敏、張瓊（外語學院 2011 級博士生）、張瓊（文學院 2011 級博士生）、柏靈、徐藝瑋、郭晶晶、郭雯、蔣天平、蔣雯穎、顏紅菲。碩士生有：馬麗、陽亞蕾、李培佳、李玲、李迎亞、雷嬌嬌、黃小娟、潮莉、鞠小康。

最後，我還要向這本書的編輯劉璞表示感謝。

弟子李綱謹識
2013 年 11 月

本書常見簡繁體譯名對照

	簡體	—	繁體
Macbeth	麥克白	—	馬克白
Lady Chatterley	查特雷夫人	—	查泰萊夫人
En attendant Godot	等待戈多	—	等待果陀
Hamlet	哈姆萊特	—	哈姆雷特
Wuthering Heights	呼嘯山莊	—	咆嘯山莊
Sigmund Freud	弗洛伊德	—	佛洛伊德
Jean-Paul Sartre	薩特	—	沙特
Leonardo da Vinci	達芬奇	—	達文西

語言文學類　PG1102　秀威文哲叢書01

文學倫理學批評及其他

作　　者／聶珍釗
主　　編／蔡登山
叢書主編／韓　晗
責任編輯／劉　璞
圖文排版／陳彥廷
封面設計／陳怡捷

發 行 人／宋政坤
法律顧問／毛國樑　律師
出版發行／秀威資訊科技股份有限公司
　　　　　114台北市內湖區瑞光路76巷65號1樓
　　　　　電話：+886-2-2796-3638　傳真：+886-2-2796-1377
　　　　　http://www.showwe.com.tw
劃撥帳號／19563868　戶名：秀威資訊科技股份有限公司
　　　　　讀者服務信箱：service@showwe.com.tw
展售門市／國家書店（松江門市）
　　　　　104台北市中山區松江路209號1樓
　　　　　電話：+886-2-2518-0207　傳真：+886-2-2518-0778
網路訂購／秀威網路書店：http://www.bodbooks.com.tw
　　　　　國家網路書店：http://www.govbooks.com.tw

2014年2月　BOD一版
定價：570元
版權所有　翻印必究
本書如有缺頁、破損或裝訂錯誤，請寄回更換

國家圖書館出版品預行編目

文學倫理學批評及其他 / 聶珍釗著. -- 一版. -- 臺北市：
秀威資訊科技, 2014.02
　　面；　公分. -- (秀威文哲叢書) (語言文學類；
PG1102)
　　ISBN 978-986-326-222-0 (平裝)

　1.文學評論　2.倫理學　3.文集

812.07　　　　　　　　　　　　　　　103000351

讀 者 回 函 卡

感謝您購買本書，為提升服務品質，請填妥以下資料，將讀者回函卡直接寄
回或傳真本公司，收到您的寶貴意見後，我們會收藏記錄及檢討，謝謝！
如您需要了解本公司最新出版書目、購書優惠或企劃活動，歡迎您上網查詢
或下載相關資料：http:// www.showwe.com.tw

您購買的書名：＿＿＿＿＿＿＿＿＿＿＿＿＿＿＿＿＿＿＿＿＿＿＿＿＿＿

出生日期：＿＿＿＿＿年＿＿＿＿＿月＿＿＿＿日

學歷：□高中 (含) 以下　　　□大專　　　□研究所 (含) 以上

職業：□製造業　□金融業　□資訊業　□軍警　□傳播業　□自由業
　　　□服務業　□公務員　□教職　　□學生　□家管　　□其它＿＿＿

購書地點：□網路書店　□實體書店　□書展　□郵購　□贈閱　□其他

您從何得知本書的消息？

　　□網路書店　□實體書店　□網路搜尋　□電子報　□書訊　□雜誌
　　□傳播媒體　□親友推薦　□網站推薦　□部落格　□其他＿＿＿＿＿

您對本書的評價：（請填代號　1.非常滿意　2.滿意　3.尚可　4.再改進）

　　封面設計＿＿＿　版面編排＿＿＿　內容＿＿＿　文／譯筆＿＿＿　價格＿＿＿

讀完書後您覺得：

　　□很有收穫　□有收穫　□收穫不多　□沒收穫

對我們的建議：＿＿＿＿＿＿＿＿＿＿＿＿＿＿＿＿＿＿＿＿＿＿＿＿＿

＿＿＿＿＿＿＿＿＿＿＿＿＿＿＿＿＿＿＿＿＿＿＿＿＿＿＿＿＿＿＿＿

＿＿＿＿＿＿＿＿＿＿＿＿＿＿＿＿＿＿＿＿＿＿＿＿＿＿＿＿＿＿＿＿

＿＿＿＿＿＿＿＿＿＿＿＿＿＿＿＿＿＿＿＿＿＿＿＿＿＿＿＿＿＿＿＿

11466
台北市內湖區瑞光路 76 巷 65 號 1 樓

秀威資訊科技股份有限公司　　　收

BOD 數位出版事業部

‥‥‥‥‥‥‥‥‥‥‥‥‥‥‥‥‥‥‥‥‥‥‥‥‥‥‥‥‥‥‥

（請沿線對折寄回，謝謝！）

姓　　名：＿＿＿＿＿＿＿＿＿　年齡：＿＿＿＿＿　性別：□女　□男

郵遞區號：□□□□□

地　　址：＿＿＿＿＿＿＿＿＿＿＿＿＿＿＿＿＿＿＿＿＿＿＿

聯絡電話：(日)＿＿＿＿＿＿＿＿＿＿　(夜)＿＿＿＿＿＿＿＿＿＿

E-mail：＿＿＿＿＿＿＿＿＿＿＿＿＿＿＿＿＿＿＿＿＿＿